Volker Streiter

Grab ohne Meerblick

Alle Figuren dieses Romans sind vom Autor frei erfunden. Jegliche auch nur entfernte Ähnlichkeit mit realen Personen – lebenden oder toten – und Ereignissen wäre reiner Zufall. Auch wenn die fiktive Handlung an tatsächlich existierenden Schauplätzen spielt, so hat sich der Autor doch die Freiheit genommen, in wenigen Fällen von der Realität abzuweichen, wenn es die Geschichte erforderte.

Originalausgabe Mai 2013
4. Auflage 2016

Tel.: 0561/766 449 0, Fax: 0561/766 449 29

Lektorat: Pamela Levertz
Korrektur: Christiane Helms
Titelfoto: © Lars Daum, Witten
Kleines Foto auf Buchrücken: © PantherMedia, Daniel Jordan
Druck: CPI – Clausen & Bosse, Leck
ISBN: 978-3-95475-007-8

www.prolibris-verlag.de

Volker Streiter

Grab ohne Meerblick

Amrum Krimi

Prolibris Verlag

Der Autor

Volker Streiter ist 1961 in Soest geboren. Seit 1980 arbeitet er bei der Polizei in Köln. Sein Interesse für Gesellschaft, Geschichte, Reisen, gutes Essen und Literatur verband sich irgendwann mit dem Spaß am Erzählen, und so begann er zu schreiben. »Grab ohne Meerblick« ist sein vierter Kriminalroman und sein zweiter Amrum Krimi, 2012 erschien bereits »Mörderische Nachsaison«.

Mehr Informationen zum Autor: www.volker-streiter.de

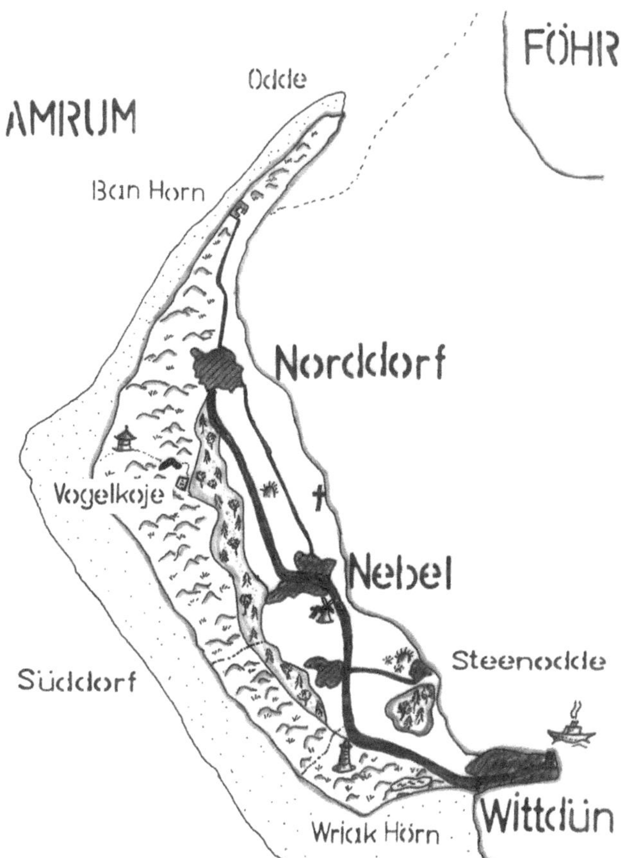

FÖHR
Odde
AMRUM
Ban Horn
Norddorf
Vogelkoje
Nebel
Steenodde
Süddorf
Wittdün
Wriak Hörn

Meinen Eltern und Geschwistern

Trendsport

Gespannt verfolgten die alten Augen den Mann im Neoprenanzug, der sich ganz auf die Leinen seines im Himmel tobenden Lenkdrachens konzentrierte. Seine Füße wurden vom Meerwasser umspült. Das Sonnenlicht über dem weiten, flachen Strand gleißte. Ein kurzes Surfbrett lag unbeachtet im Sand. Knallend erfasste der Wind den Drachen und schleuderte ihn ruckartig herum. Plötzlich hob der Mann leicht ab, er hatte Mühe, sein Sportgerät zu bändigen.

Fasziniert trat der Alte näher, umging Wasserkuhlen und ließ das windige Schauspiel nicht aus den Augen. Der barfüßige Mann kam ihm rückwärts entgegen, den Blick auf das wild über ihm tanzende Drachensegel gerichtet. Die Art, wie er an dem Trapez mit den Steuerungsleinen zog, wirkte ungeübt. Plötzlich schoss der Drachen durch eine heftige Böe über seinen Kopf in Richtung Strand. Er brach nach rechts aus, knickte sofort wieder nach links ein, stürzte herab und donnerte dem Zuschauer gegen die Stirn. Der fiel in voller Länge auf den Rücken und rührte sich nicht mehr.

Der Sportler löste sich hastig von den Leinen, lief zu dem im nassen Sand liegenden alten Mann, machte Anstalten zu helfen. Doch er blickte nur noch in zwei leblose, vor Überraschung aufgerissene Augen. Aus einer klaffenden Stirnwunde rann Blut die Nase und den faltigen Hals entlang, bevor es versickerte.

Die Zugwaggons an der Dagebüller Mole leerten sich schleppend. Reisende schoben einander, zerrten an den Gepäckstücken und behinderten sich gegenseitig. Gleichzeitig versuchte eine ähnlich große Gruppe Menschen einzusteigen. Fluchend und schwitzend hievten sie ihr Gepäck über das der Neuankömmlinge. Vereinzelte Fahrräder machten das Chaos komplett.

Elke Hundgeburth, Kölner Kriminaloberkommissarin auf der Anreise nach Amrum, zog ihren Koffer durch das Gedränge bis auf den Vorplatz. Hier endlich war etwas Luft, befreit atmete sie auf. Die großen Fährschiffe, die am Kai warteten, kündeten vom ersehnten Urlaub. Möwen kreischten, Wind kam auf. Alles wie sich das gehört, dachte sie und strich über ihr welliges, kastanienrotes Haar. Vor einem schlammfarbenen Himmel erhoben sich weiße Wolken. Nach wochenlangem Sommerregen hatten die Wetterauguren für die kommenden Tage endlich Sonne und Wärme angesagt. Aber ob das auch auf den Nordfriesischen Inseln galt?

Sie sah sich um. Wo war Manfred? Ihren verheirateten Liebhaber, der sie diesmal auf die Insel begleitete, hatte sie aus den Augen verloren. Ihm die gemeinsame Zeit abzutrotzen, war ein hartes Stück Arbeit gewesen. Natürlich wusste sie um seine Probleme, die Ehefrau und die zwei Kinder. Wäre da nicht sein Verantwortungsgefühl, die Dinge lägen einfacher. Aber sie hatte sich ja freiwillig auf diesen Mann eingelassen und war selbst verantwortlich für ihr Lebensglück. – Also, wo hatte er sich gerade versteckt? In der Menge sah sie den vertrauten Kopf, rot angelaufen und im starken Kontrast zum schwarzen Schnäuzer. Umringt von einer Gruppe lässig dahinschlurfender Jugendlicher, kam er nur langsam vorwärts. Sie musste grinsen. Manfreds muskulöse Statur wirkte in diesem Augenblick unbeholfen, die Miene verriet Unzufriedenheit. Am liebsten hätte er wohl eine Bresche durch den Haufen geschlagen.

»Wir können direkt aufs Schiff, unsere Karten gelten bis Wittdün«, rief sie ihm zu und schlenderte über das Pflaster in Richtung Kaimauer. Noch war die Schranke zur Fähre heruntergelassen, langsam bildete sich davor eine Schlange. Endlich stand Manfred neben ihr. Freudig drückte sie den Mann, der sie überragte, an sich und wies auf den Schlagbaum.

»Sieh mal, die haben ihre Flagge dort aufgemalt.« Das Ende der ansonsten rot-weiß geringelten Schranke zeigte die Farben Gelb, Rot und Blau. Bei jeder Schrankenöffnung hisste die Schiffsbesatzung so die friesische Trikolore der Freiheit.

»Ist das nicht ein bisschen übertrieben, dieser Regionalpatriotismus?« Manfred verzog abschätzig den Mund. »Fangen die jetzt auch so an wie die Bayern?«

»Ne du, das ist kein Vergleich. Die sind froh, keine Abgaben mehr an den dänischen Steuereintreiber leisten zu müssen, und stolz auf ihre Geschichte. Weltumsegler und Walfänger auf rauer See und so weiter.«

Manfred brummte, die Schranke hob sich, die Farben reckten sich in den Himmel. Die Schlange der Wartenden kam in Bewegung und drängte am Kontrolleur vorbei.

»Deponier du unsere Koffer, ich such mal einen Platz oben am Fenster«, wies Elke Manfred an, drückte ihm ihren Koffergriff in die Hand und stieg die Treppen hinauf.

»Ja, wo denn?«, rief er ihr hinterher, und sie zeigte den Gang entlang ans andere Schiffsende.

»Da sind so Ablagen.« Damit verschwand sie aus seinem Blickfeld.

Inselpolizist Nanning Tadsen stand am Zaun seiner Schafweide. Die hohe Statur, die weißen Haare und die wettergegerbte Haut gaben ihm etwas Nordisches. Ohne das Wappen der Polizei Schleswig-Holsteins und die beiden silbernen Sterne eines Oberkommissars an seinem Hemd hätten viele ihn für das Ideal von einem Dänen gehalten. Allein die Leibesfülle verhunzte das Bild. Er sah auf die Uhr. Gegen halb drei würde die Fähre anlegen. Er wollte eine Kölner Kollegin begrüßen, die wieder ihren Urlaub hier verbrachte. Das rechnete er ihr hoch an, denn bei ihrem letzten Aufenthalt hatte sie, obwohl Touristin, sich an der turbulenten Aufklärung eines Kriminalfalls beteiligt. Und ohne Verletzungen war das auch nicht abgegangen. Dass sie jetzt noch mal kam, war ein feiner Zug, fand er und wollte ihr kurz die Ehre erweisen.

Er griff zwischen den elektrischen Zaundrähten hindurch und kraulte eines seiner Weißköpfigen Fleischschafe, eine alte, bedrohte Rasse. Die Herde graste beschaulich. Eine Böe bauschte das Gras, die umgebenden Büsche rauschten. Er genoss das friedliche Bild und atmete tief durch.

Elke würde sich umschauen. Sie kannte ja nur den Herbst. Im Sommer waren die Dorfstraßen und Radwege deutlich besser besucht, in den Restaurants Reservierungen mehr als angeraten. Dafür verzauberte die blühende Heide das Inselinnere und die Sonne lockte zum Strandbesuch.

Für die Sicherheit und den Frieden der Insel zeigten sich zwei Polizisten verantwortlich, die ihren Dienst auf der Polizeistation im zentral gelegenen Ort Nebel versahen. Ocke Petersen, echter Öömrang, wie sich die eingeborenen Amrumer nannten, machte Tadsen allerdings etwas Kummer. Ihm gefiel der kleine Ring im Ohr seines Kollegen genauso wenig wie dieses Gigolo-Gehabe, sobald eine Touristin, egal welchen Alters, in Sicht war. Ocke war inzwischen 50 Jahre alt, hatte eine Halbglatze und färbte das verbliebene Haar wie den Schnäuzer schwarz. Sein immer gerötetes Gesicht ließ Bluthochdruck und zu viel Alkohol vermuten. All das, fand Tadsen, passte weder zur Würde des Amtes noch zum Bild des jugendlichen Frauenverstehers, das Ocke gerne von sich zeichnete.

In der Hochsaison unterstützten zwei junge Polizisten die kleine Stammbesatzung mit dem sogenannten Bäderdienst. Auch in diesem Jahr waren es Absolventen der Polizeischule Eutin.

Tadsens Mobiltelefon summte. War ja nicht anders zu erwarten, dachte er und löste sich von dem idyllischen Anblick seiner grasenden Schafe. Das Display zeigte die Nummer der Polizeistation Nebel an.

»Moin Moin, Ocke, wo brennt's denn«, meldete er sich.

»Moin Nanning, fahr mal hoch zur Odde. Am Strand, etwas nördlich von Ban Horn, hat es einen Unfall gegeben. Vermutlich mit Todesfolge. Jemanden hat es beim Kiten am Kopf getroffen.«

»Wobei?«

»Beim Kiten. Auf Deutsch: Lenkdrachensegeln. Kennst doch die Leute, die auf kleinen Surfbrettern über die Wellen springen, von einem bunten Drachen in die Luft gehoben. Schwer im Kommen, das Ganze.«

»Ich hab das immer gesagt«, bellte Tadsen ins Telefon, »diese verdammten Trendsportarten! So was braucht kein Mensch. Neue Zappelformen bringen neue Risiken. Kiten, jaja. Nur Flusen in'n Kopp. Macht der Melder sich bemerkbar?«

»Ich denke, du wirst dich zurechtfinden. Der Notarzt ist schon unterwegs.«

»Dann fahr ich mal mit Sonderrechten.« Damit drückte er das Gespräch weg und zwängte sich schnaubend in seinen Streifenwagen. Die ruhigen Jahre auf der Insel, seine bewegungsarme Freizeit, die gute Küche seiner Frau Amanda, all das machte er für einen Bauch verantwortlich, der seinen Hosengürtel in einer Falte verschwinden ließ.

Er schaltete Blaulicht und Martinshorn ein. Auf der Inselhauptstraße, die Amrum von Norddorf bis Wittdün im Süden durchzog, waren zu viele verträumte Badegäste unterwegs, die nicht links noch rechts schauten und mit ihren Rädern mitten auf der Straße fuhren. Die galt es, vom Kühlergrill fernzuhalten.

Beim Kiten am Kopf getroffen, wiederholte er still Ockes Satz und brummte unwirsch. Er sah sie vor sich, die agilen Typen in Neoprenanzügen, über sich ein ovales, gebauschtes Segel, an dem sie in ihrem Gurtzeug hingen. Der große Wurf war wohl, auf den Wellen zu rasen und in die Luft zu springen. Das gelang nicht jedem. Kümmerliche Versuche waren gerade oben an der Odde zu beobachten. Da gab es viel Platz und wenig Gaffer. Und ausgerechnet dort sollte es jemanden getroffen haben? Ein Lottogewinn war wahrscheinlicher, dachte Tadsen, drosselte am Ortsrand von Norddorf die Geschwindigkeit und schaltete Signalhorn und Blaulicht aus. In Höhe der Nordseeklinik strebten besonders viele Kinder ans Wasser. Langsam wich er den Strandgängern aus und fuhr den schmalen Weg weiter, der durch Rinder- und Pferdeweiden zum Schullandheim Ban Horn führte.

Vor dem flachen Gebäude, umgeben von weißen, mit Silbergras bewachsenen Dünen, stand der flammend rote Rettungswagen. Tadsen stieg aus, holte die Kamera aus dem Kofferraum und stapfte den Weg hoch, der die Dünenkronen zerschnitt und ans Wasser führte. Vom Kamm der Sandhügel aus sah er rechts auch die andere Inselseite und das Watt. An dieser Stelle musste Tadsen immer an eine der »Sternstunden der Menschheit« aus Stefan Zweigs Buch denken, in der ein spanischer Eroberer von einem panamaischen Bergrücken aus Atlantik und Pazifik zugleich sehen konnte. Amrum, dachte er, eine Welt im Kleinen.

Die leuchtenden Westen von Notarzt und Rettungsassistentin, die seine Schritte lenkten, erinnerten ihn an Klatschmohn am sommerlichen Feldrand. Die Kapitäne in seiner Familie hätten eher den Vergleich mit einem Quermarkenfeuer gezogen, einem dieser über die Insel verteilten Kleinstleuchttürme. Tadsen mochte es aber poetisch.

Die kleine Menschenansammlung umstand eine ältere, männliche Person, die rücklings auf dem Strand lag. Die Gruppe bestand aus den Rettern, drei Sportlern in Neoprenanzügen und zwei Herren im Rentenalter, nur mit Badehose bekleidet. Für meinen Geschmack, dachte Tadsen, deutlich zu viele Männer hier. War die Nordspitze der Insel nichts für die Weiblichkeit? Zu karge Landschaft, zu harter Sandstrand? Er sah nur die zierliche Gestalt einer einzigen Frau. Sie stand entfernt, am Fuß der Dünen und sah sich versonnen um. Ein Rüschenschirm und ein großkrempiger Hut schützten sie vor der Morgensonne.

Er blickte konzentriert auf die Person am Boden. Sie trug Sandalen, eine leichte Sommerhose und ein Kurzarmhemd, Überbleibsel von Kanülen und blutigem Verbandsstoff lagen neben ihr. Jemand hatte die Stirn notdürftig gesäubert. Tadsen stockte und atmete tief ein. Er kannte den Mann, der da vor ihm lag. Ein prominenter Amrumer. Der Blick des Polizisten suchte die Augen des Notarztes. Der schüttelte den Kopf.

»Nichts mehr zu machen, Exitus. Der Mann wurde von der Wucht des herabstürzenden Segels regelrecht erschlagen. Wie mit einem Baseballschläger, das überlebt keiner.« Bei der Erklärung biss sich einer der Sportler in Neopren auf die Lippen, ballte die Hände und schlug sich damit auf die Oberschenkel.

»Wer ist an dem …«, Tadsen zögerte und suchte nach Worten, »… Unglück beteiligt?«

Der Mann mit den Fäusten trat auf ihn zu. »Ich wohl. Eine ganz fürchterliche Sache. Dabei habe ich nur im flachen Wasser gestanden und geübt, den Kite zu beherrschen. Ich stehe bei dem Sport noch am Anfang.«

Tadsen bat ihn mit einer bedächtigen Handbewegung zu schweigen und wandte sich an die Umstehenden. »War jemand von Ihnen hier und hat beobachtet, was geschehen ist?«

Einer der beiden Greise in Badehose hob die Hand.

»Ich war schwimmen, hab mich abgetrocknet und zugesehen.« Er wies auf den Toten. »Der hat zuerst am Strand gestanden, hat aufs Meer geschaut und ist dann dem Herrn mit dem Drachen immer näher gekommen. Hat ständig nach oben geblickt. Gleichzeitig war der Drachenhalter mit seinem Gurtzeug beschäftigt, ist rückwärtsgegangen, und das Segel hat verrückt gespielt. Er konnte zerren, wie er wollte, plötzlich hat sich das Ding gedreht und ist runtergekracht. Ja, und auf einen Schlag lag der da.«

»Dann notier ich mir jetzt mal Ihre Personalien.«

»Ich kann mich aber nicht ausweisen«, entschuldigte sich der Zeuge, »meine Papiere nehme ich nie mit an den Strand.«

»Das geht schon in Ordnung«, beruhigte Tadsen ihn, schrieb Namen und Urlaubsadresse des Manns auf und entließ den Zeugen mit einem dankenden Nicken. Dann hielt er mit seiner Digitalkamera die Lage und die Verletzungen des Toten und auch die Lenkdrachenausrüstung fest. Zum Schluss machte er noch eine Panoramaaufnahme von Strand und Dünen.

»Herr Tadsen, wir müssten dann weiter«, meldete sich Notarzt Dr. Ryberg-Struensee. »Ich kann am Wagen den Totenschein ausstellen. Unnatürlicher Tod. Können Sie die Identität des Verunglückten klären?«

Der Inselpolizist nahm den Arzt etwas beiseite. »Bei dem, wie Sie es ausdrückten, Verunglückten handelt es sich um Eitel Brahms. Geboren auf Amrum am sechsten Juni 1950. Ein Bericht über seine Geburtstagsfeier mit ausgesuchten Gästen stand im Kniepsandboten. Die Polizei war auch da, allerdings nicht eingeladen. Es ging hoch her.«

»Und Sie behalten die Geburtstage Ihrer Schäfchen im Kopf?« Im Blick des Notarztes las Tadsen Bewunderung und Befremden.

»Schäfchen, ja, das ist gut.« Der Polizist schnaubte auf. »Nein, in dem Fall ist das einfach, weil es sich bei Eitel Brahms um einen Inselprominenten handelt, der immer wieder von sich reden gemacht hat. Darüber hinaus wurde er nie müde, die Bedeutung seines Geburtstages zu betonen. Am sechsten Juni sind doch die Alliierten an der normannischen Küste gelandet.« Dr. Ryberg-Struensee pfiff verstehend.

»D-Day. Nun gut, ich schreibe den Schein und hinterlege ihn auf der Polizeistation. Die Sache ist tragisch, aber über den Hergang gibt es wohl keinen Zweifel.« Damit wandte er sich zum Gehen.

»Herr Doktor«, Tadsen räusperte sich und nahm sich ein Herz, »Ihr Name, also ich frag mich jedes Mal, woher ich den kenne.«

Der Arzt spitzte die Lippen. »Ein Vorfahr hieß so, Struensee. War zuerst Armen-, dann königlicher Leibarzt. Verliebte sich in die falsche Frau, und als er sich auch noch in die Politik einmischte, war es vorbei mit ihm.« Er strich mit dem Finger quer über seinen Hals. »Sein Lebensstil ist ihm nicht bekommen. Ist schon lange her das Ganze.« Er wedelte mit der Hand in nördlicher Richtung und stapfte davon. »Das war drüben in Dänemark.«

Was war das denn jetzt für eine Räubergeschichte? Tadsen kratzte sich am Kopf und ging auf den Sportler zu. Der hatte pietätvollerweise das Gesicht des Toten mit einem Handtuch abgedeckt und stand blass daneben.

»Nun zu Ihnen. Beginnen wir mit Ihren Personalien.«

Wortlos reichte der Mann dem Polizisten eine Visitenkarte, die er aus seiner Sporttasche gezogen und bereitgehalten hatte. »Was geschieht denn nun mit dem Opfer«, fragte er zögernd und wusste nicht, wo er hinsehen sollte. »Und was passiert mit mir? Ich meine, es war doch alles ein furchtbares Unglück.«

»Das versucht die Polizei ja zu klären. Der Leichnam wird vom Bestatter abgeholt, je nach Lage der Dinge wird die Staatsanwaltschaft alles Weitere entscheiden.« Tadsen blickte auf die Visitenkarte und stutzte. Seine Augenbrauen hoben sich, und er sah den Mann direkt an.

»Herr Becker, Sie sind Immobilienmakler aus Hamburg?«

Verdutzt nickte der Gefragte.

»An sich ja nichts Unziemliches«, beruhigte der Polizist. »Darf ich fragen, ob Sie auch aus beruflichen Gründen auf die Insel gekommen sind?«

Der Makler bejahte. »Ich bin nur für einen Kurztrip hier. Morgen wollte ich mir ein Grundstück ansehen und in der Zwischenzeit etwas im Wasser sporten. Meine Ausrüstung ist vielleicht nicht die neueste, aber das kann mit dem Unfall kaum zu tun haben.«

»Das mit dem Wassersport fällt ja nun aus. Ihre Lenkdrachensachen muss ich bis auf Weiteres sicherstellen. Wenn Sie damit nicht einverstanden sind, werd ich sie beschlagnahmen. Das würde dann richterlich überprüft.«

»Ja, aber warum das denn? Nur weil mir der Wind den Kite niedergerissen hat? Der alte Mann hätte nie so nah an mich rankommen dürfen, wenn Sie mich fragen.«

Tadsen nickte überlegend. »Geht es bei Ihrem morgigen Termin eigentlich um ein größeres Grundstück in Nebel-Westerheide? Neubau mehrerer Ferienwohnungen der Luxusklasse?«

Der Makler starrte den Polizisten an.

»Woher ...?«

»Haben Sie den Mann da unter dem Handtuch schon mal gesehen? Kannten Sie sich?«

»Nein, absolut nicht. Ich war telefonisch in dieser Sache mit einer Dame verabredet, kenne überhaupt niemanden auf dieser Insel. Bin das erste Mal hier.« Er drehte sich mit zusammengepressten Lippen dem Meer zu und zog die Schultern hoch. »Wird vermutlich auch nicht wieder vorkommen.«

»Für morgen ist eine kleine Demonstration vor besagtem Grundstück angemeldet«, erklärte Tadsen. »Der Verein *Öömrang Land in Öömrang Hand* hat was gegen den Ausverkauf der Heimat, wie der das nennt.«

»Ach, geht das hier auch wie auf Sylt los? Der Immobilienmarkt ist nun mal Teil einer freien Gesellschaft, da darf man ...«

»Der Vereinsvorsitzende heißt Eitel Brahms. Ganz alte Amrumer Familie. Herr Brahms liegt gerade vor Ihnen. Erschlagen von Ihrem Surfdrachen.«

Fährgemeinschaft

Elke saß am Fährfenster und sah versonnen auf das wellig graue Wasser. Eine Silbermöwe schwebte vor ihrer Scheibe und hielt die Höhe, bis eine unsichtbare Hand sie hinwegwischte. Das Deck und die Sitzbänke füllten sich. Fährmänner gingen herum und nahmen Bestellungen auf. Sie wiegte den Kopf und prüfte die Speisekarte. Kartoffelsuppe mit oder ohne Krabben oder doch lieber eine ehrliche Bockwurst?

»Was für ein Durcheinander da unten.« Manfred setzte sich zu ihr, sein Blick schwenkte durch den Gastraum. »Ganz schön was los hier. Diese Leute. Was so eine Insel in der Saison alles verkraften muss.« Er verdrehte die Augen. »Wir können von Glück sagen, wenn wir nachher beim Aussteigen unsere Koffer wiederfinden. Sind ja leider genauso schwarz wie alle anderen. Dass es da nicht öfter zu Verwechslungen kommt, ist wirklich ein Wunder.«

»Möchtest du etwas essen?«, fragte Elke und schob ihm die Speisekarte hin. »Die kommen gleich und fragen. Besser du bestellst jetzt was, später musst du lange warten.«

Er lachte auf. »Klingt irgendwie nach Mangelwirtschaft und Honecker.«

»Ich sag's ja nur. Hinterher kannst du dich recken und den Arm heben, bis er dir einschläft.«

»Ist hier noch frei?« Elke sah von der Speisekarte auf und blickte in ein lächelndes, stark geschminktes Gesicht. Das kleine Kinn ging nahezu konturlos in einen kurzen Hals über. Kunstvoll zerzauste, gesträhnte Haare, Perlenohrringe. Sie war irritiert. Einer dieser Momente, in denen der Kopf nicht begreift, was die Augen sehen.

»Regina? Das ist ja eine Überraschung.« Jetzt bemerkte sie auch den Mann, der ebenfalls am Tisch stand, sich aber im Hintergrund hielt. »Und Horst-Detlef.«

»Dürfen wir?«, fragte Reginas Begleiter, schob sie beiseite und zwängte sich auf die Bank neben Elke. Der Kopf des mittelgroßen

Mannes wirkte durch schmale Schultern zu groß geraten, schütteres Blondhaar bedeckte nur noch die Schädelseiten. Seine randlose Nickelbrille und der Schnäuzer gaben ihm etwas Pedantisches.

Manfred, der Elke gegenübersaß, sah sich gezwungen, beiseite zu rutschen. Die Neuankömmlinge musterten ihn demonstrativ und blickten dann auf Elke.

»Natürlich, ihr kennt euch nicht«, entzifferte sie die Blicke. »Das sind Regina und Horst-Detlef. Sie arbeitet im KK 53, ist also mit den gleichen Wald-und-Wiesen-Delikten wie ich beschäftigt, nur in einem anderen Stadtteil. Ihr Mann leitet die Personalauswahlkommission.« Sie zögerte. Bisher war sie noch nicht in die Verlegenheit gekommen, den Kollegen ihren Liebhaber vorstellen zu müssen. Ein verheirateter Familienvater - was sollte sie da sagen? Lebensabschnittsgefährte klang in die Zukunft gesehen zu desillusioniert, Mann meines Lebens zu dramatisch. »Und das ist mein Freund Manfred, er macht in Computern.«

Der Nickelbrillenträger reichte ihm die Hand. »Angenehm, Doktor Siebentöter.«

Manfred wusste einen kurzen Augenblick nicht, wie er auf diese Vorstellung reagieren sollte. Die Gebrüder Grimm fielen ihm ein, tote Fliegen und ein Angebergürtel. Er erwiderte den Händedruck und nickte. »Wir Schnauzbartträger müssen zusammenhalten«, rutschte ihm heraus. Elke zuckte zusammen, fast hätte sie laut gelacht. Zur Ablenkung sah sie aus dem Fenster, vielleicht ließe sich ja eine Möwe beobachten.

»Oh, wir legen ab.« Regina sprang auf und beugte sich aufgeregt zum Fenster hin und an Manfred vorbei, der die üppige Brust direkt vor seiner Nase auf sich wirken ließ.

»Ist aber gar nichts zu sehen, nur graue Wellen.« Mit einem kleinen Schmollmund setzte sie sich wieder.

»Sie haben gewählt?« Die Kölner sahen überrascht zu dem vierschrötigen Mann hoch, der die Bestellungen entgegennahm. Das ist die raue Nordsee, dachte Elke und lächelte verhalten. Auf dem Schiff wirkten die Servicekräfte wie Maschinenschlosser oder Krabbenfischer.

»Wir nehmen die Kartoffelsuppe, einmal mit, einmal ohne. Und zwei Bier«, entschied sie auch für Manfred und gab die Karte weiter.

»Ich brauch noch etwas Zeit«, murmelte Regina und blätterte unentschlossen in den Seiten.

»Für mich einen Kamillentee.« Horst-Detlef spitzte die Lippen, seine Augen verengten sich und ruhten auf dem Gesicht der Bedienung. Doch die erwartete Bemerkung blieb aus, souverän tippte der Mann das Bestellte in sein Handgerät und verschwand.

»Jetzt aber mal zu euch. Das ist ja ein Zufall.« Elke wandte sich an Regina. »Wie kommt es denn, dass ihr hier seid?«

»Du hast mir das Gästehaus auf Amrum doch selbst empfohlen. Ich hatte sowieso Urlaub geplant, und bevor es bei Horst-Detlef mit der jährlichen Personalrotation im September losgeht, dachten wir, warum nicht mal eine Nordseeinsel?«

»Nordfriesland-Insel«, verbesserte ihr Mann.

»Ach, ist das da draußen etwa die Süd- oder Ostsee? Na also. Wir haben die letzte Wohnung bekommen, war auch die teuerste.«

»Die nehmen es von den Lebenden«, ergänzte ihr Gatte.

»Es ist doch Hochsaison«, verteidigte Elke die Insulaner, »niemand ist verpflichtet, dort zu urlauben. Aber die Amrumer müssen von den Einnahmen leben.«

»Es gibt so schöne All-inclusive-Angebote in der Türkei«, mischte Manfred sich ein. »Andererseits ist doch auf der Insel für jeden was dabei. Jedenfalls hatte ich beim Aussuchen unserer Ferienwohnung den Eindruck.« Dass er sich an ihrer Ferienplanung beteiligt hatte, war Elke neu. Seine Sätze gefielen ihr trotzdem. Besonders, als Horst-Detlef reagierte. Der nestelte an seiner Nickelbrille und rutschte ungehalten auf seinem Platz hin und her.

»All-inclusive in der Türkei ist wohl nicht das Richtige für uns. Ich bevorzuge à la carte, auch bei der Auswahl meiner Strandnachbarn.« Klingt wie ein Kannibale, dachte Elke und schmunzelte.

»Na, am breitesten Sandstrand Europas wird sich bestimmt ein exklusives Plätzchen finden lassen«, meinte Manfred und lachte.

»Wo bleibt eigentlich mein Kamillentee?«

Die sterbliche Hülle Eitel Brahms' war abtransportiert worden. Nanning Tadsen saß in der Polizeistation am Sanghughwai über der Strafanzeige und dem Ermittlungsbericht. Da die Todesursache eine nicht natürliche war, galt es, das Geschehen aufzuhellen. Das Wort Unglück behagte dem Inselpolizisten gar nicht, die Zufälle bei dem tragischen Geschehen schmeckten schal. Zumindest war eine fahrlässige Tötung oder eine Körperverletzung mit Todesfolge zu prüfen. Aber das Juristische war Sache der Staatsanwaltschaft. Und die brauchte für ihre Entscheidungen die gesicherten Erkenntnisse der Polizei. Immobilienmakler erschlägt Heimatschützer, weil der ihm das Geschäft versaut. So könnte jenseits aller Fahrlässigkeiten ein Motiv lauten. Das klang für Tadsen plausibler als ein Sportunfall. Das war im Sinne des Strafgesetzes ein niedriger Beweggrund, wofür es nur einen Begriff gab: Mord. Er musste die Kollegen der Kripo in Niebüll informieren.

Ocke hatte es abgelehnt, die Hinterbliebenen zu informieren. »Nein, Nanning, mach du das mal. Du bist der Stationsleiter. Ehre, wem Ehre gebührt. Außerdem, die Petersens können es nicht so mit den Brahms'. Wir kennen uns halt schon über Generationen viel zu gut.«

Dann war da noch die Ausrüstung des Verdächtigen zu überprüfen. Gab es Manipulationen an den Leinen? Konnte jemand überhaupt so einen Segelsturz örtlich gezielt und zeitlich auf den Punkt herbeiführen?

Die Stationstür sprang auf, die Statur des im Türrahmen stehenden Mannes ließ kaum Licht hindurch.

»Moin Nanning.«

Tadsen sah von seiner Tastatur auf und tippte weiter. »Moin Dennis. Kurze Pause auf der Wache?«

Der junge, schwarzhaarige Polizist mit apartem Kinnbart nickte, schob seine Sonnenbrille über die Stirn und trat in den Raum.

Zusammen mit seiner Kollegin Virginia hatte sich der frische Absolvent der Polizeischule für den Bäderdienst entschieden. Die Verstärkung war nötig, schwappte doch in der Saison eine Welle von Feriengästen über die 2350 Einwohner der Insel. Zielstrebig ging Dennis zu der sichergestellten Kite-Ausrüstung und nahm das Durcheinander aus Leinen und Gurten hoch. »Was ist das denn? Oben von der Odde?«

»Beweismittel. Also spiel nicht damit rum.« Tadsen beobachtete seinen Kollegen. Wäre er arabischer Abstammung, müsste er Al Mansur heißen, fand er. Die sportliche Statur, das frische Auftreten, eine Augenweide war das. Er hatte ja nicht nur gute Erfahrungen mit Berufsanfängern gemacht. »Sag mal, hast du Ahnung vom Kiten?«

Der Gefragte legte die Gurte wieder hin und sah seinen Vorgesetzten an. »Ja sicher. Ich hab ein Twin Tip mit einem Hybrid-Kite. Sagt dir das was?« Seine Augen erfassten die übergewichtige, leicht gebeugte Figur seines Kollegen und er musste grinsen, als der verständnislos den Kopf schüttelte. »Ich kann dich gerne in die Welt der Schönen und Sportlichen einführen. Wird aber nicht ganz einfach.«

Tadsen hatte den Blick richtig gedeutet. »Lass man den Spaß. So große Drachensegel gibt's ja gar nicht, dass die mich Brummer aus dem Wasser heben könnten. Und mit deinem Fachchinesisch kannst du die Damenwelt beeindrucken, ich hab's gern verständlich. Was hältst du von dem Zeug da, ist das intakt?«

»Zuerst einmal fehlt was, würde ich sagen. Wo ist der Kite?«

»Der Lenkdrachen ist hinterm Haus. Hier drinnen war kein Platz.« Überraschend flink sprang der alte Polizist auf und verschwand in den hinteren Räumen der Wache. Die war mal ein Einfamilienhaus gewesen und verfügte über einen zweiten Eingang. Wenige Augenblicke später, das sperrige, oval gebogene Segel vor sich hertragend, kam er zurück. Dennis sah ungläubig auf den Gegenstand.

»Was ist, noch nie ein Kite gesehen? Dachte, du kennst dich aus.«

Dennis lachte auf. »Das ist ja fast wie Archäologie hier. Das Teil ist ja technisch veraltet, schon eher dead school als old school. So einen starren Rahmen haben die Kites nicht mehr. Die sind heute aufgebaut wie moderne Fallschirme, faltbar und mit Luftkammern. Überhaupt gibt es die Empfehlung, keine Ausrüstung von vor 2006 zu verwenden.« Er strich über den Fiberglasrahmen, der den bunten Segelstoff spannte, stellte den Drachen beiseite und wiegte den Kopf. Dann ließ er die Schnüre und die trapezförmige Lenkeinheit durch seine Finger gleiten. »Ein Vierleiner«, murmelte er, »Control-Bar, Depower-Leine, Chickenloop, alles okay. Sag noch mal, wie soll das passiert sein?«

Tadsen las die Schilderungen des Zeugen wie die des Surfers vor. Dennis nickte. »Das beschriebene Wirbeln und Überschlagen deutet auf einen Strömungsabriss. Zu wenig Wind über dem Profil, kein Auftriebssog, das Gewicht zieht den Kite zu Boden. Das ist wie bei der Tragfläche eines Flugzeugs. Ohne richtige Windströmung geht da gar nichts. Vermutlich hat der Surfer auch mit den Leinen falsch gearbeitet. Typischer Anfängerfehler. Und dann gibt es natürlich ein paar Regeln, die die Sicherheit betreffen. Zum Beispiel sollten sich keine anderen Personen im Leinenradius befinden. Da scheint dein Makler auch gepatzt zu haben. Hätte er sich umsichtiger verhalten und auf einen museumsreifen Kite verzichtet, die Sache wäre nicht passiert.«

»Vielleicht wollte er ja, dass sie passiert, diese Sache?«

Dennis hob die Augenbrauen, und verneinte bedächtig mit gekräuselter Stirn. »Also, ich behaupte, einen so sicheren Treffer kannst du unmöglich mit einem Kite, egal ob im starren Rahmen oder nicht, erzielen. Ausgeschlossen! Dafür ist der Wind zu unberechenbar, die Handhabung eine Gleichung mit vielen Unbekannten. Falsche Handgriffe vielleicht, bewusster Totschlag niemals.«

»Gut, schreib das mal so nieder. Möglichst mit den ganzen Fachbegriffen, das macht ordentlich Eindruck. Deine Expertise ist natürlich nur eine vorläufige Bewertung. Insgesamt müssen sich Kripo und Staatsanwaltschaft um Eitel Brahms kümmern.« Er ging in die kleine Küche neben dem Wachraum. »Willst du auch einen Tee?«, rief er und hantierte mit der Kanne. »Bin noch gar nicht zu einer Pause gekommen. Die gute Sitte verkommt ja zusehends.« Er füllte die Kaffeemaschine mit Wasser und kramte nach Teebeuteln. Natürlich wusste er, dass sich eine solche Zubereitung für einen Friesen nicht gehörte, aber im Hin und Her auf der Wache war das einfach praktischer.

»Gleich muss ich die Nachricht vom Tod überbringen. Eine unschöne Aufgabe. Du solltest besser mitkommen. Man weiß ja nie, wie die Leute reagieren.«

»Was soll ich denn nun machen, bevor ich dich begleite, friesische Teepause oder Expertise?«

»Junger Mann. Da keine Eile geboten ist, geht die Tradition vor. Kannst auch Lebensart sagen. Die einen beten regelmäßig, machen Brotzeit oder holen bei einem Viertel Roten Luft, wir trinken Tee. Den Bericht schreibst du später.«

»Friesisches Elführtje mit Teebeuteln? Wirkt nicht sehr traditionell. Kaffee wäre für mich auch okay.«

»Hast Recht. Aber nicht um diese Uhrzeit, nicht auf dieser Insel und nicht mit mir. Hol mal zwei Becher.«

Schlechte Nachricht

Nach dem Fähr-Imbiss mit Kartoffelsuppe und Bier entschuldigten sich Elke und Manfred und gingen aufs Freideck. Sie hatten Lust, sich vom Seewind zerzausen zu lassen. Angeschmiegt sahen sie in die aufgetürmten Wolken. Dann lachte Elke glucksend auf.

»Was gibt es zu lachen?«, wollte Manfred wissen und legte beide Arme um sie. Sie gab ihm einen Kuss.

»Ich liebe dich. Heute besonders für deine Bemerkung zu Doktor Horst-Detlef Siebentöter: Wir Schnauzbartträger müssen zusammenhalten. Herrlich. So was mag dieser blasse Apparatschik bestimmt nicht hören. Und dann der Hinweis, doch in der Türkei schön billig zu buchen. Seine Frau ist ja ganz nett, aber er ... Immer auf Behördenlinie, stromlinienförmig und humorlos. Bloß keine eigenen Gedanken zulassen. Was von oben kommt, ist das Richtige. Wenn ich gewusst hätte, dass der die Insel mit uns betritt, ich hätte den Urlaub verlegt. Stell dir vor, man spricht so beiläufig über schöne Unterkünfte, träumt sich im Dienst weg vom

Büro und dann so was. Ich fass mir an den Kopf. Wie konnte ich denn ahnen, dass die zur selben Zeit buchen wie wir? Da ist mir etwas außer Kontrolle geraten.« Sie fuhr sich durch ihre verwehten, kastanienroten Haare, schüttelte unzufrieden den Kopf und überlegte.

»Wieso? Wird dein farbloser Personalmensch die Einrichtung der Ferienwohnung katalogisieren und eine Hausordnung erstellen?«

»Nein. Ich bin mir aber sicher, dass der auf Kai treffen wird, noch einen Polizisten. Ein ganz unkomplizierter, netter Kollege. Dem und seiner Frau hab ich unser Ferienhaus allerdings sehr empfohlen, das muss ich wohl zugeben. Vermutlich treffen die beiden heute oder morgen ein.«

»Ja und? Das einzig Komische ist doch, dass ihr alle in der Hauptsaison Urlaub bekommt, wo ihr doch angeblich so unterbesetzt seid. Gab es keine Kollegen mit schulpflichtigen Kindern, die eher dran wären?«

»Wir haben in den Dienststellen eine Urlaubsquote, außerdem arbeiten wir alle woanders. Und sechs Wochen in den Sommerferien wegfahren, das können die Familien sich nicht leisten. Also bleibt auch etwas Hochsaison für die Kinderlosen. Außerdem, du fährst ja auch nicht die ganzen Ferien mit deiner Familie weg. Angeblich hast du bei einem IT-Kongress in Husum zu tun und feierst noch einige Überstunden ab, um etwas mehr Zeit für dich zu haben. Du siehst, es gibt genug Gründe, auf die Insel zu fahren. Zufrieden?«

»Bisschen viel Kölner Polizei auf einem Fleck, aber das wird sich doch auf deiner Insel hoffentlich verlaufen.«

Elke rieb sich die gekräuselte Stirn, knabberte an ihrer Unterlippe und seufzte. »Ne du, da kommt was auf uns zu. Das wird noch spannend.«

Nördlich von Nebel bog der Streifenwagen in einen schmalen Weg ein. Im Blickfeld der Beamten leuchteten weite Flächen, die an den Wald grenzten, im hellen Violett der Besenheide. Vereinzelt lagen kleine Häuser versteckt unter hohen Bäumen.

»Fahr mal in die Einfahrt bis in den Schatten der Birken, wir müssen uns ja nicht so auffällig präsentieren«, dirigierte Tadsen seinen Kollegen.

Das Anwesen der Familie Brahms bestand aus einem weiß getünchten Friesenhaus mit Reetdach. Nebengebäude schlossen sich an, darunter ein Rinderstall samt Scheune.

»Kannst dich erst mal im Hintergrund halten. Rahel, die Tochter des Verstorbenen, wird sich vermutlich schnell fassen. Die ist nach meiner Kenntnis nicht sehr am Wasser gebaut. Aber«, er hob den Finger und stieg ächzend aus dem Wagen, »man weiß ja nie.«

Dennis, inzwischen mit den Gepflogenheiten der Einheimischen vertraut, schlug spontan den Weg zur Rückseite des Hauses ein.

»Wo willst du hin?«

»Hinten zur Klönschnacktür. Die ist doch sicher offen.«

Tadsen nickte anerkennend. So gefiel ihm das. Der Junge dachte mit. »Wir sind aber nicht zum Klönen hier, sondern kommen offiziell. Der Vordereingang war schon immer dem Pfarrer oder Steuerbüttel vorbehalten. Obrigkeit eben. So wie uns. Das macht es uns auch leichter. Kann man gleich sehn, dass wir nichts Gutes bringen.«

Sie standen vor der reich geschnitzten Tür und klopften gegen die kleinen Scheiben. Der Sturz zeigte die Jahreszahl 1860. Eine Klingel gab es nicht. Wiederholtes Klopfen, einige Hallo-Rufe, vergebliches Warten.

»Dann müssen wir wohl doch zur Rückfront«, meinte Tadsen und eilte ums Haus. Dort fanden sie den niedrigen Hintereingang offen.

»Moin Moin«, rief er keuchend und sah seinen Kollegen abwartend an. »Ist da jemand? Die Polizei ist hier.«

Ein schepperndes Geräusch hinter ihnen ließ die Männer herumfahren.

»Das kam aus dem Stall, glaube ich«, murmelte Dennis und ging in diese Richtung.

»Warte, ich komm mit«, presste Tadsen hervor.

Am Tor zum Rinderstall hielten beide an, ihre Augen mussten sich erst an das Dämmerlicht gewöhnen.

»Moin Moin, was führt denn die Polizei auf unseren abgelegenen Hof?« Auf der Suche nach dem Ursprung der dunklen, kräftigen Frauenstimme irrten die Blicke der Uniformierten umher. »Hier bin ich, rechts vom Tor, am Wasserhahn. Eigentlich bin ich nicht zu übersehen.«

Dennis, der als Erster den Stall betrat und bald einer Frau gegenüberstand, musste schmunzeln.

Sie war nur ein wenig kleiner als er, hatte ihr schwarzes Kurzhaar glatt gegelt und trug ein eng anliegendes T-Shirt unter einem offenen karierten Hemd. Die aufgerollten Ärmel spannten sich über den Oberarmen. Breite Schultern und die üppige Brust füllten den Stoff zusätzlich. Wird wohl ein Männerhemd sein, dachte der junge Polizist und musterte sie. Abwärts ihrer Wespentaille sah er fleckige Jeans und Gummistiefel. Eine klasse Frau, die auch mit anpackt, fasste er seine kurze Betrachtung zusammen. Als sie einen Schritt näher ins Tageslicht trat, verriet sein bis dahin wohlgefälliger Blick Irritation. Kunstvolle Blumen- und Schlangentätowierungen zierten beide Unterarme. Piercing-Ringe durchzogen das linke Ohr und die Augenbraue wie auch die Unterlippe.

Sie sah Dennis herausfordernd an. Der schaute ein zweites Mal auf ihr schwarzes Haar. Eine interessante Kombination zu den blauen Augen. Ob es wohl gefärbt war?

»Moin Moin, Frau Brahms, die Störung bitte ich zu entschuldigen.« Tadsen meldete sich aus dem Hintergrund, warf einen amüsierten Blick auf seinen Bäderdienstler und schritt langsam näher. »Leider hat unser Hiersein einen unerfreulichen Grund.« In diesem Augenblick ärgerte er sich schon über sich selbst. Unerfreulich, was für ein dämliches Wort im Zusammenhang mit einem Todesfall. Aber gleich durch drastischere Begriffe mit der Tür ins Haus fallen? Er hatte kein Rezept für diese Situation, würde den Umgang mit dem Tod nie lernen. Wollte er auch gar nicht.

»Da bin ich gespannt.« Rahel Brahms warf angewidert einen Lappen, mit dem sie einen Zinkeimer ausgewischt hatte, auf die Fensterbank. Sie zerrte ihre Gummihandschuhe von den Fingern und schmiss sie dem Putzfetzen hinterher. »Geht es um meinen Bruder?«

»Roluf?« Tadsen war verblüfft. Mit dieser Frage hatte er überhaupt nicht gerechnet. »Nein, der ist nicht der Grund.«

»So? Was ist es dann?«

Sie drehte sich zu einer Ablage, auf der gelbe Plastikmarken umherlagen, die mehrstellige Nummern und einen Strichcode trugen. Gedankenverloren, als habe sie die Anwesenheit der beiden Polizisten bereits vergessen, begann sie, die Marken nun zusammenzuschieben und ordentlich zu stapeln. Tadsen räusperte sich.

»Ja, also, es geht um Ihren Vater. Es gab da ein Unglück, oben an der Odde.«

Die Art, wie sie sich dem Inselpolizisten zudrehte, wirkte wie in Zeitlupe. Konzentriert sah sie ihn an, ihre Lippen waren zu einem Strich zusammengedrückt. Tadsen holte tief Luft und hob in einer entschuldigenden Geste die Hände.

»Er ist tot.« Endlich war es raus. Der Druck, der auf seiner Brust gelegen hatte, verflog.

»Wie?« Rahel Brahms legte die Plastikmarken beiseite und ging mit hängenden Armen auf den Überbringer der Nachricht zu. Dennis beobachtete sie genau und war bereit, hinzuzuspringen. »Mein Vater tot? Der große Eitel Brahms? Das kann nicht sein. Der war doch gerade mal zweiundsechzig Jahre alt.«

»Ich weiß. Mein Beileid. Wie es den Anschein hat, wurde er von einem Lenkdrachen tödlich an der Stirn getroffen. Ein Kite-Surfer, Anfänger zudem, ist beteiligt.«

»Wie es den Anschein hat? Was soll das heißen? Ist die Ursache also doch nicht geklärt?«

Tadsen wiegte den Kopf und wedelte leicht mit der Hand. »Nun ja, wir prüfen alles. Ob die Ausrüstung Mängel hatte, inwieweit Fahrlässigkeit im Spiel war und so weiter.«

»Mein Vater hat sich in der letzten Zeit für das Kiten interessiert, spielte wirklich mit dem Gedanken, selbst damit anzufangen«, murmelte sie, fuhr sich über die Haare. Sie lachte auf. »Was für eine lächerliche Idee. Wir haben Black-Angus-Rinder auf der Weide, auf einer sogar eine Mutterkuhherde. Und dann am Strand herumspringen? So ein Modesport passt auch nicht zum Vorsitzenden von Öömrang Land.«

Tadsen sah seinen Kollegen an und spitzte die Lippen.

»Der Kite-Surfer war Immobilienmakler. Können Sie sich vorstellen, dass der Unfall mit Absicht herbeigeführt wurde? Ich meine, hat Ihr Vater Drohungen erhalten, gab es eine Missstimmung gegen ihn?«

Die Tochter des Toten schüttelte den Kopf. »Sie kannten ihn doch auch, Herr Tadsen. Streng war er, wortkarg und bisweilen verbissen. Beim Verkauf von Grundstücken und Häusern an Inselfremde aber ging sein Temperament mit ihm durch. Oft hatte ich den Eindruck, dass er sich unter unseren Insulanern eher lächerlich machte. Seinem heiligen Zorn wollte wohl kaum einer folgen. Aber Drohungen gegen ihn, nein, die gab es nicht.«

Tadsen holte eine Visitenkarte aus seiner Brusttasche und zeigte sie ihr. »Kennen Sie den?«

Sie warf einen kurzen Blick drauf. »Ist das der Surfer? Nein, den Namen hab ich noch nie gehört. Aber Eitel Brahms hat seine Tochter auch nicht in seine Vereinsgeschäfte eingeweiht. Das hat er schön mit sich selbst ausgemacht. Ich konnte ihm dafür den Hof führen.«

»Sie leben«, Dennis verbesserte sich schnell, »lebten mit Ihrem Vater alleine auf dem Hof?«

»Ja. Aber das müsste Ihr Kollege hier doch wissen.« Sie wies auf Tadsens rundliche Gestalt. »Das Haus hat schon immer der Familie gehört. Wir Brahms' stellen was dar auf Amrum.« Der letzte Satz klang höhnisch. »Jetzt haben wir nur noch Rinder und bauen das Futter für die Tiere selbst an. Hauptsächlich Mais. Eitel war keine große Hilfe mehr, seit er sich anderweitig verausgabt hat.«

»Sie meinen den Verein?«, wollte Dennis wissen.

»Ja. Und dann war er zusätzlich Gründer und Vorsitzender des Dänisch-Friesischen Freundschaftsvereins. Auch gut für seine Reputation. Der Familienname sollte glänzen. Großvater Magni war vernarrt in die Inselgeschichte, Sohn Eitel musste andere Felder beackern.« Sie zog die Schultern hoch und ließ sie resigniert fallen. »Da kamen schon einige repräsentative Termine zusammen, der Hof stand dahinter an.« Sie drehte sich zu den gelben Plastikkarten um und schlug plötzlich mit der Faust auf die Ablage. »Und jetzt hab ich alles allein am Bein«, schrie sie. »Das war nie so geplant. Bäuerin war das Letzte, was ich werden wollte, verdammt noch mal. Kuhfladen, Papierkram und Schwerstarbeit. Am Besten alles verkaufen und weg von hier. Amrum! Die kriegen ja nicht mal überall Internet richtig hin.«

Tadsen war versucht, ihr tröstend die Hände auf die Schultern zu legen, hielt aber in der Bewegung inne. Zögernd knabberte er an seiner Unterlippe.

»Jetzt haben wir erst mal die Ursache für den tragischen Tod Ihres Vaters zu klären, und Sie werden sich um die Beerdigung kümmern müssen. Sie hören wieder von uns.« Er gab seinem jungen Kollegen mit dem Kopf ein Zeichen und machte einen Schritt in Richtung Stalltor. »Ich wünsche Ihnen Kraft, Frau Brahms. Benachrichtigen Sie Ihren Bruder?« Sie nickte stumm und Tadsen vermeinte, einen Schluchzer zu hören. Bedächtig, den Blick zu Boden gerichtet, verließ er den Stall.

»Dass so jemand auf Amrum lebt, schon erstaunlich. Die gehört doch in ein angesagtes Großstadtviertel. Kaffeerösterin oder eine Zoohandlung mit Schlangen, das wär's. Macht ihr Stil die nicht zur Außenseiterin?« Dennis' Stimme riss den Inselpolizisten aus seinen Gedanken. Er fand sich am Streifenwagen unter den Birken wieder, die Hand schon am Türgriff. »Wohin?«, wollte der junge Kollege wissen.

»Du musst noch deine Expertise schreiben, jetzt brauchen wir die wirklich.« Wind kam auf und ließ die Bäume rauschen. Kieferndúft wehte aus dem nahen Wald herüber. Er sah zum beigefarbenen Himmel, vor dem sich anthrazitgraue Wolken türmten. Er schnupperte, der Geruch in der Luft hatte sich verändert. Es würde Regen geben.

Verregnete Ankunft

Bei den ersten feuchten Böen, die über das Schiffsdeck hinwegfegten, flüchteten die Passagiere ins Schiffsinnere. Die anfänglich ausgelassene Ferienstimmung wich einem bangen Murmeln. Alles starrte durch die Fenster an den Tropfen vorbei in dunkelgraue Wolken. Das schlammfarbene Wasser der See heiterte auch nicht auf. Im Hintergrund brummten die Schiffsmotoren. Eine einzige Frage beherrschte die gedämpften Gespräche. Würde das Wetter jetzt so bleiben?

Dr. Horst-Detlef Siebentöter nippte an seinem Kamillentee und sah seine Frau vorwurfsvoll an. Die verschränkte die Arme, lehnte sich in der Bank zurück und schloss die Augen. »Wir haben genug Pullover dabei. Und Bücher kann man hier gut kaufen. Außerdem ziehen die Wolken schnell über die Inseln hinweg«, murmelte sie.

»Pullover und Bücher«, erboste ihr Mann sich, »völlig absurd. Im Hochsommer. Das war wirklich eine Schnapsidee von dir, nach Amrum zu wollen.«

Elke, die die letzten Sätze mitgehört hatte, setzte sich an den Tisch. »Tja, so sind die Nordfriesischen Inseln. Rau, wechselhaft und selbst im Regen wunderschön.«

»So, hier kommt die Antwort auf das kurzfristige Tief.« Manfred balancierte ein Tablett mit vier goldgelb gefüllten Schnapsgläsern und zwängte sich auf die Bank. Elke griff sofort zu.

»Jubiläums Akvavit. Schöne Farbe. Da lacht uns doch schon die Sonne wieder an.«

»Das ist ja wohl eher das Sherryfass, das dem Kümmelkorn seine Farbe gab, als man ihn darin reifen ließ, und weniger die Sonne.« Horst-Detlef zog sein Glas mit spitzen Fingern zu sich, rührte es aber nicht weiter an.

»Keine Vorträge vor dem Abendessen, mein Schatz, das hatten wir so ausgemacht. Der geht doch auch gut zu deinem Tee. Na, ich seh schon«, Regina, die sich bei Manfreds Stimme wieder aufgerichtet hatte, zog den Schnaps ihres Mannes zu sich herüber,

»du verschmähst den Tropfen. Zu schade.« Sie hielt in jeder Hand ein Glas, streckte beide aus zur Tischmitte. »Dann wollen wir mal anstoßen. Auf ein reizendes Klima und tiefe Entspannung.« Die Gläser klirrten und wurden geleert. »Manchmal bist du mir wirklich ein Rätsel.« Frau Siebentöter wandte sich wieder ihrem Gatten zu. »Du verweigerst dich hochprozentigen Schnäpsen, weil sie kratzen, trinkst gerne milde Kräutertees, aber beim Essen darf es dann auch mal sehr scharf und experimentell sein.« Horst-Detlef blickte mit gespitzten Lippen aus dem Fenster. »Indisch ist seine Vorliebe«, erklärte Regina, »gerne die Küche Andhra Pradeshs.«

»Ist das ein Koch?«, wollte Manfred wissen. »Ich kenne nur Ranga Yogeshwar, aber der kocht ja nicht.«

»Immerhin.« Horst-Detlef stürzte den Rest seines inzwischen erkalteten Kamillentees hinunter und sah sein Gegenüber mit herablassend verzogenen Mundwinkeln an. »Der indische Bundesstaat Andhra Pradesh liegt im Südosten des Subkontinents, rechts an der Küste. Er hat 85 Millionen Einwohner, man spricht dort Telugu. Die Hauptstadt heißt Hyderabad, das nur für alle, die die Karte vor Augen haben.«

»Haben wir«, sagte Elke und griff zur Speisekarte.

»Ihr seid selbst schuld«, lächelte Regina und hob die Schultern. »Wer meinem Mann Fragen stellt, muss auch mit den Antworten leben.«

»Ich glaube, das Schiff legt an«, erklärte Horst-Detlef und rutschte auf Elke zu, die aber keine Anstalten machte, sofort ihren Platz zu räumen.

»Kein Schiff, wir transportieren auch Autos«, bemerkte Manfred wie zu sich selbst, »dann heißt das Fähre.« Damit stand er auf. Er wollte rechtzeitig bei den Koffern sein. Außerdem musste er seine Regenjacke herauskramen.

Das bunte Menschenknäuel, vorsorglich in wetterfeste Kleidung gehüllt, wartete auf den erlösenden Ruck, der beim Anlegen durch den Schiffsrumpf ging. Metallisch dröhnend legte sich die Ladeklappe auf den Kai. Im Gedränge auf der Treppe und an der Kofferablage fielen Elke die vielen Schweizer auf, die sich – teils laut und ungezwungen, teils ob der Vielzahl anwesender Landsleute peinlich berührt – besonders leise unterhielten. Haben die Schweizer Amrum zu ihrer neuen Lieblingsinsel erkoren? Na, wenigstens funktioniert die Völkerverständigung jenseits von Bankgeheimnis und Steuerstreit, dachte sie. Diese Eidgenossen wollten vielleicht einmal im Jahr keine Berge sehen, sie gönnte ihnen den freien Blick über Dünen und Meer.

Langsam bewegte sich die Masse, schob sich die Treppe hinauf zum Anleger. Dort wartete ein ähnlich bunter Haufen, um die Insel verlassen zu können. Braungebrannte Gesichter und sonnengebleichte Haare lugten unter Kapuzen und Schirmen hervor. Die haben mit dem Wetter wohl Glück gehabt, überlegte sie und hoffte auf dasselbe für sich.

Endlich festen Boden unter den Füßen, franste die Touristenmenge auseinander. Einige ließen sich mit Autos abholen, andere nahmen die wenigen Taxen. Die Gäste, die in Wittdün unterkamen, gingen zu Fuß in den Ort, der Rest zwängte sich in den wartenden Bus.

Bevor Elke sich ihnen mit Manfred anschloss, blickte sie noch einmal prüfend über den Parkplatz. Tatsächlich, etwas versteckt zwischen Fahrzeugen stand ein Streifenwagen. Daneben, in seiner leuchtend gelben Regenjacke, ruhte Nanning Tadsen wie ein Fels auf zwei Beinen und winkte. Sie sah sich um und entdeckte Regina, die einen verkniffen dreinschauenden Horst-Detlef durch das Gedränge schob.

»Wir nehmen den späteren Bus«, rief sie ihrer Kollegin zu. »Ihr müsst in Nebel-Mitte aussteigen, die Adresse hast du ja.« Sie grüßte kurz und zog ihren Begleiter mit den beiden Koffern in Richtung des wartenden Polizisten.

»Moin Moin«, wünschte der in den nassen Wind. »Hartelk welkimen üüb Oomram.«

»Mensch Nanning, das ist ja ein schöner Empfang. Sogar das Wetter passt.« Sie umarmte den Kollegen. »Manfred kennst du ja, er war bei meinem letzten Besuch auch auf der Insel, wenn auch nur kurz.«

Die Männer gaben sich lächelnd die Hand.

»Auf dass es diesmal ein ruhigerer Aufenthalt wird«, meinte Nanning. »Einen sonnigen Badeurlaub wünsche ich euch. Die Wassertemperatur liegt bei achtzehn Grad, und sogar der Regen ist warm.« Spielerisch ließ Tadsen die fallenden Tropfen durch seine Finger gleiten. »Soll ich euch in die Unterkunft fahren? Der Bus ist ja nun weg.«

»Wunderbar, sehr nett«, freute sich Manfred. »Das nenne ich mal Gastfreundschaft. Und«, er grinste Elke an, »vermutlich sind wir vor den Siebentöters da. Die werden staunen.«

»Die nicht«, entgegnete Elke, »nur er.«

Wie konnte ich nur so blöd sein, die nach Amrum zu locken, ärgerte sie sich erneut. Ich könnte mir sonst wohin beißen. Jetzt müssen wir das Beste draus machen. Aber wie?

Tadsen öffnete den Kofferraum seines Streifenwagens und hob das Gepäck hinein. »Na, dann man rein in die gute Stube«, lud er seine Fahrgäste ein.

Trotz des Wetters herrschte auf der Wittdüner Hauptverkehrsstraße reger Fußgänger- und Radverkehr. »Eure Badegäste scheinen ja wirklich unverwüstlich«, bemerkte Elke im Vorüberfahren.

»Gott sei Dank. Stell dir vor, die wären aus dem gleichen Holz wie die Mittelmeerurlauber. Keiner von denen käme wieder.« Durch die regennasse Scheibe wurde der Bus sichtbar, der an einer Haltestelle seine ersten Gäste absetzte. »Wo soll ich euch denn überhaupt hinfahren?«

»Nach Nebel, ins Gästehaus Silbergras. Kennst du das?«

»Weiß schon, Ualjaat. Nettes Anwesen mit großem Garten.« Sein Mobiltelefon summte und er griff in die Hemdtasche. »Immer diese verdammte Technik«, murmelte er und nahm das Gespräch an. »Tadsen auf Streife«, blaffte er und lauschte. »Hab mir doch gleich gedacht, dass du das bist, Ocke. Was gibt's denn?«

»Tja, Nanning, du musst mal zur Vogelkoje. Da wurde was gefunden.«

»Können die Leute nicht einfach abgeben, was sie finden? Die Polizei ist doch kein Fund-Abholdienst.«

»Na ja, ganz so simpel ist die Sache wohl nicht. Beim Steinzeitgrab, hinter der Koje in den Dünen, liegen Knochen herum.«

»Na, das muss wohl so sein, Knochen im Grab.« Er hörte, wie sein Kollege schwer ins Telefon stöhnte.

»Nanning, die Stelle ist doch schon seit Jahren wissenschaftlich untersucht und ausgegraben. Da kann nichts Historisches mehr liegen. Der Anrufer hat gesagt, zuerst habe sein Hund unter einem der Steine gewühlt, dann seien seine Kinder dazugekommen, und beim Toben im matschigen Sand habe sich einer der Grabsteine verschoben. Weißt schon, diese bierkastengroßen Findlinge. Ja, und dann wären da die Knochen gewesen.«

»Also doch was Archäologisches. Wie ich sage.«

»Ich glaub das nicht. Wilhelm Greiner meint das auch.«

»Wer ist das denn? Der Melder?«

»Nein, unser inseleigener Spezialist für Hügelgräber und alles Steinzeitliche. Kennt sich aus mit Keramikscherben, Steinwerkzeug und Gebein. Ich hab den angerufen, der will zur Vogelkoje kommen und dir helfen. Aber das kann dauern.«

»Dauern? Wieso denn? Ocke Petersen, jetzt hör mal zu! Erstens hast du zuerst mich zu informieren und danach, wenn ich einverstanden bin, darfst du Dritte einschalten und nicht umgekehrt. Und zweitens, ja was glaubst du denn? Meinst du, wir haben nicht genug zu tun auf Amrum und warten auf selbsternannte Spezialisten, bis die sich die Ehre geben?«

»Aber der ist bestimmt nützlich. Weißt du, der war schon 1951 bei der großen Grabung dabei. Hat er eben betont.«

»So? Sag mal, wie alt ist der denn?«

Ocke lachte heiser ins Telefon. »Krieg keinen Schreck, der ist noch fit – für einen 93-Jährigen.« Eine Gesprächspause entstand. Tadsen nahm an, dass sein Kollege irgendeine Reaktion erwartete. Doch er biss die Kaumuskeln aufeinander und schwieg. Nicht mal ein Brummen war zu hören. »Es dauert bei ihm eben alles ein wenig länger«, fuhr Ocke dann auch fort. »Er wollte sich holen lassen. Nur, du kennst ja die Örtlichkeit, die Bohlenwege durch die Dünen muss er schon alleine gehen.«

»Mensch, wir haben Schietwetter, und ich soll zur besten Kuchenzeit an einem Steinzeitgrab Wache halten. Dann schick mal Virginia zu dem Senioren, danach kann sie bei der Absperrung helfen.«

»Jungsteinzeitgrab«, verbesserte Ocke, »ich sag ihr Bescheid.«

»Was du alles weißt. Ich freu mich schon.«

Er drückte das Gespräch weg, verstaute das Telefon und blickte von der regennassen, spiegelnden Straße auf Elke, die neben ihm saß. »Einarmig fahren und dabei telefonieren, Privatpersonen ohne dienstlichen Hintergrund transportieren, alles verboten. Watt für'n Kuddelmuddel.«

»Du hast was von Knochen und Absperrung gesagt«, zog Elke das Mitgehörte zusammen, »ich finde, das klingt nach einem dringenden Einsatz. Wo musst du denn hin?«

»Hoch zur Vogelkoje. Ein alter Entenfangteich zwischen Norddorf und Nebel. Liegt im Wald. Von dort geht ein Weg in die Dünen zu einem Steinzeitdorf mit Grab. Eigentlich liegen da nur große runde Steine, und man erkennt nicht viel. Und da sollen nun Knochen frei herumliegen.«

Elke merkte, wie Manfred auf dem Rücksitz unruhig hin und her rutschte, und gluckste grinsend. »Da komm ich doch gerade richtig. Wenn du Hilfe brauchst, sag Bescheid.« Bevor ihr Freund etwas sagen konnte, lachte sie und legte über die Lehne hinweg beschwichtigend ihre Hand auf sein Knie. »War Spaß.«

»Ne, ich kenne dich. Ganz bestimmt werden wir uns dieses Grab da ansehen und hinterher wird wieder ein Kriminalfall draus.«

»Das scheint aber ein Pseudotatort zu werden. Die haben bei den Grabungen seinerzeit sicher was übersehen. Und außerdem seid ihr ja auf Urlaub hier.« Tadsen bog ins Ortszentrum von Nebel ab. » So Kollegin, da wären wir.«

Der Streifenwagen hielt vor einem geschwungenen, grün gestrichenen Törchen, hinter dem ein Schotterweg zu einem reetgedeckten Friesenhaus führte. Mit einem kurzen Stöhnen quälte sich der Inselpolizist aus seinem Sitz, öffnete die Heckklappe und stellte die Rollkoffer auf die Straße. Elke gab ihm die Hand.

»Vielen Dank, das war sehr nett. Ich werde versuchen, dich die nächste Zeit in Ruhe zu lassen. Aber vielleicht können wir uns bald auf einen Kaffee oder ein Bierchen treffen?«

»Gerne, ich meld mich bei dir. Gerade gibt es einiges zu tun.« Aus den Augenwinkeln bemerkte er eine Silbermöwe, die sich auf dem Gartentor niederließ. Er wandte ihr den Kopf zu und fühlte den kalten Blick ihrer starren Augen. Die Art, wie der Vogel seinen hakigen Schnabel mit dem roten Fleck ihm entgegenhob, das hatte etwas von einem drohenden Zeigefinger. Plötzlich fror er. »Wenn das man nicht mehr wird«, murmelte er, grüßte und setzte sich wieder hinters Lenkrad.

Das scharrende Dröhnen der mit Rollkoffern anrückenden Touristen schallte durch die Dorfstraße. Den Gesichtern war trotz des Regens die Freude darüber anzumerken, endlich der drückenden Enge des Busses entkommen zu sein. Elke und Manfred blickten von der hockenden Möwe weg dem Geräusch entgegen. Mit einem Schrei hob der Vogel ab und ließ sich von einer regennassen Böe wegwehen.

Regina und Dr. Horst-Detlef Siebentöter näherten sich mit schnellem Schritt, offenbar wollten sie ins Trockene. »Ihr seid ja schon da«, bemerkte Regina nur und stieß das Tor auf. »Sind wir hier richtig?«

»Was für ein Gedränge im Bus«, beschwerte sich ihr Gatte, »wie in einem Vorortzug zu Wochenanfang. Und dann gießt es auch noch. Tolle Inselbegrüßung.«

Steinzeit

Tadsen stellte den Streifenwagen vor dem Eingang zur Vogelkoje ab, stieg aus dem Fahrzeug und sah sich um. Die sandige Lichtung, normalerweise mit spielenden Kindern und picknickenden Besuchern gut gefüllt, lag leer unter einem hellgrauen Himmel. Räder von einem Erwachsenen und zwei Kindern, registrierte er nebenbei mit Blick auf den Radständer und holte die Kamera aus dem Kofferraum. Nur das Rauschen der Birken und Kiefern war zu hören. Der Regen hatte aufgehört. Vor der Informationstafel am Eingang des Geländes lauschten zwei ältere Damen in türkisfarbener und hellgrüner Regenjacke den Erklärungen eines weißhaarigen Herrn in Schulmeisterpose. Seine Jacke war orange. Tadsen hob grüßend die Hand und ging rechts an der Vogelkoje vorbei. Der Teich war, wie er wusste, vor Jahrhunderten angelegt worden, um durchziehende Wildenten mit einem schönen Rastplatz zu locken, damit sie nach ihrer Landung in reusenähnlichen Käfiggängen endeten. Heute war die Anlage ein Naturerlebnis. Aber daran verschwendete Tadsen jetzt keinen Gedanken, sein Ziel lag in den Dünen.

Ein sandiger Weg schlängelte sich durch lichtes Gebüsch und locker stehende Birken. Am Rad des Bewuchses betrat er den Bohlenweg, der über den Sand zwischen den mit Silbergras bewachsenen Hügeln hindurchführte. Metallplaketten zu seinen Füßen zeigten Jahreszahlen, die den Besucher immer weiter zurück in die Zeit reisen ließen, von der Neuzeit über die Ankunft der Friesen bis hin zur Steinzeit. Die Dünen weiteten sich und wurden niedriger. Eine Tafel zeigte den Grundriss eines Langhauses aus der Jungsteinzeit, der durch wenige Steine im Sand gerade noch zu erahnen war. Auch die Leute damals haben ihre Toten nicht direkt neben ihren Wohnstätten bestattet, dachte der Inselpolizist, die Grabstätte liegt noch etliche Schritte entfernt. Der Bohlenweg führte ihn bis zu einer Biegung.

In einem Dünenkessel sah er die kleine Gruppe, die auf ihn wartete: Ein Mann und zwei Jungen – die Radfahrer. Eine mit Geländer und weiterer Skizzentafel ausgestattete Plattform grenzte an einen der Sandberge. Ginge der Besucher den hölzernen Weg weiter, würde er auf das alte Quermarkenfeuer stoßen. Die Kinder hockten mit ihren Regenjacken und tief ins Gesicht gezogenen Kapuzen auf der Geländerstange und sahen den Polizisten erwartungsvoll an. Das ist bestimmt der Melder, dachte Tadsen, als der in dunkelblaues Regenzeug gekleidete Mann auf ihn zukam.

Silbergraues Haar, edle Seglerbräune, eine mattierte Stahluhr mit klar gegliedertem Zifferblatt am sehnigen Handgelenk. Architekt, riet Tadsen und war gespannt.

»Moin Moin, Kalkhoff«, begrüßte der den Uniformierten und deutete gleich auf die rechts liegenden, mittelgroßen Findlinge. »Das Grab kennen Sie ja bestimmt. Und hier«, er kletterte über das Geländer und erklomm die Düne oberhalb der Grabsteine, »haben wir die Knochen gefunden.«

Der Polizist nickte, trat aber nicht näher. »Mein Name ist Tadsen, von der Amrumer Polizei. Sie wissen schon, dass jegliches Herumklettern an historischen Orten nicht gestattet ist? Schließlich wollen wir die Zeugnisse noch einige Zeit in gutem Zustand erhalten.« Er blickte sich um. »Wo ist Ihr Hund?«

Die beiden Jungen sprangen auf und sahen suchend umher. »Churchill!«, riefen sie. »Komm her!«

»Sind das Ihre Söhne?«, fragte Tadsen, und der Vater nickte. Er führte zwei Finger an die Lippen und pfiff durchdringend. An der Kuppe einer sie umgebenden Düne wurde der Hund sichtbar, eine Bordeauxdogge. Sie hatte etwas im Maul. Gehorsam trabte das Tier näher, schaute mit seinem hängebackigen Antlitz wie fragend auf die Personengruppe und legte seinem Herrchen einen langen Knochen vor die Füße. Der nahm das Bringsel auf, tätschelte den Hund und kam mit ihm zum Polizisten zurück, der erwartungsvoll auf den Gegenstand blickte.

»Keine Sorge«, beschwichtigte der Halter den Blick der Obrigkeit, »Churchill hat sich den nur ausgeliehen, der gehört auch unter den Stein da. Nicht, dass Sie denken, es gäbe noch ein anderes Grab.«

Tadsen nickte und zückte sein Notizbuch. »Ich hätte gerne von Ihnen wie von den Kindern Name, Anschrift und Telefonnummer, unter der Sie zu erreichen sind. Das Archäologische Landesamt möchte schließlich wissen, wer da einen Steinzeitfürsten gefunden hat.«

»Norbert Kalkhoff, hier sind Ausweis und Visitenkarte. Sagen Sie, gibt es im Falle eines spektakulären Fundes so was wie Anspruch auf Finderlohn?«

Tadsen, der die Daten abschrieb, blickte zu seinem Gegenüber hoch. »Das weiß ich nicht so genau. Sicher ist, dass erst mal geprüft wird, inwieweit hier durch Sie Schäden verursacht wurden. Grabungen sind nämlich verboten.«

»Aber ich bitte Sie«, der Knochenfinder schnaubte empört, »das war doch alles Zufall. Und wenn die Steine besser gesichert wären, könnten die auch nicht einfach verrutschen. Ein Leichtsinn ist das. Stellen Sie sich mal vor, da wäre einer meiner Jungs druntergeraten. Ich sollte die fahrlässige Sicherung hier zur Anzeige bringen.«

Der Polizist gab den Ausweis zurück und blickte sich vergewissernd auf die Visitenkarte. »Sie sind Industriedesigner?«

»Ja, steht doch auf der Karte. Von stabilen Konstruktionen verstehe ich was. Mein Büro entwirft gerade einen sensationellen Aluklapphocker. Material und Kräfteberechnung müssen hohen Anforderungen genügen.«

Tadsen blickte überlegend auf die im nassen Sand ruhenden Grabsteine. »Die Anlage hier ist fast fünftausend Jahre alt. Damals galten andere DIN-Normen, nehm ich an. Wenn ich noch die Namen und das Alter Ihrer Söhne erfahren dürfte?«

»Noah zehn, Elias neun Jahre alt.«

»Papa, sieh mal«, rief eines der Kinder.

Die Männer fuhren herum. Ihre Blicke fielen auf das Steinzeitgrab und den edel verrunzelten Kopf der Bordeauxdogge, die sie prüfend ansah. In ihrem sabbernden Maul hielt sie einen Totenschädel.

Tadsen reichte es. Langsam ging er auf die Findlinge und das Tier zu. »Ob es wohl möglich wäre, Ihren Hausgenossen anzuleinen? Ich finde, er hat nun genug Schaden angerichtet. Nicht, dass ich auch das noch zur Anzeige bringen muss, Schreibkram wird das ohnehin geben.«

Der Designer hob beschwichtigend die Hände und klopfte auf seine Oberschenkel. »Churchill, komm her, fein, komm her, ja, was hast du denn da Feines?«

Freudig mit dem Schwanz wedelnd näherte sich das Tier und legte den Schädel zu Füßen seines Herrn ab. Der hob ihn auf, nachdem er Churchills imposante Brust getätschelt hatte. Einer der Jungen leinte den Hund an und blickte neugierig auf den Fund.

»Wenn ich den an mich nehmen dürfte?« Energisch griff der Polizist den Totenkopf. Mit einer Mischung aus plötzlichem Ekel und schlechtem Gewissen stellte er fest, dass er keine Handschuhe trug.

»Ist ja schon gut, Herr Wachtmeister. Der ist bereits tot, da muss man nicht hektisch werden.«

Tadsen ging zum Grab hinüber. Das helle Gebein in seiner Hand fühlte sich kühl und rau an und war an einigen Stellen rissig. Sein Blick prüfte den Zustand des Fundes. In den Augenhöhlen klebten feuchte Sandreste. Der Unterkiefer fehlte, ebenso Haar- oder Gewebereste. In der vergilbten Zahnreihe gab es Lücken. An der vorderen, linken Schädelseite klaffte eine Spalte.

Ein plötzliches, rasselndes Husten in seinem Rücken ließ ihn herumfahren. Irritiert sah er seine junge Kollegin Virginia, deren blondes Haar unter der Schirmmütze hervorlugte. Neben ihr stand eine dürre Gestalt in einem grauen, wadenlangen Gummimantel mit einem Segeltuchrucksack auf dem Rücken.

»Ist das etwa ein echter Kleppermantel?«, fragte Tadsen unvermittelt, und der Mann nickte, ohne eine Miene zu verziehen. Dieses in den Fünfzigerjahren teure und begehrte Kleidungsstück kannte der Polizist noch von seinem Vater. Wo war das Teil eigentlich abgeblieben, überlegte er. Jetzt trägt ja jeder atmungsaktive Funktionskleidung, in der man trotzdem schwitzt.

Er besah sich den Träger des Mantels genauer, seine gekrümmte Figur, den spärlichen Haarwuchs auf dem dünnhäutigen, leicht wackelnden Kopf. Eine große Hornbrille ließ seine Augen übergroß erscheinen, das Glas war schmierig.

»Darf ich mal?«, krächzte das Männlein und hob die von Altersflecken überzogenen, knochigen Hände in Richtung des Schädels. Seine Zeigefingerspitzen waren nikotingelb.

Tadsen erinnerte sich an das Telefonat mit Ocke. Unser inseleigener Spezialist für Hügelgräber, hatte der gesagt. Das kann ja heiter werden, dachte er und gab das Fundstück weiter.

»Ich nehme an, Sie sind der Experte?«, vergewisserte Tadsen sich und blickte dabei seine Kollegin an, die bestätigend nickte.

»Wilhelm Greiner. Zu Diensten.« Die alten Hände wendeten den Totenkopf, wogen ihn prüfend. »Seinerzeit hab ich Sprockhoff 11 mit ausgegraben.«

»Wen?«, wollte der Polizist genauer wissen. Der Alte lachte heiser auf.

»Doktor Ernst Sprockhoff führt in seinem *Atlas der Megalithgräber Deutschlands* neunhundert Anlagen auf. Dies hier«, er schwenkte den Schädel über die Findlinge, »war seine Nummer 11. Der wissenschaftliche Name, verstehen Sie? So wie Köchelverzeichnis 620 für Mozarts Zauberflöte steht. Bei der letzten großen Untersuchung der 11 war ich dabei.« Wieder sah er prüfend auf den Rest eines menschlichen Kopfes. »Seltsam, sehr seltsam. Diese linke Schädelverletzung hier, eindeutig ein tödlicher Schwerthieb. Vielleicht Bronzezeit. Sehen Sie, die Ränder sind rau. Keine glatt gewachsene Wundheilung, dieser Mensch hat das nicht überlebt.« Er blickte Tadsen über das dunkle Gestell seiner Brille hinweg an und spitzte den Mund. »Allein das ist schon merkwürdig. Das Grab hier stammt aus der Jungsteinzeit, und da gab es noch keine Metallwaffen. Die Bronzezeit kommt erst danach.« Er wog den Fund kritisch in der Hand. »Und das Gewicht – ich möchte annehmen, dass es sich hierbei nicht um einen Schädel der Grabepoche handelt, auch nicht aus anderer Frühzeit. Viel zu schwer, viel zu jung. Wie dem auch sei, mit 14-C kommen wir weiter. Zudem brauchen wir Bodenproben.«

»14-C?«, fragte einer der Jungen, »was soll das denn sein?«

»Ganz einfach erklärt«, hüstelte Greiner und nestelte an seiner Brille. »Organismen, auch der Mensch, haben radioaktive Atome in sich. Stirbt der Organismus, zerfallen die Atome in einer bestimmten Geschwindigkeit. Den Vorgang kann man messen und die Materie so zwischen dreihundert und bis zu sechzigtausend Jahren zurückdatieren. Aber das geht nur, wie gesagt, bei totem Material. Lebende Organismen bilden immer neue Atome.«

»Dann sind wir alle radioaktiv?«, staunte der Junge. »Wie die gefährlichen Atomkraftwerke?«

Greiner lachte heiser auf und schüttelte den Kopf. »So gefährlich bist du nicht, keine Sorge. Vielleicht«, er lächelte, »bei einem ganzen Haufen deiner Sorte, ja, das könnte explosiv werden.«

Er legte das Fundstück in den Sand, zog aus der Manteltasche eine Packung Zigaretten und schüttelte mit einer eleganten Handbewegung eine Filterlose heraus, die er mit einem goldfarbenen Feuerzeug anzündete. Bei diesem Vorgang zitterten die Hände nicht. Nach einem tiefen Lungenzug setzte er schildkrötenhaft langsam den Rucksack ab und zog einen Klappspaten hervor. Die dürren Lippen zu einem Lächeln verzogen, reichte er das Werkzeug an Virginia weiter.

»Wenn Sie so freundlich wären, mir zu assistieren? Ich glaube, wir sollten mit aller gebotenen Vorsicht eine kleine Grabung vornehmen. Sprockhoff 11 scheint ein Geheimnis zu verbergen.«

»Also, ich weiß ja nicht«, Tadsen sah ratlos auf den Alten, dann auf dessen neu ernannte, reizende Assistentin.

Wilhelm Greiner blickte wieder über den Brillenrand hinweg direkt in die Augen des Polizisten und blies eine Rauchwolke in den Himmel.

»Hören Sie mal, junger Mann. Ich war als grabungstechnischer Assistent von 1950 bis 1984 bei allen großen Grabungen hier an der Küste dabei, wenn es um die Frühzeit des Menschen ging. Ich weiß, wie man dem Boden wissenschaftlich nachprüfbar seine Geheimnisse entreißt. Wollen Sie auf dieses Jungsteinzeitgrab etwa Ihre berüchtigte Spurensicherung loslassen? Das sind doch keine Wissenschaftler.« Er schob Tadsens füllige Figur aus dem Weg, beugte sich über die Steine und winkte Virginia herbei. »Das kann ich besser. Hier«, er deutete auf eine Stelle zwischen zwei Findlingen, »hier ansetzen. Vorsichtig den Sand zur Seite ziehen. Nicht hacken! Drücken Sie die Spatenspitze nur leicht hinein.« Er blickte erneut zu Tadsen hoch und sog an der Zigarette. Seine Stimme wurde fester. »Im Übrigen möchte ich betonen, dass wir damals sorgfältigst gearbeitet haben. Wir haben bestimmt keinen Grabfund übersehen. Ausgeschlossen. Von einer Leiche ganz zu schweigen.«

Tadsen wollte auf den Widerspruch aufmerksam machen, dass dieser Dinosaurier der Wissenschaft eben noch betont hatte, der Schädel könne kein frühzeitlicher sein und jetzt so tat, als handele es sich um eine archäologische Grabung. Aber er zuckte nur mit den Schultern. Wir werden es ja erleben, dachte er. Entweder haben wir einen Tatort oder etwas fürs Museum.

Industriedesigner Kalkhoff hatte sich mit Noah und Elias am Geländer aufgebaut, und nun beobachteten sie interessiert, wie die blonde Polizistin den Spaten einsetzte. Einer der beiden Jungen fotografierte mit seinem Handy. Der alte Wissenschaftler klemmte die Filterlose zwischen die Lippen und fiel ächzend auf die Knie. Aus dem Rucksack zog er ein rundes Schüttelsieb in Holzfassung und begann, im Aushub zu wühlen. Dann blickte er zu den Kindern auf.

»Trinkt ihr Milch?« Noah und Elias schauten sich an, als fragten sie sich, was der Kauz von ihnen wollte. »Das können wir Menschen nämlich erst seit damals.« Er stieß seinen Zeigefinger mehrfach in den Boden. »Mit der Jungsteinzeit beginnt die Laktasepersistenz. Vorher hat der Homo sapiens keine Tiermilch vertragen.« Er sah zu den beiden Jungen auf und grinste. »Die Leute, die hier beerdigt waren, haben wirklich was mit uns allen zu tun. Mit euch auch.«

Leise knirschten die Sandkörner unter Virginias Spatenblatt. Der Wind blies feuchtkalte Böen über die Köpfe der Anwesenden hinweg und übertönte das Schaben des Sandes, den Wilhelm Greiner sorgfältig durchsiebte. Ab und zu verunreinigte ein unterdrücktes Husten die spannungsgeladene Szene.

Tadsen blickte über die Dünen, dachte an ein Stück Aprikosenkuchen und wünschte sich eine Tasse Kaffee dazu. Erfreulicherweise hatten weitere Badegäste darauf verzichtet, sich in die Jungsteinzeit zu verirren. Absperrungen waren im Moment nicht erforderlich.

Sein Telefon summte. Er zog es halb unwillig, halb neugierig hervor. »Moin Moin, Polizei Amrum, Tadsen hier. Was kann ich für Sie tun?«

»Moin Herr Tadsen, Efi Briese vom Kniepsandboten.« Ihre Stimme klang schrill, und er verzog in einem Anflug von Ohrenschmerz sein Gesicht. »Ich rufe wegen Eitel Brahms an. Können Sie etwas über die Todesursache sagen? Er soll am Strand von einem Kite erschlagen worden sein. Das Ableben eines so prominenten Amrumers lässt uns natürlich nicht unberührt. Also?«

Der Polizist atmete tief durch und suchte in den hellgrauen Wolkengebilden über sich Ablenkung. Gab es da interessante Figuren zu sehen? Er brummte vor sich hin.

»Hallo, Herr Tadsen?«

»Ja doch. Dass Sie sich für Herrn Brahms interessieren, versteh ich. Aber ich kann Ihnen natürlich nicht viel sagen. Es sieht nach einem Unglück aus, einem Sportunfall. Inwieweit sich der Hamburger Kiter fahrlässig verhalten hat, wird noch geprüft. Mord jedenfalls schließt die Amrumer Polizei vorerst aus.«

»Vorerst? Was denn nun? Unfall oder nicht?«

»Frau Briese, wer zwischendurch fragt, bekommt Zwischendurchantworten. Am Ende«, seine Stimme wurde lauter, »haben wir alle Informationen und Bewertungen beisammen, dann sind unsere Aussagen auch endgültig. Vorher nicht. Das Unglück ist doch gerade mal vor vier Stunden geschehen.«

»Wann kann ich denn mit ...?«

»Wenden Sie sich heute Abend an die Kripo in Niebüll, die wird den Vorgang übernehmen. Ende der Durchsage.«

»Heureka!«, rief die krächzende Stimme Greiners gegen den Wind und hielt das Schüttelsieb hoch.

»Was denn?«, blaffte Tadsen und ging auf ihn zu. Mit einem Blick sah er den Rest der Zigarette, die im Sand steckte. Das Telefon lag noch in seiner Hand.

»Ich habe Zähne gefunden. Vermutlich Prämolare. Sehen Sie.« Greiner griff eines von zwei kleinen, cremefarbenen Fundstücken. Die Jungen lachten, Tadsen musste schmunzeln. Der freut sich, dachte er, als wären es seine eigenen.

»Ja und?«, fragte er betont nüchtern. »Bei dem Schädel fehlen ja auch welche. Aber was sind Prämolare? Klingt wie ein Volksstamm.«

»Backenzähne. Aus dem Lateinischen, für Vormahlen. Vermutlich haben wir hier den 14er und den 15er, Herr Wachtmeister. Unten links. Der Kiefer dazu fehlt noch.« Die letzten Worte hatte er eher gemurmelt und betrachtete nun die Stücke in Gedanken vertieft. Mit einer Fingerkuppe fuhr er über schwärzlich-silbrige Stellen an der Kaufläche und schüttelte den Kopf. »Sehr seltsam«, grummelte er und fingerte am Brillenrahmen. Tadsen trat näher und tippte wortlos auf die dunklen Flecken. Aus seinen Betrachtungen herausgerissen blickte Greiner mit einem heiseren Husten zu ihm auf. »Ja also, hier komme ich auf meine Einwände von vorhin zurück. Zweifelsfrei sind das keine frühzeitlichen Stücke. Sehen Sie die Plomben?« Tadsen nickte. »Ich vermute eine Amalgamfüllung. Und die wurde erstmalig 1820 eingesetzt. Somit wären wir 3500 Jahre weiter in unsere Zeit gerutscht.«

»Und das hier?« Virginia legte den Spaten beiseite, griff in das von ihr gegrabene Loch und zog. Plötzlich hielt sie etwas Schmutzig-Rotes in den Händen und schüttelte den Sand ab. »Eine Wollmütze«, stellte sie erstaunt fest.

Tadsen wandte sich dem Jungen mit dem Handy zu, dann dessen Vater und hob entschuldigend die Arme. »Das weitere Fotografieren bitte unterlassen, wir könnten hier an einem Tatort stehen. Herr Kalkhoff, löschen Sie doch das Foto mit der Mütze. Bei den anderen Bildern, denke ich, wird nicht viel zu erkennen sein.« Enttäuscht senkte der kleine Fotograf seine Telefonkamera.

Der alte Ausgräber hustete erneut, diesmal schien er sich zu verschlucken. Bevor Tadsen ihm auf den Rücken klopfen konnte, war der Anfall aber vorbei. Wilhelm Greiner sah auf die Wollmütze und die Zähne in seiner Hand und überlegte. »Dann haben wir es hier mit Onnerbänkes zu tun«, meinte er. Gleichzeitig hob er die Schulterblätter und rückte seine Brille zurecht. »Dass ich das noch erleben darf.« Er sah zu den beiden Jungen hoch, die mit offenen Mündern auf die gefundenen Zähne und zur Mütze starrten. »Wisst ihr, wer die sind, die Onnerbänkes?« Die Kinder schüttelten die Köpfe, und auch Virginia sah neugierig auf den Greis hinunter, der immer noch im feuchten Sand kniete.

»Das Volk der Onnerbänkes lebt auf Amrum in Grabhügeln und Dünenbergen. Die Unterirdischen gehen einem nur bis zum Knie, haben dafür aber viel Kraft. Schön sind sie nicht anzusehen, mit ihren großen Häuptern, den dünnen Krummbeinen und den zu langen Armen. Ihre Kleidung ist dunkel. Natürlich, sie leben ja unter der Erde. Und«, er hob betonend den Zeigefinger, »sie tragen rote Mützen. Bei Mondlicht tanzen sie mit goldbeschlagenen Holzschuhen über die Hügelgräber. Ich hab noch keinen von ihnen gesehen. War vielleicht auch Glück, denn bei all den Grabungen haben wir sie bestimmt gestört. Das verzeihen sie normalerweise nicht, suchen einen dann mit Schreckensvisionen und Flüchen heim. Ganze Bücher sind schon darüber geschrieben worden.«

Der 93-Jährige erhob sich langsam, klopfte den Sand von Mantel und Hose und sah in die Runde. Industriedesigner Kalkhoff schüttelte grinsend den Kopf und verfolgte neugierig die Reaktion seiner Söhne.

»Wir glauben nicht mehr an Zwerge und so'n Kram«, gab dann einer der beiden zum Besten, und die Erwachsenen lachten. Außer Wilhelm Greiner.

»Kindern, die den Glauben an Mythen und Märchen verlieren, fehlt das Gefühl für das Geheimnisvolle der Landschaft«, dozierte er, räumte seine Utensilien in den Rucksack und setzte ihn auf. Seine Haltung blieb seltsam schief und verkrampft, seinen weiten Gummimantel drückte er gegen den Bauch, als hätte er Leibschmerzen. »Das ist nicht mehr meine Welt.« Vorwurfsvoll blickte er den Vater an. »Computerabenteuer ersetzen keine echten Höhlen.« Er ging auf den Inselpolizisten zu, der sein Telefon ans Ohr hielt. »Nun, Wachtmeister, was machen wir?«

»Moin Moin, Nanning Tadsen hier. Verbinden Sie mich bitte mit Oliver London. Danke.« Damit nickte er dem alten Grabungsspezialisten zu und hoffte, dessen Frage mit dem Telefonat zu beantworten. »Hallo Oliver, ich bin das, Nanning. Ja, ich weiß, ich soll Jack zu dir sagen, wie das alle tun. Hör mal, ich habe vermutlich einen Leichenfund, der genau untersucht gehört. Knochen, ein eingeschlagener Schädel mit Wollmütze und Amalgamzähnen in einem Steinzeitgrab. Das passt nicht zusammen. Ich schlage vor, du schickst uns professionelle Spurensicherer auf die Insel. – Ich schätze, die Achtzehn-Uhr-Fähre wäre realistisch, dann könnt ihr um zwanzig Uhr loslegen. Es bleibt ja noch bis zehn Uhr abends hell. Das wär auch eure letzte Möglichkeit für heute überzusetzen, wir haben ja einen normalen Wochentag. Erst mal sperren wir hier alles ab, und ich hole euch vom Anleger.« Er lauschte ins Telefon. »Ja, mache ich. Fotos schicke ich dir sofort rüber, wenn ich fertig bin.« Er wandte sich ab und senkte die Stimme. »Ach – bevor ich das vergesse, heute Morgen gab es einen tödlichen Sportunfall. Ein prominenter Amrumer wurde von einem

Kite-Segel erschlagen. Ob das ein Unfall, Fahrlässigkeit oder mehr war, muss geprüft werden. Wir haben Aussagen und die Sportausrüstung gesichert, ich schick dir die Texte und Fotos auch noch rüber. Dann lohnt sich wenigstens eure Anreise. Also, hol di munter.« Er verstaute das Telefon und nickte seiner Kollegin zu, die in Erwartung schlechter Nachrichten die Lippen vorstülpte.

»Virginia, du sicherst die Stelle, als wär es ein Tatort. Schließlich haben wir einen Leichenfund mit ungeklärter Todesursache. Die Mütze legst du am besten auf den Sand, das richtige Sichern der Spuren können die Kollegen übernehmen. Herr Greiner«, Tadsen hielt dem Angesprochenen seine Handfläche hin, »die Zähne bitte. Gehört jetzt alles zur Aufklärung einer eventuellen Straftat.« Der Alte gab dem Polizisten die beiden Fundstücke, zuckte mit den Schultern und verharrte in seiner seltsamen Körperhaltung.

Tadsen platzierte die Zähne neben die Mütze und blickte in die Dünenlandschaft. Bei der entfernten Krümmung des Bohlenweges, der an den Resten des Steinzeithauses vorbeiführte, bemerkte er eine Person, die einen aufgespannten Schirm hielt. Er kniff die Augen zusammen. Kein Zweifel, es war die Frau mit dem Rüschenschirm und dem großkrempigen Hut, die ihm heute Morgen an der Odde aufgefallen war. Sie schien sich umzusehen. Aus der Entfernung meinte er, asiatische Gesichtszüge zu erkennen. Ein seltsamer Zufall, grübelte er. Was sollte ihm diese Erscheinung sagen?

»Ein echter Mord?«, rief einer der Jungen aufgeregt und riss ihn aus seinen Gedanken.

»Vielleicht. Und deshalb muss ich euch bitten, jetzt mitsamt eurem Hund den Tatort zu verlassen. Euer Vater wird das verstehen.«

»Aber der Typ mit der Mütze ist ja schon lange tot«, maulte das Kind, »da kann man doch gar nichts mehr erkennen.«

»Wer sagt, dass die Knochen zu einem Mann gehören? Und Mord verjährt nicht. Den Fall werden wir klären müssen.«

»Und der Totmacher eines Onnerbänkes gehört zur Rechenschaft gezogen«, meinte Wilhelm Greiner leise wie zu sich selbst.

»Sehr richtig«, gab Tadsen ihm Recht, verdrehte die Augen und überstieg die Holzbalustrade vor dem Steinzeitgrab. »Wir werden dann man die Tabakreste hier mitnehmen, sonst verwirren wir die Spurensicherung.« Er bückte sich ächzend zu Greiners Zigarettenstummel hinunter und drückte ihm seine Hinterlassenschaft in die Hand. Ohne eine Regung zu zeigen ließ der den Müll in der Manteltasche verschwinden. »Tabak kommt ja erst mit Columbus nach Europa«, erklärte der Inselpolizist, »da liegen wohl mehr als viertausend Jahre zwischen Steinzeit und Zigarette. Ich mach schnell ein paar Fotos von der Gesamtsituation, dann fahr ich Sie nach Hause. Virginia, du wartest auf Ablösung.«

Landhausidylle

Die Haustür des Gästehauses Silbergras stand offen. Die beiden Kölner Paare schoben ihre nassen Koffer über den ausgetretenen Steinboden und verharrten im Flur. Elke blickte auf ihre Uhr und sah sich um.

»Eigentlich sollten wir von ...«

»Bin schon da.« Der Mann, der von draußen zu ihnen trat, war groß gewachsen, trug kurze, blonde Haare und ein blau-weiß gewebtes Fischerhemd. Eine abgetragene, grüne Latzhose zu derben Schuhen ließ ihn wie einen Landarbeiter wirken. »Kristian Tondern, moin moin.« Der Mann sprach langsam und überlegt. »Ich bin Ihr Hauswart und habe gerade nur einen Blick in den Garten geworfen. Irgendwas ist ja immer zu tun.« Er wischte sich die Hand am Oberschenkel trocken und begrüßte die Damen zuerst. »Wenn ich Ihnen eben die Wohnungen zeigen darf. Sie können ruhig schon durchgehen, sind alle unverschlossen.«

»Na, das wird sich aber ändern.« Dr. Siebentöter sah den Hauswart mit hochgezogenen Augenbrauen an, der zuckte die Achseln.

»Das entscheiden Sie doch selbst. Ich wollte Ihnen nur die Ankunft erleichtern. An die Nummerierung der Zimmer werden Sie sich erst noch gewöhnen müssen. Bei der letzten Renovierung hat der Maler wohl einen Fehler gemacht und oben angefangen. Beginnen wir also bei der Nummer 1 im Dachgeschoss links. Wollen Sie schon mal vorgehen, ich komm dann gleich nach.«

»Also bitte, Horst-Detlef. Nummer 1, das gefällt dir doch.«

»Ach Regina, was du immer redest. Jetzt müssen wir erst mal das Gepäck die steile Treppe hochbekommen. Ohne Hilfe.« Polternd zog er den Rollkoffer hinter sich über die Stufen.

»Die andere Wohnung hat die Nummer 3 hier im Erdgeschoss, ich darf mal vorgehen«, erklärte Kristian Tondern und verschwand in der Erdgeschosswohnung.

»Keine Treppenstufen, wie schön«, meldete sich Elke und schob Manfred in Richtung ihres neuen Zuhauses auf Zeit. Ihr Blick fiel auf weiß lackierte Möbel, blaue Polster, verspielte Lampen in historischer Form. Landhausidylle. Etwas weniger, dachte sie, hätte es auch getan, und sagte zu Tondern: »Sehr hübsch. Und mit Blick in den Garten. Ich hoffe, wir werden den noch nutzen können.«

»Aber bestimmt, das Wetter ändert sich doch schon. Für unsere Gäste stehen draußen Strandkörbe auf dem Rasen.«

»Und das Gewächshaus dahinten?«, sie zeigte auf ein Glasdach am Rande des Grundstücks, das zwischen Büschen hervorlugte. »Wachsen da die Tomaten für unser Abendessen?«

Kristian Tondern räusperte sich und schüttelte den Kopf. »Nein, das kleine Treibhaus ist verschlossen, es steht den Gästen nicht zur Verfügung. Ich sammle da Pflanzen, ein Hobby von mir.«

»Orchideen? Kakteen? Die würde ich gerne mal sehen.«

»Eher heimische Flora, Wasserpflanzen sind auch darunter. Interessieren Sie sich für die Botanik?«

»Ach Gott, mein Interesse ist mehr optischer Natur. Das schöne Aussehen zählt. Lippen- oder Kreuzblütler, bei solchen Fragen habe ich immer versagt.«

»Heimisch heißt bei Ihnen dann Watt- und Dünenpflanzen?«, mischte Manfred sich in die Unterhaltung. »Die muss man doch nicht verschließen.«

»Nein, etwas ausgefallener ist meine Sammlung schon. Deshalb soll mein Junge da drin auch nicht rumtoben, wenn ich auf dem Gelände unterwegs bin.«

»Ach, Sie haben einen Sohn?«

»Ja. Finn ist fünf. Ab und zu nehme ich ihn mit hierher, und er tollt dann so lange im Garten.«

»Sicher ein süßer Wirbelwind«, meinte Elke. »Wohnen Sie denn hier auf dem Gelände?«

»Nein, in Wittdün. Aber da hab ich keinen Platz. Netterweise hat mir der Eigentümer die Nutzung des alten Gewächshäuschens erlaubt. Früher wurde da Paprika, Chili und anderes Südgemüse gezogen, aber das ist ja nun nicht mehr nötig.«

»Wann reisen denn die Mieter der anderen Dachgeschosswohnung an? Die ist für Bekannte von uns«, wechselte Elke das Thema.

»Die hatten sich mit der Fähre um siebzehn Uhr angekündigt. Ich komme dann noch mal vorbei. Wenn Sie bis dahin Ihre Kurformulare ausfüllen wollen?«

»Wir machen doch gar keine Kur«, widersprach Manfred.

Tondern grinste verlegen. »Jede Steuer braucht einen Namen. Damit sorgt die Gemeinde dafür, dass Amrum weiter so schön bleibt. Wir Beherberger zahlen ja auch noch eine Abgabe. 7,3 Prozent vom Gewinn, ganz genau genommen.« Er ging zur Wohnungstür. »Erholsamen Aufenthalt. Die Leute oben warten bestimmt schon.«

»Da kannst du sicher sein«, murmelte Elke, als die Tür ins Schloss fiel. »Komm, lass uns vor die Tür gehen und den Frieden der Insel genießen, bevor das Haus vor Sympathien vibriert.«

Manfred sah von seinem Gästeformular hoch. »Sympathien? Ich hatte dich so verstanden, dass uns mit deinen Kollegen irgendwie Ärger erwartet.«

»Das war ironisch! Warum muss ich mich nur mit einem so drögen Computerhändler abgeben? Los jetzt, raus an die Nachmittagssonne.«

»Sofort, Kommissarin Rabiata. Für deinen sommerlichen Spaziergang nehme ich mal besser eine Regenjacke mit, als Virenschutz sozusagen. Der umsichtige PC-Mann kennt sich aus damit, egal ob bei Festplatten oder im Regen.«

»Diese junge Kollegin von Ihnen, die mich abgeholt hat – also ich muss mich schon wundern. Wer heute alles bei der Polizei arbeiten darf, ganz erstaunlich. Aber so kam ich wenigstens schnell zur Fundstelle. Ich war schon lange nicht mehr dort. Im Alter wird der Radius eben kleiner.« Wilhelm Greiner sank neben Tadsen in den Beifahrersitz des Streifenwagens und konnte gerade noch aus dem Fenster blicken. Der Weg über die Bohlen zurück zum Parkplatz an der Vogelkoje war ihm sichtlich schwergefallen, er sah sehr erschöpft aus.

Die Sonne brach durch die Wolken und erwärmte den dampfenden Waldboden. Radfahrer belebten wieder den Platz, Kinder liefen johlend zu den Spielgeräten.

»Sie müssen sich anschnallen, und Rauchen ist im Wagen verboten«, wies der Polizist den alten Mann an, der sich unter Ächzen und Stöhnen umdrehte, um nach dem Gurt zu fassen. »Ich hab Sie beobachtet.« Tadsen zeigte auf den Bauch Greiners, den dieser immer noch mit einer Hand hielt. »Sie können den Schädel ruhig hervorholen. Hat das einen besonderen Grund, dass Sie den mitnehmen wollten? Archäologisch kann Ihr Interesse jedenfalls nicht sein.«

Greiner stülpte seine Unterlippe vor, sah ertappt zu Boden, dann knöpfte er seinen Gummimantel auf und holte den Totenkopf hervor.

»Wir müssen an den Rand von Süddorf, in den Tanenwai«, gab er die Fahrtrichtung an und der Polizist startete den Motor. Langsam rollte der Streifenwagen zurück auf die Straße. Die anfänglich bewaldete Strecke warf Licht und Schatten ins Wageninnere. Dieser Lichtwechsel schien gleich einer flackernden Kerze den Schädel zu beleben. Fasziniert sah Tadsen immer wieder auf den Grabfund, der in Greiners Schoß ruhte. Die Fingerkuppen des alten Mannes betasteten die Knochenspalte an der linken Kopfseite.

»Wie kommen Sie eigentlich auf ein Bronzeschwert?«, hinterfragte er die Vermutung, die sein Fahrgast geäußert hatte. »Wenn dieser Mensch nicht in einer Ihrer Frühzeiten starb, kann doch alles Mögliche als Waffe infrage kommen.«

Bedächtig wiegte Greiner seinen zu groß wirkenden Kopf. »Natürlich. Hier ist vieles denkbar. Aber ich folge meiner Intuition. Das habe ich bei Grabungen mein ganzes Leben lang getan. Der erste Gedanke ist doch meist der richtige, meinen Sie nicht? Ich wollte das zu Hause überprüfen.«

Inzwischen hatte die Nachmittagssonne die Insel zurückerobert. Radfahrer in leichter Bekleidung bevölkerten die Straße. Langsam bog der Streifenwagen in den Süddorfer Tanenwai ein.

»Noch ein Haus weiter«, dirigierte Greiner seinen Fahrer durch den bewaldeten Weg. Auf dem Grundstück, vor dem sie anhielten, wucherten Büsche und dürre Tannen. Das im hinteren Teil liegende Gebäude lag versteckt im Schatten. »Kommen Sie doch kurz herein«, bot der alte Mann dem Inselpolizisten an. »Wie ich hause, ist zwar nicht gerade vorzeigbar, aber das dürfte nicht Ihr Problem sein. Ich wollte Ihnen etwas zur möglichen Tatwaffe verdeutlichen.«

Tadsen verschloss das Fahrzeug. Greiner, der den Schädel immer noch festhielt, als gehöre er ihm, schritt zielstrebig mit wehendem Gummimantel und erstaunlicher Sicherheit über die gesprungenen, von Wurzeln gesprengten Gehwegplatten. Tadsen folgte neugierig.

Der Ziegelbau, vor dem sie stehen blieben, zeigte am Sockel feucht-dunkle Stellen, die Farbe auf den Holzfensterrahmen war großflächig abgeplatzt. Einige Dachziegel wurden von Mooskissen angehoben, aus der Dachrinne wuchs eine kleine Birke. Beim Öffnen der Haustür schlug Tadsen ein Geruch entgegen, der ihm den Atem nahm. Eine für den Inselpolizisten fast schon klebrig wirkende Mischung aus verbrauchter Luft, Schweiß, kaltem Rauch und muffigem Gemäuer legte sich auf ihn. Er schüttelte sich und bedauerte, nur sein Sommerhemd zu tragen. Diesen Dunst werde ich mir mit heißem Wasser vom Körper rubbeln müssen, dachte er.

Der Hausherr verschwand im Halbdunkel des Flures. Ein Feuerzeug klickte, dann legte sich frischer, würziger Tabakrauch über das Aromainferno.

»Kommen Sie hierher«, rief die heisere Stimme und lotste den Polizisten ins Zimmer. Tadsen sah den alten Mann inmitten von Regalwänden voller Bücher und Zeitschriften stehen. Inzwischen trug er nur noch eine Strickjacke über einem bis zum Hals zugeknöpften Flanellhemd und zu weit wirkende Wollhosen. Auf dem mit Tabakresten und Asche bedeckten Wohnzimmertisch lag der Schädel. Der ehemalige Grabungsassistent schritt, zwischen den Fingern elegant die Zigarette schwingend, die Front seiner gesammelten Fachliteratur ab. Zielsicher, begleitet von einem zufriedenen Schnalzen, griff er ein großformatiges Buch und schwenkte es in Tadsens instinktiv geöffnete Hände.

»Seite 314. Schlagen Sie bitte mal auf.« Der Polizist blätterte. »Der Hort von Alfstedt. Da müsste eines der sogenannten Vollgriffschwerter abgebildet sein, das ich meine. Daneben ein Kriegerschädel. Haben Sie das?« Tadsen nickte. »Erkennen Sie die identische Schädelverletzung? Ich bin mir sicher, die Maße dürften mit dem Fund hier übereinstimmen.« Sein Nikotinfinger deutete auf den Totenschädel.

Der Inselpolizist kratzte sich am über die Jahre schwammiger gewordenen Kinn und wiegte den Kopf. Die Fotografie zeigte ein Kurzschwert mit zweiseitiger Klinge, die in einem reich verzierten Einhandgriff endete und mit Nieten befestigt war. Ein flacher Knauf schloss den Griff ab. Das Ganze wirkte wie ein schönes, überdimensioniertes Messer.

»Auf den ersten Blick überzeugend, Herr Greiner. Aber letztendlich brauchen wir die Tatwaffe, um sicher zu sein. Und, Bronzezeitschwert hin, Bronzezeitschwert her, eine weitere polizeiliche Untersuchung wird auf jeden Fall stattfinden, denken Sie an die Wollmütze und die Amalgamzähne. Aber zuerst muss die Identität dieser Person, deren Reste wir gefunden haben, geklärt werden, dann geht es über einen Lebenslauf und Motivsuche weiter Richtung Tatklärung. Natürlich sind wir da auch sehr vom Erkennungsdienst abhängig.« Er schlug das Buch zu und legte es neben den Schädel. »Ich nehme den Kopf mal wieder mit. Vielen Dank für den kurzen Einblick in Ihre Wissenschaft, vielleicht kann das sogar helfen.«

Greiner zuckte die Schultern und drückte seine Zigarette in einem übervollen Aschenbecher aus. »Solche Schwerter sind echte Raritäten. Wer so was findet, meldet das nicht unbedingt den Behörden. Es kann also sein, dass Sie die Tatwaffe nie finden werden.«

»Und eine Vergleichswaffe?«

»Im Landesfundarchiv oder im Bremer Focke-Museum, die sind gut bestückt.«

Tadsen kratzte es im Hals, die rauchschwangere Luft im Raum legte sich unangenehm auf seine Schleimhäute. Wie gut, dass ihn der Geruch frischen Tabaks nicht mehr lockte. Vor zweiundneunzig Wochen hatte er mit dem Rauchen aufgehört. In dieser Ballung von kalter Asche, sauerstoffarmer Luft und Qualm war er mit seiner Entscheidung zufrieden. Ihn drängte es nach draußen, aber noch war er nicht fertig.

»Sagen Sie, wann genau haben Sie an dem Grab gearbeitet?«

»Oktober 51 war das. Unter Professor Zücht.«

»Wissen Sie, ob dort in den Dünen seitdem weitere wissenschaftliche Grabungen stattgefunden haben? Wir müssen herausfinden, wie oft und wann dort gearbeitet wurde und wer daran jeweils beteiligt war.«

Greiner nickte und zündete sich im Halbdunkel eine neue Zigarette an. Das aufflammende Feuerzeug erleuchtete sein knochiges Gesicht und Tadsen blickte in ein paar wache, fast schon lauernde Augen.

»Soweit ich weiß, gab es danach keine Untersuchungen mehr. Wir haben seinerzeit ja auch hervorragend gearbeitet, alles skizziert und in Übersichtsplänen festgehalten. Die Qualität unserer Detailzeichnungen«, er unterstrich das Gesagte, indem er die Finger mit der Zigarette hob, »wer kann denn so was heute noch? Und wenn Sie jetzt wissen wollen, wer zu der Zeit beteiligt war, dann muss ich Sie an die Universität Bremen verweisen. Irgendwo werden sich Personallisten finden. Professor Zücht jedenfalls wird Ihnen wohl keine Auskünfte mehr geben. Wir haben damals seinen fünfundvierzigsten Geburtstag gefeiert, er müsste heute also einhundertsechs Jahre alt sein.«

»Zu schade«, bedauerte Tadsen, »aber sicher hat er doch Aufzeichnungen hinterlassen. Wo hat er denn gelebt? Vielleicht machen wir ja auch Hinterbliebene ausfindig, die uns Auskunft über ihn und seine Arbeit geben könnten?«

Greiner zuckte die Schultern. »Lange Zeit hat er in Hamburg gewohnt und in Bremen gearbeitet. Seit der Grabung hab ich ihn meiner Erinnerung nach nicht mehr gesehen. Fragen Sie mal in den Hansestädten nach. Er liebte das Urbane.«

Tadsen öffnete die Haustür. Das einfallende Nachmittagslicht fiel auf die fleckige Tapete und beleuchtete eine gerahmte Schwarz-Weiß-Fotografie. Eine Gruppe von Männern in Arbeitskleidung und mit breiten Hüten stand vor Tongefäßen. In den Händen hielten sie Spaten, Siebe und Messgeräte. Vom Bildrand her ragte ein Holzstiel oder Stock, das war nicht zu erkennen, schräg ins Bild. Eine merkwürdige Aufnahme, fand Tadsen.

»Was ist das für eine Fotografie?«, wollte er wissen.

»Das ist unsere Truppe damals«, erklärte Greiner etwas unwillig. »Das hier«, die gelbe Fingerkuppe seines Zeigefingers tippte gegen das Glas, »ist Zücht. Wir haben seinerzeit einige Bandkeramiken gefunden, wenn Ihnen das was sagt.«

»Wie kam das Foto denn zustande? Dieser Pinn da am Bildrand, hat der eine Bedeutung?«

Greiner schüttelte den Kopf. »Genauer kann ich mich nicht erinnern, tut mir leid.«

Tadsen nahm das Bild von der Wand. »Kann ich mir das ausleihen? Nur für die Dauer der Untersuchung. Sie bekommen eine Quittung.«

Wilhelm Greiner presste die Lippen aufeinander und sah den Polizisten über den Rand seiner Brille streng an. »Da wollte ich Ihnen helfen, und jetzt beschlagnahmen Sie liebe Erinnerungen«, beschwerte sich der alte Mann mit krächzender Stimme. Obwohl die hängenden Schultern Resignation vermuten ließen, verharrte sein Blick im Widerstand.

Heidegras

Elke und Manfred hatten sich zwei bequeme Hollandräder gemietet und nun fuhren sie über den Radweg entlang der Hauptstraße in Richtung Süden. Wind schob die letzten grauen Wolken zum Festland hinüber, aufkommende Wärme ließ die Insel schnell trocknen. Beide zog es in die Dünen und an den Strand. Am Dorfrand von Nebel zeigte sich die Windmühle mit ihrem reetverkleideten Mahlturm und dem grünen Dach. Sie lag, obwohl das Dorf selbst nach dem Regen wieder von Menschen wimmelte, in Stille verlassen da. Elke sprang vom Rad und sah über das Gelände des Mühlenmuseums. Ein signalroter Anschlag, an einem Laternenmast angebracht, bannte ihr Interesse. Das Plakat in der Größe einer Buchseite bestand nur aus Textzeilen.

Hier geboren
und doch nicht zu Haus
die Heimstatt verloren
kein Nest für die Maus
die Erben verzocken
was ihnen gegeben
Silberlinge locken
kein Ort mehr zum Leben.

Der Text zeigte weder Verfasser noch Titel. Eine komische Art der Heimatdichtung, fand sie und ließ die Zeilen in sich nachklingen. Da schien jemand sehr deprimiert zu sein. Mit einem Kopfschütteln vertrieb sie die Gedanken und konzentrierte sich auf die Tour an den Strand. »Die Mühle können wir ein anderes Mal machen, oder? Wir sollten das Wetter nutzen.« Sie saß wieder auf, als Manfred zur gegenüberliegenden Straßenseite zeigte.

»Sieh mal, die hohe Hecke. Was sich da wohl verbergen mag?«

Elke, die nicht zum ersten Mal auf Amrum war und die Karten gut studiert hatte, nickte nur und trat langsam in die Pedalen.

»Das ist der Friedhof der Namenlosen. Komm schon, ich will zum Strand.«

Manfred folgte ihr etwas unwillig. »Wo kommt denn der Name her?«, rief er. »Das klingt ja nach Gruselroman.«

»Arme Seelen«, warf Elke ihm die Antwort kurzatmig zu, »von den Wellen gefressen und hier angeschwemmt. Von denen ist nichts bekannt, nur das Datum ihrer Anlandung. Da drüben haben sie ihre Ruhe.«

Felder säumten ihren Weg, am Horizont sahen sie rechter Hand den Wald, davor leuchtete ein violetter Streifen. Die Heide. Sie bogen auf einen Feldweg ab und fuhren darauf zu. Schnell tauchten sie ein in den warmen Geruch des Heidekrautes, zwischen dem auch vereinzelt rote Beeren und Apfelrosen wuchsen.

»Manche sagen ja Sylter Rosen dazu«, erklärte Elke und deutete auf die Pflanzen. »Botanisch Rosa rugosa. Komisch, den Namen habe ich behalten. Wächst wie Unkraut.«

Aus dem Dunkel der nahen Fichten kam ihnen ein Streifenwagen entgegen, rollte aus und hielt an. Elke erkannte den Fahrer und sprang vom Rad.

»So schnell sehe ich dich wieder. Genießt du die schöne Landschaft?«, rief sie in das bereits geöffnete Seitenfenster. Tadsen, der seinen Arm lässig der Nachmittagssonne aussetzte, wiegte den Kopf.

»Moin Moin. Schön ist das hier, das stimmt. Auch in den Dünen. Aber dem hier ...«, er bückte sich in den Fußraum des Beifahrersitzes und kam mit dem Fundschädel zum Vorschein, »hat das nichts genützt. Den hat es schwer am Kopf getroffen, danach wurde er in einem Steinzeitgrab verscharrt. Dabei ist er aus der Neuzeit.« Elke trat neugierig näher, während Manfred in Erwartung von Urlaubsermittlungen seiner Geliebten missmutig wegsah.

»Ach, das ist der Knochenfund, weswegen du angerufen wurdest? Interessant. Klingt nach einem echten Fall. Und ich dachte schon, du könntest dich mal eine Saison ausschließlich um die Touristen kümmern.«

»Tja, wer weiß. Vielleicht war das ja auch mal ein Badegast.« Der Tod von Eitel Brahms fiel ihm wieder ein. »Ist nur gerade nicht mein einziger Todesfall. Im Moment hat die Inselpolizei gut zu tun. Ich muss dann.« Grüßend fuhr er an und rollte über den Sandweg davon.

»Berichte mir, wie es weitergeht«, rief Elke ihm hinterher.

Der Weg führte sie in den Kiefernwald. Eine duftende Mischung aus Harz und warmer Erde umfing sie. Sonnenflecken leuchteten am Boden.

»Von der Richtung her fahren wir aber nicht ans Meer, sondern eher nach Süddorf«, überraschte Manfred mit seiner Ortskenntnis.

»Wir können ja rechts abbiegen, wenn es sich ergibt«, meinte Elke und sog die Luft ein. »Ist das nicht herrlich? Diese Ruhe. Es ist Hochsaison, und doch gibt es nur uns zwei hier. Wo sind denn all die Leute?«

»Vielleicht wieder am Strand, nach dem Regen etwas Urlaubsstimmung tanken? Ich hab gelesen, dass sich 135.000 Gäste ungefähr 12.000 Betten für 1,3 Millionen Übernachtungen teilen. Jährlich. Und dann gibt es noch 80.000 Tagestouristen. Aber die Angaben schwanken«, dozierte Manfred und genoss den überraschten Blick, den Elke ihm vom Rad aus zuwarf. Er zuckte grinsend die Schultern. »Ich kann halt mit Zahlen.« Sie rollten eine Reihe von umzäunten Grundstücken entlang, in denen unter Tannen und Fichten halb verdeckt kleine Häuser im Halbschatten lagen. »Von den ausländischen Gästen stellen die Schweizer die größte Gruppe.«

Elke, die den Weg verließ und einem immer schmaler werdenden Pfad folgte, antwortete nicht. Stattdessen sah sie konzentriert zu einem der Gebäude hinüber. »Wo fahren wir überhaupt hin? Kennst du dich hier aus?« Manfred hielt sich zögernd hinter ihr und sah dann, was sie so bannte.

Ihre Blicke fielen auf die Gestalt eines kleinen Mannes, der gekrümmt und langsam zwischen den Bäumen umherging. Trotz der Wärme des Spätnachmittags trug er einen grauen Gummimantel mit hochgeschlagenem Kragen und stützte sich immer wieder auf einem Spaten ab. Würde mir die Figur in der Eifel begegnen, dächte ich sofort an einen Schatzsucher, der dem Waldboden Wehrmachtsdevotionalien der letzten Winteroffensive entreißt, dachte Elke. Aber was wollte er hier ausgraben? Merkwürdige Erscheinung. Manfreds Frage kam ihr in den Sinn. »Ich glaube, gleich sind wir in den Dünen.«

Schreibkram

Tadsen betrat, den Schädel in der Hand, mit knurrendem Magen die Polizeistation. Seit dem Frühstück hatte er nichts mehr zu sich genommen. Dennis sah von der Tastatur seines Computers hoch und grinste. Ocke, einen Becher Tee in der Hand, trat neben den jungen Kollegen, musterte Tadsen von oben bis unten und lachte laut auf. Dann deklamierte er überzogen und mit rollendem R: »Sein oder Nichtsein, das ist hier die Frage. Mensch Nanning, du siehst ja aus wie Shakespeare.«

»Du meinst wie Prinz Hamlet in Shakespeares gleichnamigem Stück«, verbesserte Dennis, »das Bild habe ich auch gerade im Kopf.«

»Sag ich doch. Ich hab mir den Helden aber immer etwas anders vorgestellt.« Ocke deutete eine schlanke Figur an und grinste.

Stationsleiter Tadsen sah auf den Schädel, den er festhielt, strich sich mit der freien Hand über sein weißes Haar und ließ die Kaumuskeln spielen. Vorsichtig legte er den Totenkopf auf einen Schreibtisch und sah seine beiden Kollegen mit zusammengekniffenen Augen an.

»Mich muss allerdings kein Geist auffordern, Morde zu rächen. Dafür reicht mir die Strafprozessordnung. Wollen mal hoffen, dass hier keiner so endet wie bei diesem Engländer üblich. Am Ende sind doch immer alle entweder erstochen, erschlagen oder vergiftet. Die Zahl unserer ungeklärten Todesfälle steigt gerade rapide. Dennis, wie weit bist du mit deinem Bericht in Sachen Kite-Ausrüstung? Prinz Hamlet möchte den Rittern aus Niebüll gern Informationen zukommen lassen, bevor die zu uns über das

Wasser reiten. Fertig? Gut. Wir müssen noch die Funde aus dem Steinzeitgrab an der Vogelkoje weiter erhellen. Der Kopf jedenfalls«, er deutete auf den Totenschädel auf dem Tisch, »hat vermutlich eine tödliche Verletzung abbekommen und besitzt Amalgamzähne. Zudem haben wir eine rote Strickmütze gefunden. Nicht gerade die typische Grabbeigabe der Jungsteinzeit.«

Er zog das gerahmte Foto aus seiner Jackentasche und legte es auf den Schreibtisch. »Ocke, dein Freund Greiner hat mir dieses Bild überlassen. Ich musste ihm allerdings den Dolch auf die Brust setzen. Die Ausgräber der Uni Bremen von 1951. Unser Spezialist ist auch dabei. Leiter war ein Professor Zücht. Schau mal, was du jetzt in Erfahrung bringen kannst. Übers Internet, und vielleicht geht ja jemand in der Universität ans Telefon. Ich schreibe die Strafanzeige, Verdacht auf Tötungsdelikt, schicke die Bilder nach Niebüll und telefoniere dann mit denen. Haben wir noch irgendwo was zu essen?«

Er sah sich brummend in der kleinen Teeküche um, starrte verdrossen in den Kühlschrank und setzte sich niedergeschlagen an den Computer. »Dennis, geh mal schnell zum Fahrzeug und hol die Digitalkamera. Ich muss die Fotos noch hochladen und bezeichnen.«

Der junge Kollege sah von seinem Schreibplatz auf. »Wo ist eigentlich der andere Streifenwagen?«, wollte er wissen.

»Na, auf dem Parkplatz an der Vogelkoje«, antwortetet Tadsen. »Virginia hat damit doch den Greiner gebracht.« Bei dieser Antwort holte er erschrocken Luft und schlug sich vor die Stirn. »Mensch, die Deern steht ja noch am Tatort und wartet auf Ablösung.« Er blickte aus dem Fenster der Polizeistation. »Das Wetter ist so schön geworden. Bestimmt wimmelt es jetzt auf den Bohlenwegen von beschaulich schlendernden Badegästen, die dem Abend entgegenwandeln. Virginia wird gut zu tun haben.«

»Soll ich?«, bot Dennis sich an.

»Hol mir gerade die Kamera, dann lös sie ab. Die Kripo trifft mit der Fähre um acht Uhr ein, wir fahren direkt zu dir raus. Ich hoffe, die graben sofort. Hell genug wird es noch sein.« Über seine Vergesslichkeit den Kopf schüttelnd, rief Tadsen das Anzeigen-

Textprogramm auf und begann zu tippen. Doch schon nach wenigen Worten griff er zum Telefon und wählte. Am anderen Ende meldete sich seine Frau.

»Moin Moin, Amanda, ich bin das. Ich wollte nur sagen, dass es später wird. Abendessen fällt wohl aus für mich. Wir haben da ...«

»Einen erschlagenen Insulaner und einige Knochen im Sand. Ja, weiß ich doch.« Amanda Tadsen war vor zwölf Jahren mit ihrem Mann und der Tochter Flor auf die Insel gekommen. Längst war sie mit dem dörflichen Leben warm geworden und traf sich jeden Monat mit einer Gruppe Amrumerinnen, um ihr Dasein etwas anzureichern. Diese sogenannten Mädeltreffen waren ein gut funktionierendes Netzwerk. Wenn sie sich nicht mit Freundinnen traf, half sie als Pferdepflegerin in einem Reitstall aus. Inselpolizist Tadsen war von dem Informationsstrom wenig erbaut, der Amrum auch dann durchströmte, wenn Zurückhaltung bei der Verbreitung von Nachrichten geboten war. Er hatte aber aufgehört, dem jeweiligen Quell nachzuforschen. »Schreckliche Sache mit dem alten Brahms. Die Kinder tun mir leid. Der Hof wird wohl an der Tochter hängenbleiben. Mit ihrem Bruder hat sich Rahel noch nie verstanden. Das war doch ein Unfall, oder?«

Tadsen atmete tief durch und blickte auf die Augenhöhlen des neben ihm liegenden Totenschädels. Das Leben war vergänglich, dachte er, irgendwann ist jeder dran. »Was du schon wieder weißt. Hat dich eines deiner Mädels kontaktiert?«

»Ja, genau«, lachte Amanda auf. »Die Doris. Die weiß ein bisschen was über die Familie Brahms, aber wenn dich das nicht interessiert ...«

Er zuckte mit den Schultern, auch wenn seine Frau das nicht sehen konnte. Zu Klönschnack am Telefon war er nicht aufgelegt. Dennis erschien im Wachraum, legte die Kamera auf den Tisch, winkte mit dem Fahrzeugschlüssel zum Zeichen, dass er Virginia ablösen wollte und verschwand.

»Das habe ich schon dieser Journalistin erklärt. Der Fall ist in der polizeilichen Untersuchung. Aber ich nehm an, dass nicht viel dabei rumkommt. Eitel Brahms war wohl zur falschen Zeit am falschen Ort. Noch sitzen wir hier über Schreibkram, und danach hol ich die Kollegen der Kripo am Fähranleger ab. Ich weiß nicht, wann der Tag enden wird. Bis nachher also.«

Kaum hatte er das Telefonat beendet und sich seinen beiden Sachverhalten zugewandt, riss ihn das Quietschen bremsender Reifen aus der Konzentration. Dem Zuschlagen einer Fahrzeugtür folgte unmittelbar das Öffnen der Stationstür. Da hat es aber einer eilig, dachte Tadsen und vergewisserte sich mit einem Seitenblick Ockes Aufmerksamkeit. Der sah aus dem Schreibraum herüber und nickte ihm zu.

»Moin Moin.« Der ruhige Bass eines hochgewachsenen Mannes füllte den Raum. Sein fleischiger Körper steckte in einer gewachsten Jacke und in Jeans. Unruhig fuhren die kräftigen Hände über das rotgeäderte Gesicht. Tadsen hatte ihn schon öfter auf der Insel gesehen, die einheimische Bevölkerung war ja überschaubar. Hartes Friesengewächs, fiel ihm bei der Statur des Besuchers ein, sicher ein Landwirt. Aber der Name?

»Ich komme wegen meines Vaters.« Die Augen des Mannes suchten ziellos den Raum ab, die Hände wanderten zwischen Kinn und Jackentasche hin und her.

»Roluf, mein Beileid.« Ocke hatte beim Anblick des Amrumers sofort seine Ermittlungen unterbrochen und war an Tadsen vorbei auf ihn zugegangen. Er gab ihm die Hand und drehte sich zu seinem Kollegen um. »Nanning, das ist Roluf Brahms, der Sohn.« Tadsen stand auf und trat hinzu. Ocke zog sich langsam in den Schreibraum zurück.

»Schreckliche Sache, tragisch. Mein Beileid«, meinte der Inselpolizist und wies auf seinen Computer. »Ich schreib gerade den Bericht. Noch gilt die Todesursache als ungeklärt.«

»Ich dachte, es war ein Unfall. Was soll das denn sonst gewesen sein?«

Tadsen nickte und sah zu Boden. »Vielleicht war Fahrlässigkeit im Spiel.«

»Von meinem Vater?« Der Bass des Mannes dröhnte.

»Nein, nein, eher von dem Hamburger Kiter. Warum waren die beiden so nahe beieinander, hatte der Sportler sein Gerät im Griff, war es technisch einwandfrei? So etwas prüfen wir gerade.«

»Wie lange wird das dauern?«

»Heute kommt die Kriminalpolizei«, antwortete Tadsen und überlegte laut, »Abgabe an die Staatsanwaltschaft ...«, er blickte Roluf Brahms direkt an, »vielleicht drei Tage. Aber ohne Gewähr. Haben Sie mit Ihrer Schwester gesprochen?«

Der Gefragte winkte ab, die Hand zitterte leicht. »Kurz über Telefon. Rahel meinte, sie habe keine Zeit rüberzukommen. Ich solle mich um die Formalitäten kümmern, ihr bliebe ja die ganze Arbeit mit dem Hof.« Das gerötete Gesicht verdunkelte sich, die Stimme vibrierte. »Kann man sich das vorstellen? Vater ist tot und das ist alles, was sie sagt.« Er wischte sich verstohlen eine Träne aus dem Augenwinkel. »Ist das meine Schuld, dass sie auf dem Hof kleben geblieben ist und aus ihrem Leben nichts anderes gemacht hat? Ich meine, sie ist doch für sich selbst verantwortlich, oder? Niemand hat sie zu der Arbeit gezwungen. Und mit ihren Tätowierungen und all dem lebt sie sich voll gut aus.«

Tadsen schluckte seine Frage, was denn mit »all dem« gemeint sei, hinunter. Der Alltag der Hinterbliebenen ging ihn nichts an, für seine Ermittlungen war der nicht von Belang.

»Jetzt muss ich erst mal mit Vaters Vereinen sprechen, die wollen bestimmt bei der Beerdigung beteiligt sein. Aber wenigstens die Todesanzeige müsste ich doch mit meiner Schwester gemeinsam schalten. Das gehört sich so.« Roluf Brahms winkte bei seinen eigenen Worten ab, als habe ihm jemand widersprochen. »Und die tägliche Arbeit will auch erledigt sein. Ich hoffe jetzt erst mal darauf, dass die Staatsmacht meinen Vater nicht allzu lange festhält. Eitel Brahms soll zur Ruhe kommen.« Damit nickte er Tadsen zu und verließ die Polizeistation.

Der Inselpolizist sah ihm hinterher und setzte sich wieder vor den Computer. Ausgerechnet bei Todesfällen, für sich genommen schon tragische Umstände, blühen die Familienkonflikte besonders schön, dachte er und schüttelte den Kopf. Von wegen, das Schicksal schweißt zusammen.

Ocke Petersen trat in die Tür zum Wachraum.

»Sag mal, warum hat deine Familie eigentlich zu den Brahms' ein angespanntes Verhältnis? Die sind doch so was wie Amrumer

Adel.« Tadsen war auf die Antwort gespannt und blickte seinen Kollegen fragend an. Der sah überlegend zur Decke und steckte die Hände in die Hosentaschen.

»Eben deswegen. Ich bin mit einem Groll gegen diese Sippe erzogen worden. Habe immer nur gehört, wie anmaßend die seien. Meine Familie hat ja auch schon einige Generationen auf unserem schönen Eiland zuwege gebracht. Aber im Vergleich zu den Taten und dem Wert, den die Brahms' sich zugemessen haben«, er schraubte eine Hand wedelnd in die Höhe, »sind alle anderen Amrumer Gewürm und Laub im Wind. Immerhin fing der Ruhm vor dreihundert Jahren mit dem berühmten York Brahms an. Osmanische Piraten versklaven den Kapitän, der wird später Berater des Paschas von Kairo. Endlich freigelassen, soll er selbst mit Sklaven gehandelt haben. Kommt als reicher Mann zurück nach Amrum. So ein mächtiger Vorfahr legt sich natürlich auf den Familiencharakter. Rolufs Großvater Magni zum Beispiel muss ein rechter Querkopf gewesen sein. Wollte den Archäologen, die in den Grabhügeln am Esenhugh gegraben haben, vorschreiben, was sie über unsere Ahnen veröffentlichen durften. Das war für meinen Vater, glaube ich, der beste Beweis für die großspurige Gesinnung dieser Leute. Magni Brahms hat vielleicht was von Rinderzucht verstanden, aber von Stein- und Bronzezeit? Bewahre. Der war Bauer, mehr nicht. Meine Familie dagegen war in den Augen der Brahms' ein Haufen Tagelöhner und Kleinstbauern. So viel zur traditionellen Abneigung.«

Tadsen nickte und knabberte an seiner Unterlippe. »Die Geschichte von York Brahms kenn ich, der hat ja auch einen schönen Grabstein. Roluf kam mir jetzt gar nicht hochfahrend vor, eher überfordert. Aber wie das so ist mit liebgewordenen Animositäten, man kann von ihnen nicht lassen. Apropos Archäologen. Was hast du über die Ausgräber herausgefunden?«

»Sie waren wohl zu fünft.« Ocke ging zu der Fotografie mit dem Grabungsteam und tippte gegen die Scheibe. »Zwei Männer, Greiner und Zücht, sind bekannt. Zwei bisher unbekannte Männer stehen dabei, und einer muss das Bild gemacht haben. Ist kein gutes Foto. Ich frage mich, was dieser Holzstiel, oder was das auch sein mag, im Bildausschnitt zu suchen hat. Eine Gruppenaufnahme nach den Regeln der Kunst ist das jedenfalls nicht.« Er zog ein bedrucktes Blatt aus seiner Hemdtasche und faltete es auseinander. »Im Internet habe ich nur was über den Grabungsleiter herausgefunden. Adolf Zücht, 1906 in Kiel geboren, promovierte zu Funden der älteren Bronzezeit in Pommern. Ab 1939 angestellt bei der Provinzialstelle für vor- und frühgeschichtliche Landesaufnahme und Bodendenkmalpflege der Provinz Schleswig-Holstein. In Nazideutschland hatte er mit völkerrechtlichem Kunstraub zu tun. Was er wem wegnahm, weiß ich aber nicht. Die braune Vergangenheit war später kein Karrierehindernis, der Mann war ja Fachmann und wurde wohl gebraucht. 1951 untersuchte er dann im Auftrag der Uni Bremen die Amrumgräber. Zücht war in Hamburg gemeldet, in Bremen hat er wohl nie gelebt. Merkwürdig ist, dass er im Dezember 1951 registerbereinigt wurde. Also hat ihn jemand von Amts wegen abgemeldet. Ein Hinweis auf eine neue Adresse gibt es nicht.«

»Kollege Petersen, du wirst das nicht glauben, aber mir ist der amtsdeutsche Begriff der Registerbereinigung bekannt. Zücht ist also 51 verschwunden, richtig? Vielleicht sollten wir mal die Kripo in Hamburg in alten Fällen graben lassen. So einfach kommt uns in Deutschland kein Professor abhanden. Die müssten darüber was haben.« Er nahm das gerahmte Foto in die Hand, betrachtete die Gesichter der Männer, ihre Blicke. Die Fotografierten sahen nicht in die Kamera, ihre Augen blickten auf etwas jenseits des Bildausschnitts, dorthin, wo der ins Bild ragende Stock herkam. »Und die anderen? Greiner zum Beispiel, gibt es da was im Internet?«

»Nur einen kleinen Artikel im Kniepsandboten. Der Alte habe sich durch das Buddeln in Grabhügeln jung gehalten, heißt es da. Er sei der Amrumer Spezialist für die Bronzezeit. Aber du solltest den eigentlich gut kennen. Der wohnt wie du in Süddorf. Da weiß man doch was voneinander.«

Tadsen schüttelte den Kopf. »Dem begegnest du nicht auf der Straße. Und für Klönschnack über die Dorfbewohner bin ich nicht geeignet.« Das erledigt meine Amanda, dachte er und drehte den Bildrahmen in seiner Hand gedankenverloren auf die Rückseite.

Ein überraschter Blick, dann lachte er auf und hielt Ocke den Rahmen hin.

»Hier, schau mal. Schön mit Schreibmaschine getippt und säuberlich aufgeklebt. Das Datum, die fünf Namen der Anwesenden. Alles Männer, auch der Fotograf. Sogar einen Titel gibt es: *MB im Sturm*. Was das wohl bedeutet? Bei Wind und Wetter buddeln, das wär nichts für uns, was Ocke?«

Sein Kollege nahm das Bild entgegen und verschwand stumm im Schreibraum. Jetzt hatte er drei weitere Personen, denen er nachspüren musste.

Nachdem Tadsen seine Strafanzeigen und die ersten Ermittlungsberichte getippt hatte, widmete er sich dem Beschriften und Versenden der Tatortbilder via Internet. Er sah auf die Uhr. Bis zur Ankunft der letzten Fähre hatte er noch Zeit. Vielleicht konnte er schnell daheim ein vorzeitiges Abendbrot bekommen. Dennis dürfte Virginia inzwischen abgelöst haben.

»Sag mal«, rief Ocke aus dem Nebenraum in seine Gedanken, »wo bringen wir eigentlich die Kollegen aus Niebüll unter. Die werden ja nicht die Nacht durcharbeiten.«

»Wohl wahr«, brummte Tadsen und griff zum Verzeichnis der Beherbergungsbetriebe. Sein Blick fiel wieder auf den Totenschädel. Nachdenklich strichen seine Finger die rauen Kanten der Hiebverletzung entlang. »Sein oder Nichtsein«, murmelte er, »der Rest ist Schweigen.«

Dünen

Elke und Manfred folgten mit den Rädern einem Trampelpfad, der die Grenze zwischen dem lichten Wald und den hohen Dünen bildete. Ein Drahtzaun verhinderte das Betreten der bewachsenen Sandberge. So versuchte die Inselverwaltung, den umherstreunenden Badegast daran zu hindern, weitere Schäden an der Vegetation zu verursachen. Elke hatte zwar dafür Verständnis, fühlte sich hier jedoch nicht nur als gesetzestreue Polizistin, sondern auch als entdeckungshungrige Urlauberin. Sie hielt an, sah sich um, lauschte in den Wind und lehnte das Rad an den Zaun. Manfred tat es ihr gleich.

»Lass uns mal in die Dünen klettern. Ich habe keine Vorstellung, wie weit die sich ausdehnen. Vielleicht sehen wir das Meer.«

»Ja, aber«, Manfred deutete auf den Zaun und ein Schild, das deutlich eine Eule zeigte. Naturschutzgebiet. »Ich denke, das ist nicht erlaubt«, widersprach er.

»Ach, komm schon«, entgegnete sie und bog einen der Drähte nieder, »Entdecker überschreiten immer Grenzen. Stell dir vor, wir brächen aus einem Kannibalenlager aus und am Strand wartete ein Segelschiff auf uns.«

Über hartes Silbergras, Dünenrosen und Kriech-Weide hinweg stiefelten sie eine Anhöhe hinauf. Wind kam auf, der Wald hinter ihnen rauschte und die dürren Grashalme raschelten. Auf der Kuppe hielten sie an. Die Dünen dehnten sich in unzähligen Wellen bis zum Horizont aus. Vom Meer war nichts zu sehen.

»Komm, wir klettern auf den ganz hohen«, rief Manfred und begann, den nächsten Berg zu erklimmen, der aufgrund seiner steilen Seiten nur an der Spitze bewachsen war. Elke folgte. Immer wieder rutschte sie im feinen Untergrund tiefer und trat auf der Stelle. Endlich, oben angekommen, bot sich ihr eine wundervolle Weitsicht, die allerdings nicht das Meer, wohl aber noch mehr Täler zeigte.

Sie setzte sich. Wind blies ihr feine Körner ins Gesicht. Schön und unwirtlich, dachte sie. Kein Ort zum Picknicken, mit all dem Sand zwischen den Zähnen. Aber sie hatte noch einen weiteren Gedanken. »Wenn ich mir vorstelle, wie alleine und unbeobachtet wir hier sind. Jemanden umzubringen und zu verscharren, das wäre doch ein Leichtes. Man bräuchte nur einen Spaten. Für beides.«

Manfred sah kopfschüttelnd auf sie hinunter. »Also Ideen hast du. Ist das eine Berufskrankheit? Sollte ich dich mal mit einem Grab- oder Gartengerät sehen, keinen Schritt würde ich dir in die Natur folgen.«

Sie erhob sich, klopfte den Sand von der Hose und kletterte den Abhang hinunter. »Auf zu den Rädern, wir wollen noch ans Wasser. Die Hügelwüste hier können wir jedenfalls so nicht durchqueren. Da kommen wir um. Machen wir es also wie alle und benutzen die Holzwege, die die Insulaner überall angelegt haben. Die nächsten Bohlen, die uns begegnen, führen uns ans Meer.«

Bald stießen sie auf einen am Waldrand gelegenen Parkplatz. Die vielen Autos ließen vermuten, dass der ausgeschilderte Strand an diesem Nachmittag gut besucht war.

»Schau«, rief Manfred und stieg vom Rad, »da geht es auch zum Strandhäuschen. Ich habe das auf der Karte gelesen und mich gefragt, was das wohl ist. Scheint eine Restauration zu sein.«

Elke grinste. »Was für ein Wort. Ich würde sagen, da bekommen wir was zu trinken. Aber lass uns mal gerade da hinübergehen.« Sie deutete auf eine Gruppe Strandbesucher, die kopfschüttelnd einen Anschlag an der Informationstafel lasen.

»Jetzt geht das hier auch los«, murmelten die Stimmen im Näherkommen. »Unverschämtheit!« »Sollen sich doch ihren Tourismus selber backen!« »Was wäre denn ohne uns auf der Insel los?«

Elke las den auf leuchtend gelbem Papier gedruckten Text, der keine Signatur trug:

Dü min tüs min öömrang lun
der Öömrang kann nichts mehr für dich tun
Überall Fremde, die den Boden betreten
unsere Herzen haben sie nicht hergebeten
Die Preise ganz oben
die Sitten verdorben
sträflich umworben
politisch verwoben.

»Ein Freiheitsdichter«, murmelte sie und sah Manfred an, der ihr über die Schulter geschaut hatte. »Ich werde den Nanning mal fragen, was es damit auf sich hat. An der Mühle hab ich ein ähnliches Gedicht gesehen, auf Rot. Ob es so was wie einen Amrumer Heimatschutz gibt? Das wird den Leuten, die von den Gästen leben, aber gar nicht gefallen.« Sie berührte das wellige Papier. Es war sehr feucht. Instinktiv sah sie suchend über den Parkplatz. Der

Täter, dachte sie und musste ob der überzogenen Dramatik des Begriffs auflachen, hatte es gerade erst aufgeklebt. Er war also noch nicht weit.

»Frag doch unseren Hauswart«, meinte Manfred und deutete mit einer Kopfbewegung zum Rand des Platzes. Kristian Tondern verließ den Strandweg und ging zu einem blauen Ford Fiesta. In Latzhose und Fischerhemd setzte er einen starken Kontrast zu der bunten Strandbekleidung der anderen Anwesenden. Ein Friese wie aus dem Bilderbuch, dachte Elke. Sie sah, dass er schwer an zwei schwarzen Plastikeimern trug. Ihre Blicke kreuzten sich und sie winkte ihm zu. Er nickte zögernd, lächelte, stellte die Kübel ab und öffnete den Kofferraum. Elke schob ihr Rad zu ihm hinüber.

»Sieh an«, begrüßte er sie in seiner langsamen Art, »eine erste Tour zum Strand?«

Sie nickte. »Ja, wir wollten das Wetter nutzen. Und es duftet überall so intensiv.«

»Das macht der Wald und die Heide«, antwortete Tondern und hob die Eimer in den Wagen.

»Wozu braucht ein Amrumer Kübel voller Sand?«, fragte sie lachend und schob eine Haarsträhne hinters Ohr.

»Für das Gewächshaus.« Er schlug den Kofferraum zu. »Hier komm ich am einfachsten dran.«

»Und da haben Sie sich verletzt?« Sie deutete auf ein größeres Pflaster an der Innenseite seines linken Daumens.

»Hauswartrisiko«, winkte er ab, »irgendwo wartet immer eine scharfe Kante. Hab mir damit aber die Klamotten versaut.« Er wies auf einige dunkle Flecken auf Hemd und Hose.

»Und auf dem Sand, was wächst da außer dürrem Gras?«, wechselte sie das Thema. »Dann haben Sie also doch Kakteen unter Glas.«

»Nein, es wird ein Versuch. Ich möchte eine Scilla maritima ansiedeln. Eine Meerzwiebel«, setzte er erklärend nach, als er Elkes fragenden Blick sah. »Und die gedeiht in ausgedörrten Bachläufen und auf sandigem Boden.«

»Sie scheinen wirklich etwas von Pflanzen zu verstehen«, gab sie sich zufrieden.

Manfred hatte sich zu ihnen gesellt. »Wollen wir?«, mahnte er und wies in Richtung Strand.

»Ja, sofort. Nur noch eine Frage, Herr Tondern. Haben Sie das schon mal gelesen?« Sie zeigte über den Platz auf den gelben Anschlag an der Holzwand. »So eine Art Freiheitsgedicht.«

Sein Blick folgte langsam ihrer Hand, er überlegte. »Klar, die Gedichte tauchen ab und zu auf. Es gibt sie auch in Rot und Blau.«

»Ach«, mischte Manfred sich ein, »wie die Friesenflagge?«

Elke sah ihn überrascht an und grinste. Ihr Computermann war doch immer für eine Überraschung gut.

Tondern nickte mit ausdruckslosem Gesicht. »So könnte man meinen. Den Verfasser kennt keiner, die Insulaner rätseln.«

»Aber was für einen Sinn hat das?«

Tondern schnaubte und wiegte den Kopf. »Unmut über das sich verändernde Leben auf der Insel? Die Hiesigen können sich bald auf ihrem Heimatboden die Grundstücke nicht mehr leisten. Oder zu viele Fremde? Wer weiß das schon. Vielleicht steckt der Verein gegen Landverkauf dahinter. Nur ist dessen Vorsitzender heute Morgen gestorben, die Ursache ist unklar. Da gibt es jetzt ganz andere Probleme.«

»Was sagen denn die Gäste dazu?«, wollte Elke wissen. »Macht das nicht böses Blut? Und dieser Verein, hat der Einfluss?« Sie zwang sich, ihre Fragen auf das Gedicht zu konzentrieren. Noch ein Todesfall, dachte sie trotzdem, der arme Nanning.

Tondern zuckte mit den Schultern und machte eine wegwerfende Handbewegung. »Soweit ich weiß, sind das nur fünf Leute. Ziemliche Querköpfe, besonders der Chef war schwierig. So richtig hat dem aber keiner zugehört. Und wer von den Gästen diese Gedichte liest, wird etwas murren, aber dann kommt die Urlaubsstimmung schnell zurück. Man darf nichts drauf geben. So, ich muss weiter. Die anderen Hausgäste wollen begrüßt sein.« Er winkte kurz und stieg in sein Fahrzeug.

Elke sah auf die Uhr. »Stimmt ja«, sagte sie zu Manfred, »die Messingers kommen gleich. Aber vorher ruft uns der Strand. Damit wir ein Inselurlaubsgefühl bekommen.«

»Und das Strandhäuschen sehen. Ich habe Durst.«

Inselpolizist Nanning Tadsen fuhr uniformiert und im Streifenwagen nach Hause. Das geschah nicht oft, legte er doch großen Wert auf ein vom Dienstlichen getrenntes Privatleben. Aber an diesem Tag war das anders. Seit er am Morgen den Tod Eitel Brahms' zu bearbeiten hatte, war er nicht mehr zur Ruhe gekommen.

Der Familienkombi vor der Einfahrt fehlte, Amanda war also unterwegs. Zu schade, dachte er. Jetzt, so nebenbei, hätte ihn schon interessiert, was die Insel über die Brahms' oder den alten Greiner wusste.

Mit knurrendem Magen betrat er das Haus. Es war ein zugegeben wenig schmucker, weiß verfugter Ziegelbau mit einem Spitzdach aus grauen Dachpfannen. Ein Reetdach war zu teuer gewesen. Noch fehlte die Gartenmauer aus Findlingen, die – ebenfalls inseltypisch – mit Apfelrosen bepflanzt werden müsste. Die würde er in Angriff nehmen, wenn er in Pension war. Bisher hatte er noch keine Lust gehabt, diese Arbeit anzugehen. Da verbrachte er lieber seine Freizeit bei den Schafen.

Er warf einen Blick in den Kühlschrank und traf eine Entscheidung. Sein Essen sollte schnell fertig und lecker sein, und satt machen musste es auch. Also legte er Eier und Schinken bereit, schnitt Brot ab und suchte aus einer Schale, die auf der Anrichte stand, zwei feste Tomaten aus. Beim Befüllen des Kaffeefilters sog er den Duft aus der Dose ein. Herrlich! Er konnte nicht verstehen, warum sich immer mehr Menschen dem Diktat vorfabrizierter Aludöschen und Portionsmaschinen beugten.

Während die Kaffeemaschine leise röchelte, belegte er vor sich hinsummend die Brotscheiben auf seinem Teller mit Schinken und Tomatenscheiben und briet drei Spiegeleier, mit denen er stolz sein Werk krönte. Was war schon der ganze Fastfood-Terror gegen so eine Kombination. In der einen Hand einen Becher frischen Kaffee, in der anderen den Strammen Max, nahm er am Küchentisch Platz. Er hatte gerade einen ersten Bissen im Mund, als er von draußen das vertraute Motorgeräusch hörte. Kurz darauf folgte das metallische Klacken des Haustürschlosses.

»Nanning, bist du da?« Seine Frau Amanda betrat die Küche. Kauend blickte er zu ihr auf. Keine Jeans, kein Arbeitshemd, registrierte er, sondern Leinenbluse und Dreiviertelhose. Sie gab ihm einen Kuss auf die Stirn. Er roch ihr Parfüm und schloss die Augen.

»Hast du dich für ein schnelles Junggesellenessen weggestohlen? Ich hätte dir auch was Richtiges gekocht. Aber nach deinem Anruf ...« Ihr kritischer Blick schwenkte durch die Küche und blieb an seinem Teller hängen, während er weiteraß. »Du scheinst ja bestens zurechtzukommen. Wann musst du wieder los?«

Er trank einen Schluck Kaffee. »Es geht doch nichts über ein ehrliches Gericht«, meinte er. »Eigentlich hab ich gar keine Zeit. Hab den Kollegen versprochen, ihnen was auf die Station zu bringen, und nachher hol ich die Kripo am Anleger ab. Das wird wirklich ein langer Tag.« Er betrachtete sie genauer. Irgendetwas war anders an ihr. »Sag man, warst du beim Friseur?«

Amanda lachte und fuhr sich über ihr fülliges Haar. »Nur eine Tönung und die Spitzen. Mehr nicht. Aber schön, dass du das noch bemerkst.«

»Und du riechst so gut.«

»Ach, das hast du durch den Dunst gebratener Eier gerochen? Alle Achtung. Ist nur eine Probe. Gefällt es dir?«

Er legte das Essbesteck nieder und sah ihr lächelnd in die Augen. »Du gefällst mir im Ganzen.«

Sie beugte sich zu ihm hinunter, wischte über seine Lippen und küsste ihn. Im selben Augenblick begann das Telefon in seiner Hemdtasche zu vibrieren. Ärgerlich brummend nahm er das Gespräch an, ohne auf das Display zu achten. Der Rest Spiegelei dürfte jetzt kalt werden, vermutete er bedauernd.

»Moin Moin, wer stört? Tadsen hier.«

»Moin, Efi Briese noch mal, vom Kniepsandboten. Sagen Sie, was ist das für eine Geschichte mit dem Leichenfund im Steinzeitgrab? Ein Mord oder eine archäologische Sensation? Warum wird die Öffentlichkeit darüber nicht informiert?«

Tadsen atmete tief ein, um seine Meinung zur Presse im Allgemeinen und zum Kniepsandboten im Besonderen ins Telefon zu blasen, doch ein Blick auf seine Amanda besänftigte ihn. Sie goss ihm noch einen Becher Kaffee nach und lächelte in sich hinein. So ließ er die Luft wieder ab und räusperte sich nur.

»Verehrte Frau Briese, da ist nicht viel zu sagen. Ein Totenschädel, einige Knochen. Es scheint jedenfalls kein Steinzeitmensch zu sein, der da liegt. Mehr ist Spekulation, und daran beteiligt sich die Polizei nicht.«

»Und der gelöcherte Schädel? Haben Sie Patronenhülsen gefunden? Die Austrittsstelle am Kopf soll ja gewaltig sein. Und was ist mit der Mütze? Wurde das Grab in den Dünen zur Hinrichtungsstelle unter Bankräubern?«

»Davon weiß ich nichts. Sie sollten Krimis schreiben. Lächerlich. Der Schädel jedenfalls war nicht maskiert. Und zum Zustand des Kopfes gibt es keine Angaben. Ermittlungstaktik. Können Sie mal beizeiten nachlesen. Die Kriminalpolizei wird noch heute Abend vor Ort ermitteln. Danach, hören Sie, dürfen Sie Ihre Fragen gerne den Kollegen aus Niebüll stellen.«

»Und im Fall Eitel Brahms?«

»Gilt das Gleiche. Niebüll regiert. Ich muss leider weiter.« Damit drückte er das Gespräch weg und verstaute das Telefon. Unwirsch aß er den Teller leer und schob ihn von sich. »So, meine Nixe, dann geh ich mal hinaus ins feindliche Leben, zwei tote Menschen stellen uns Fragen zu ihrem Abgang.« Leise ächzend stemmte er sich in die Höhe, überlegte und ließ sich wieder auf den Sitz fallen. »Sag mal, kennst du eigentlich den alten Wilhelm Greiner? Wohnt in unserem Dorf am Waldrand. Über neunzig ist der.«

»So ein Archäologe?« Sie dachte nach. »Ja, Hinrike hat schon mal von dem erzählt. Gesehen habe ich den bisher auch nicht. Wenn man sich das vorstellt. Wir leben hier schon so lange.«

»Hinrike Risse, eine deiner Freundinnen?«

»Richtig. Weißt du, das ist die, die eine schwere Zeit hinter sich hat, die Geschichte mit der Tochter ...« Tadsen winkte ab. Er erinnerte sich nur zu gut an die Sache auf Föhr im vorletzten Herbst, wollte sich aber nicht ablenken lassen.

»Und was sagt sie so, die Hinrike?«

»Der alte Mann ruft sie hin und wieder für Besorgungen und zum Putzen. Sie meinte, das sei jedes Mal ein Heidendreck bei dem. Kettenraucher, vollgepestete Wohnung, alles durcheinander. Nur der Keller sei tipptopp. Aber da dürfe sie eigentlich gar nicht rein. Wenn sie für ihn Vorräte einkaufe und unten verstaue, folge er ihr auf Schritt und Tritt.«

»Woher weißt du, dass er Archäologe ist?«

»Ach, das hat Hinrike erzählt. Der habe unten im Haus Regale voller Knochen, Tonscherben und Faustkeile. So Steinzeitkram. Aber viel hat sie nicht gesehen. Das Meiste lag wohl im Dunkeln.« Amanda begann, den Tisch abzuräumen.

Nachdenklich stemmte Tadsen seinen übergewichtigen Körper ein zweites Mal in die Höhe. »Da werde ich also seine Nikotinluft noch mal atmen müssen. Aber jetzt nicht.« Er gab seiner Frau einen Kuss und verließ das Haus.

Elke und Manfred hatten den Parkplatz hinter sich gelassen und waren dem Pfad durch einen lichten Wald gefolgt. Am Waldrand weitete sich der Blick auf entfernte, grasbewachsene Sanddünen, durch die ein Weg aus Holzbohlen führte. Rechts, inmitten einer Ebene aus wogenden Gräsern, lag der reetgedeckte, niedrige Ziegelbau des Strandhäuschens. Im Windschutz von Holzpalisaden saßen die Urlauber unter Sonnenschirmen, aßen, tranken und blickten in die Dünen. Elke machte einige Weißbiergläser aus, schaute in die Landschaft und wieder auf die Gäste. Tief sog sie die Luft ein und nickte zufrieden. Manfred, der sein Fahrrad abschloss, sah sie verwundert an.

»Denk dir hier die Alpen«, erklärte sie. »Das ganze Drum und Dran, die Atmosphäre, alles wie auf einer Berghütte. Entspannt und friedlich.« Sie erinnerte sich an ihren letzten Urlaub am Funtensee im Berchtesgadener Land. Leider war der trotz des atemberaubenden Panoramas keine reine Erholung gewesen. Das Verbrechen lauerte eben überall. Manfred schien einen ähnlichen Gedanken zu haben.

»Hier gefällt es mir besser als im Gebirge. Erstens ist es weniger anstrengend und zweitens wird niemand zerteilt. Erinnerst du dich?«

Sie nickte nachdenklich, schloss ihr Fahrrad ab und gesellte sich wieder zu ihm.

»Willst du jetzt was trinken«, sie schlang ihren Arm um seine Hüfte, »oder nach dem Besuch der Nordseewellen? Noch leuchtet die Nachmittagssonne.« Sie räusperte sich. »Ich denke dein, wenn mir der Sonne Schimmer vom Meere strahlt«, zitierte sie. Er sah zu ihr hinunter und lachte.

»Rilke?«

»Goethe. Nähe des Geliebten.«

»So romantisch gestimmt? Dann komm und lass uns den breitesten Strand Europas betreten. Danach schmeckt es noch mal so gut.«

Sie folgten dem Bohlenweg und trafen auf eine ebene, weiße Sandfläche, die links wie rechts den Horizont erreichte. Vor sich, vielleicht einhundert Meter entfernt, sahen sie den dünnen Meeresstreifen, der in einen taubenblauen, mit wattigen Wolken betupften Himmel überging. Je näher sie dem Wasser kamen, desto öfter stießen sie auf eingegrabene Windfänge. Eltern rubbelten ihren zappeligen Nachwuchs warm, Plastikdosen mit Broten und Apfelhälften wurden geleert, Sonnencreme auf gerötete Rücken verteilt. Dass der Tag regnerisch begonnen hatte, war hier nicht spürbar. Das bunte Strandleben zog sich in die Weite. Im Meer sahen sie Männer wie Frauen, die sich gegen die rhythmisch aufkommenden Wellen warfen und genauso jauchzten wie die Kinder.

Elke zog Schuhe und Strümpfe aus, krempelte die Hosenbeine hoch und patschte durch das flache Nass. »Gar nicht kalt«, rief sie in den Wind und genoss das Gefühl nachgebenden Sandes an ihren Fußsohlen.

»Achtzehn Grad«, antwortete Manfred, der den Aushang am Container der Strandwacht gelesen hatte. »Morgen können wir gerne mehr wagen.«

Als Tadsen die Polizeistation mit einer gefüllten Plastiktüte betrat, lugten Virginia und Ocke erwartungsvoll hinter ihren Bildschirmen hervor. »Moin Moin. Ich komm mir vor wie der Weihnachtsmann bei der Bescherung.« Er ging zur Teeküche und packte den Inhalt aus. »Na, habt ihr Hunger?« Der Duft von Räucherfisch erfüllte den Raum. Ocke kam langsam näher und grinste. Virginia zog die Augenbrauen hoch und stieß mit einem Brummen Luft aus. »Keine Sorge, für die Sicherheitsorgane mit höherer Ethik hat der Smutje auch fleischlose Kost im Angebot.« Wie ein Sommelier hielt er in einer übertriebenen Geste seiner Kollegin das Etikett eines Glases hin. Paprika-Tomatenaufstrich. »Und auch noch bio«, betonte er lächelnd. »Auf Amrum kommt nur das Feinste auf den Tisch.«

»Wer dran glaubt«, brummte Ocke und begann, eines der verlockenden Fischbrötchen auszupacken. Sogar an extra viele Zwiebeln hatte Nanning gedacht. »Eine Runde Tee für alle?«, fragte er gut gelaunt, biss in seinen Räucherlachs und hantierte an der Maschine.

»Sag mal, Virginia, wie war denn der Andrang am Steinzeitgrab? Viele Leute?«, wollte Tadsen wissen. Seine Kollegin schüttelte den Kopf.

»Anfangs nicht, das hat sich erst langsam herumgesprochen. Aber jeder, der jetzt an der Vogelkoje vorbeikommt, scheint auch in die Dünen zum Tatort zu wollen. Unbeaufsichtigt kannst du die Stelle nicht mehr lassen.« Sie lachte auf und äffte die Touristen nach. »Was ist hier denn passiert? Warum bewachen Sie die Steine? Ist das ein neuer Steinzeitfund? Immer die gleichen Fragen. Das Beste war noch: Buddeln Sie nach unseren Steuergeldern?«

Während sich die Kollegen stärkten, begann der Leiter der Polizeistation, die bislang zusammengetragenen Berichte zu ordnen. Eine gute Aktenführung hatte nach seiner Erfahrung einen entscheidenden Anteil am Gelingen jeder Ermittlung.

Zwischen Geknister von Papier, Klackern von Teebechern und Ockes Kaugeräuschen schrillte das Stationstelefon. Nanning griff zum Hörer. Ehe er sich melden konnte, erklang am anderen Ende die rauchige Stimme einer dem Anschein nach angetrunkenen Frau.

»Ist der Ocke zu sprechen?«

»Wer ist denn da? Hier ist die Polizei.«

»Die Marlies. Der Ocke kennt mich. Kann ich den jetzt …?«

»Marlies-wer-denn? Herr Petersen hat dienstlich zu tun.« Tadsen war empört. Er kannte die Vorliebe seines zweiten Mannes, der sich gegenüber einsamen weiblichen Inselgästen gerne als eingeborener

Amrumer zu erkennen gab. Den Kontakt, den er dank des Polizisten-Nimbus' leicht herstellen konnte, nutzte er schon mal, um den Urlauberinnen, wie er das nannte, Führungen zu den Sehenswürdigkeiten anzubieten. Er rechnete sich selbst auch dazu. Tadsen erschauerte, wenn er Bilder zu diesen Besichtigungen in seinem Inneren zuließ.

»Die Maaaarlies vom Niederrhein, aus Xanten. Sie können mir den ruhig geben, nur kurz.«

Ocke, der bei der Wiederholung des Namens hellhörig geworden war und sich neben Tadsen gestellt hatte, wischte sich den Mund mit dem Handrücken sauber. Sein Kollege übergab ihm brummend und mit rollenden Augen den Telefonhörer. »Hier, der Niederrhein. Mach's kurz.«

»Hallo Marlies, Ocke hier. Wie schön, dass du anrufst. Ich hab die ganze Zeit gedacht, ich muss mich melden, aber der Dienst ...«

Trotz ihrer kräftigen Stimme konnte Tadsen nicht hören, was die Anruferin seinem Kollegen ins Ohr blies, ihr heiseres Lachen aber war nicht zu überhören. Ocke grinste, seine ohnehin gerötete Gesichtshaut färbte sich an den Ohren dunkler.

»Tut mir sehr leid, Marlies. Wir haben nachher noch einen wichtigen Einsatz, da weiß ich nicht, wie lange der dauert. Aber sobald ich frei bin«, er senkte seine Stimme, »gehöre ich ganz dir.« Aus dem Hintergrund des Wachraumes erklang das theatralische Stöhnen Virginias und Tadsens empörtes Schnauben. »Marlies, ich muss dann Schluss machen. Bis später.« Er legte den Hörer zurück, griff sein Fischbrötchen, biss hinein und schlurfte, ohne seine Kollegen eines Blickes zu würdigen, in die Küche.

»Marlies aus der Römerstadt Xanten. Spielst du jetzt Cäsar den Eroberer? War ja wohl leicht angetütert. Mensch Ocke, du bist Polizist und kein Gigolo. Du hast auch außerdienstlich ein Wohlverhalten an den Tag zu legen!«, donnerte Tadsen.

»Komm schon Nanning, ich bin diskret. Wo kein Kläger ...«

»Diskret? Die rufen hier auf der Wache an. Privates muss privat bleiben, ist das klar? Ich will nichts davon mitbekommen.«

Das Telefon in seiner Hemdtasche unterbrach seine Standpauke. Die war bei Ocke sowieso sinnlos, das wusste Tadsen zu Genüge.

Aber ab und zu musste er mal Luft ablassen. Die Nummer auf dem Display war ihm unbekannt.

»Moin Moin, Polizei Amrum. Um was geht es?«

»Moin, Roluf Brahms hier. Ich war gerade wegen der Beerdigung unseres Vaters auf dem Hof meiner Schwester. Eigentlich wollte sie mich ja nicht sehn, aber ich dachte, ich spring über den Schatten. Nur – von Rahel keine Spur. Haben Sie die noch mal einbestellt?«

»Nein, wieso denn? Sie ist vielleicht nur so unterwegs, um den Kopf freizubekommen. Kann man doch verstehen, nach so einem traurigen Ereignis. Das ist sicher nichts für die Polizei.«

»Das glaube ich nicht. Scheune, Stall und Haus, alles unverschlossen, ihr Fahrrad und Auto stehen auch auf dem Hof. Keine Nachricht. Die Tiere grasen auf den Weiden. Auf eine muss das Wasser mit dem Wagen gebracht werden. Und der steht noch auf dem Hof. So was vernachlässigt sie nie. Die Viecher können ja nichts für mein Leben, sagt sie immer. Der nächste Nachbar weiß auch nichts. Ich finde das komisch.«

16.50 Uhr, notierte Tadsen nebenbei, Roluf Brahms vermisst Rahel. Hof verwaist, Tiere auf der Weide.

»Herr Brahms, Ihre Schwester ist volljährig. Es gibt keinen Grund, sich zu sorgen. Am Abend ist sie gewiss wieder daheim. Rufen Sie mich bitte an, wenn Sie Kontakt haben. Ich gebe Ihre Meldung weiter und wir halten die Augen offen. So leicht verschwindet niemand auf unserer Insel.«

Ocke, mit einem Becher Tee in der einen, dem nächsten Fischbrötchen in der anderen Hand, stand im Türrahmen zur Küche und hatte mitgehört.

»Rolufs Schwester, die Tätowierte ist weg? Ne Nanning, da brauchst du dir keine Gedanken zu machen. Die ist bestimmt unterwegs, rekelt sich am Strand oder hängt mit Wer-weiß-wem in Wittdün ab, wie man so schön sagt. Die war schon immer etwas lockerer gestrickt.«

Virginias böses Lachen klang durch den Raum. Sie saß vor der Schreibmaschine, neben sich einen Teller voller Brötchenkrümel. In einer heftigen Bewegung hob sie die Arme und raufte sich die Haare. Brotkrumen fielen zu Boden.

»Du bigottes Miststück«, rief sie und lachte erneut auf. »Wirfst dich mit deinem Sheriffstern in die Brust und steigst jeder geschminkten Touristin hinterher, egal wie alt, Hauptsache einsam. Lässt dich sogar auf der Wache anrufen für deine Schäferstündchen. Du bist doch der Letzte, der irgendwas Moralisches von sich geben sollte. Aber echt.« Sie war richtig außer Atem gekommen. Als sie sah, wie Ocke sich aufrichtete und räusperte, als wolle er antworten, legte sie nach. »Jetzt komm mir nicht damit, dass ich neu oder zu jung sei, um einem älteren Kollegen etwas zu sagen. Ich habe Erfahrung genug, um einen glänzenden Charakter von einem ...«, wortsuchend wirbelten ihre Hände in der Luft, »stumpf oxidierten zu unterscheiden. Bei dir hilft auch kein Polieren mehr. Über Frauen solltest du dich besser nie äußern.«

Tadsen konnte sich ein Grinsen nicht verkneifen, hob dann beschwichtigend die Hände. Er sah den Gescholtenen an, der mit leicht zusammengesunkenem Oberkörper die Schultern zuckte und den Becher in der Küche abstellte.

»Ein bisschen heftig, der Ausbruch, aber wo sie Recht hat, hat sie Recht, mein Lieber. Du und die Frauen, kein schönes Thema.« Von der Spüle kam ein Brummen. Tadsen spitzte die Lippen, dachte an den letzten Anruf und erinnerte sich an die Todesbenachrichtigung auf dem Rinderhof. »Ich habe Rahel Brahms erst heute Mittag gesehen. Tätowiert oder nicht, sie machte keinen pflichtvergessenen Eindruck. Auch wenn ihr der Hof zum Hals raushängt, würde sie das Vieh sich selbst überlassen? Nein, das kann ich mir nicht vorstellen. Vielleicht hat Rolufs Beobachtung doch einen ernsten Hintergrund. Immerhin erben die beiden ja wohl den Hof. Und jetzt teilt ein Erbe mit, dass die Miterbin verschwunden ist. Roluf wäre Alleinerbe. Schon interessant.« Tadsen blickte auf seine junge Kollegin, die am Schreibtisch Brötchenkrümel zusammenschob und ging in die Küche.

»Ocke, hör mal«, sagte er leise. »Dein Spruch gerade war wirklich daneben. Virginia hat sich zu Recht aufgeregt. Immerhin haben wir seit 1986 Frauen in der uniformierten Polizei. So langsam könntest du Verhalten und Sprachgebrauch anpassen, meinst du nicht?« Ocke holte tief Luft, runzelte die Stirn und ließ den Kopf hängen. »Gut, dann ist das geklärt. Sieh zu, dass ihr beide weiter miteinander klarkommt. Die Saison dauert an.« Er ging zurück in den Wachraum.

»Virginia, wenn du deine Berichte geschrieben hast, kannst du nach Hause. Ich weiß nicht, wie lang die Nacht wird, morgen früh muss wenigstens einer von uns im Dienst sein. Ocke, du fährst mal eben rüber zum Hof der Brahms'. Wir sollten der Sache doch auf den Grund gehen. Schau dich polizeilich um, vielleicht fällt dir ja mehr auf als dem Bruder.«

»Mal eben, mal eben«, murrte Ocke und griff zu Jacke und Fahrzeugschlüsseln. »Das kenn ich schon. Mal eben macht immer Extraprobleme.«

Ohrmarken

Ab der Windmühle am Ortsrand ließ Elke ihr Rad den abschüssigen Weg nach Nebel hineinrollen. Die Eindrücke von Weite und Freiheit, die der Strand ihr geschenkt hatte, wirkten noch nach. Hinter Hecken und Findlingsmauern säumten Friesenhäuser mit ihren blühenden Gärten den Straßenrand, gaben ihr ein Gefühl tiefen Friedens.

»Wenn ich es nicht besser wüsste«, brachte Manfred sich in Erinnerung, »könnte man denken, wir sind im Auenland bei den Hobbits. So lieblich ist das hier.«

Sie nickte. Einen ähnlichen Gedanken hatte sie auch schon gehabt, nur, fiel ihr dazu ein, dass die Amrumer größer gewachsen und ihre Füße nicht so behaart waren.

Vor dem geschwungenen Gartentor in der Ualjaat stiegen sie ab und schoben die Räder in einen Ständer neben dem Haus.

»Wir sind spät dran«, bemerkte Elke leise, »die Messingers müssten längst da sein. Schade, da haben wir die Begrüßung verpasst.« Sie lächelte vielsagend und ging in den Garten. Einen Blick in das Glashäuschen wollte sie doch riskieren.

»Ach, da seid ihr ja.« Die Stimme kam aus einem der blau-weiß gestreiften Strandkörbe, die auf dem Rasen standen. Schon stellte sich ein klein gewachsener Mann daneben. Er trug ein braunes Poloshirt, das über einem mächtigen Bauch spannte, eine khakifarbene Hose, lederne Riemchensandalen und eine Sonnenbrille. Die kurzen hellbraunen Haare gaben viel zu viel Kopfhaut preis. Er lachte und ging auf sie zu. »Mensch, wir warten schon über eine halbe Stunde auf den Hauswart. Und ihr macht euch einen schönen Tag am Strand.« Er umarmte Elke und gab Manfred die Hand.

»Kai Messinger und Kirstin, meine Frau.« Die erhob sich gerade aus dem Strandkorb.

»Manfred, mein Freund.«

Gegenseitiges Händeschütteln, freundliches Lächeln und abschätzendes Beobachten folgten.

Kirstin Messinger überragte ihren Mann Kai um Kopfeslänge. Ihr langes dunkelbraunes Haar trug sie zu einem Zopf gebunden, ein enganliegendes T-Shirt samt passgenauer Jeans betonte die sportliche Figur. Reiterin tippte Elke, die von der Gattin ihres Kollegen nichts wusste außer dem Namen.

»Die Haustür stand offen, da haben wir unsere Koffer in den Flur gestellt. Ich dachte, wir würden hier irgendwie empfangen und eingewiesen«, erklärte Kai.

»Ja, empfangen können wir euch auch. Das Offizielle kommt sicher noch. Der Hauswart war bereits zu euch unterwegs, wir haben den an den Dünen getroffen, nicht Manfred? Ihr habt die Dachwohnung 2. Oben rechts. Müsste unverschlossen sein.« Elke senkte ihre Stimme ins Vorsichtige. »Seid ihr schon auf eure Nachbarn gestoßen?« Die Art der Frage weckte sofort den Argwohn ihres Kollegen.

»Wieso? Was ist mit denen?«

»Ja also«, verlegen trommelten ihre Fingerspitzen gegeneinander, »zufälligerweise haben sich auch die Siebentöters hier eingemietet. Wohnung 1.« Entschuldigend hob sie ihre Handflächen zum Himmel. »Ich hatte Regina gegenüber das Haus erwähnt und war überrascht, sie und ihren Mann gleich auf der Fähre zu treffen. Das war nicht geplant.« Mitfühlend legte sie ihre Hand auf Kais Arm, dessen Mimik versteinerte.

»Was ist denn so dramatisch daran?«, wollte Kirstin wissen. »Vielleicht hockt dann ein bisschen viel Kölner Polizei zusammen, aber dem können wir uns doch entziehen.«

Ruckartig traf sie der Blick ihres Mannes. »Worauf du dich verlassen kannst«, zischte er. »Mit diesem verschlagenen Personalmanipulator verbringe ich freiwillig keine Minute. Ich habe dir von dem erzählt. Jedes Mal, wenn ich eine andere Stelle wollte, bin ich an dem gescheitert. Du weißt, ich will raus aus der Hundertschaft mit den ewigen Wochenendeinsätzen. Nazi- und Salafistentreffen, Fußballspiele. Mit friedlicher Demokratie und Sport hat das doch alles nichts mehr zu tun. Achthundert Überstunden und keine Freizeit in Sicht. Und die freien, attraktiven Stellen bekommen andere. Mal der kommissarische Vertreter, mal jemand, der schon lange in der Abteilung gearbeitet hat. Ergebnisoffene Personalgespräche!« Er lachte höhnisch auf und machte eine wegwerfende Geste. »Von wegen. Alles abgekartet. Aber du kennst ja meine Litanei, Schatz. Was reg ich mich noch auf, wir sind im Urlaub.« Aufschnaubend sah er von den Strandkörben zum Haus und ließ die Friesenidylle samt Reetdach auf sich wirken. »Können wir umbuchen?«

Seine Frau zuckte zusammen, Elkes Gesichtsausdruck zeigte Enttäuschung. »Heute sicher nicht mehr«, meinte sie. »Überleg mal, wir haben Hochsaison. Ach verdammt, wenn ich doch nur nicht so viel gequatscht hätte.«

»Was machst du denn eigentlich bei der Hundertschaft«, wollte Manfred wissen. Er kannte von Elke nur die groben Strukturen der Polizei.

»Ich führe einen Zug von ungefähr dreißig Kollegen. Mal mehr, mal weniger. Und das schon seit fünfzehn Jahren, langsam reicht das. So gut wie kein Wochenende frei, was glauben die Politiker eigentlich, wie lange das noch gutgeht?« Manfred nickte mitfühlend.

»Noch lange«, mischte Elke sich ein. »Weil wir wollen, dass die Polizei für den Bürger funktioniert. Und solange wir funktionieren, zwar stöhnend und aus dem letzten Loch pfeifend, aber solange wird es nur Fensterreden geben und keine Verbesserungen. Wir in den Flächenkommissariaten zum Beispiel ...«

»Na, wenn das kein Zufall ist«, schrillte eine hohe Stimme über den Rasen hinweg, und alle sahen zum Haus. Um die Ecke näherte sich das Ehepaar Siebentöter. Er, mit Bundfaltenbermudas und kurzärmeligem, offenem Businesshemd, trug zwei Sektgläser. Seine dünnen weißen Beine riefen nach Sonne. Sie, in Wickelrock und Leinenbluse, schwenkte eine Flasche Prosecco in der Hand. »Wenn wir das gewusst hätten, hätten wir doch gleich für alle was mitgebracht, nicht Horst-Detlef?« Der nickte, wobei seine randlose Brille in der Sonne des Spätnachmittages aufblitzte. Er blickte die Neuankömmlinge an, stellte die Gläser auf der Ablage eines Strandkorbes ab und gab Kirstin die Hand.

»Doktor Siebentöter, sehr erfreut.«

»Messinger«, antwortete diese verdutzt, »Gymnasiallehrerin«, setzte sie nach und lächelte.

Elke vergewisserte sich mit einem Seitenblick, dass Kai sich äußerlich beruhigt und im Griff hatte, und winkte.

»Wir kennen uns ja schon«, meinte Horst-Detlef und grüßte Kai mit dem Kopf. Bei seinem Lächeln bewegten sich nur die Lippen, die Augen blieben starr. »Immer noch bei der Hundertschaft?« Der Gefragte nickte ausdruckslos und steckte seine Hände in die Hosentaschen. Elke meinte, Fäuste gesehen zu haben.

»Komm Horst-Detlef, nicht so förmlich. Wir sind im Urlaub. Hol doch noch ein paar Gläser, dann stoßen wir gemeinsam an.« Siebentöter nickte zögernd und ging zurück ins Haus.

»Warte, ich helfe dir«, rief Elke. »So viele haben die Wohnungen ja gar nicht. Da muss ich mit unseren aushelfen.«

Als Elke wieder den Garten betrat, hatten es sich die anderen in den Strandkörben bequem gemacht. Sie hörte, wie Manfred vom feinen Sandstrand schwärmte und anschließend mit Kirstin Messinger über das Gewächshaus auf dem Grundstück sprach.

»So was hab ich mir immer gewünscht«, meinte sie, »aber mein Mann sagt, das sei zu viel Arbeit.« Sie lachte auf und blickte ihren

Gatten schalkhaft an, als der Luft holte, um sich zu verteidigen. »Er hat ja Recht. Leider. Denn was setzt die ambitionierte Gärtnerin da so rein? Jedenfalls keine einfachen Gartenpflanzen, die könnten ja draußen gedeihen. Nein, es ist Gemüse, das viel Wasser braucht oder irgendein seltenes Kraut, das der Pflege bedarf. Mal eben in Urlaub fahren hat sich dann erledigt.« Kai lächelte, er fühlte sich wohlverstanden.

»Der Hauswart sammelt heimische Gewächse, hat er gesagt. Wir haben ihn gerade noch mit Eimern voller Sand getroffen, für eine Meerzwiebel«, berichtete Elke.

»Eine Scilla maritima? Sieh mal an. Ja, die braucht trockenen Boden. Ob ich die mal sehen darf?«

»Das Häuschen ist verschlossen, sein Sohn soll da nicht rumtoben, meinte er.«

»Ach ja? Von außen kann man doch sicher einen Blick riskieren. Eine Sammlung, sagst du? Scheint ja interessant zu sein.«

»Der Mann hat einen Sinn fürs Praktische«, ergänzte Kai, »wenn er Gewächse für Trockenböden sammelt, gibt's keine Arbeit.«

Seine Frau wiegte den Kopf. »Das kommt auf die Sammlung an.«

Ein Auto fuhr vor, das Gartentörchen klapperte und mit gemächlichen Schritten kam Kristian Tondern auf die Gruppe zu.

»Entschuldigen Sie meine Verspätung. Ich wollte um siebzehn Uhr hier sein, aber mein Sohn Finn kam dazwischen.« Er legte die Hände ineinander. »Wie ich sehe, nutzen die Herrschaften den Garten schon. Ich kann Ihnen gleich Ihre Wohnung zeigen und den Papierkram erledigen.«

Kirstin und Kai Messinger erhoben sich und gingen vor.

»Wo ist denn Ihr Sand und diese Meerzwiebel, die Sie eingraben wollten?«, fragte Elke. »Ich bin schon ganz neugierig.«

»Noch im Auto. Die Gäste kommen immer zuerst. Vielleicht habe ich gleich Zeit.«

»Dann warten wir und trinken schon mal den Sekt«, entschied Elke. »Regina, wo bleibt denn dein Mann? Oder sollen wir schon mal ohne ihn anstoßen?«

Mit ernstem Gesicht legte Inselpolizist Nanning Tadsen den Telefonhörer auf. Diese Nachricht hatte ihn kalt erwischt. Mit zuckenden Kaumuskeln und unwirsch brummend sah er zur Uhr. Die Fähre hatte längst abgelegt. Eine kurze Überlegung, dann wählte er eine Nummer.

»Moin Moin, Jack, ich bin das, Nanning. Wie gut, dass ich dich über dein Mobiltelefon erwische. Ihr seid bestimmt schon unterwegs, richtig? Ich wollte dir nur berichten, dass der Kiter, der für den Tod von Brahms verantwortlich ist, die Insel verlassen hat. Mit der Siebzehn-Uhr-Fähre, der letzten für heute. Ich hab eben noch mit seiner Vermieterin gesprochen, wollte sichergehen, dass er für deine Leute bereitsteht. Da war ich wohl zu langsam. Dabei hatte ich ihn am Unglücksort schon angewiesen, sich hier zur Verfügung zu halten.«

»Du meinst Helmut Becker, den Hamburger Immobilienmenschen?« Computertasten klapperten im Hintergrund. »Ich habe den schon überprüft, über den haben wir keine Erkenntnisse. Muss nichts heißen, nur liest sich deine Anzeige samt Bericht und Expertise so, als könnten wir ihm wenig vorwerfen. Wir sind ja heute Abend bei dir, dann klärt sich bestimmt einiges. Bis dahin werde ich mal die Kollegen in Hamburg bitten festzustellen, ob Becker in ihrer Stadt angekommen ist. Vielleicht haben wir an seiner Wohnanschrift Glück. Deine Steinzeitgrabung macht mir mehr Sorgen. Wir kommen sicher in die Dunkelheit. Hoffentlich hält das Wetter. Hast du schon eine Unterkunft für uns? Wir sind zu dritt.«

»Ihr schlaft in Wittdün, im Treffpunkt. Die hatten glücklicherweise noch was frei, war wohl jemand abgesprungen. Frühstück gibt's da auch. Und gute Matratzen, wie man mir gesagt hat.«

»Ob wir die groß ausprobieren werden? Mal sehn. Bis nachher also.«

»Hol di munter.« Im Begriff, den Hörer aufzulegen, vibrierte sein mobiles Telefon. »Ist ja wie verhext«, brummte er und sah auf das Display. »Ocke, so schnell schon? Ich hab gedacht, du wolltest dir eine kleine Auszeit gönnen.«

»Ne, Nanning, hör zu. Auf dem ganzen Hofgelände ist niemand. Im Haus keine Auffälligkeiten, keine Nachricht. Ich steh jetzt im Stall. Vor mir liegt ein Lappen im Dreck, daneben ein umgekippter Zinkeimer. Auf dem Boden verstreut diese Ohrmarken, weißt schon, gelbe Plastikkarten für die Rinder. Und da der Kontrast auf Gelb so gut zu sehen ist, hab ich's gleich bemerkt. Halt dich fest. An einer der Marken klebt Blut. Bist du noch da?«

Tadsen sah auf den Totenschädel auf seinem Schreibtisch und atmete tief durch. Also doch, dachte er.

Nachdem die Einweisung in die Dachwohnung 2 durch den Hauswart Tondern sorgfältig und reibungslos verlaufen war, stand der blonde Friese nun im hinteren Teil des Gartens vor der Glasfront. Er stellte zwei Eimer Sand ab und schloss das Vorhängeschloss auf. Während er das in Zinkblech gefasste Türblatt knirschend aufzog, warf er einen Blick zurück. Er griff seine Eimer, verschwand im Gartenhaus und schob die Tür hinter sich zu.

Elke, die mit einem Glas Sekt in der Hand auf dem Rasen stand, überlegte laut, was die Insel bei schönem Wetter außer dem Strand zu bieten hatte. Während sich Manfred und Regina mit angelesenen Ausflugsideen beteiligten, füllte Kai eines der Gläser und stürzte den Inhalt hinunter. Dr. Siebentöter war noch nicht zurückgekehrt, und Messinger schien sich durch den hektischen Genuss eines weiteren Sekts für ein erneutes Zusammentreffen in Form bringen zu wollen. Seine Frau Kirstin schritt an den Büschen und Staudenbeeten des Gartens entlang und näherte sich langsam dem Treibhaus.

Sie sah von außen durch die gewellten Sicherheitsscheiben nur den gebeugten Schemen des groß gewachsenen Mannes und einige ans Glas geschmiegte Pflanzenblätter. Wenige Blütenstände waren zu erkennen. Aufmerksam registrierte sie den sichtbaren Teil der Tonderschen Sammlung. »Aconitum napellus«, murmelte sie und blickte auf die schlank gezackten, dunkelgrünen Blätter wie auf die lichtblauen, in einem Schnabel auslaufenden Kerzenblüten. Daneben zeigte sich ein mit kleinen schwarzroten Blüten bewachsener Stiel, umsäumt von elliptischen, schmalen Blättern. »Veratrum nigrum«, stellte sie erstaunt fest und schlich einige Schritte weiter an der Glasfront entlang, in der Hoffnung weitere

Pflanzen erkennen zu können. Beim Anblick eines weißen Doldenschirmes, ähnlich dem des Dills, und der lanzenförmigen, fein gekerbten Blätter, zuckte sie zusammen und trat näher heran. Ihrem ungläubigen Blick auf den von Rinnen geprägten Blattstiel folgte ein Nicken. »Cicuta virosa«, presste sie leise durch geschlossene Zähne, sah sich um und ging einige Schritte rückwärts. Der Schemen im Inneren bewegte sich auf und ab, kam aber nicht zum Ausgang des Gewächshäuschens.

»Da bist du ja.« Elke kam lächelnd auf Kirstin zu. »Wir haben dich schon vermisst. Na, hast du einen Blick auf die Gewächse geworfen? Ist was Interessantes für eine Biologielehrerin dabei?«

Kirstin drückte ihren Mund zu einem schmalen Strich zusammen und nickte. »Kein Wunder, dass das Häuschen verschlossen ist«, meinte sie. »Die Pflanzen scheinen mir«, sie spitzte die Lippen, »empfindlich zu sein. Nichts für eine Gruppe gelangweilter Strandurlauber. Komm, vielleicht gibt es inzwischen auch ein Glas für mich, und wir können anstoßen.« Sie warf einen letzten Blick zurück und die Frauen schlenderten zu den Strandkörben. »Danach will ich was essen gehen. Hast du eine Empfehlung für Kai und mich? Und Fahrräder müssen wir auch noch mieten.«

Im Wachraum der Polizeistation ging Inselpolizist Nanning Tadsen auf und ab. Nachdenklich brummte er vor sich hin und überdachte die Situation. Ocke, seine rechte Hand, stand noch auf dem Brahms-Hof. Beim Steinzeitgrab hielt der junge Bäderdienstler Dennis den Posten. Beides waren vermutlich Tatorte. Zudem hatte der Verantwortliche für Eitel Brahms' Tod Amrum verlassen. Entgegen Tadsens Anordnung. Zu allem Überfluss war die telefonische Nachfrage, ob Rahel Brahms als Verletzte bei einem der Inselärzte in Behandlung war, negativ verlaufen.

Er griff zum Telefon und wählte. »Amanda, ich bin das. Hör mal, meine Nixe, kannst du mir unseren Kombi bringen? Wir haben hier einen echten Notstand, die Insel scheint mir an mehreren Stellen nicht geheuer. Die Streifenwagen sind im Einsatz und ich muss nachher beweglich sein. Kannst ja das Fahrrad für die Rückfahrt einpacken. Und leg mir was Leckeres ins Handschuhfach.« Im Auflegen, den Hörer noch in der Hand, streifte sein Blick einen von ihm geschriebenen Notizzettel auf dem Schreibtisch. Erneut wählte er.

»Moin Moin, die Polizei Amrum hier, Tadsen am Apparat. Herr Brahms, ich rufe Sie wegen Ihrer Schwester an. Mein Kollege ist auf dem Hof und ihm gefällt die Situation nicht.« Er vernahm ein langgezogenes Stöhnen.

»Was haben Sie denn gefunden? Was ist mit Rahel?«

»Na ja, Genaues kann ich nicht sagen. Nur so viel, dass es beunruhigende Hinweise sind, auf die sich die Vermutung stützen ließe, Ihrer Schwester könnte etwas zugestoßen sein. Hypothetisch!«

»Ja, aber was ...?«

»Herr Brahms, die Ärzte haben sie nicht in Behandlung, das ist man sicher. Deren Zahl ist auf Amrum ja übersichtlich. Geradeheraus, wen können wir noch nach dem Verbleib befragen? Hat sie Freunde, eine Beziehung? Hobbys? Wer hilft ihr eigentlich bei der Hofarbeit? Bei so vielen Rindern kann das doch eine Frau allein gar nicht schaffen.«

»Nein, nein, Hilfe hat sie schon. Halbtags. Der alte Försen geht ihr bei den groben Dingen zur Hand. Trotzdem stöhnt sie. Eine Beziehung? Nein, jedenfalls weiß ich davon nichts. Sie ist da sehr verstockt.«

»In der Liebe oder im Erzählen?«

»Äh, ja, im Erzählen meine ich. – Die Austernfischer! Ein gemischter Chor, da ist sie Mitglied. Die singen in der Saison mehrmals im Monat für die Gäste, proben dann im Winter wöchentlich. Aber wann Rahel die Truppe zuletzt gesehen hat, weiß ich nicht. Ist denn das jüngste Konzert nicht im Mai gewesen?«

»Im Juni, für die Amrumer Jugendprojekte. Tausend Euro an Spenden sind zusammengekommen. Ich erinnere mich, weil meine Frau an dem Abend ... ach, das gehört nicht hierher.«

»Ah so, mehr kann ich gerade nicht zur Suche beitragen. Wir haben keinen so guten Kontakt, wissen Sie?«

Tadsen nickte mit dem Hörer in der Hand. Das hatte er schon bemerkt. »Dann will ich mich man weiter umhören, Herr Brahms, das sollten Sie im Übrigen auch tun.«

»Was ist denn mit der Presse?«, warf Rahels Bruder noch ein.

Tadsen sog hörbar die Luft ein. »Dafür sind mir die Indizien zu vage. Wir wollen nicht unnötig den Eindruck erwecken, als sei Amrum ein Hort rätselhaften Verschwindens und unklarer Todesfälle. Die Journaille ist schon gierig genug, mehr über den Grabfund an der Vogelkoje und über den Tod Ihres Vaters zu erfahren.«

»Was denn für einen Fund? Die ganzen Steinzeitanlagen wurden doch vor Jahrzehnten akribisch untersucht. Mein Großvater war sehr interessiert an solchen Sachen. Hat sich immer bei den Grabhügeln rumgetrieben, in Steenodde und Nebel. Kennen Sie die? Wird den Archäologen ganz schön auf den Wecker gefallen sein. Wenn der Völkische Beobachter buddelt, hat er immer gesagt, muss man genau hinsehen. Na ja, Jugenderinnerungen. So recht verstanden habe ich das nicht. Und dann war er tot, da war ich dreizehn. Erstaunlich, dass man doch noch was gefunden hat.«

»Tja, Herr Brahms, das ist es in der Tat. Nur, wie das scheint, handelt es sich bei den Knochen nicht um frühzeitliche. Mehr dazu erfahren Sie dann über die neugierige Presse. Also, wir bleiben in Kontakt. Und vielleicht sehen Sie morgen früh mal auf dem Hof nach dem Rechten und rufen uns an?«

Herrje, dachte Tadsen, ich muss Virginia eher aktivieren als geplant. Jetzt weitet sich die zusätzliche Ermittlung am Brahms-Hof auch noch aus. Ein Chor als Bekanntenkreis. Er summte leise und sang: »Johoho und 'ne Buddel voll Rum.«

Vergilbte Bilder

Der Abend war kühl geworden. Ein pastellfarbener Himmel über der Insel lud zum Spaziergang ein. Als Elke in Manfreds Begleitung vor die Tür trat, spürte sie die seidige Luft auf ihrem Gesicht und atmete wohlig ein.

»Das scheint ja noch lange hell zu bleiben«, meinte sie, »man merkt gleich, dass wir so hoch im Norden sind.«

»Elfe, übertreib mal nicht.« Er legte seinen Arm um ihre Schultern. »Wir haben Hochsommer, da ist es nun mal hell. Nördlich, das ist ja wohl eher Helsinki oder Sankt Petersburg. Andererseits«, er sah zum Himmel und schritt schlendernd neben ihr her, »ist die Sommersonnenwende nicht lange her. Und da soll es in diesen Breiten zu solchen Lichteffekten kommen. Aber dunkel wird es bestimmt. Wie gut, dass die Nachkommen der Walfänger einem hier nicht mehr mit Tran heimleuchten, sondern mit Strom.«

Ihr Weg führte sie aus der Ualjaat in den Waasterstigh. Am nördlichen Ende der Straße lockte eine rote Backsteinfassade, aufgelockert durch einen weiß lackierten Eingangsvorbau und Sprossenfenster. Das reetgedeckte Restaurant Preester's Hüs lag wie viele Friesenhäuser hinter einer mit Apfelrosen bewachsenen Findlingsmauer. Die Tische draußen neben dem Eingang waren dicht besetzt. Die Gäste hatten sich mit Pullovern und Strickjacken gerüstet und genossen Abendluft wie Speisen gleichermaßen.

»Dann eben drinnen«, entschied Elke, trat ein und schwenkte nach links. Die Einrichtung mit ihren Kachelwänden, gedrechselten Stühlen, alten Fotos und Ölbildern schenkte ihr die Illusion einer Zeitreise. Die Gründerzeit auf Friesisch. Allerlei in Nischen verteilter Hausrat und der Holzboden machten das Bild komplett. Leider waren auch hier die meisten Tische besetzt. Am Ende des schmalen Raumes fiel ihr Blick auf ein Sofa mit geschnörkelter Rückenlehne. Zu realisieren, dass dieser Platz nicht belegt war und ihn direkt in Beschlag zu nehmen, war eins. Manfred konnte gar nicht so schnell folgen, hatte er sich doch durch alte Inselfotos in Sepiabraun bannen lassen.

Eine junge Frau mit einem Tablett voller Speisen sah, wie Elke das Sofa eroberte, und nickte ihr lächelnd zu. »Ich komme gleich«, rief sie mit rotem Gesicht und trug den anderen Gästen auf. Kaum war sie ihre Tellerfracht los, verschwand sie, um bald darauf mit den Speisekarten zu erscheinen. »Da haben Sie aber mächtig Glück mit dem Sofa«, begrüßte sie die Neuzugänge. »Was darf ich schon mal zu trinken bringen? Einen Hugo vielleicht?« Manfred sah fragend von der Karte zu ihr hoch. »Ein Holundersirup-Prosecco-Cocktail, *das* Sommergetränk der Saison. Sehr erfrischend. Bei uns ist da noch Limette, Minze und Sprudel drin«, erklärte die Bedienung.

»Ach, ein Holunder-Sekt-Mojito«, fasste Manfred zusammen. »Das klingt interessant, was Elke? Wollen wir?«

Sie nickte, ließ zufrieden seufzend den Blick durch das Lokal schwenken und konzentrierte sich anschließend auf die Karte.

»Fisch scheint hier den Ton anzugeben«, murmelte sie. Manfred hatte sich bereits entschieden und lehnte sich zurück. »Was nimmst du denn?«, wollte sie wissen.

»Einen Steinbutt, nur mit Salzkartoffeln und zerlassener Butter. Ein ehrliches Gericht, da kann sich kein Koch hinter Gewürzen und Sahnehäubchen verstecken.«

Die Serviererin kam und stellte die beschlagenen Gläser auf den Tisch. »Haben die Herrschaften gewählt?«

»Haben wir«, entschied Elke. »Für mich das Kabeljaufilet auf Paprikagemüse mit Bratkartoffeln, aber ohne Riesengarnele. Diese Tiere sind mir nicht geheuer. Dazu können Sie mir dann ein Bier bringen.« Manfred bestellte seinen Steinbutt und ebenfalls ein Bier. Nachdem beide wieder allein waren, fasste Elke ihr Cocktailglas. Das Farbspiel des frischen Grüns von Minze und Limette in dem leicht eingetrübten Sekt setzte Bilder frei. Wie aus dem Amazonas geschöpft sah das aus. Sie stieß mit Manfred an und sog an dem Strohhalm. »Ist doch was anderes als der Kamillentee von Doktor Horst-Detlef.«

»Wie kommst du denn jetzt auf den?«, maulte Manfred, »ich dachte, wir wollten uns einen netten Abend machen? Ich hoffe nur, deine Kollegin schleppt den nicht hierher.«

»Regina? Die wollte in die Weiße Düne nach Wittdün, wegen des Gourmet-Vitaldinners. Wo ihr Mann doch so großen Wert auf seine Ernährung legt.«

»So wie wir, meine Elfe. Ich sage nur, frischer Fisch. Und die Messingers? Ich hoffe, dass der Kai sich mal abregt und sich den Urlaub nicht ganz versauen lässt.«

»Die habe ich zum Likedeeler nach Steenodde geschickt. Mit etwas Glück können sie draußen am Watt sitzen, da kommt er dann zur Ruhe. Wirst sehn.« Elke rührte mit dem Strohhalm gedankenverloren in ihrem Glas, zog das Minzeblatt heraus und zerkaute es. Ihre Gedanken schwenkten ein weiteres Mal zu Kirstin, der Biologielehrerin. Empfindliche Pflanzen, hatte sie am Gewächshaus gesagt, nicht geeignet für gelangweilte Touristen. Was mochte sie damit gemeint haben?

Das Bier wurde serviert, Steinbutt und Kabeljau folgten. Nach einem ersten Blick über die Teller schloss Elke die Augen und sog den Geruchsmix aus duftender Paprika, zerlassener Butter und frisch gebratenem Fisch ein. Darüber legte sich das Aroma gerösteter Zwiebeln. Ja, so konnte der Urlaub weitergehen. Andächtig zerteilte sie das lockere Fleisch ihres Filets, während Manfred sich konzentriert über seinen Steinbutt beugte. Messer und Gabel wirkten in seinen Händen wie Sezierinstrumente.

»Das hat es bei den vielen Arztserien im Fernsehen auch noch nicht gegeben«, spottete Elke und nahm einen Schluck Bier. »Die Operation am offenen Herzen in einem friesischen Restaurant. Schön machst du das. Nur ja keine Gräte übersehen, hörst du.« Schon den Gedanken, einen dieser dünnen, biegsamen Knochen zu verschlucken, fand sie furchterregend. »Was für einen Rettungsgriff gibt es da noch mal. Mein letzter Erste-Hilfe-Kurs ist schon länger her. Den Rautekgriff?«

Manfred schluckte, dachte nach und schüttelte nach wenigen Augenblicken den Kopf, bevor er sich räusperte. »Kann sein«, krächzte er und trank einen Schluck. Danach ging es ihm besser. »Vielleicht ist es auch der Heimlich-Griff, ich weiß das nicht mehr. Ich meine, der Fremdkörper in der Luftröhre soll durch plötzlichen Überdruck rausgeschleudert werden.« Er lächelte. »Übrigens, soweit ich mich entsinne, gibt es vor der Aktion noch eine unverzichtbare Maßnahme.« Elke sah ihn neugierig an. »Kräftige Schläge auf den Rücken. Ein schöner Grund, vor dem Ersticken des Partner noch mal richtig zuzuschlagen.«

»Wie gut, dass ich die grätenfreie Fischvariante gewählt habe«, meinte Elke und prostete ihm zu. »Auf dass wir uns weiter gewaltfrei bewegen dürfen.«

Nach dem zweiten Glas folgte für Elke der Gang zur Toilette. Auf dem Rückweg nahm sie sich für die Restauranteinrichtung,

Gemälde und Fotos an den Wänden etwas mehr Zeit als bei der Tischeroberung. Der ältere Herr, der allein an einem längs zur Wand stehenden Tisch saß, nickte ihr aufmunternd zu und trank sein Bier. Elke trat zu den Bildern und sah genauer hin. Ein Ölbild zeigte verschneite Ackerfurchen und ein reetgedecktes Bauernhaus vor einem bläulich-trüben Himmel. Um das Gemälde herum hingen alte Fotos, Inselansichten und Landschaftsbilder. Nur eine schwarzweiße, kaum vergilbte Aufnahme unterhalb des Schnee-Ackers stach heraus. Eine Gruppe von Männern in derben Straßenanzügen, die Haare gescheitelt und ölig glänzend, stand lachend vor einem Grashügel. Zu ihren Füßen lag, dekorativ umgeben von Knochen und Tongefäßen, ein Totenschädel. Das Foto war mit einem Passepartout und schwarzlackiertem Rahmen versehen. Auf dem Karton, der das Bild umrandete, konnte Elke eine altdeutsch-verschnörkelte, mit Bleistift geschriebene Handschrift lesen: »Der Fürst von Amrum«. Merkwürdigerweise zeigte ein Pfeil nicht, wie zu erwarten, auf den Schädel am Boden, sondern auf einen Mann in der Mitte der Gruppe. Er trug als Einziger einen Hut.

»Ausgrabungen am Steenodder Esenhugh«, hörte sie ein beiläufiges Murmeln und sah auf den älteren Herren am Tisch, der sie beobachtet hatte. Sie blickte ihn an und runzelte die Stirn. »Irgendwann in den Fünfzigern.« Der Mann schwenkte, die Ellenbogen aufgestützt, sein Glas. »Die Grabhügel sind immer noch gut sichtbar. Müssen da einiges rausgeholt haben aus dem Gräberfeld.« Elke tippte gegen die Bildscheibe und auf den besonders Gekennzeichneten. Er nickte. »Alte Amrumer Familie. Dabei war der kein Archäologe, hat aber oft mitgegraben. Andere sagen, das habe er auch heimlich gemacht. Wollte immer mitreden, misstraute den Wissenschaftlern. Die seien nicht von hier, war seine Meinung. Heimatverbunden, ja, das war er wohl. Kein Wunder, hat viel Land besessen. Ist aber alles längst verkauft. Da stehen jetzt Scheibenhäuser, so was bringt Rendite.«

Elke sah ihn fragend an.

»Nun, Scheiben. Ein großes Grundstück wird aufgeteilt. Reihenhäuser, ist das verständlicher? Wenn das Konto stimmt …«, er rieb Daumen- und Zeigefingerspitze aneinander. »Aus ist das dann mit der Heimatliebe. Und der Sohn gründet einen Verein gegen Landverkauf. Humor haben diese Leute.« Der Alte zuckte die Schultern und lachte trocken auf. »Aber was rede ich. De mortuis nihil nisi bene.« Elke runzelte die Stirn. War sie etwa an einen pensionierten Philologen geraten?

»Wie ist denn das mit dem Immobilienhandel auf Amrum?«, ging sie über das wie zufällig eingestreute Bildungshäppchen hinweg.

Der Alte schlug sich höhnisch glucksend auf den Schenkel. »Wie man das sieht. Wenn jemand Land erbt, ist das Bauen bezahlbar. Aber es ist schon alles verteilt hier, unser Eiland wird ja nicht größer. Unten in Wittdün, da können Sie noch in Reihe leben, ohne Grund dabei. Aber sonst.« Er drehte abwägend die Hand, »neulich hab ich von einer Eigentumswohnung in Norddorf gehört, Scheibenhaus Erdgeschoss. Die wollen 370.000 Euro für fünfzig Quadratmeter. Neubau, nicht mal mit Reetdach. Wieder so eine Ferienhausinvestition. Und im Winter«, er machte eine wegwerfende Handbewegung, »ist die Insel dunkel. Da wohnt dann keiner.« Damit stieg er gebeugt die wenigen Treppenstufen hoch zur Theke, drehte sich zu ihr um, winkte und verschwand.

Nachdenklich setzte Elke sich wieder an ihren Platz.

Auf Manfreds Teller lag nur noch das saubere Grätengerüst und die buttrige Fischhaut seines Butts. Sein zufriedener Gesichtsausdruck veränderte sich, neugierig sah er sie an. »Kaum gehst du mal für kleine Mädchen, schon kommst du grübelnd zurück. Was ist denn Spannendes passiert?«

Sie schüttelte den Kopf und zog nach kurzem Suchen einen Kugelschreiber aus der Jacke. »Moment.« Sie kritzelte etwas auf einen Bierdeckel. »Da vorne hängt ein Foto mit einer Ausgräbergruppe, ganz interessant. Das soll in Steenodde sein, hat mir ein Gast gesagt. War vielleicht ein Insulaner. Kannst du Latein?«

»Nicht wirklich, nur das von Asterix. Alea iacta est und so weiter. Warum?«

Sie schob ihm den Bierdeckel hin. »Hier. Ist vielleicht falsch geschrieben. Erkennst du das? Jetzt werfen die Amrumer schon mit römischen Zitaten um sich. Was ist nur aus der Insel geworden.«

Kopfschüttelnd schob Manfred den Deckel zurück. »Also du kennst Leute. Komm Elfe, lass uns den Abend mit einem Spaziergang krönen. Draußen ist es ja immer noch hell.«

Nanning Tadsen zog den Reißverschluss seiner Sommerjacke zu und schlug den Kragen hoch. Es frischte auf. Von der Kaimauer am Wittdüner Anleger beobachtete er die Wolken, deren rosafarbene Ränder sie von einem taubenblauen Himmel abhoben. Die Sonne würde erst gegen zehn Uhr untergehen, die Zeit musste die Polizei nutzen.

Sein Blick streifte die ankommende Fähre. Auf die Minute pünktlich. Nach dem Vertäuen öffnete sich die Ladeklappe. Deutlich stach der weiße Kleintransporter des Erkennungsdienstes unter den Autos hervor, die das Schiff verließen. Als der Wagen langsam über den Parkplatz rollte, hob Tadsen den Arm. Am Steuer erkannte er einen dunkelhaarigen Mann mit welligem Haar und Dreitagebart. Die neben dem Fahrer sitzende Frau von kleinerer Statur trug eine brünette Bubifrisur und sah brummig aus dem Fenster. Tadsen grinste. Da hatte es sich Oliver London, den alle Jack nannten, nicht nehmen lassen, mit seiner Kollegin Petra Barthlet-Jimenez anzureisen. Beide hatte er in einem aufsehenerregenden Kriminalfall kennengelernt, der schon länger zurücklag. Die dritte Person im Fahrzeug konnte er aufgrund der Spiegelungen nicht gut erkennen. Vielleicht war es Mattes Kaunitz, der Spurensicherer, dann wäre die alte Mannschaft komplett. Der Wagen hielt, und Jack London setzte seine Cowboystiefel auf den Amrumer Asphalt. Während er lächelnd auf Tadsen zuging, fuhr er sich mit einer Hand durchs wellige Haar und zog seine mit leichter Patina versehene Lederjacke zurecht.

»Moin Moin, Jack. Bist ja etwas älter geworden, aber sonst – keine Veränderung. Immer noch der gleiche weltmännische Auftritt.« Die Männer gaben sich die Hand.

»Moin Nanning. Kennst das doch. Ist wie in den Bergen. An der Ausrüstung erkennst du den Könner.« Grinsend fuhren seine Hände die Kleidung entlang. »Ich repräsentiere die Kripo Niebüll, die Avantgarde der Polizei Schleswig-Holsteins.«

Der Mann ist sich treu geblieben, dachte Tadsen. Sogar diese Bergwandersprüche hat er beibehalten.

»Und der Rest deiner Truppe?« Inzwischen hatte sich die Beifahrerin zu ihnen gesellt. »Hallo Petra.« Er sah das Gesicht mit den Aknenarben, registrierte die heruntergezogenen Mundwinkel sowie die hängenden Schultern. Londons Kollegin war einen Kopf kleiner und trug eine Windjacke. Ihre Blicke trafen sich. »Ich hoffe, diesmal geht es für dich etwas ruhiger zu«, sagte er mitfühlend.

»Was hat denn die Inselpolizei diesen Sommer für uns auf dem Programm?«, fragte eine tiefe Stimme und alle drei drehten sich um. Die stämmige Statur von Mattes Kaunitz fiel allein schon durch das leuchtende Hawaiihemd auf, das er trug. Ein gewölbter Bauch spannte den Stoff in ähnlicher Weise, wie Tadsen das bei seinen eigenen Hemden kannte. Dass dem Mann in der Abendbrise nicht kalt war. Bestimmt hatte der genug innere Hitze. »Wo ist denn deine Tochter? Ist sie nicht mit von der Partie?«, wollte Mattes wissen.

Tadsen schüttelte den Kopf und wies auf seinen Privatwagen. Auf dem Beifahrersitz des Kombi saß seine junge Kollegin. »Flor sorgt in Rendsburg für Sicherheit. Sie hat zwar den Beruf ihres Vaters ergriffen, das heißt aber nicht, dass sie auch mit ihm Streife fahren muss. Vielleicht hat ihr die vorletzte Saison ja auch gereicht.« Er lächelte versonnen. »Den diesjährigen Bäderdienst hat Virginia übernommen. Ihr Kollege Dennis steht gerade bei dem Knochenfund, von dem ich berichtet habe. Zusätzlich wartet Ocke, den dürftet ihr ja auch noch kennen, bei einem Rinderhof. Nach dem unklaren Verschwinden der Besitzerin hat er dort Blutspuren gefunden. Und dann haben wir ja noch den Tod durch das Kite-Segel zu klären. Aber diese Sache hat erst mal keine Priorität. Obwohl ...«, er kratzte sich den Hinterkopf, »die Vermisste ist die Tochter und Miterbin von Eitel Brahms, dem Toten vom Strand. So gesehen besteht doch eine Verbindung. Was meinst du, Jack? Ich würd sagen, ich fahr dich und Petra zu Ocke auf den Hof. Der Mattes lässt sich dafür von Virginia das Steinzeitgrab zeigen, solange wir noch was sehen können. Ist im Moment auch eher was für den Erkennungsdienst. Das wird sicher länger dauern. Ein Quartier hab ich schon besorgt.«

Jack sah langsam in die Runde, die Entscheidungen seines Inselkollegen schienen ihm zu schnell zu gehen. »Blutspuren hast du gesagt? Und das Verschwinden ist unklar? Könnte also auch eine Verletzung und blinder Alarm sein?«

Tadsen nickte und bewegte seine Handinnenfläche mal nach oben, mal nach unten. Kann sein, kann nicht sein, sollte das heißen.

»Mattes, haben wir einen zweiten ED-Koffer? Gut. Petra, holst du den? Vielleicht wird der gebraucht«, wies Jack seine Kollegin an, nachdem der Mann vom Erkennungsdienst die Frage bejaht hatte. »Dann teilt sich die Mannschaft also, mal sehen, wohin die Pfade führen.«

An seinem Fahrzeug angekommen, klärte Tadsen mit seiner Kollegin das weitere Vorgehen und beugte sich leise stöhnend über die Rückbank. Mit einem Pappkarton, in dem sich vorher Computerpapier befunden hatte, kam er wieder zum Vorschein und überreichte dem Spurenspezialisten im Hawaiihemd die Schachtel. Ein kurzer Blick und ein Griff in die Kiste ließen Mattes Kaunitz schlecht gelaunt aufsehen.

»Also Nanning, so geht man nicht mit Tatortspuren um. Ich dachte, ich soll Hinweise sichern. Stattdessen überreichst du mir einen lädierten Totenschädel.«

Der Gescholtene machte eine entschuldigende Geste. »Ist eine lange Geschichte, tut jetzt aber nichts zur Sache. Werd ich alles noch schriftlich festhalten.« Dabei dachte er zuerst an den fundfreudigen Hund, weniger an den alten Greiner. »Du wirst feststellen, dass der Kopf nicht aus der Jungsteinzeit stammen kann.«

»Ach, wozu bin ich überhaupt hier, wenn du schon alles weißt?«

»Man hat so seine Erfahrungen. Viel zu schwer, der Knochen.« Tadsen wandte sich zu den übrigen Kripoleuten. »Steigt ein, wir fahren zu Ocke. Virginia, nachdem du Mattes zum Grab geführt hast, kannst du dich mit Dennis beim Ausgraben abwechseln.«

Die junge Frau stülpte die Lippen zu einem Spitzmund.

»Geh zum Bäderdienst, hat es geheißen. Da arbeiten, wo andere Urlaub machen, haben sie gesagt. Mensch Nanning, ich wollte Strandspaziergänge im Sonnenuntergang, und jetzt so was.«

»Tja, min Deern, Polizei auf Amrum ist halt kein Ponyhof.«

Tadsen setzte seine Niebüller Kollegen auf dem Hof ab und machte sich ein Bild von der Lage. In der Tat war es unerklärlich, wo Rahel Brahms sich derzeit aufhielt. Blutstropfen auf dem Stallboden und blutige Schlieren auf einigen der Plastikohrmarken beunruhigten ihn. Hinweise im Haus gab es nicht, keine Verwüstungen, keine Zeichen eines Kampfes. Als seine Kollegen die weißen Overalls überzogen, zog er sich schnell zurück. Zu gut erinnerte er sich an das eingeengte Gefühl einer Fleischwurst in der Pelle.

Nachdenklich rumpelte Tadsen mit seinem privaten Familienkombi über den Feldweg entlang der Heide und ließ sich für einen Augenblick vom Farbspiel ablenken. Im milden Abendlicht leuchtete das Violett des Gestrüpps auf, die Luft roch harzig und frisch. Sein Weg führte ihn von Süddorf nach Steenodde, an die Wattseite. Dort hauste Folkert Försen, noch keine sechzig Jahre alt, aber durch den Tod seiner Tochter seelisch wie körperlich gezeichnet. Der Kummer über die lang zurückliegende Gewalttat hatte sich in sein Angesicht gefressen. Immerhin war der Tod seines Kindes inzwischen aufgeklärt. Tadsen wusste, dass der Mann aus einer Aushilfsstelle in einem Lokal entlassen worden war, weil er die Gäste immer wieder mit heftigen Wutausbrüchen traktiert hatte. Eitel Brahms hatte ihn dann halbtags beschäftigt, um seiner Tochter die schwerste Arbeit zu erleichtern. Tadsen hoffte nun, von dem mürrischen Mann Hinweise zum Verbleib der Hoferbin zu erlangen.

Um nicht zu früh auf sich aufmerksam zu machen, stellte er sein Fahrzeug zwei Hausnummern früher ab und ging zu Fuß zu Försens Adresse. Dorf und Straße lagen ruhig im blauen Licht beginnender Dämmerung, Wolken reflektierten die untergehende Sonne. Ein schwarz-weiß gefiederter Austernfischer, durch die schweren Schritte aufgeschreckt, riss seinen roten Schnabel auf und flog schimpfend über ihn hinweg, um sich auf dem nächstbesten Reetdach niederzulassen. Mit seinen Knopfaugen verfolgte er das Geschehen. Der Inselpolizist ging um das Haus herum und hielt vor dem Kellereingang. Hier unten wohnte der ehemalige Fischer und Handlanger. Fast wie die Onnerbänkes, dachte Tadsen in Erinnerung an die Sage Greiners. Er klopfte an die Holztür, eine Klingel gab es nicht.

Mit einem heftigen Ruck wurde ihm geöffnet, und ihn traf der wütende Blick Folkert Försens. Wie immer war der hagere, unrasierte Friese in Seemannspullover und Blaumann gekleidet. Seine blonden, zerzausten Haare betonten die wilde Erscheinung, und Tadsen ging ohne die Miene zu verziehen einen Schritt auf Distanz.

»Was will die Polizei hier?«, brüllte Försen unvermittelt. »Ich brauch dich nicht, Wachtmeister. Lass mich in Ruhe.«

»Moin Moin, Försen. Geht nicht um Sie. Ich komm wegen dem Brahms-Hof. Rahel wird vermisst. Alles liegt verlassen da. Und da dachte ich, Sie sind ...«

»Watt geiht so'n Kiek-in-de-Kumm dat an? Ist mein freier Tag heute. Steht im Vertrag. Bin nur mit dem Rad über die Insel gefahren und hab mich umgesehen. Überall Badegäste und fremdes Volk. Parken wild und laufen durch die Brutgebiete. Da muss die Polizei mal zuschlagen, statt einen echten Öömrang zu drangsalieren.«

»Ach Försen, nur die Ruhe. Sie machen Ihre Arbeit, ich die meine. Wann haben Sie Rahel Brahms zuletzt gesehen? Und wo?«

»Gestern Abend. Der Traktor musste repariert werden, sie hat das Werkzeug angereicht. Als ihr Vater vorbeikam, hat sie sich beschwert. Mach mal mehr auf dem Hof statt für deine Vereine, hat sie gebölkt. Eitel hat nur abgewunken und ist verschwunden.«

»Na, das wird ja eine fröhliche Runde gewesen sein, am Traktor.« Tadsen sah die beiden Missmutigen vor sich und verkniff sich ein Grinsen. »Und es gab keine Hinweise, dass Rahel heute Nachmittag den Hof verlassen würde?«

»Nein, es war wie immer. Da muss man den Eitel fragen, der weiß doch immer alles.«

Tadsen horchte auf. »Das geht nicht mehr. Der ist heute Morgen an der Odde gestorben, am Strand.«

Försen zuckte zusammen. Der Arm, mit dem er die Tür aufhielt, zitterte, sein Blick glitt ziellos über den Boden.

»Vermutlich ein Unfall«, erklärte der Polizist und hatte den Eindruck, Folkert Försen nicht zu erreichen. »Eine traurige Nachricht, ich weiß. Hat die Tochter, hat Rahel eigentlich einen Freund? Wo könnte sie sein?«

Sein Gegenüber sah ihn mit wirrem Blick an. »Unfall? Einfach so? Da haben sicher die vom Festland ihre Hände im Spiel, ganz gewiss. Wachtmeister! Untersuch das!« Er starrte wieder zu Boden, überlegte und riss plötzlich seinen Kopf hoch. »Nein, keinen Freund. Für die Männer ist sie zu schwierig gewesen, hatte ihren eigenen Dickkopp. Und mit schnellem Sex hat sie sich nicht abgegeben, das ist mal sicher.« Sein stoppeliges Gesicht kam Tadsen nahe, wütend schob er den Unterkiefer vor und starrte in die Augen des Polizisten. Mit einem Ruck verschwand er plötzlich im Eingang seiner Behausung und warf die Tür zu. Der überraschte Tadsen hörte zuerst, wie der Schlüssel umgedreht wurde, dann einen lauten Schluchzer aus rauer Kehle. Betreten ging er zurück zu seinem Fahrzeug.

In einiger Entfernung radelten Inselgäste über den Damm. Rufe und Lachen waren zu hören. Möwen schrien, und eine Brise brachte den Duft von Schlick und Meer. Glückliche Momente und Trauer, so nah beieinander. Tadsen atmete tief durch. Er hasste es,Todesnachrichten zu überbringen. Nein, er hasste sich und sein Unvermögen, auf die Trauer anders zu reagieren als dienstlich. Um ihn herum herrschte das friedvolle Leben, ihm aber legten sich drei Fälle auf die Brust. Rahel Brahms warf dabei die dringendsten Fragen auf.

Er setzte sich hinter das Lenkrad, beugte sich zum Handschuhfach und zog eine Tüte Studentenfutter heraus. Die gute Amanda, dachte er und lächelte versonnen. Nüsse waren gut fürs Gehirn. Obwohl, Schokolade wäre ihm wirklich lieber gewesen, da stand Trösten im Vordergrund und nicht das Denken. Während er die Packung aufriss und eine erste Handvoll kaute, schloss er die Augen und überließ sich einen Moment seinen Gedanken.

Er startete den Motor und fuhr langsam auf die Landstraße in Richtung Süddorf. Als er an den roten Ziegelmauern des Hotels Kapitän Tadsen vorbeirollte, legte er seine Hand grüßend an die Stirn. Leider bin ich mit euch nicht verwandt, dachte er. Wir teilen nur den Namen des Kapitäns, der vor zweihundertfünfzig Jahren auf der Hallig Langeneß wohnte. Vielleicht sollten Amanda und ich ihn dort mal wieder in seinem Museum besuchen. Im Weltenbummler, dem Restaurant neben dem Hotel, boten sie jetzt rosa gebratenes Lamm an, das wusste er. Mit Rotweinsößchen. Tadsen leckte seine Lippen, drückte die Tüte mit dem Studentenfutter zusammen und verstaute sie ächzend im Handschuhfach, während er lenkte. Nervenreserve für später.

Am Ortsausgang Steenodde fiel sein Blick auf die rechts zum Waldrand hin liegende Weide. Eine von kleinen Hügeln überzogene Grasfläche, an deren Ende ein weitaus größerer Hügel lag. Der Esenhugh, eine bedeutende Bronzezeitanlage, eingebettet in saftiges Grün, Kiefern und Felder. Großvater Magni Brahms soll dort gegraben haben, so hatte sein Enkel Roluf erzählt. Ob Wilhelm Greiner mit von der Partie gewesen war?

Die Landstraße durchschnitt sandfarbene Rapsfelder, auf denen die strohig-vertrockneten Pflanzen wie in Reihen gekämmt darauf warteten, geerntet zu werden. Der Fahrtwind wehte den süßen Duft taufeuchter Erde und trockenen Grases durchs geöffnete Fenster. Astrid Lindgren muss ihre Sommer hier verbracht haben, bevor sie über die Kinder von Bullerbü schrieb, dachte Tadsen lächelnd und atmete tief ein. Was gibt es Schöneres als das friedliche Landleben im Einklang mit den Jahreszeiten?

Als er Süddorf durchquerte, bog er unvermittelt in den Sösarper Strunwai ein und hielt bei seiner Schafweide an. Die Straße lag menschenleer in der Abendstille. Vom Fahrersitz aus genoss er den Anblick seiner Weißköpfigen Fleischschafe, die im Gras lagen und Halme kauten. Seufzend stieg er aus und ging an den Zaun. Ähnliche Bilder werden schon die Amrumer der Frühzeit gesehen haben, die man unter den Hügeln begraben hat, dachte er. Wind kam auf, Disteln und Schafgarbe wiegten im Wind. Mit einem zufriedenen Brummen über diesen tiefen Frieden rüttelte er kritisch an Gatter und Zaunpfählen, kraulte einem der zutraulicheren Mutterschafe den Nacken und stieg wieder ins Fahrzeug. So eine Schafweide, überlegte er, ist eine gute Therapie, um die Seele kurzfristig zu entlasten. So was müsste jeder haben. Sein Telefon summte. Natürlich, die Technik ertrug keine archaische Ruhe, wollte den letzten Winkel erobern. Murrend zog er es hervor. Das Display zeigte eine bekannte Nummer. Es war Dennis, der am Jungsteinzeitgrab stand.

»Moin Moin, Dennis. Was macht die Knochenfront?«

»Hallo Nanning, wie man es nimmt. Mattes, der Kollege vom ED, gräbt vorsichtig. Ich hab gar nicht gewusst, dass es noch solche Hemden gibt. Wirklich krass. Gerade haben wir, glaube ich, Rippen freigelegt. Keinerlei Stoffreste, nur blanke Knochen. Deswegen rufe ich aber nicht an. Vermutlich werden wir in die Dunkelheit hinein arbeiten, hat Mattes gemeint. Virginia fand das gar nicht witzig, hatte aber einen Einfall. Gibt es bei der Freiwilligen Feuerwehr einen Lichtmasten, den die hier rausbringen könnten?«

Tadsen überlegte.

»Gute Idee. Ich ruf die Wittdüner an. Die haben erst letztes Jahr ein Löschfahrzeug bekommen. Das 10/6, nagelneu, samt Lichtmast und Notstromaggregat. Wird aber sicher was dauern, bis die bei euch sind. Die acht Tonnen gleiten ja nicht gerade durch den Sand. Beim Buddeln müsst ihr übrigens auf mich verzichten. Ich hab einiges zu schreiben. Meld dich, sobald es was Neues gibt.«

Schambeinwinkel

Nach dem gelungenen Abendessen im Preester's Hüs genossen Elke und Manfred noch einen langsamen Spaziergang durch die Straßen und Gassen Nebels. Abendstille senkte sich hinter Findlingsmauern und lackierten Zäunen, der Himmel ging in ein monochromes Hellgrau über. Diese Ruhe legte sich auch auf die zahlreichen Bummler, die gedämpft sprechend das Friesendorf durchstreiften. Am Ortsrand, vor einem reetgedeckten, niedrigen Haus, blieb Elke stehen, lehnte ihren Kopf gegen Manfreds Schulter und ließ sich von dem kleinen Vorgarten verzaubern, unter dessen Gartenzaun die Blüten der Kapuzinerkresse in kräftigem Orange und Rot hervorwucherten. Deutlich hoben sich Ringelblumen, Geranien und Rosen von der weiß gestrichenen Ziegelwand ab. Sie musste auflachen und seufzte.

»Hier ist wirklich Bilbo Beutlins Zuhause. Und allenthalben rankte sich Kapuzinerkresse über die grasbedeckten Wände, heißt es nicht so im Herrn der Ringe?«

»Na ja, in Nebel sind nicht die Wände grasbedeckt, dafür aber die Dächer. Reet ist auch nichts anderes als großes, hartes Gras. Das passt doch halbwegs.«

Allmählich näherten sie sich dem Haus Silbergras, ihrer Unterkunft. Schon bei den ersten Schritten in den Garten hörte Elke das wütende Bellen bekannter Stimmen. »Willkommen in der Domstadt«, kommentierte sie leise und ging langsamer. »Sie verlassen Hobbingen und betreten den rheinischen Sektor.« Manfred wurde neugierig und zog sie weiter zu den Strandkörben, auf deren Rückseiten sie stehen blieben.

»Und du glaubst tatsächlich, mit diesen Pseudoauswahlverfahren bekämen wir bessere Vorgesetzte?« Die erregte Stimme Kai Messingers klang schrill. »Die sind nicht geeigneter, sondern beten nur nach, was vorgegeben wird. Ohne Rückgrat. Polizisten sind das keine mehr.«

»Ach, du entscheidest jetzt, was ein Polizist ist? Sag mir doch mal, wie du deine Führungsauswahl treffen würdest. So wie früher? Jemand ist gut, weil wer ihn kennt? Also das Kochen im eigenen Saft? Vertuschte Fehler, geleugnete Schwächen, alles mit Kumpanei weggebügelt? So kommen wir nicht mehr durch die Zeiten, mein Lieber. Die Anforderungen haben sich geändert!«

»Es wird an den Problemen vorbeigemanagt. Die Wohnungseinbrüche steigen, wir klären aber nur zu sieben Prozent auf. Und was macht die Polizei? Leere Streifenwagen werden zur Abschreckung abgestellt! Lächerlich. Doch Personal für Gurtkontrollen und das Verfolgen der Radfahrer, das haben wir!«

»Und du wunderst dich, dass du keine andere Stelle angeboten bekommst? Hör dir mal zu. Ein illoyaler Fundamentalkritiker bist du, so was braucht die Behördenleitung nicht, nirgendwo.«

»Bloß weil man seine Meinung sagt, also das ist doch ...«

»Guten Abend, die Herren.« Elke trat mit Manfred im Schlepptau zwischen die Strandkörbe. Zu ihrer Überraschung saßen sich nicht nur die Kontrahenten gegenüber, sondern auch die dazugehörenden Ehefrauen. Auf einer der Ablagen standen eine leere Flasche Rotwein und Gläser. Kais Gesicht glühte und zeigte hervortretende Adern. Horst-Detlefs Teint dagegen war eher ins blasse Grau mutiert. Regina sah betreten zu Boden. Kirstins Hand lag beruhigend auf dem Arm ihres Mannes. Elke schüttelte den Kopf. »Der Rest der Insel ergeht sich in Sommerfreuden, genießt den hellen Abend, und ihr wälzt Personalprobleme«, monierte sie. »Das nenne ich Identifikation mit dem Beruf. Ihr habt aber Urlaub.«

»Hallo Elke. Wir hatten gerade noch darüber gesprochen, wo wir essen waren«, wechselte Regina das Thema. »Also die Weiße Düne ...«

»Mittlerweile muss man sich doch auf alle Stellen bewerben und Kommissionen beglücken«, fuhr Kai dazwischen. »Nur die Einsätze im Streifenwagen, da ist euch Qualität egal. Die höchste Zahl an Bürgerkontakten, aber da lasst ihr jeden auf die Menschen los. Das ist doch völlig absurd!« Er schlug sich vor die Stirn.

»Die Stellenbesetzungsentscheidung erfolgt nach personalwirtschaftlichen Gesichtspunkten, mein Lieber. Die Kollegen wissen, wo sie dran sind. Das ist Transparenz.«

»Ach ja? Ich kann dir aus dem Stegreif drei Führungsstellen nennen, die ohne Ausschreibung besetzt worden sind. Gutsherrenart ist das.«

Horst-Detlef fühlte sich von allen Augenpaaren beobachtet. Er verschränkte die Arme und wiegte den Kopf. »Das sind Entscheidungen auf höherer Ebene, die entziehen sich meiner Verantwortung. Mir fehlt da auch die hinreichende, interne Kenntnis, die solche Entscheidungswege ...«

»Klüngel ist das, ganz einfach.« Elke sah lächelnd in die Gesichter der Streitenden. »Der Kölner ist angeblich doch stolz drauf, hält das für eine Art Kulturform. Ähnlich wie die polternden Bedienungen in den Brauhäusern. Was war mit der Weißen Düne?«

»Wisst ihr, wie lange ich schon versuche, von der Hundertschaft wegzukommen? Ich laufe ständig vor die Wand.« Kai leerte sein Glas. »Und Doktor Siebentöter hier ist Teil meines Problems und nicht der Lösung.« Er sprang aus dem Sitz, machte eine wegwerfende Handbewegung und verschwand über die Wiese im Haus.

Betretenes Schweigen folgte. Allmählich hatte die Nacht den Himmel erobert, Personen und Gegenstände verschwammen in einem dämmrigen Anthrazit.

»Es ist ja nicht so, dass ...«, setzte Horst-Detlef an, wurde aber sofort unterbrochen. »Lass gut sein, mein Herz, es war ein anstrengender Tag. Vielleicht beruhigt er sich ja noch.« Regina sammelte die Gläser ein. »Ausgerechnet am ersten Tag«, murmelte sie nachdenklich.

»Was ist denn nun mit der Weißen Düne, Regina?«, wiederholte Elke ihre Frage und setzte sich.

»Lecker war's, guter Wein und ruhiges Publikum. Alles ist modern und hell eingerichtet. Wir hatten eine sehr nette Bedienung. Und Horst-Detlefs Teewünsche waren auch kein Problem. Wo wart ihr essen?«

»Hier in Nebel, Preester's Hüs. Vom Fisch sind nur die Gräten übrig geblieben«, Elke grinste Manfred an, »sogar die Butter hat er aufgeschleckt. Und ihr?«

Die Frage galt Kirstin, die gedankenverloren vor sich hinsah und hochschreckte. »Wie? Entschuldige, ich war gerade ... wir waren doch im Likedeeler, in Steenodde. Mit dem Rad kein Problem. Drinnen war es natürlich übervoll, ohne Reservierung keine Chance. Aber draußen hatten wir Glück, haben uns zu einer netten Dame setzen können. Ja«, sie blickte in den dunkelnden Himmel, »das Essen da hat uns gutgetan.« Sie warf einen Blick auf Horst-Detlef, der ihr gegenübersaß, und erhob sich. »Ich glaube, ich sollte dann mal. Gute Nacht.«

Nanning Tadsen schob die Tastatur beiseite und legte die ausgedruckten Blätter seiner Berichte sorgfältig in verschiedenfarbene Pappdeckel. Die Fälle Odde, Steinzeitgrab und Brahms-Hof bedurften der weiteren Bearbeitung, er war auf die Lösungen gespannt. Längst hatte er den Wittdüner Wehrführer darüber informiert, warum das neue Löschfahrzeug samt Lichtmast in der Nacht erforderlich war und man die Grabung nicht auf den Tag verschieben konnte. Er legte die Akten säuberlich auf einen Stapel, reckte sich im Stuhl und spitzte die Lippen. Eigentlich, überlegte er, könnte ich nach Hause gehen. Andererseits, wie sähe das aus. Alle Kräfte waren noch im Einsatz.

Von draußen drangen Motorgeräusche herein, dann wurde die Tür der Polizeistation aufgestoßen. Ocke trat in Begleitung von Petra und Jack ein.

»Gibt's hier einen Kaffee?«, fragte die Kollegin und schlurfte in die kleine Küche.

»Müsst ihr frisch machen«, entschuldigte Tadsen sich, »ich hab bis jetzt geschrieben und wollte noch mal schnell zum Steinzeitgrab.«

Jack stellte seinen Spurenkoffer auf einen Schreibtisch und setzte sich. »Gute Idee«, rief er an Tadsen vorbei in die Küche, »mach einen starken. Das ist wie in den Bergen. Ohne einen wachen Geist scheiterst du auf unsicheren Wegen.«

Ocke ließ sich in einen Stuhl fallen, rieb sich die hohe Stirn und sah leise seufzend in die Luft. »Da sagst du was.«

»Was gibt es denn vom Brahms-Hof zu berichten?«, wollte Tadsen wissen. Jack öffnete den Spurenkoffer und zog Papiertütchen und Glasröhrchen hervor.

»Auf dem Hof haben zwei Personen gewohnt, Vater Brahms starb oben an der Odde, die Tochter wird vermisst. Hinweise auf einen weiteren Bewohner liegen nicht vor. Das meiste hat Ocke bereits berichtet. Die Blutstropfen am Boden haben schon die Fliegen angezogen. Auf einer der blutverschmierten Ohrmarken fand sich ein Fingerabdruck. Dann haben wir im Schlafzimmer der Bewohnerin zur späteren Identifizierung DNS-Spuren gesichert. Kopfkissen, benutzte Wäsche, du kennst das ja.«

»Sag mal, Jack, warum sprichst du eigentlich von DNS? Ist der Begriff DNA nicht gebräuchlicher?«

»Ach, das ist eine kleine Marotte von mir, Nanning. Ich will meine Sprache nicht kampflos den Anglizismen aushändigen. DNA für Desoxyribonucleinacid. Acid heißt aber nichts anderes als Säure, das weißt du sicher. Und deshalb benutz ich die deutsche Variante, DNS. So einfach ist das.«

»Sehr patriotisch«, brummte Tadsen.

»Petra hat sehr viel fotografisch festgehalten«, setzte Jack seinen Bericht fort, »wir wissen halt gar nicht, was vorliegen könnte.

Mitten in die Spurenaufnahme ist so ein zerzauster Typ im Blaumann reingeplatzt. Folkert Försen. Hat gesagt, du hättest ihn über das Verschwinden von Rahel Brahms informiert.« Tadsen nickte. »Er helfe auf dem Hof aus und wolle nach dem Rechten sehen. Auch bräuchten die Rinder auf der Weide Wasser. Ich habe ihm gesagt, das brauche er nicht mitten in der Nacht zu erledigen und ihn weggeschickt. Halt, nein, vorher haben wir ihn noch gerollt. Vergleichsfinger.« Jack hielt eine Pappkarte mit zehn Fingerabdrücken hoch. »Wie erwähnt, im Haus haben sich keine Hinweise ergeben. Ach, die Ohrmarkenzange weist auch Blut auf. Vielleicht ist es zu einem Unfall beim Markieren eines Tieres gekommen, und die Spuren stammen nur von einem Rind? Wäre doch möglich. Im Moment komme ich mir vor, als ständen wir auf einer Wegkreuzung ohne jeden Anhaltspunkt, welchen Pfad wir nehmen sollen.«

»Da hilft nur, die Sache zu überschlafen und neue Zeichen abzuwarten«, meinte Ocke und rieb sich die Augen. »Vielleicht kommt noch jemand an deiner Kreuzung vorbei, den wir fragen können.« Auch Tadsen gähnte. Petra erschien mit zwei Bechern Kaffee und drückte Jack einen davon in die Hand.

»Hier, Chef, in deiner Bergwelt gibt es keine frische Bohne am Wegrand. Freu dich, in der Zivilisation zu sein. Wir müssen noch auf Mattes warten und darauf, was die Knochen sprechen.«

Das klang für Tadsen nach Schamanenriten. Zusammen mit dem Berggerede seines Niebüller Kollegen ergab das ein Bild von Überspanntheit. Er musste hier raus. »Ocke, du fährst heim und machst dich fit für morgen früh. Nutz die Nacht. Ich fahr dann mal zu den Ausgräbern.« Er ging in die Küche, griff eine Thermoskanne aus einem der Hängeschränke und füllte Petras restlichen Kaffee um. In einer Plastiktüte verstaute er Becher, wies auf die dünnen Aktendeckel auf dem Schreibtisch und legte grüßend seine Hand an die Stirn. »Die ersten Eindrücke in unseren Fällen. Den Streifenwagen lass ich euch übrigens hier. Tschüss dann.«

Tadsen stellte sein Fahrzeug auf dem Parkplatz der Vogelkoje neben dem des Erkennungsdienstes ab und stieg leise ächzend aus. Dunkelheit umfing ihn, und er griff zu seiner Taschenlampe, um den Weg zu finden. Am Rand des Birkenwäldchens folgte er den Holzbohlen, die durch die Dünen führten. Schon bald vernahm er das Dröhnen eines Motors. Das war das Stromaggregat. Links von ihm gleißte der Schein des Lichtmasts hinter der scharfen Silhouette der Sandberge und wehender Gräser. Die Feuerwehr war also schon beim Ausleuchten, freute er sich und beschleunigte den Schritt. Vorbei an den Steinzeitresten des Langhauses folgte er dem Weg nach links.

Die Grabungsstelle war in kaltes Licht getaucht. Sein Blick fiel auf den breiten Rücken von Mattes Kaunitz, der sich, in einen weißen Overall gekleidet, über eine Kuhle beugte. Virginia und Dennis ließen die Überzieher weitaus mehr Luft. Die beiden schafften fleißig sandige Dünenerde beiseite.

»Moin Moin«, grüßte Tadsen und hob zum Zeichen guter Gesinnung die Thermoskanne hoch. Im Vorbeigehen nickte er auch den Helfern der Freiwilligen Feuerwehr zu, denen die Technik zu verdanken war. »Ein kleiner Muntermacher für die Grabungsmannschaft«, rief er Mattes zu. »Ich hoffe, euch wird nicht kalt. Sommer hin oder her, Nächte in der Wüste sind immer kühl.«

Der Mann vom Erkennungsdienst winkte ab und tätschelte seinen Bauch. »Ich bin gut gefüttert, Nanning. Musst du doch kennen. Außerdem ist der Anzug nicht besonders luftdurchlässig.«

Die beiden Sandräumer näherten sich, Arme und Beine waren fleckig. »Was denn, nur Kaffee?«, monierte Virginia, während ihr Kollege nach einem gefüllten Becher griff. Sie zog den Reißverschluss auf und atmete freier. »Bionade wäre mir lieber gewesen.«

»Holunder oder doch eher Ingwer-Orange?«, fragte Tadsen betont interessiert. »Mensch, was ist nur aus den Polizisten geworden. Früher, ja, da haben wir ...«

»Ja früher, da waren die Helme noch aus Holz«, unterbrach ihn Virginia und nahm trotzig einen der Kaffeebecher. »Na gut, dann nehme ich halt, was da ist. So muss das im Sozialismus gewesen sein. Sag mal Mattes, wie lang dauert das hier noch?«

Der Spezialist wiegte den Kopf. »Schwer zu sagen. Das meiste haben wir wohl.« Er winkte Tadsen einige Schritte weiter zu einer Plane, auf der die Funde lagen. Ein bis auf wenige Knochen vollständiges Skelett samt Schädel, die vom alten Greiner gefundenen Backenzähne, die rote Wollmütze. Sogar der Unterkiefer war geborgen worden. »Aufgrund der Amalgamplomben und der Mütze kann man ja wohl kaum von einem Steinzeitmenschen ausgehen. Der Tote scheint nackt gewesen zu sein, sonst lägen hier sicher auch Kleidungs- oder Lederreste. So gesehen muss die Strickmütze aus Kunstfasern sein. Weißt du, Schafwolle zum Beispiel verrottet schon nach einem Jahr im Boden. Übrigens habe ich in der Mütze Haare gefunden. Wenige, aber immerhin.«

»Und ein Mensch, wie lange braucht der, um zu verwesen?«

»Das ist unterschiedlich. Das Vergehen eines Körpers unter Luftabschluss wie zum Beispiel Lehm ist anders als in lockerem Waldboden. Je mehr Luft, desto schneller, würde ich sagen. An den Dünen haben wir humushaltigen Sandboden. Durch die Lage der Grabfindlinge mit ihren kleinen Hohlräumen ist genug Sauerstoff an den Körper gekommen, Mikroben und Insekten konnten sorgfältig arbeiten. Die Person hier hat kaum mehr als zwanzig Jahre gebraucht, sich so gründlich zu verändern. Übrig blieben dann nur noch die trockenen Knochen. Interessant ist Folgendes.« Er bückte sich und nahm eine dicke, vielleicht zwanzig Zentimeter lange Nadel zwischen seine behandschuhten Finger. Der Kopf hatte die Form eines Kreises, in dessen Innerem sich zwei Streben kreuzten. Grünspan bedeckte weite Teile des ansonsten matt schimmernden Stücks. »Scheint altes Metall zu sein, Bronze würde ich sagen. Das entspricht nun gar nicht dem Rest der Funde.«

»Sieht aus wie eine Kleiderfibel«, überlegte Tadsen laut, »damit wurden früher die Umhänge zusammengesteckt. Passt doch ganz gut in so ein Grab. Ob die Forscher das 1951 übersehen haben?«

»Ich dachte, das soll ein Jungsteinzeitgrab sein. Da gehört dann ein so schön gearbeitetes Metallstück nicht rein. Dafür braucht es eine spätere Entwicklungsstufe. Wir werden die Spezialisten fragen.« Tadsen nickte. Das können wir schnell auf der Insel klären, kam ihm in den Sinn.

»Kannst du was zu den Knochen sagen? Frau oder Mann?«

Mattes wies auf das Becken des Skeletts. »Schmale Beckeneingangsebene, die Knochenvorsprünge der Sitzbeinstachel und des

Steißbeins ragen deutlich hinein, spitzwinkliger Schambeinwinkel, also ich tippe auf einen Mann.«

»Wie alt?«

Der Spezialist griff einen Oberschenkelknochen und hielt ihn Tadsen vor die Augen. Im Hintergrund dröhnte das Stromaggregat. »Ich bin eher für die Spuren verantwortlich und kein Anatom. Trotzdem, ein bisschen schaut man sich doch immer ab. Also.« Er fuhr mit den Fingern hoch bis zum Oberschenkelhalsknochen. »Im Alter verändert sich der Schenkelhalswinkel, die Fachwelt sagt Kollum-Korpus-Winkel dazu.«

»So, so, der Kollum-Korpus-Winkel. Das ist ja interessant.«

»Nur damit du siehst, dass ich weiß, wovon ich rede. Beim aufrechten Stehen verläuft dann der gealterte Knochen, der das Gelenk trägt, eher horizontal. Das ist ungünstig, denn es erhöht die Querbelastung. Bei Osteoporose kommt es schneller zum Oberschenkelhalsbruch. Aber bei unserem Knochen hier ist der vorliegende Winkel niedrig. Ziehe ich den augenscheinlichen Abnutzungsgrad der Zähne hinzu, meine ich, es mit den Überresten eines zwischen dreißig und fünfzig Jahre alten Mannes zu tun zu haben.«

Tadsen dachte an die Behausung Wilhelm Greiners und an das Foto, das er von dort mitgenommen hatte. Jeder der abgelichteten Männer passte in diese Gruppe. Jack würde weitere Details zu den Fotografierten ermitteln müssen, Ocke hatte damit ja schon begonnen. Er winkte die beiden Bäderdienstler zu sich.

»Hört mal, ich denke, es macht keinen Sinn, dass ich auch noch so einen Overall schmutzig mache. Ich schlage vor, wenn die Arbeit getan ist, kommt ihr mit Mattes morgen später zum Dienst. Sagen wir dreizehn Uhr?«

Dennis taxierte seinen älteren Kollegen mit schräg gestelltem Kopf und grinste. »Toll von dir, Nanning, dass du den Anzug schonen willst. Aber kein Problem, wir sehen uns dann.«

Tadsen nickte und mied Virginias Blick, während er sich zum Gehen wandte. Er wollte gar nicht wissen, was sie gerade dachte.

Nach einer unruhigen Nacht trat Elke in das gleißende Morgenlicht. Sie fühlte sich unausgeschlafen. Ein strahlend blauer Himmel lag wolkenlos über der Ualjaat mit ihren saftigen Hecken, lackierten Türen und Hausfronten aus Backstein. Apfelrosen blühten. Sieht alles aus wie frisch gewaschen, fand Elke und verließ das Grundstück zu Fuß. So schnell nach dem Aufstehen war ihr nicht nach dem Balancieren eines Zweirades, sie vertraute sich lieber ihren Beinen an. Ihr gefiel es, jetzt allein unterwegs zu sein. Manfred hatte so genug Zeit, zu Hause anzurufen und seiner Familie vom angeblichen IT-Kongress in Husum vorzulügen. Von Gesprächen dieser Art wollte sie nichts mitbekommen. Sie mochte die Illusion, den Mann für sich zu haben. Die Erinnerung daran, ihr Glück nur geborgt zu haben, es auf Lügen und Doppelleben aufzubauen, vermied sie. Immerhin wich Manfred Gesprächen über seine Frau und die Kinder ebenso aus.

Im Ortszentrum Nebels tummelten sich die Kunden in Bendixens Edeka-Kaufhaus. Elke füllte ihren Rucksack mit allem, was für sie zu einem guten Frühstück gehörte, zahlte und trat vor das Geschäft. Am gegenüberliegenden, reetgedeckten Zeitschriftenhäuschen blieb sie stehen und überflog die Schlagzeilen der Tageszeitungen. Die große Politik und das Weltgeschehen ignorierte sie, schließlich hatte sie Urlaub. Lokales dagegen brachte ihr die Insel näher. Der Kniepsandbote meldete dann auch: »Amrumer Polizei im Dauereinsatz – Zwei ungeklärte Todesfälle!« Sie zögerte, dachte kurz an Manfred und zog das Blatt aus dem Ständer. Beim Frühstück werde ich ihn damit nicht behelligen, nahm sie sich vor. Vielleicht findet sich trotzdem noch eine ruhige Gelegenheit, die Tagespresse auszuwerten. Sie zahlte und verstaute die Zeitung. Jetzt fehlten nur noch die Bäckerbrötchen.

Die holte sie bei Claussen. Der Duft frischen Brotes umfing sie. Ein schwergewichtiger Fünfzigjähriger in einem schwarzen T-Shirt und dem graffitihaften Aufdruck »Punk lebt« verstellte ihr die Sicht auf die Backwaren. Ihr Blick glitt an seiner kurzen Schlabberhose hinunter auf die mit Krampfadern durchzogenen Waden und verharrte einen Moment an den blaugeäderten Füßen in Birkenstocklatschen. Elke schmunzelte. Amrum, die Insel der Freiheit, hier ist jeder willkommen. Das sehnige, in beigefarbener Baumwolle gekleidete Rentnerehepaar daneben mühte sich redlich, durch große Sonnenbrillen die Fülle des Angebots zu erfassen. Was für ein Kontrastprogramm.

Als Elke ihre Ferienwohnung betrat, stand Manfred in der Pose eines Feldherrn konzentriert über eine Karte gebeugt am gedeckten Frühstückstisch. Sie fuhr ihm durch die Haare, küsste ihn auf die Wange und sah auf die kartografische Darstellung von Dörfern und Vegetation.

»Planst du den Angriff der Touristen auf die friedliche Insel? Vorher allerdings musst du Kaffee kochen.« Sie schob den Inselplan beiseite, drückte ihm die Packung in die Hand und begann, ihre Einkäufe auf dem Tisch zu platzieren. Den Kniepsandboten ließ sie im Rucksack.

Ergeben hantierte Manfred an der Kaffeemaschine, die auch bald leise röchelte und den Raum mit belebendem Duft erfüllte. »Was hältst du davon, wenn wir mit dem Leuchtturm anfangen?«, schlug er vor. »Das Inselwahrzeichen ist vormittags geöffnet. Von da aus könnten wir an den Strand.« Er sah aus dem Fenster. »Scheint doch ein Sonnentag zu werden.«

»Soll ja einer der schönsten Türme Deutschlands sein«, überlegte sie laut und setzte sich. »Aber willst du da rauf? Treppensteigen habe ich immer gehasst.«

»Na, hör mal, du bist doch Kölnerin. Da wirst du auch die 533 Stufen des Domturms hochgeklettert sein, oder? Der Leuchtturm hat nur 297. Ein Klacks für dich.«

»Du und deine Zahlen. Die Dombesteigung ist was für Touristen.« Sie schnitt eines der Brötchen auf und sog mit geschlossenen Augen das Aroma ein. »Dein Turm liegt doch schon auf einer Düne. Mir reicht dann der Blick von dort. 297 Treppenstufen! Ich bin im Urlaub, nicht im Fitnessstudio.« Sie bestrich ihre Hälfte mit Butter, öffnete ein Glas Sanddornkonfitüre und genoss die satte

Farbe des Brotaufstrichs. Tiefstehende Sonne über buntem Herbstlaub, ging es ihr durch den Kopf.

»Der Leuchtturm ist etwas Besonderes«, betonte Manfred und goss dabei Kaffee ein. »Der erste in Nordfriesland, seine Leuchteinrichtung aus sechzehn geschliffenen Linsenfeldern wiegt knapp drei Tonnen und ist fünf Millionen Euro wert. 1875 eingeweiht, wurde der Linsenapparat vorher schon bei der Pariser Weltausstellung bewundert. Und du meinst, du darfst diesem Wunderwerk deine reizende, kalte Schulter zeigen?« Er beugte sich zu ihr hinunter und gab ihr einen Kuss. »Erhebe dich mit mir 41,8 Meter in die Höhe. Komm schon.«

»Männer! Du bist ja ganz gefangen von der Größe und Bedeutung.« Elke verdrehte die Augen. »Wenn Freuds Theorien nicht so veraltet wären, müsste ich mir jetzt Gedanken zu Phallussymbolen und männlichen Urängsten machen«, lachte sie.

Manfred ließ sich auf seinen Stuhl fallen. »Darauf bist du diese Nacht nicht gekommen. Da hat dir die Realität gefallen. Reich mir mal bitte den Aufschnitt, ich muss mich für den Aufstieg stärken.«

Tadsen lehnte sein Fahrrad gegen die Rückseite der Polizeistation und betrat die Wache durch den rückwärtigen Eingang. Das Wetter hatte ihn eingeladen, seinen Wagen stehen zu lassen. Amanda würde das freuen.

Die Stimme Ocke Petersens kam ihm entgegen, er beendete ein Telefonat.

»Moin Moin, Ocke, ein wunderbarer Tag, nicht wahr. Da werden die Badegäste in Massen zum Strand strömen. Was gibt es Neues? Nachrichten vom Brahms-Hof?« Er ging in die Küche, goss sich einen Kaffee ein und wartete auf Antwort.

»Ein Gast aus dem Ual Öömrang Wiartshüs in Norddorf hat angerufen und sein Elektromobil als gestohlen gemeldet. Einer der beiden Kabinenroller, die die AmrumTouristik vermietet. Weißt schon, so ein Renault Twizy.«

»Welche Farbe?« Tadsen beobachtete, wie Ocke seinen Kaffeebecher mit einer Untertasse bedeckte.

»Das schwarz-rote. Der Melder hat es für drei Tage gemietet, hätte es heute um siebzehn Uhr zurückbringen müssen. Ich hab ihm gesagt, er soll im Laufe des Vormittags zur Anzeigenerstattung vorbeikommen.«

»Na, viel kann der Dieb damit nicht anfangen, diese rollenden Eier fallen doch auf. Jeder fragt, was das für ein Verkehrsgerät ist, wie schnell das fährt und wie lange die Batterien halten. Wird sich bald aufklären, wirst sehn.« Tadsen stellte sich neben Ocke, der am Schreibtisch saß. »Hast du dir die Daten von der AmrumTouristik faxen lassen? Wir müssen das Gerät natürlich trotzdem zur Fahndung ausschreiben, soll ja alles ordentlich zugehen.« Damit hob er den Unterteller von Ockes Becher an. Eine Mischung aus Kaffee- und Rumaroma stieg ihm in die Nase. »Ocke, Ocke. Kipp den weg und mach dir einen neuen. Wir haben kein Schietwetter, den Tag kannst du sicher auch ohne Dröhnung beginnen. Friese hin oder her.«

Von draußen erstarb das Dröhnen eines Dieselmotors, die Stationstür wurde aufgestoßen und markant klackerten die Absätze von Cowboystiefeln durch den Raum.

»Moin Moin zusammen«, grüßte Jack London, und durchquerte in lässigen, raumgreifenden Schritten die Wache zur Küche hin. »Gibt's noch Kaffee? Den Gipfelaufstieg sollte man nur ausgeruht und gut präpariert wagen.« Petra Barthlet-Jimenez folgte ihm eher zögerlich, mit gebeugtem Rücken und vorgeschobener Unterlippe.

Der Ermittlungsleiter fuhr sich mit der Hand durch sein gewelltes Haar und griff, ohne eine Antwort abzuwarten, einen Becher aus dem Küchenschrank. »Petra, auch einen?« Sie nickte und ließ sich auf einen Stuhl fallen. Ocke sah sie an.

»Keine so gute Nacht gehabt?«, fragte er mitfühlend und nippte an seinem Rumkaffee. Die Unterbrechung durch die Niebüller Kollegen kam gerade richtig. Petra zuckte die Schultern und nahm ihren Kaffee entgegen.

»Ich schlaf nie gut in fremden Betten und morgens rede ich wenig«, entschuldigte sie sich.

»Dafür ist dein Chef umso rühriger«, meinte Tadsen und griff im Vorbeigehen den Kaffee des überrumpelten Ocke.

»Ist kalt, ich hol dir einen neuen.«

Jack zog seine Lederjacke aus, die ihn auch an einem Sommertag begleitete, und ließ die Brustmuskeln unter dem T-Shirt spielen. Petra sah demonstrativ in die entgegengesetzte Richtung.

»Gibt es was Neues zur Vermissten vom Brahms-Hof?«, wollte der Niebüller wissen.

Ocke, der als Erster seinen Dienst begonnen hatte, schüttelte den Kopf. »Weder der Bruder, noch Försen der Helfer haben sich gemeldet.«

»Dann werden wir uns da noch mal umsehen und das Umfeld genauer befragen müssen. Lebende Vermisste gehen immer bleichen Knochen vor, oder wie seht ihr das?« Er sah in die Runde und nickte zur eigenen Bestätigung. »Übrigens hab ich gestern Nacht noch einige eurer Berichte gelesen und wollte mir bei Tageslicht die Lenkdrachenausrüstung ansehen.« Jack wischte nicht vorhandene Krümel von seiner Hose und blickte lächelnd auf. »Schließlich kenn ich mich aus, bin selbst ein Kite-Surfer.« Das überraschte Gesicht seiner Kollegin amüsierte ihn sichtlich. »Ja, ja, nicht nur in den Bergen, auch auf dem Wasser ist der Jack zu Hause.«

Petra verdrehte stöhnend die Augen und stand auf. »Ich muss mal.«

»Vorbehaltlich meines Kennerblicks könnte ich mich der Meinung unseres jungen Kollegen anschließen, Nanning, dass es sich beim Tod von Eitel Brahms um einen Unfall handelt. Denn so ein Segel steuert keiner so punktgenau, dass es gewollt auf einer bestimmten Stirn landet. Allerdings werden wir die Hamburger Kripo bitten, dem Makler noch mal auf den Zahn zu fühlen. Das Zusammentreffen der Personen, hier der böse Immobilienmann, dort der Öömrangland-Verteidiger, ist schon merkwürdig. Noch ein Grund mehr, sich auf dem Brahms-Hof umzusehen. Vielleicht gibt uns das Arbeitszimmer des Verstorbenen ja Hinweise auf einen früheren Kontakt zwischen den beiden.«

Tadsen nickte zustimmend, ein schneller Abschluss in diesem Fall wäre von Vorteil, im Moment gab es auch genug andere Baustellen.

»Und dann bin ich so frei gewesen und hab mich gestern Nacht noch mit dem Grabungsteam auf dem Foto beschäftigt«, setzte Jack den Bericht über seine Anstrengungen fort. »Über die Polizeileitstellen konnte ich an einige Einwohnerdaten gelangen. Bei der Kriminalaktenhaltung in Hamburg und Bremen war das Ergebnis allerdings negativ. Kein Wunder. Hätte was vorgelegen, wäre das längst verjährt. Immerhin, der Einzige, der sich in Luft aufgelöst zu haben scheint, ist Grabungsleiter Zücht. Da werden wir noch mal die Uni Bremen fragen müssen.«

Petra betrat den Wachraum. Ihr Blick fiel auf Jack.

»Ah, gut dass du kommst. Ich hab in Nannings Notizen zu Rahel Brahms was von diesem Chor gelesen.« Jack reichte ihr eine Akte. »Austernfischer nennen die sich. Lustig, wenn ich bedenke, wie aufdringlich diese Vögel schreien. Befrag die Mitglieder, vielleicht kommen wir so an Hinweise, wo sich die Vermisste aufhalten könnte. Kannst unsere Kiste nehmen, Mattes braucht den Wagen ja grade nicht, der schläft wohl noch. Vorher setzt du mich am Hof ab, nicht dass die Vermisste wieder da ist und wir überflüssigerweise suchen.« Er sah in die abwartenden Mienen seiner Kollegen, trank den Kaffee aus und klatschte in die Hände. »So Nanning, dann zeig mir mal Control Bar, Leinen und Loop. Danach können wir das Thema Surftechnik bestimmt abhaken.«

Als Elke mit Manfred zu den Fahrrädern trat, sah sie gerade noch, wie sich Kirstin Messinger in einen der Strandkörbe setzte. Hat die denn keine Lust, der Insel ihre Reverenz zu erweisen, wunderte Elke sich. Sie selbst hatte ausgiebig gefrühstückt und sich mit den Tagesvorbereitungen Zeit gelassen, aber nun wollte sie endlich los.

»Kirstin? Hab ich doch richtig gesehen. Dir hat es der Garten aber angetan.« Die Frau ihres Kollegen Kai blickte aus einem Buch auf und nickte lächelnd.

»So früh am Tag kann ich am besten lesen. Da ist mein Geist noch frisch, der Text spricht viel intensiver zu mir. Kennst du das nicht?« Sie strich sich über ihr dunkelbraunes Haar, die Finger glitten den Zopf entlang. Elke überlegte kurz.

»Morgens bin ich zu unruhig für ein Buch. Da kriege ich nur die Zeitung rein, mehr geht nicht. Aber ist dir die Zeit hier nicht zu schade? Ich meine, die Insel ruft doch.«

»Weißt du, seitdem die Kinder selbstständig sind, genieße ich den morgendlichen Freiraum ohne Familienversorgungshektik.« Sie hielt Elke den Buchtitel hin: Das fahle Pferd, ein Agatha-Christie-Krimi. »Kai hat oben einen Inselführer gefunden und versucht wohl auch noch, die Unterkunft zu wechseln. Da tauche ich dann gerne ab.«

Betroffen sah Elke zum Haus. »Ach, ich hatte gehofft, er nähme sich den Streit mit Doktor Siebentöter nicht so zu Herzen. Man kann sich doch aus dem Weg gehen. Gleich die Herberge zu kündigen, ich weiß nicht.«

»Habe ich ihm auch gesagt. Weglaufen bringt gar nichts. Schließlich hat er mit dem Mann und seinen Entscheidungen ständig zu tun. Nein«, Kirstin lächelte in sich hinein, »ich denke eher, wir sollten die beiden einander näherbringen.«

Hinter Elke ertönte ein künstliches Hüsteln, und Manfred gesellte sich zu den Frauen. »Das wird aber nicht einfach«, mischte er sich ein. »Für mich klingt das nach dem Wunsch, dass dein Mann sich mit einer Vogelspinne oder einer Feuerqualle anfreunden soll.« Er schüttelte sich.

Kirstin wiegte den Kopf. »Vielleicht reicht ja etwas Schauspielkunst und Einfühlungsvermögen. Der Doktor für das Personalwesen hat es doch auch nicht leicht. Jede Entscheidung zugunsten eines Mitarbeiters düpiert viele andere Kollegen. Eine Welt voller Feinde. Das stelle ich mir hart vor. Kein Wunder, wenn man dann schrullig und arrogant wird, sich distanziert. Amrum könnte doch eine schöne Gelegenheit sein, dass Kai etwas Verständnis aufbringt für den ökonomisch vorgehenden Personalentscheider.« Die letzten Worte hatte Kirstin mit einem ironischen Ton ausgesprochen und die Augen gerollt. Elke sah sie irritiert an. Was hatte sie vor? Als könnte Kirstin ihre Gedanken lesen, schwenkte sie theatralisch die Hand. »Mal sehen, ich bin noch in der Findungsphase.« Damit griff sie zum Buch und konzentrierte sich auf den Text.

Manfred zog Elke am Arm. »Komm Elfe, der Leuchtturm wartet. Ich will nicht mit den Massen hochklettern.«

Aus ihren Gedanken gerissen sah sie ihn an und grinste. »Wie schön, dann können diese Massen unten bleiben.« Dabei klopfte sie sich vielsagend auf ihre Oberschenkel.

Vor dem Haus, an der Gartenmauer, hielt ein Auto. Kaum schlugen die Fahrzeugtüren, erklang die helle Stimme eines Kindes. »Aber nicht lange. Du hast versprochen, wir essen Eis.«

Plötzlich erschien ein blonder Lockenkopf über der Hecke und wenige Augenblicke später betrat Kristian Tondern mit einem Jungen auf dem Arm den Rasen. Die lebende Darstellung des Heiligen Christophorus, dachte Elke.

»Guten Morgen in die Runde«, grüßte der Hauswart und setzte das Kind vorsichtig ab. »Ich hoffe, ich störe nicht, wollte nur kurz einen Blick auf den Müll und ins Gewächshaus werfen«, fügte er grinsend hinzu. »Finn muss mich heute begleiten.« Er streichelte über den Kopf seines Sohnes, der sich zutraulich in den Strandkorb neben Kirstin Messinger setzte und die Frau interessiert ansah.

»Was macht denn seine Mutter?«, wollte Kirstin wissen. Elke zuckte innerlich zusammen. Herrje, dachte sie. Das kann jetzt peinlich werden.

Nach einem Moment der Stille kam die Antwort. »Die arbeitet in der Woche auf dem Festland. Lässt sich nicht anders machen. Normalerweise wird Finn von seiner Oma betreut, aber die fährt noch Taxi. Und dann hab ich ihn immer. – Papa ist gleich zurück, bleib schön da sitzen«, ermahnte er seinen Sohn und verschwand im hinteren Teil des Gartens.

»Liest du mir was vor?«, forderte der Junge Kirstin auf und lachte sie an.

»Du, mein Buch hier ist aber nichts für Kinder.«

»Wieso? Ich bin schon groß und kann lesen.« Wie zur Bestätigung nickte der Junge ernst und fuhr mit dem Finger den Buchtitel auf dem Umschlag entlang. »D a s f a h l e P f e r d«, las er stockend vor und sah stolz auf. »Du liest ein Pferdebuch? Hast du Kinder? Ich war auch schon mal reiten. Mit meiner Oma. Was ist fahl?«

Elke hatte selbstvergessen zugehört. Dann blitzte ein deplatzierter Gedanke auf, Müll! Was gab es denn dabei zu sehen? »Ich bin sofort wieder da«, murmelte sie Manfred zu und folgte dem Hauswart.

Das Gewächshaus stand offen. Bevor sie hineinsehen konnte, füllte die Statur des Friesen in Latzhose und Fischerhemd den Rahmen aus. Mit zu Boden gerichtetem Blick zog er seine Gartenhandschuhe aus und klopfte sich damit Sand von Unterarmen und Schenkeln. Aus dem Brustlatz zog er eine Packung, die aussah wie eine Zigarettenschachtel, stopfte stattdessen seine Handschuhe hinein und die Schachtel hinterher. Hätte gar nicht gedacht, dass der raucht, stellte Elke überrascht fest und näherte sich langsam, in der Hoffnung, noch etwas vom Inneren des Glashauses sehen zu können. Doch in dem Augenblick sah Tondern auf, nickte kurz, zog die Tür kraftvoll zu und versperrte sie mit einem Vorhängeschloss.

»Alles in Ordnung?«, fragte Elke und dachte krampfhaft nach, wie sie ihre Neugier begründen könnte. »Was macht denn die Hand?«

»Die wird schon, hab gutes Heilfleisch.«

»Das wäre doch jetzt eine schöne Gelegenheit, mir Ihre Pflanzensammlung zu zeigen.«

Er zögerte. »Nicht heute, mir fehlt die Zeit, außerdem wartet Finn«, wiegelte er ab.

Elkes Lächeln verlor die Spannung, sie knautschte ihre Lippen zusammen. Kopf und Blick verharrten kurz am Boden. »Sie haben eben was von Müll gesagt. Wann wird der denn geleert? Ich hab mich überhaupt nicht erkundigt, ob es dabei etwas zu beachten gibt.«

Er machte eine wegwerfende Geste und schritt zu einem mannshohen, blickdichten Holzzaun, hinter dem sich die Mülltonnen verbargen. »Ganz einfach. Grün ist Papier, gelb und braun kennen Sie bestimmt. Der Restabfall wird vierzehntägig abgeholt.« Er bückte sich und nahm einen Karton mit leeren Flaschen hoch. »Altglas wird am Feuerwehrhaus gesammelt. Da fahre ich jetzt vorbei. Muss eh noch nach Norddorf, ein anderes Haus betreuen.«

Elke folgte dem Hauswart zurück in den Garten. »Das ist bestimmt ganz schön hart für Sie und den Jungen, die Woche über ohne Ihre Frau.«

Tondern fuhr sich durch das kurze Haar. »Damit ist meine Familie nicht die einzige. So was kommt auf den Inseln oft vor. Drüben auf Sylt füllen die Pendler schon Zugwaggons. Aber meine Frau hat eine gute Stellung, und ewig wollen wir das auch nicht machen.«

»Was macht denn Ihre ...?«

»Papa, Papa«, stürmte Finn auf seinen Vater zu, der den Flaschenkarton abstellte, seinen Sohn mit ausgebreiteten Armen fing und wirbelnd hochhob. »Weißt du, was die Frau kann? Die weiß, wie die Blumen heißen und bringt das den Kindern bei. Das ist ihr Beruf, sagt sie.«

Tonderns ernster Blick traf Kirstin Messinger, dann lachte er. »Das ist aber ein komischer Beruf«, sprach er in Richtung der Strandkörbe, »ob man davon leben kann?«

»Ich hab meine Tätigkeit etwas verkürzt dargestellt, ich bin Biologielehrerin«, stellte Kirstin lachend klar.

»Dann passt das doch«. Er gab Finn einen Kuss und setzte ihn auf den Rasen. »Sag Tschüss, wir müssen weiter.«

Der Kleine winkte den Frauen zu und folgte seinem Vater zum Auto. Elke und Kirstin sahen ihnen hinterher.

»Du meine Güte, da habe ich mich aber gerade richtig ertappt gefühlt, als der Junge das mit meinem Beruf gesagt hat. Der Blick des Vaters - also dem schien das nicht zu gefallen.«

»Vielleicht hängt das mit dem Gewächshaus zusammen? Er macht ein ziemliches Gewese darum. Nicht mal kurz reinsehen durfte ich.«

»Kommst du endlich«, rief Manfred von den Fahrrädern herüber. »Die Zeit will genutzt sein.«

»Ja, ja«, murmelte Elke und entschuldigte sich mit einer Geste bei Kirstin für die Unterbrechung, »der Leuchtphallus erwartet die Begutachtung. Bin unterwegs«, rief sie.

Tadsen sah auf die Uhr. Noch war der Tag jung. Die Wache hatte sich bis auf Ocke geleert, und bevor es den Touristen einfiel, polizeiliche Einsätze zu provozieren, wollte er die Zeit nutzen. In einem Nebenraum lagen die Funde aus Sprockhoffs Nummer 11, wie der alte Greiner das Jungsteinzeitgrab nannte. Das Skelett lag mit lieblos nebeneinandergereihten Knochen auf einem Tuch, daneben die Mütze und die Bronzenadel. Sicher ist es für die Kollegen spät geworden, interpretierte er die provisorische Aufbahrung, Mattes hat wohl ins Bett gewollt. Er zog sich ein paar Latexhandschuhe über, tätschelte den Schädel wie einen alten Bekannten und begutachtete die Einzelteile.

Er nahm die Radnadel zwischen zwei Finger und besah sie fasziniert von allen Seiten. So alt, und immer noch so schön, dachte er. Vorsichtig ließ er das Schmuckstück in eine Papiertüte gleiten und griff einen der Streifenwagenschlüssel.

»Ocke, ich bin bei deinem Freund Greiner, dem Grabungsexperten. Vielleicht kann der uns etwas zu dieser Kleiderfibel hier sagen. Wenn was sein sollte ...«, demonstrativ hielt er sein Mobiltelefon hoch und verließ die Polizeistation.

Wriakhörn

Greiner öffnete die Tür, in der einen Hand eine Zigarette, in der anderen die Tageszeitung. Dass er Störungen dieser Art verabscheute, noch dazu um diese Uhrzeit, war unschwer an seinem Missmut zu erkennen.

»Moin Moin, Herr Greiner.« Tadsen atmete ein letztes Mal bewusst und tief die frische Heideluft vor dem Haus ein, dann betrat er den dunklen Flur. Ohne eine weitere Erklärung zog er sich einen Latexhandschuh über, fingerte die Papiertüte aus der Innenseite seiner Uniformjacke und hielt einen Augenblick später dem alten Mann die Nadel vor die verschmierten Brillengläser.

Greiner warf überrascht einen kurzen Blick auf den Inselpolizisten, dann auf das Bronzeschmuckstück. Er schnalzte, zog die

Augenbrauen hoch und sog heftig an seiner Zigarette. Ein Hustenanfall ließ die Lunge des dürren Mannes rasseln, trotzdem versuchte er, das Stück zu greifen. »Woher«, nur schwer kam er zu Atem, »haben Sie die Nadel, Herr Wachtmeister?«

»Aus einer Grabung hier. Was sagt Ihnen denn das gute Stück?«

Greiner, die Filterlose zwischen den Lippen, erkannte, dass Tadsen nicht gewillt war, ihn diesen Fund einfach so anfassen zu lassen. Er lachte trocken auf, schlurfte ins Wohnzimmer und wühlte in einem Regalfach seiner Schrankwand. Triumphierend hielt er ein Paar Stoffhandschuhe hoch, die vor Jahren einmal weiß gewesen sein mussten.

»Aus Sprockhoffs 11, nicht wahr? Da wo das Mützenskelett mit den Amalgamzähnen lag?« Ein weiteres Mal schüttelte ihn sein Husten. Mit zittriger Hand nahm er die Nadel entgegen und führte sie nahe an seine Brille. Nach einem Moment des Überlegens räusperte er sich. »Eine Radnadel der Bronzezeit. Schöner Frauenschmuck. Vielleicht aus der Region um Oechlitz, Sachsen-Anhalt. Einige Exemplare sind von dort bis an die Nordseeküste gelangt. Wurden normalerweise einzeln getragen, das wissen wir von Hügelbestattungen. Doch seitdem Archäologen solche Nadeln auch neben den Köpfen der Toten gefunden haben, ist etwas klarer geworden. Die Damen haben damals ihre vermutlich komplizierten Haartrachten mit Hilfe dieser Dinger hochgesteckt. Die Radnadel war nicht nur für Gewänder da.«

»Frauenschmuck also«, hielt Tadsen fest.

»Vielleicht dreitausendvierhundert Jahre alt. Und jetzt in einem Jungsteinzeitgrab gefunden.« Der alte Mann stand gebeugt vor dem Polizisten und schüttelte den Kopf. »Wir haben 1951 alles gründlich ausgegraben und durchgesiebt. Professor Zücht hat keine Halbheiten geduldet. Die Nadel muss nachträglich in Nummer 11 gelegt worden sein.«

»Eine Frauengrabbeigabe? Aber das Skelett weist auf einen Mann hin.«

Greiner gab die Nadel zurück und zog die Handschuhe aus. Mit dem Rest seiner Zigarette stocherte er im übervollen Aschenbecher, zuckte die Schultern und sah zu Tadsen auf.

»Zufall? Versehen? Unwissenheit?«

»Herr Greiner, da ist nichts zufällig passiert. Wenn die Nadel etwas mit dem Skelett zu tun hat, dann ist das eine Art Botschaft.«

»Einem Mann, dem man Frauenschmuck ins Grab mitgibt«, überlegte der Alte laut, »das könnte doch eine Verhöhnung des Toten sein, nicht wahr?«

»Sie meinen, jemand macht sich über die sexuelle Orientierung lustig? Behauptet, er sei weibisch gewesen, ein Transvestit, transsexuell? Vielleicht ist der Grund viel einfacher. Eine sentimentale Erinnerung, ein letzter liebevoller Gruß?« Tadsen stutzte bei seiner eigenen Überlegung. »Blödsinn. Das Grab ist ja kein originales, unser Toter wurde 1951 oder später dort verscharrt. Das hab ich ganz vergessen. Eine Schmucknadel aus der Bronzezeit ist da genauso ein Fremdkörper wie die gefundenen Knochen samt Mütze.«

Greiner dehnte den Hals nach links und rechts, ihm war sein Unbehagen anzusehen. Seine gelben Finger zogen eine neue Zigarette aus der Schachtel. »Ich weiß nicht. Aber wenn ich Ihnen so zuhöre ...« Er zündete den Tabak an und inhalierte tief. »Heute hat man für alles harmlose Bezeichnungen. Früher sagten wir 175er oder Päderast.«

Elke saß zu Füßen des rot-weiß gestreiften Leuchtturms am Rand des Platzes und sah von der Erhöhung aus über das Dünengras. Wind bog die silbrigen Pflanzen, die leise knisternd nachgaben. Für einen kurzen Augenblick genoss sie die Stille, dann erklangen aufgeregte Kinderstimmen, Fahrradklingeln, Lachen. Sie amüsierte sich über ihre blitzartige Verachtung für die Touristen, die wie eine Ölpest die Erde überzogen und den letzten heiligen Ort entweihten. Sei gnädig, ermahnte sie sich, du bist doch auch ein Teil davon. So atmete sie tief durch, strich ihre Haarsträhnen aus dem Gesicht und wandte sich mit geschlossenen Augen der Sonne zu. Hoffentlich kam Manfred bald runter, die Aussicht auf Dünenlandschaft, Meer und etwas Wald konnte ja nicht allzu lange dauern.

»Zu schade, dass du nicht mit hochwolltest«, meldete er sich auch schon und unterbrach ihre Gedanken. »Da hast du einen wunderbaren Ausblick verpasst. Ich meine, die Besonderheit der Insellandschaft wird dir erst von dort oben so richtig bewusst.«

»Das sollte man von einem Turm wohl erwarten, dessen Glaslinsen alleine fünf Millionen wert sind.« Sie erhob sich, rückte den Tagesrucksack zurecht und wandte sich zu den Fahrrädern. »Jetzt bin ich mit einem Tourenziel dran.«

»Das ist doch kein Tatort oder so was in der Richtung?«, fragte Manfred mit vorwurfsvoller Stimme und schloss sich zögernd an.

»Nein, eher etwas Kulturgeschichtliches. Wir fahren zu einem der Hügelgräber.« Sie tippte auf ihre Inselkarte. »Liegt an der Wattseite, in Steenodde. Der Hügel heißt Esenhugh. Soll eine bronzezeitliche Grabanlage sein.«

Tadsen stand am Zaun bei seinen Schafen und kraulte eines der Tiere. Die Bronzenadel in der Jacke drückte gegen sein Hemd. Gedankenverloren tastete er nach dem Schmuckstück, sah auf die Weide und die wehenden Wildblumen. Ihm war, als wäre die Nadel ein Gruß aus der Vorzeit. Vor seinem inneren Auge erschien eine Frau im groben Gewand, das rotblonde Haar hochgesteckt. Sie ging durch eine Herde Schafe, einen flachen Korb unter dem nackten Arm. Um sie herum war ein Summen. Tadsen war irritiert. Das Geräusch kam nicht aus seinem Tagtraum, es war sein Mobiltelefon, das Beachtung forderte. Ein Blick auf das Display und die Vision von der Bronzezeit-Hirtin zerplatzte. An der Nummer erkannte er die Regionalleitstelle Flensburg-Harrislee. Das ist jetzt kein Fahrraddiebstahl, dachte er und nahm das Gespräch an.

»Moin Moin, die Polizei Amrum hier.«

»Kollege Tadsen? Die Leitstelle. Dein Stationsbeamter Petersen hat uns an dich verwiesen. Du seiest ohnehin draußen, hat er gemeint.«

»Worum geht es? Der Morgen schien eben noch so friedlich.«

»Das haben wir leider nicht in der Hand. Gerade kam ein Notruf rein. Ein Tourist mit seinen Kindern hat bei Wittdün Grausiges gefunden. Sagt dir Wriakhörn etwas?«

»Na sicher. Liegt mittig zwischen Ortsrand und dem Leuchtturm am südlichen Rand der Dünen. Ein Nehrungssee im Dünental, danach kommt schon der Kniepsand. Und was will er gefunden haben, dein Anrufer?«

»An dem kleinen See muss es einen Rastplatz geben, Holzbänke, einen Tisch. Die Bohlenwege führen dorthin, hat er gesagt.« Tadsen wurde langsam ungeduldig. Die Flensburger mussten ihm nicht sagen, wie seine Insel aussah. »Und dort hat er es dann liegen sehen.«

»Was denn nun, du machst es aber spannend.«

»Ein Ohr mit einer Rindermarke dran.«

»Ein Rinderohr mit so einer gelben Marke?« Tadsen dachte an den Brahms-Hof und die blutverschmierten Plastikkarten.

»So hab ich den auch erst verstanden. Nur, der Melder sagt, es handelt sich um ein Menschenohr. Mit drangetackerter Tiermarke.«

Tadsen war zuerst unsicher, ob er richtig gehört hatte. Aber die Leitstelle war eindeutig gewesen. »Ich fahre mit Sonderrechten bis zum Campingplatz. Mit dem Wagen komme ich nicht näher ran.«

»Bis zum FKK-Zeltplatz?« Die Stimme des Kollegen aus Flensburg klang erwartungsvoll.

»Nein, zu dem normalen«, blaffte Tadsen ins Telefon. »Und wenn du Spaß am Nacktzelten hast, bist du herzlich eingeladen vorbeizukommen. Dann musst du nicht in den Hörer sabbern, sondern kannst in den Sand tropfen. Ich melde mich wieder. Hoffentlich wartet dort wirklich jemand.«

Mit eingeschaltetem Blaulicht, aber ohne Martinshorn, fuhr Tadsen die Inselhauptstraße gen Süden in Richtung Wittdün. Bei der Bushaltestelle in Höhe des Leuchtturms reduzierte er die Geschwindigkeit, Familien in luftiger Kleidung querten ungeordnet und mit großem Hallo die Fahrbahn. Die Aussichtsplattform des Amrumer Wahrzeichens machte vielen Gästen Freude.

Tadsen folgte der von Bäumen und Büschen beschatteten Straße, bog wenig später nach links in die Dünen ab und parkte den Streifenwagen vor dem Campingplatz. Überraschend wendig hievte er seinen fülligen Körper aus dem Sitz, lief zum Kofferraum und nahm die Kamera heraus.

»Moin Moin. Ich hab nicht viel Zeit, es ist dienstlich und dringend«, japste er vor der Rezeptionstheke. »Ich brauche ganz schnell ein Fahrrad, muss über die Bohlenwege zur Lagune.«

»Hollandrad? Mountainbike? Damen- oder Herrenrad?«, wollte der Mann im Platzbüro mit gelangweilter Stimme wissen.

Tadsen warf die Hände in die Luft. »Mensch, das ist egal. Fahren muss es und mich tragen können.«

Er griff das ihm hingeschobene Rad, verstellte die Sattelhöhe so, dass er, ohne ein Bein schwingen zu müssen, aufsitzen konnte, und fuhr leise fluchend los. Übergewichtiger Polizist in Sommeruniform reitet violettes Damenrad in die Dünen, stellte er sich eine Schlagzeile vor. Er wollte gar nicht wissen, wie viele feixende Camper das Bild festhielten. Schon bald würde es hämische Fotokommentare im Internet geben. Bisher hatte er die Aufgeregtheiten in der virtuellen Welt ignoriert. Aber inzwischen war es so gängig geworden, Polizisten bei ihrer Arbeit zu filmen und im Internet auszustellen, da konnte er nicht mehr wegsehen. Dieser Gedanke machte ihn wütend und er trat heftiger in die Pedalen. Das war auch nötig, denn er musste hangaufwärts fahren.

Endlich gelangte er auf die andere Seite des Sandhügels. Er ließ sein Rad über das ausgeblichene Holz des Bohlenweges rollen und kam schnell in ein von Silbergras, Büschen und Schilf bewachsenes Dünental, dessen Mitte ein schmaler See bildete. Auf den ersten Blick, mit kleinerem Maßstab, erinnerte dieses Bild an die baumlose Tundra. Tadsen folgte dem Holzweg nach links. Auf halber Höhe der Wasserfläche wusste er den erwähnten Rastplatz. Den Nehrungssee Wriakhörn, die Tourismusverwaltung sprach einfach von Dünensee, hatten lang zurückliegende Sandbewegungen vom Meer getrennt. Inzwischen führte er Brackwasser. Die Natur hier atmete Weite und Leere, vereinzelte Wolken, die sich im leicht kräuselnden Wasser spiegelten, würzten die Landschaft mit Dramatik.

Schon aus der Entfernung sah er die kleine Personengruppe, schnell erkannte er einen Erwachsenen und zwei Kinder. Im Näherkommen schüttelte er den Kopf und lachte leise auf. Bei einer Holzplattform am Seeufer, durch ein rundumführendes Holzgeländer gesichert, empfingen ihn der Industriedesigner Norbert Kalkhoff mit seinen Söhnen Noah und Elias. Bordeauxdogge Churchill lag angeleint zu Füßen der Kinder.

»Na, wenn das mal keine Überraschung ist«, rief Tadsen und stieg vom Rad. »Moin Moin zusammen. Ihr werdet ja noch richtige Sensationsfinder.« Er bemerkte, wie der ältere der Brüder sein Handy betont unaufgeregt in der Hosentasche verschwinden ließ, und wandte sich von den Kindern zum Vater. »Zeigen Sie mir bitte den Fund?«

Kalkhoff schwenkte seinen Arm einladend in die Mitte der Plattform zu dem Tisch und den Bänken. Tadsen trat näher, stutzte und musste schlucken. Vor ihm lag wirklich das Ohr eines Menschen, genauer gesagt das rechte. Es war glatt abgetrennt und mit einer gelben, blutverschmierten Plastikmarke versehen. Ohrlöcher oder Schmuck wies es nicht auf. Rötlichbraun verkrustet schimmerte die Schnittstelle, die Haut des Körperteils schien dunkler geworden zu sein. Tadsen hob seine Kamera und fotografierte sowohl Fund wie Umgebung. Er blickte über die angrenzende Wasserfläche. Enten trieben in der Morgensonne und ließen sich ins Schilf wehen. Außer den Kalkhoffs und dem Inselpolizisten war niemand zu sehen.

»Wann sind Sie denn auf das da«, er deutete auf das blutige Ensemble, »gestoßen? Und haben Ihre Söhne oder Churchill Weiteres gefunden?« Insgeheim machte er sich genau darauf gefasst. Nicht, dass die lieben Kleinen oder gar dieser Hängebackenhund mit einem Arm oder Fuß ankamen.

»Wir sind nach dem Frühstück von Wittdün aus über den Bohlenweg marschiert, Elias vorweg«, erklärte der Vater. »Gegen halb zehn hat er plötzlich an diesem Tisch aufgeschrien, wir sind zu ihm hingelaufen und konnten nicht glauben, was da liegt. Der Hund war Gott sei Dank noch angeleint. Den Inselurlaub hab ich mir anders vorgestellt, beschaulicher eben. Aber hier wirft uns die Landschaft schon zum zweiten Mal irgendwelche Menschenreste vor die Füße. Ich weiß gar nicht, wie ich das den Kindern erklären soll.«

Tadsen nickte bedächtig. Eltern hatten es nicht leicht, wenn sie ihrem Nachwuchs die Welt enträtseln wollten. Das gelang nicht immer, manchmal war es auch gar nicht möglich. »Und die hier«, erklärte Kalkhoff weiter, »haben wir auch gefunden.« Er deutete mit dem Fuß auf die Rückseite eines Tischbeins. »Ist nicht von uns, keiner hat sie berührt, auch Churchill nicht.« Tadsen sah erneut auf die Jungen, die gelassen auf dem Holzgeländer saßen und die Beine baumeln ließen. Er bückte sich leise stöhnend und sah genauer hin. Hinter dem Tischbein stand eine Schlumpffigur aus Gummi. Die üppig-blonde Schlumpfine in kurzem Kleid und kecker Mütze trug in der rechten ein Tablett mit einem Sektkühler. Die linke Hand fehlte. Grell weiß leuchtete der Stumpf am sonst blauen Körper. Tadsen widerstand dem Impuls zuzugreifen, erhob sich und sah auf die Kinder. Mattes würde das Spielzeug genauso sichern und bewerten wie den Rest der Dinge, die er im Rahmen einer Tatortabsuche fand. Das sollte jetzt nicht sein Geschäft sein.

»Noah, sei so gut und lösch deine Fotos von diesem Ohr. Das ist auch wieder ein Tatort, da bin ich mir sicher. Nicht, dass du ein Bild von diesem schrecklichen Fund im Internet veröffentlichst.«

Mit vorgestülpter Unterlippe und einem langgezogenen »na gut« tippte der Junge mehrmals auf sein Telefon, bis die akustische Nachahmung zerknüllten Papiers den Löschvorgang andeutete.

Tadsen brummte zufrieden und wandte sich wieder an den Vater. »Sie können Ihre Wanderung jetzt fortsetzen. Ihre Personalien habe ich ja bereits. Vielen Dank noch mal für das schnelle Informieren. Ganz bestimmt wird sich Ihnen die Insel der Freiheit jetzt nur noch von der schönen Seite zeigen.«

»Diesmal waren das aber nicht die Onnerbänkes von diesem Gummimantel-Opa«, überlegte Elias und kletterte vom Geländer. »Das hat ja nichts mit Gräbern und Unterirdischem zu tun. Ich hoffe nur, der Mensch da hat das nicht gemerkt. Ohr mit Marke und abgeschnitten. Voll krass.« Damit machte sich der Neunjährige als Erster auf, dem Bohlenweg nach Norden zu folgen.

Schnell umfing Tadsen die morgendliche Stille. Die Sommersonne entfaltete ihre Kraft, Wind milderte ihre Hitze. Er legte seine Jacke auf die Bank, einige UV-Strahlen an den Armen konnten nicht schaden. Er sah auf die Uhr, zog sein Notizbuch hervor, befeuchtete seinen Finger und blätterte. Als er die Nummer fand, nahm er sein Telefon und wählte. Es half alles nichts, dachte er entschuldigend, der Spurensicherer musste seine Arbeit machen.

Nach längerem Klingeln wurde das Gespräch entgegengenommen. Mattes klang deutlich verschlafen.

»Moin Moin, Mattes. Ich weiß, deine Nacht war kurz, aber es gibt da Unaufschiebbares für dich.«

»Was denn noch?«, nuschelte der Spezialist, »wir haben gestern alles sortiert und gesichtet. Auf der Insel kann ich nicht exakter untersuchen, die Spuren gehören ins Labor.«

»Ja, ich hab mir euer Werk schon angesehen. Großes Lob. Nur – ich stehe hier jetzt bei einem abgetrennten Körperteil. Ein Menschenohr mit angebrachter Marke. Wie bei einem Rind.«

»Kein Witz?« Mattes Kaunitz schien plötzlich hellwach. »Das ja 'n scheun'n Schiet. Das klingt bizarr. Wo bist du denn?«

»In den Dünen südwestlich von Wittdün, am Rastplatz beim Dünensee Wriakhörn. Du kommst nur über Bohlenwege dorthin, die sind auf jeder Karte eingezeichnet. Ist ein Inselplätzchen, das man gar nicht erwartet. Fühlst dich gleich nördlich vom Polarkreis. Na ja, muss man selbst erleben. Ich fürchte aber, du hast euren Transporter nicht zur Verfügung. Petra ist damit unterwegs. Da musst du improvisieren. Besorg dir ein Rad und komm her. Wie lange brauchst du?«

»Weiß ich nicht. Sagen wir eine Stunde? Muss mich erst sortieren. Sagst du Jack Bescheid?«

Schicksalsergeben atmete Tadsen tief durch. Also würde er warten. Ocke hielt auf der Wache die Stellung, Jack war auf dem Brahms-Hof. Petra suchte die singenden Austernfischer auf. Die Bäderdienstler schlummerten noch.

Die Rindermarke stach ihm ins Auge, sie war für ihn eine zu deutliche Parallele. Er stellte sich so, dass die Sonne seinen kühlenden Schatten auf den Holztisch mit dem grausigen Fund warf. Dann wählte er erneut.

Tadsen erreichte Jack London auf dem Hof und berichtete von dem verfremdeten Körperteil. Ober- und unterhalb vom Strichcode der Marke befand sich eine Buchstaben- und Nummernkombination. Die verglichen sie mit denen vom Brahms-Hof. DE stand für Deutschland, 01 für Schleswig-Holstein. Dann folgte eine achtstellige Nummer.

»Ach, 01 für unser Bundesland? Wie kommt das denn?«, fragte London amüsiert. »Wie ertragen das die Bayern?«

»Die haben 09«, wusste Tadsen. »Je höher die Zahl desto eingeschränkter der Weideblick, das wär mal eine plausible Erklärung für den weiß-blauen Nationalismus«, lästerte er. »Die achtstellige Nummer danach ist die Individualnummer. Das Tier behält sie ein Leben lang. Schau mal, ob meine Zahlen hier mit denen im Stall weitergehen. Ich denke, die Marken werden nicht wild durcheinander den Höfen zugewiesen. Sollten die Kombinationen zusammenpassen, hätten wir einen ernsten Hinweis auf eine Gewalttat auf dem Hof, oder?«, überlegte er laut, während er durch den Hörer ein Geräusch hörte. »Was klappert da so?«

»Ich kontrolliere die Ohrmarken, weiter nichts.«

»Ach so.« Tadsen beugte sich ganz nah zum Körperteil hinunter. »Die feinen Härchen am Ohrläppchen sind dunkel. Rahel Brahms hat schwarzes Haar, und soweit ich mich erinnere, trug sie nur links Ohrschmuck, das rechte war unversehrt. Könnte also auch passen«, murmelte Tadsen mehr zu sich selbst.

»Ja, haben wir«, räusperte sich Jack.

»Was haben wir?«

»Den Hinweis auf eine Gewalttat. Die Markennummer passt zur Reihenfolge der vorhandenen. Blut wurde schon letzte Nacht gesichert. Hoffen wir, dass nur das Ohr vor sich hinwest und nicht ein ganzer Körper. Ich mache mich hier noch etwas nützlich. Danach fühle ich dem Bruder auf den Zahn. Der muss mehr wissen, kann ja gar nicht anders sein. Auf so einer kleinen Insel weiß man doch voneinander, noch dazu als Bruder und Schwester.«

»Mach das. Hol di munter.«

Tadsen konnte sich der Meinung Jacks über die soziale Kontrolle der Insulaner nicht anschließen. Er kannte den Fall zweier Amrumer, die sich im Winter zufällig auf Mauritius getroffen hatten. Das Aufregende war nicht das Zusammentreffen, sondern die Tatsache, dass sie von ihren Reiseplänen nichts gewusst hatten.

Mit einem vorfreudigen Lächeln wählte er erneut. Dienst ist Dienst, dachte er, alles andere wäre ja ein Kindergeburtstag. Nach einigen Signalen nahm eine verschlafen klingende Frauenstimme das Gespräch an. »Moin Moin, Virginia. Entschuldige, aber die Polizei braucht dich.«

»Ich dachte erst um eins? War eine lange Nacht. Mir tut noch der Rücken vom Graben und Schleppen weh.«

»Neue Lage, neue Regeln. Ich steh vermutlich bei dem rechten Ohr von Rahel Brahms. Es liegt abgetrennt auf einem Holztisch am Nehrungssee. Idyllischer Platz. Der Rest von ihr fehlt. Den ED hab ich bereits verständigt. Jetzt müssen wir die Gegend absuchen. Wann bist du hier?«

»Ich hab meine Uniform auf der Station.«

»Dann komm in Zivil. Dem Ohr ist egal, wie du aussiehst.«

Esenhugh

Elke und Manfred folgten der Inselstraße in Richtung Wittdün. Links säumten dicht stehende Bäume und Büsche die Straße, rechts zeigten sich die sandigen Ausläufer spärlich bewachsener Dünen. Nach der Einfahrt zum Campingplatz hielten sie kurz an und orientierten sich mit Hilfe der Karte.

»Wir müssen gleich nach dem dichten Bewuchs links dem Pfad folgen, bis wir erneut in ein Wäldchen kommen. Dahinter liegt Steenodde.« Elke sah in den wolkenlosen Himmel, die kräftige Sonne ließ sie blinzeln. Manfred lehnte auf dem Fahrradlenker und blickte die Straße entlang.

»Guck mal, das ist ja ein komisches Gefährt«, rief er und deutete auf ein schmales, schwarz-rotes Fahrzeug, das sie fast geräuschlos überholte. Die vorstehenden Räder und die eiförmige Kabine gaben dem Wagen etwas Futuristisches. »Ein fahrendes Osterei oder eine moderne Isetta? Was meinst du?«

Elkes folgte seinem Blick. »Bestimmt ein Elektromobil, so leise, wie das war. Aber da scheint ja nur für einen Platz zu sein«, meinte sie. »Wäre eine kostspielige Ausgabe, nur um eine Person zu transportieren, und ziemlich dekadent. Aber der Fahrer, der kam mir irgendwie bekannt vor«, murmelte sie, zuckte die Schultern und verstaute ihre Karte. Was hatte sie schon in der gleißenden Sonne gesehen? Nur einen Umriss.

Sie folgten dem sandigen Pfad entlang duftender Heidepflanzen bis zu einer Kreuzung, an der auch ein verwunschener Tümpel mit zugewuchertem Ufer lag. »Sieht aus wie ein Anglerteich«, kommentierte Manfred das Bild. »Wie geht's weiter?«

»Wir fahren geradeaus in den Wald«, gab Elke die Richtung vor, »Amrum ist berühmt dafür. Und ich brauche etwas Schatten. In Steenodde halten wir uns dann links.«

Leise fluchend folgte Manfred ihr. Der feine, rutschige Sand des Pfades erschwerte das Trampeln. Immer wieder drehten die Reifen durch. Trotz der schattenspendenden Kiefern und Birken brachte das mühselige Fortbewegen die Ausflügler ins Schwitzen.

»Kein Mensch ist hier«, stieß Manfred hervor, »man könnte sonst was anstellen.«

Elke warf einen Blick zurück.

»Ja, an was denkst du denn? Liebe im Grünen? Erhitzte Leiber, die sich in verzückter Leidenschaft auf Kiefernnadeln rekeln?« Sie lachte auf. »Ich garantiere dir, in dem Augenblick wimmelt es hier von Spaziergängern und Ameisen. Ich sähe eher die Möglichkeit, jemanden zu verscharren. Aber wen?«

Der Waldpfad öffnete sich. Rechts blickten sie gegen einen Wiesenwall, hinter dem sie das Meer vermuteten. Vor ihnen tauchten die ersten Häuser von Steenodde auf. Bald passierten sie die Terrasse des Restaurants Weltenbummler und bogen in einen Feldweg ein. Der Weg endete an einem hohen Grashügel.

»Und was gibt es hier zu sehen?«, beklagte Manfred dieses Tourenziel. Besonders spektakulär sah es nicht aus. Elke legte ihr Rad ins Gras und deutete auf den großen Erdbuckel.

»Der Esenhugh ist 4,7 Meter hoch mit einem Durchmesser von 26,5 Metern. Ich dachte, Zahlen imponieren dir. Das Grab stammt vermutlich aus der Bronzezeit, ist mindestens dreitausendfünfhundert Jahre alt.« Sie wandte sich zu der Weide daneben, die voll kleinerer, kreisrunder Erhebungen war. »Das dort sind Wikingergräber aus dem zehnten Jahrhundert.« Sie blickte sich um und atmete tief ein. »Ich finde, die Leute früher hatten Stil. Die Toten sahen von hier das Meer und die aufgehende Sonne. Das hat doch was Tröstliches, meinst du nicht?« Sie begann, dem Trampelpfad zu folgen, der in gerader Linie auf die Spitze des Esenhugh führte. Manfred trottete hintendrein. Oben ergab sich ein schöner Rundumblick über das Watt und die verblühten Rapsfelder bis hin zu einem weiteren Hügelgrab in Norddorfer Richtung. Plötzlich drang hinter ihnen das Geräusch brechender Äste aus dem Wald. Sie fuhren herum und sahen am Waldrand die Gestalt eines kleinen, vornübergebeugten Mannes, der seinen dürren Leib auf einen Stock stützte. Er zog an einer Zigarette und fixierte die Hügelbesteiger durch eine große Brille. Den überdimensioniert wirkenden, fast haarlosen Kopf umwölkte Rauch.

»Der Schatzsucher«, entwich es Elke erstaunt. »Den haben wir gestern gesehen. Erinnerst du dich? Bei einem dunklen Haus in der Heide. Er hatte einen Spaten und trug einen Mantel.«

»Nachdem wir deinen Kollegen mit dem Schädel im Auto getroffen hatten.« Manfred sah noch mal auf den alten Mann zwischen den Bäumen und drehte sich in die andere Richtung. »Der Typ ist mir unheimlich. Überhaupt, die ganze Insel. Polizisten fahren mit Totenköpfen herum, rauchende Zombies schleichen aus den Wäldern, Knochen fallen aus uralten Gräbern, und einen Friedhof der Namenlosen haben die hier auch. Wenn das Stephen King wüsste, er wäre längst hergezogen. Ich gehe auf der anderen Seite runter. Kommst du? Ob ich den Strand betreten kann, ohne mich gruseln zu müssen?«

Elke folgte ihm und dachte an das Abendessen im Preester's Hüs. Die Fotografie an der Wand hatte den Esenhugh mit seinen Ausgräbern gezeigt. Ob der Alte da am Waldrand zu der Truppe auf dem Foto gehört hatte? Wie lautete der Lateinspruch, den der bejahrte Gast von sich gegeben hatte? De mortuis – mehr fiel ihr nicht ein. Ich hab's mir ja notiert, beruhigte sie sich.

Noch stand Tadsen allein bei dem nach den Vorschriften der Europäischen Union gekennzeichneten Ohr. Eine erste Fliege heftete sich an die geronnene Schnittstelle, ein Wedeln mit dem Notizbuch vertrieb sie. Von Weitem erkannte er eine Gruppe Jugendlicher, die in bunten T-Shirts und Badeshorts in lässig wiegendem Gang auf ihn zukamen. Sicher vom Campingplatz. Auf seiner Unterlippe kauend dachte er nach. Bedächtig ging er zur Jacke und fingerte aus der Innentasche die bronzezeitliche Radnadel und beäugte sie kritisch im Sonnenlicht. Die jungen Leute kamen näher. Er griff die Nadel mit beiden Händen, setzte die Spitze neben das Ohr auf dem Tisch auf und drückte die Bronze hinein. Wider Erwarten war die verwitterte Tischplatte hart, nur nach einiger Anstrengung gab das Holz nach. Die beim Reindrücken zittrigen Hände ließen die Nadel nach links und rechts schwanken und das Leichenteil berühren, so dass es verrutschte. Er öffnete sein Notizbuch in der Mitte und legte es wie ein Zelt über Ohr und Metallstück. Seine Jacke wollte er mit dem Leichenteil nicht in Berührung bringen, es musste auch so gehen. Gerade rechtzeitig schützte die Miniaturbedachung vor den neugierigen Blicken der Jugendlichen, die den Polizisten an diesem einsamen See misstrauisch beäugten. Während er seine breite Statur so ausrichtete, dass die Fundstücke verborgen blieben, hob er grüßend die Hand.

»Na, kleiner Einkauf in Wittdün?«, rief er und erntete gemurmelte Bejahung. »Dann gutes Gelingen und viel Spaß nachher im Wasser. Soll heiß werden heute.« Ungläubig sah ihn der Letzte aus der Gruppe an, und Tadsen griff spontan zum Telefon, um seine Anwesenheit zu rechtfertigen. »Nein, keine Spur davon«, bellte er in den Apparat und sah sich demonstrativ um. »Muss wohl ein Fehlalarm sein.« Kaum waren die jungen Badegäste auf dem Bohlenweg zwischen Dünengras und Schilf verschwunden, stutzte er. Aus Richtung der Jugendlichen sah er die zierlichen Umrisse einer Frau auf sich zukommen. Warum, fragte er sich, musste an dieser doch sonst eher verschwiegenen Stelle gerade jetzt so ein Verkehr herrschen? Das Gesicht der Frau verschwand im Schatten eines großkrempigen Hutes und eines Rüschenschirms. Er schluckte.

»Die Erscheinung kenn ich doch«, raunte er und sah, wie sie näherkam. Bis sie mit kleinen Schritten und grazil abgewinkelter

Hand auf seiner Höhe war, hielt er sie im Blick. Eine Asiatin, ihr Alter war schwer zu schätzen. Japanerinnen machen immer so ein Aufhebens um ihre helle Haut, erinnerte er sich und dachte an seinen Parisbesuch. Ganze Gruppen mit Riesenschirmmützen hatte er gesehen. Auch diese Frau war gut beschirmt: Ihr Sonnenschirm war mit Rüschen verziert. Schon an der Odde und am Steinzeitgrab war sie ihm aufgefallen. Und jetzt hier am Nehrungssee. Jedes Mal lag ein mysteriöser Todesfall vor. Als Inselpolizist hatte ihn bisher die Spökenkiekerei kalt gelassen. Sicher, hin und wieder gab es unheilkündende Erscheinungen. Ein Watvogel zum Beispiel, der ihn scharf ansah, eine Möwe, die einen Fisch fing, der zappelnd um sein Leben kämpfte.

»Moin Moin, die Dame.« Grüßend legte er die Kante der flachen Hand gegen die Stirn. »Da haben Sie ja bereits einen ganz schönen Weg hinter sich, so weit von Wittdün weg.«

Mit ausdruckslosem Gesicht blieb die Asiatin stehen, sah ihn prüfend an, dann lächelte sie. »Ja, Herr Wachtmeister, ein bisschen Bewegung vor dem Mittag tut aber gut.«

Er war überrascht. Da war nur noch ein Hauch von Akzent. Integrierter Bootsflüchtling aus Vietnam, überlegte er kurz.

»Als ich noch Krankenschwester war«, fuhr die Dame fort, »bin ich über Flure gerannt und habe Patienten gewuchtet. Als Rentnerin kann ich den Tag ganz anders genießen.«

Tadsen nickte bestätigend, irritiert war er trotzdem.

»Eigentlich könnte ich jetzt zurück nach Korea, aber meine Kinder leben in Hamburg. Meine Tochter kommt mit den Enkeln hierher. Da muss ich aufpassen, auf die Kinder und dass ich am Strand beim Hüten nicht zu viel Sonne abbekomme.« Wie zur Unterstreichung hob sie den Rüschenschirm hoch und lachte. »Komisch, dass ich die Polizei überall auf der Insel sehe. Ist Amrum ein gefährlicher Ort geworden?« Sie wartete seine Antwort nicht ab, nickte dem Polizisten zu und schlenderte weiter.

»Die einen sagen so, die anderen so«, brummte Tadsen und sah ihr mit offenem Mund hinterher. Amrum, dachte er, ein Kaleidoskop der Charaktere. Sein Mobiltelefon summte und riss ihn aus den Gedanken. Die Polizeistation Nebel wurde angezeigt.

»Moin Moin, Ocke, was gibt's denn? Ich hoffe, du kommst mal mit guten Nachrichten. Mir wird hier die Zeit lang. Ich warte immer noch auf Unterstützung. Und alles ohne Teepause.«

»Tja, Nanning, so langsam werden unsere Kräfte knapp. Wir sollten vielleicht einen Spürhund hinzuziehen, was denkst du? Wegen des Ohres und der Spuren auf dem Brahms-Hof. Aber deshalb rufe ich nicht an. Gerade kam ein Anruf aus Wittdün rein, Inselstraße 83, Ecke Kiefernweg. Auf dem dortigen Parkplatz steht wohl das entwendete Elektromobil der AmrumTouristik. Ein vorbeikommender Tourist war neugierig auf dieses futuristische Gefährt, hat reingeschaut und gesehen, dass der Schlüssel noch gesteckt hat. Er fand das komisch, deshalb hat er angerufen und wollte wissen, was er machen soll. Ich würde ja selbst hinfahren, aber dann ist hier keiner mehr an Deck.«

»Ruf Dennis an. Lange Nacht hin oder her. An so einem schönen Sommertag darf er seinen athletischen Körper etwas früher dem Licht aussetzen. Ich hoffe auch, dass Virginia sich langsam herbemüht, am besten gleich mit Mattes zusammen. Sonst noch was?«

»Ja, also, kennst du einen Noah?«

»Was ist das denn für eine Quizfrage. Natürlich. Du als Spross einer gottesfürchtigen Walfängerfamilie müsstest das doch wissen. Der Seefahrer mit der Arche, rettete die Tierwelt und seine Familie vor der Flut.«

»Ja, also nein, so hab ich das nicht gemeint. Jemand Echtes, habe ich gedacht, keinen aus der Bibel.«

Tadsen stutzte. Natürlich. Aber warum kam Ocke auf diesen Namen? »Ich kenn einen Jungen. Der hat mit Bruder und Vater die Knochen an der Vogelkoje gefunden und heute das Ohr. Wieso kommst du auf den?«

»Der ist wohl mit dem Leuchtturm befreundet.«

»Was ist das denn für ein Quatsch. Was erzählst du mir da? Ist das der Rum im Kaffee?«

»Mensch, Nanning, das ist Internet. Facebook! Da haben nicht nur Personen ein eigenes Profil …«

»Profil?«, unterbrach Tadsen ihn.

»Genau! So heißt das, wenn man sich bei Facebook präsentiert. Wie auch unser Wahrzeichen, das gibt's da als Leuchtturm Amrum.« Tadsen schüttelte den Kopf. »Und der hat auch 'ne Menge Freunde. Wie diesen Noah, und der hat da gerade ein Foto eingestellt.«

Hitze überflutete Tadsen. Der Sommerwind, der die Wildvögel über ihm hin und her wehte, kühlte vergebens. »Sag nur, der hat ein Bild hier von dem abgetrennten ...«

»Sehr richtig. Und auch noch kommentiert. Kannibaleninsel Amrum, hat er sein Foto betitelt. Als ob wir Menschen als Rinder hielten. Wenn ich den Knaben zwischen die Finger kriege, dann gnade ihm Gott. Er hat schon dreiundvierzig Gefällt-mir-Klicks.«

»Sag mal, woher weißt du das eigentlich? Guckst du dauernd Internet oder hat dir das einer erzählt? Deine Marlies aus Xanten?«

»Wer? Nein, äh die nicht. Die Efi hat mich angerufen.«

»Reporterin Briese vom Kniepsandboten? Verdammt noch mal. Du hast ihr doch hoffentlich klargemacht, dass sie darüber nichts verbreiten darf? Die ganze Angelegenheit ist noch frisch, spurentechnisch gesehen. Wir können unser Tatwissen nicht schon preisgeben.«

»Ja, so was Ähnliches hab ich ihr gesagt. Erbaut war sie natürlich nicht. Sie wollte sich das überlegen. Ihr schwebte ein Artikel vor, der den Tod vom alten Eitel Brahms in Verbindung mit dem Verschwinden seiner Tochter setzt. Da käme ihr die Rindermarke an diesem Ohr gerade recht. Sie hat mit einem Anruf im Landwirtschaftsministerium herausbekommen, dass die Marke vom Brahms-Hof stammt. Tja, was soll man machen?«

»Die muss das verschieben. Sag ihr das! Verdammtes Internet!«, brüllte Tadsen ins Telefon und brach das Gespräch ab.

Der Weg über den Damm führte Elke und Manfred von Steenodde zum Wittdüner Seezeichenhafen. Links rollten sanfte Wellen gegen einen dünnen Streifen Standstrand, rechts grasten Schafe.

Sie passierten die bunte Fassade des Seefohrerhus' und folgten dem Weg, der sie durch Weiden und etwas Wald führte. An der Inselstraße lenkte sie die Beschilderung zum Meerwasser-Wellenbad. Sie stiegen vom Rad, der rutschige Sandweg zwischen den Dünen war Elke zu anstrengend. Bald bildeten ausgebleichte Holzbohlen den Wegbelag und führten sie durch würzig duftende Kiefern und Buschwerk.

An einem Markierungspfahl blieben sie stehen. Ein angeklebtes Blatt in leuchtendem Blau machte sie neugierig. Mit einiger Gewissheit ging Elke drauf zu und nickte im Lesen.

> Erst wenn die letzte Düne gepflastert
> die Brutgebiete zerstört
> die letzten Amrumer vertrieben sind
> werdet ihr merken
> dass man Geld nicht essen kann.

»Die Weissagung der Cree, leicht umgewandelt«, stellte sie fest. »Sicher wieder dieser Heimatschützer. Ist doch etwas theatralisch, meinst du nicht?«

Manfred zuckte die Schultern. »Ich hatte so was auch mal auf dem Auto kleben. Ist schon länger her«, meinte er versonnen. »Mittlerweile sind Öko und Greenpeace ja in jedem Wohnzimmer angekommen. Aber dem Verfasser scheint es ernst zu sein. Der hat Leidensdruck.«

Sie setzten ihren Weg fort. Wenige Augenblicke später öffnete sich die Landschaft zu einem flachen Dünental, in dessen Mitte ein kleiner See das Sonnenlicht reflektierte. Elke blinzelte und hielt an. Vor ihr, einige Meter entfernt, führte der Bohlenweg zu einer Plattform. Sie sah die Gestalt eines blau gekleideten Mannes, der auf einer Bank saß und ihnen den breiten Rücken zuwandte. Ungläubig schaute sie Manfred an und schob das Rad schneller.

»Das gibt's doch gar nicht«, rief sie, »sollte das Nanning Tadsen sein?« Der Genannte blickte wie aus Gedanken gerissen nach hinten und erhob sich schwerfällig. »Mensch Nanning, tatsächlich.« Die Ausflügler lehnten ihre Räder an das Geländer. »Trifft man dich jeden Tag in der schönen Landschaft? Ich dachte, du hast gut zu tun.«

Tadsen grinste müde und hob entschuldigend die Hände. »Moin Moin. Amrumer Polizeiarbeit muss natürlich für eine Großstadtpolizistin immer wie Urlaub aussehen. Sonne, Strand, wiegende

Wellen.« Langsam beugte er sich über den Holztisch und hob das Notizbuchzelt hoch. »Alles Klischee. Das Grauen lungert versteckt im Kleinen.« Damit zeigte er auf das inzwischen noch dunkler gewordene Menschenohr samt Rindermarke. Elke trat einen Schritt näher, pfiff und sah vom Inselpolizisten zu Manfred hinüber, der sie misstrauisch beobachtete. Sie winkte ihn zu sich.

»Komm mal her, so was hast du noch nicht gesehen. Ein abgeschnittenes Ohr«, setzte sie hinzu, was seine ersten Schritte stoppte.

»Kein Bedarf«, murrte er, »und du hast Urlaub. Denk dran. Lass mal deine Kollegen hier ihre Arbeit tun. Das können die sicher gut auch ohne dich.«

Sie lachte kurz auf. »Der Dienstherr verlangt auch außerdienstliches Engagement«, entgegnete sie und blinzelte Tadsen verschwörerisch zu.

»Nur nicht in einem anderen Bundesland und nicht in deiner Freizeit!«

»Aber sicher doch.« Sie machte eine wegwerfende Geste. »Je schlimmer der Rechtsbruch, desto eher sind wir Polizisten auf Urlaub dabei. Wie kommt das Ohr hierhin? Vielleicht von einem Vogel fallen gelassen?« Sie beugte sich zur Schnittstelle hinunter. »Sieht wirklich glatt abgetrennt aus. So eine Plastikmarke an ein Menschenohr zu tackern, das ist ganz schön kreativ. Oder irre. Jedenfalls ungewöhnlich. Ob das vor dem Abtrennen passiert ist? Wollen wir mal nicht hoffen.«

»Nein, wollen wir nicht«, antwortete Tadsen. »Die Marke stammt von einem Rinderhof in Nebel-Westerheide. Der Besitzer ist am gestrigen Morgen gestorben, oben an der Odde. Sieht nach Unfall aus. Die Hoferbin wird seit dem vergangenen Nachmittag vermisst. Im Stall bei den Rindermarken gibt es Blutspuren. Wurde alles bereits gesichert.«

»Und diese Stange im Holz? War die schon? Scheint alt zu sein.«

»Ich habe das Ding zweckentfremdet, als Zeltstange sozusagen.« Und damit legte er sein Notizbuch wieder als Schattenzelt über Ohr und Nadel. »Das ist eine Bronzezeitnadel, stammt aus dem Grab mit dem Schädel. Aber das Skelett ist deutlich jünger.«

Ein gleichmäßiges Klopfgeräusch vom Bohlenweg ließ ihn aufblicken. Zwei Radfahrer rollten aus Richtung Wittdün auf den See zu. Das bunte Hawaiihemd von Mattes Kaunitz wehte geöffnet im Fahrtwind, Virginias Blondhaar leuchtete weiß. »Unterdrückte Motivation und Spezialistentum im Anmarsch«, seufzte er, »dann kann ich ja hier weg.« Sein Magen knurrte, besorgt strich er über sein stramm sitzendes Hemd. Wenn diese unregelmäßige Nahrungszufuhr mal nicht zu körperlichem Raubbau führte.

»Ich möchte gerne weiter«, drängte Manfred in gereiztem Ton. »Wollten wir nicht ans Meer?«

»Moment noch. Du kannst doch nicht im Anblick eines verwesenden Körperteils an Urlaub denken. Außerdem lernen wir die Insel sicher besser kennen, wenn wir uns hier einbringen - wenn ich mich einbringe«, verbesserte Elke sich.

Manfred stellte sein Fahrrad wieder auf und begann, es langsam den Bohlenweg weiterzuschieben. Mit einem Kopfnicken verabschiedete er sich von Tadsen. »Ich reiße mich nicht um nähere Informationen zu Entohrten oder Verblichenen. Und wer will schon eine innige Verbindung zu einer Mordinsel? Sommerurlaub heißt unser Plan, wir sind nicht bei *Fünf Freunde auf der verbotenen Insel*. Kommst du nun, oder soll ich allein weiter?«, rief er mehr, als dass er sprach.

Elke stülpte die Unterlippe vor. Ihr Blick schwenkte von Tadsen, der Notizbuch und Nadel an sich nahm, zu den näherkommenden Radfahrern. Eigentlich hab ich alles gesehen, dachte sie, hob die Arme, als ob sie sich ergäbe und ging zu ihrem Rad.

»Hast Recht«, gab sie zu, »meine Interessen müssen nicht deine sein. Und Urlaub geht vor.« Sie grüßte ihren Kollegen und fuhr an. »Wie wäre es nachher im Friesen-Café?«, rief sie ihm zu. »Bestimmt weißt du dann mehr. Um drei also?«

Bevor Tadsen antworten konnte, radelten sie schon der Blondhaarigen und dem Hawaiihemd entgegen, um bald danach rechts auf einen Weg abzubiegen, der direkt zum Strand führte.

Brunch

Tadsen leckte sich genüsslich die Lippen und verschränkte die Arme hinter dem Kopf. Das Krabbenbrötchen war gerade richtig gekommen, kurz bevor er wegen akuter Unterzuckerung die Beherrschung verloren hätte. Er wippte im Stuhl und sah auf den Computerbildschirm vor sich.

Jack stand mit einer Cola im Türrahmen zur Teeküche, sah zuerst auf seinen Kollegen, dann demonstrativ auf die Uhr.

»Es werden gleich alle da sein«, beruhigte Tadsen den Niebüller. »Ocke holt für Virginia und Mattes was zu essen, die beiden haben das Umfeld am Nehrungssee grob abgesucht. Dennis ist draußen bei einem gestohlenen Fahrzeug, und Petra wollte doch auch kommen, oder?« Jack nickte. Seine Kollegin hatte den ganzen Vormittag die Mitglieder des Chors befragt.

Das Geräusch des vorfahrenden Streifenwagens motivierte Tadsen, sich aus dem Stuhl zu quälen und Jack aus der Küche zu vertreiben. »Ich mach mal einen Tee, wir können belebte Geister brauchen.«

Die Stationstür sprang auf, und Mattes erschien, gefolgt von Virginia. Er trug eine Plastiktüte und verschwand im Nebenraum, dort, wo auch der Knochenfund lagerte.

»Absuche erfolgt«, verkündete die junge Polizistin. »Soll ich mich gleich umziehen oder haben wir etwas Zeit?«

»Ocke bringt gerade euer Essen«, antwortete der Inselpolizist, »Petra fehlt auch noch. Wirf dich mal ins Kleid der Ehre, danach können wir uns besprechen.«

»Moin Moin zusammen«, rief Ocke Petersen in den Raum und verschwand in der Küche. Geräuschvoll drapierte er seine Einkäufe und holte Geschirr aus dem Schrank. »Alles da, was das Herz begehrt. Teewurst, Schinken, zweierlei Marmelade, Räucherlachs.« Laut knisternd riss er eine Tüte Brötchen auf. »Dann kann ja der mörderische Brunch beginnen.«

Voller Vorfreude beobachtete er Virginia, die prompt reagierte, wie er erwartete hatte. »Mensch Ocke, du weißt doch, dass ich nichts esse, was Augen hat. Hast dich ja wieder selbst übertroffen mit deinem Männergeschmack. Wenigstens der Nanning«, sie klopfte dem alten Polizisten zart die Schulter, »weiß, was gut ist. Ich glaube, ich habe noch was von dem Paprika-Tomatenaufstrich im Kühlschrank.«

»Den brauchst du nicht«, entgegnete Ocke und hielt ihr in Papier eingeschlagene Päckchen hin. »Osterfelder Deichgraf und Oliven, mit den besten Empfehlungen von der Jennifer. Ihr hat der Käse auch immer geschmeckt. Allerdings hatten wir dazu einen Roten aus ...«, er sah in die neugierigen Gesichter seiner Kollegen, grinste unsicher und schlug das Einwickelpapier zurück. »Ja, ja, gehört nicht hierher«, murmelte er.

»Kennen wir die Jennifer?«, wollte Tadsen in strengem Ton wissen.

»Käseverkäuferin im Edeka. Ich hab der mal die Sehenswürdigkeiten der Insel gezeigt. Die ist ja nur in der Saison hier.«

Während Virginia nur kurz aufgluckste, nickte Jack seinem Kollegen anerkennend zu. Er schien in ihm neue Qualitäten und einen Quell für saftige Geschichten zu erkennen. Mattes Kaunitz verhielt sich teilnahmslos, schielte vorfreudig auf die Wurst.

Tadsen, den Ockes Antwort nicht im Geringsten verwunderte, brummte und schüttelte den Kopf. »Ich mag mir gar nicht vorstellen, wie das mit den Sehenswürdigkeiten ablief. Es gibt Bilder, die brennen sich ein. Grausam.« Er schlug die Hände ineinander und wies auf die Kanne Tee. »Einige von euch hatten ja kein Frühstück, dann greift man zu. Petra müsste jeden Augenblick kommen.«

Tadsens Mobiltelefon summte. Er zog es aus seiner Hemdtasche und las mit gespitzten Lippen die Nummer: Dennis. »Moin Moin, was gibt's denn?«

»Ja, Nanning, ich steh hier an der Inselstraße in Wittdün, Ecke Kiefernweg bei dem entwendeten Elektromobil.«

»Der Twizy, weiß ich, da wird sich die AmrumTouristik sehr freuen.«

»Es gibt keine Aufbruchspuren, der Schlüssel steckt. Das ist aber nicht der Grund, warum ich anrufe.«

»Sondern? Hat der Dieb was liegen gelassen?«

»Kann man so sagen. Es gibt bei dem schmalen Fahrzeug ja einen Platz für eine zweite Person hinter dem Fahrer. Und dort finden sich am Sitz wie auch an der rechten Innenseite des Fahrgastraumes blutige Schlieren. Wir haben doch gerade den Erkennungsdienst auf der Insel. Sagst du dem Bescheid, dass er vorbeikommt? Ich warte so lange hier.« Tadsen blickte zu Boden, verstaute das Telefon auffällig langsam und wiegte den Kopf.

»Was war denn?«, wollte Ocke wissen. »Soll ich der Touristik sagen, dass die ihr Fahrzeug abholen können?«

»Nein, lass man. Die werden erst mal eine Attraktion weniger haben. Dennis sagt, im Elektromobil ist Blut.«

Mattes, der gerade an einer Brötchenhälfte mit Teewurst kaute, blickte auf und deutete fragend auf sich.

»Ja, ich fürchte, das ist dein Einsatz.« Tadsen sah Jack London an und überlegte laut. »Du leitest ja die Untersuchungen hier, ich will mich nicht einmischen. Aber sollte unser Experte sich das nicht mal ansehen? Und ich finde, Mattes könnte uns zum besseren Abgleich vorher noch über die bisherige Spurenlage informieren.« Jack nickte zustimmend.

Der Mann vom Erkennungsdienst schluckte seinen Bissen hinunter, trank hastig einen Schluck und räusperte sich. »Was am Grab zu sichern war, haben wir. Zum Alter der Skelettknochen und den Zähnen muss die Rechtsmedizin was Genaues sagen. Ich tippe auf einen Mann zwischen dreißig und fünfzig Jahren. Die Metallnadel von dort kann ich nicht zuordnen. Auf dem Brahms-Hof …«

Tadsen zog die Bronzenadel aus seiner Hemdtasche und legte sie auf den Tisch. »Ich war so frei und hab sie unserem insularen Grabungsexperten gezeigt.« Entschuldigend blickte er Mattes an. »Der sagt, ganz eindeutig eine Radnadel der Bronzezeit. Soll Frauenfrisuren und Gewänder zusammengehalten haben. Für ihn gehört sie nicht in ein Männergrab. Den Bericht dazu hab ich eben noch geschrieben.«

»Das mit der Bronzenadel ist ein interessantes Randdetail. Aber grundsätzlich muss uns die Rechtsmedizin erst mal mit Fakten zum Toten versorgen.«, murmelte Jack. »Nanning, wann legt die nächste Fähre ab?«

Der sah auf die Uhr. »Ist gerade los, fünfzehn Uhr zehn ist die nächste dran.«

»Dann Mattes«, entschied Jack, »sicherst du schnell mal das Blut in dem Fahrzeug. Vielleicht hat der Täter sich beim Aufbrechen verletzt, scheint kein Profi gewesen zu sein. Danach verschiffst du das Material, das wir haben: Fingerabdrücke, Blutstropfen, Menschenknochen, die Plastikmarke und was sonst noch da liegt. Ich sorge dafür, dass die Funde in Dagebüll entgegengenommen und direkt zur Rechtsmedizin gefahren werden.«

»Und die Beweismittel in Sachen Rahel Brahms?«, lenkte Tadsen die Gedanken zurück auf den zweiten Fall. Jack zuckte die Schultern.

»Ich war ja auf dem Hof. Kein gewaltsames Eindringen ins Objekt. Das bekannte Blut im Stall, Fingerabdrücke an einer Ohrenmarke. Wenn ich das gerade gesicherte Ohr von dem Dünensee dazurechne, sieht die Sache ernst aus. Der Strichcode führt uns zum Hof. Die Abdrücke von diesem Zausel, Försen, haben wir gemacht, als er unerwartet auf den Hof gekommen ist. Ein Vergleich ist bis jetzt unterblieben. Sag mal, Mattes, habt ihr irgendwas Spannendes gefunden bei der Tatortabsuche am Nehrungssee?« Der Mann vom Erkennungsdienst wies auf den Nebenraum.

»Unter dem Tisch auf dem das Ohr lag, hat Nanning diese Schlumpffigur gefunden. Schlumpfine, genauer gesagt. Im näheren Bereich haben wir sieben Kippen aufgehoben, zwei leere Zigarettenpackungen, zwei Mars- und drei Snickerpapierreste. Und eine rostige Dose portugiesischer Sardellen, natürlich leer.«

»Was denn, kein Kondom?«, fragte Jack in gespielt überraschtem Ton, »ich hätte wetten können, die Zeltplatzbewohner wissen, wo es schön ist.«

»Ich habe alles fotografiert und provisorisch in Frischhaltefolie verpackt«, fuhr Mattes ungerührt fort, »jetzt ist der Rastplatz am Wriakhörn erst mal wieder vorzeigbar.«

Jack nickte, schien aber in Gedanken zu sein. »Was Wichtiges hab ich noch gar nicht gesagt«, stieß er hervor. »Im Arbeitszimmer vom alten Brahms ist mir der Schreibtisch aufgefallen. Zugegeben, erst auf den zweiten Blick. Die Schublade scheint aufgebrochen worden zu sein, das hätte ich eher merken müssen. Sie war leer bis auf einen Stapel vergilbte Amrumer Ansichtskarten. Diese waren unfrankiert und in dieser altdeutschen Krakelschrift beschrieben. Ich weiß echt nicht, ob ich die Insel früher schöner gefunden hätte, die Bilder rochen alle irgendwie nach Zucht und Ordnung. Unter dem Tisch hat ein Hausordner mit notariellen Verträgen, Versicherungsunterlagen und Abrechnungen gelegen.«

»Gibt es ein Testament?«, wollte Virginia wissen. Tadsen nickte anerkennend. Das war eine wichtige Frage.

»Die Hülle dafür war leer.«

»Wir haben in Nebel einen Notar. Da könnte man vorsichtig anfragen, ob der was Genaueres weiß«, ergänzte Tadsen die Überlegungen.

Jack strich sich durchs gewellte Haar und trat vernehmlich mit seinem Cowboystiefel auf. »Gut, das wären also unsere Infos. Auf Petras Bericht müssen wir noch warten. Mattes, mach dich mal an die Fahrzeugspur, dann geht alles wie besprochen zur Untersuchung. Wir sollten bald an die Öffentlichkeit, wenn wir bei der Vermissten nicht weiterkommen. Meinen Chef muss ich auch noch informieren.«

Virginia ging zum Kühlschrank. »Man darf den guten Aufstrich nicht verkommen lassen«, meinte sie und zog am Türgriff. Tadsen beobachtete sie mit einer Mischung aus anfänglicher Schadenfreude und anthroposophischem Interesse. Im selben Augenblick schlug die junge Kollegin die Kühlschranktür knallend zu. »Das ist ja grauenhaft«, rief sie, »ihr Schweine, wie könnt ihr nur ...« Tadsen blickte sie jetzt mit einem betont ausdruckslosen Gesicht an, Jack und Ocke waren ehrlich irritiert. Virginia deutete auf die weiße Tür. »Da drin liegt das tote Ohr. Neben Lebensmitteln. Das ist ekelig.« Vorwurfsvoll sah sie in die Runde.

»Tja, min Deern, das ist der einzige Ort mit durchgängiger Kühlung auf der Station«, erklärte Tadsen milde grinsend und zuckte die Schultern. »Nachdem es schon so lange in der Sonne gelegen und der Experte es in Frischhaltefolie gewickelt hatte, wollte ich es schnellstmöglich kühlen. Ihr habt ja noch die Umgebung abgesucht.« Er stutzte. »Wieso eigentlich diese Folie? Ich dachte immer, dann entwickeln sich Sporen und das Mikroklima verdirbt eventuelle DNS. Sind Papiertüten nicht geeigneter?« Mattes Kaunitz konnte die Frage nicht beantworten, er hatte die Polizeistation schon verlassen. »Na ja, vielleicht gab es im Frühstückshotel keine«, beantwortete Tadsen sich die Frage selbst. »Außerdem musste der Spezialist ja improvisieren.«

»Wie beim Bergsteigen«, fügte Jack hinzu, »du kannst nur mit den Seilen und Haken arbeiten, die du hast.«

»Aber den Aufstrich«, kam Virginia auf den Grund ihrer Kühlschrankepisode zurück, »den darfst du wegwerfen, den esse ich nicht mehr. Der ganze Kühlschrank hat jetzt was von einem Leichenschauhaus.«

»Na hör mal«, mischte Ocke sich ein, »da übertreibst du aber. Das Ohr liegt ja nicht im Aufstrichglas, alles ist getrennt und verschlossen. Soll Nanning etwa den Körperteil privat unterbringen? Da würde Amanda sich aber bedanken.«

Tadsen zuckte bei dem Gedanken zusammen und bestätigte nickend die Überlegung. Undenkbar, seiner Frau solch einen Fund ins Kühlfach zu legen. »Außerdem ist das hier ein dienstlicher Kühlschrank«, ergänzte er, »wir können ihn ja später besonders gründlich reinigen. Ende der Diskussion.«

Der Weg führte Elke und Manfred rechts um den Nehrungssee herum, zwischen Dünen hindurch an den Kniepsand. Beeindruckt blickten beide über die im gleißenden Licht daliegende Sandfläche, die ein dünner Strich Nordsee vom Himmel trennte. Manfred sah auf die Karte.

»Von hier in gerader Linie zum Wasser sind das ungefähr anderthalb Kilometer durch die Wüste. Die äußerste Spitze, je nach Wasserstand, dürfte fast zwei Kilometer entfernt liegen.« Er blickte in das wolkenlose Blau. »Also wenn du mich fragst, ziehe ich einen schmaleren Sandstreifen vor. Ich meine, breitester Strand Europas schön und gut, aber ich bin kein Tuareg. Überleg mal, wie lange du da über diesen sandigen Boden schlappst, bis du endlich das Meer erreichst.«

»Eine halbe Stunde?«, schätzte Elke. »Du erweckst ja den Eindruck, als schicke man dich von Timbuktu durch die Sahara an den Atlantischen Ozean. Ohne Wasser. Gut, langsam bekomm ich auch Durst. Du hast ja heute Morgen keine Getränke mitgenommen.« Sie kramte in ihrem Rucksack und förderte zwei Äpfel zutage. »Hier, die letzte Ration, bevor uns die Fremdenlegion evakuieren muss. Ich empfehle, wir schlagen uns links die Dünen entlang in Richtung Wittdün. Da warten schattige Teehäuser auf uns.« Damit zog sie ihre Schuhe aus und schob ihr Rad durch die weißen, feinen Körner. Manfred folgte zufrieden.

Als Petra Barthlet-Jimenez wortlos die Polizeistation betrat, tippten Tadsen, Jack und Virginia gerade ihre Ermittlungsberichte. Erwartungsvoll blickten ihre Kollegen auf und stellten das Schreiben ein.

»Na endlich«, begrüßte Jack seine Kollegin, »was gibt's denn an Erkenntnissen zur verschwundenen Rahel Brahms? Was wissen die Chorfreunde?« Petra schlurfte in die Küche, füllte sich einen Becher mit Leitungswasser und trank gierig. Nach dem letzten Tropfen knallte sie das Gefäß auf die Spüle und holte tief Luft. »So, jetzt geht's wieder«, erklärte sie und betrat den Wachraum.

»Wir haben auch ...«, Ocke sprang zum Kühlschrank, aber Petra winkte ab.

»Nachher. Jetzt erst mal das Dienstliche. Also, die Frage, ob die Vermisste eine Beziehung gehabt hat, konnte keiner der Vereinsfreunde beantworten. Einige hielten es für denkbar, aber niemand hatte dergleichen gehört.« Sie blickte in ein Notizbuch, das sie aus der Gesäßtasche gezogen hatte. »Insgesamt habe ich fünfzehn Mitglieder abgegrast. War gar nicht einfach, musste kreuz und quer über die Insel. Rahel Brahms gilt als musikalisch, einfühlsam, begeisterungs- und teamfähig. Wenn es um die Musik geht. Ansonsten hält man sie für eigenbrötlerisch, aufbrausend und auf Amrum kaum geerdet. Mit diesem Folkert Försen kam sie auf dem Hof anscheinend gut klar.«

Ocke lachte auf. »Klar, zwei Dickschädel unter sich.«

»Der Vater dagegen war wohl ein Stressor«, fuhr Petra fort und sah Ocke strafend an. »An seinem Desinteresse, was den Hof anging, hat sie sich gerieben. Insgesamt kein Hinweis auf ihren Verbleib. Dafür hab ich erfahren, dass Eitel Brahms bei einzelnen Mitgliedern den Ruf eines Hallodri hatte. Er soll das ein oder andere Verhältnis gehabt haben, schon, als er noch nicht verwitwet war. Eine der Austernfischerinnen hat mich da an eine Vereinsfreundin verwiesen, die ich aber nicht erreichen konnte, weil sie Taxi fährt. Nur, das Leben des alten Brahms ist auch nicht weiter von Interesse, oder? Wegen der Tochter muss ich trotzdem noch mit dieser Taxifahrerin reden, dann wären da die Informationen komplett.« Sie sah in die Runde. »Tut mir leid, keine bahnbrechenden Erkenntnisse. Frau Brahms bleibt spurlos verschwunden.«

»Aber wir haben Neuigkeiten«, erklärte Jack. »Seit heute Morgen gibt es ein herrenloses Menschenohr, alles deutet da auf den Brahms-Hof.« Wieder einmal fuhr er sich durch das gewellte Haar. »Ich finde, wir sollten die Öffentlichkeit informieren, zumal es ja schon bei Facebook was dazu gibt. Auf der Insel muss es einen Menschen geben, der zumindest schwer verletzt ist, Hilfe braucht – und schlecht hört.«

Nachrichten

Elkes Füße patschten im warmen Wasser, das in seichten Wellen gegen den Strand spülte. Die Kniepsandbucht zähmte das Meer wie ein Hafenbecken, nur dass sie für Schiffe zu flach war. Dafür planschten Kinder in den seichten Wellen und bauten Burgen und Gräben. Sie winkte Manfred zu, der auf dem Trockenen geblieben war und bohrte ihren Fuß in den Grund. Genießerisch nahm sie den körnigen Sand an den Sohlen wahr, sah kleine Krabben fliehen und beobachtete fasziniert die wellenförmige Gestaltung des Meeresbodens. Sie sah hoch zur Strandpromenade. Dahinter lag Wittdün mit seinen Geschäften und Restaurants. Wie hatte ein Tourist auf der Fähre den Ort bezeichnet? Das Westerland von

Amrum. Sie schnaubte fröhlich auf. Von wegen. Die Inseln waren für sie sehr unterschiedlich. Wollte man sie mit Schiffen vergleichen, wäre Amrum ein gediegener Dreimaster und Sylt dagegen ein Kreuzfahrtschiff mit Schwerölantrieb.

Ihr Magen knurrte. Da werden wir gleich mal die hiesige Gastronomie testen müssen, dachte sie und ging zurück an den Strand.

»Willst du nicht mal rein?«, fragte Elke und trocknete ihre Beine ab. Manfred schüttelte den Kopf.

»Nachher, vielleicht am Nachmittag beim Strandhäuschen. Da habe ich Wellen gesehen, die den Namen verdienen. Das hier«, er schwenkte mit dem Arm über Sand und Wasser, »hat ja eher etwas von Totem Meer.«

»Aber es ist nicht so salzig. Ist doch schön, so ein riesiges Planschbecken. Da gibt es auch keine Haie.«

»Haie? Du spinnst.«

»Na, ich dachte, wo du wieder in Gedanken in der weiten Welt bist. Sag mal, hast du Hunger? Ich würde gern was essen. Wollen wir Strandpiraten die nächste Taverne plündern?«

Manfred sprang auf, schlug sich den Sand von der Hose und nickte freudig.»Immer, ich fühle mich auch schon ganz ausgedörrt.«

Vor dem Computerbildschirm rieb Petra sich die Augen und streckte den Rücken. Der Schreibkram ging ihr gegen den Strich. »So, Leute, ich werde noch mal einen Versuch starten und die Taxifahrerin befragen. Gibt's sonst noch einen Auftrag für mich?«

Jack, der in einem Nebenraum mehrere Telefonate geführt hatte und den Wachraum betrat, überlegte. »Im Moment wüsste ich nicht. Vielleicht kannst du beim Bruder vorbeischauen. Mit dem abgetrennten Ohr bekommt die Vermisstensache ja einen anderen Drall. Vorher hab ich noch einige Informationen für alle.« Den letzten Satz rief er laut. Nach und nach gesellten sich Mattes, Dennis und Ocke zum restlichen Team. Tadsen drehte sich, die Hände auf dem Bauch verschränkt, auf seinem Schreibtischstuhl hin und her und sah abwartend auf den Niebüller.

Jack sah jedes Mitglied seiner Mannschaft an, dann konzentrierte er sich auf seine Notizen. »Wenn wir uns mal gerade von dem akuten Fall der vermissten Rahel Brahms lösen wollen, hätte ich einige Informationen in Sachen Steinzeitgrab.« Er räusperte sich. »Die Erkenntnisgewinnung hat mich ja schon an die Vorbereitung einer Bergtour erinnert. Du befragst jemanden zum Wetter und bekommst nebenbei auch noch Hinweise über einen vereisten Klettersteig zur Antwort.« Tadsen stöhnte leise auf und blickte gegen die Decke. Immer diese Bergsteigervergleiche, eine merkwürdige Marotte war das, noch dazu auf einer nordfriesischen Insel.

»Dank der Vorarbeit der Amrumer Kollegen war es möglich, die Beteiligten der letzten Grabung ausfindig zu machen. Wie schon heute Morgen festgestellt«, er schaute in die Runde, »aber da wart ihr nicht vollzählig präsent, weist keiner der Männer kriminalpolizeiliche Hinweise auf. Immerhin liegt das Ganze auch einundsechzig Jahre zurück. Merkwürdig genug ist, dass der Grabungsleiter, Professor Adolf Zücht, geboren 1906, in seinem Wohnort Hamburg aus der Datei des Einwohnermeldeamtes gestrichen wurde. 1951. Ohne einen Hinweis auf Tod oder Wegzug. Inzwischen weiß ich, dass das Institut für Geschichtswissenschaft der Uni Bremen ihn danach nicht mehr beschäftigt hat. Genauere Personalunterlagen aus der Zeit fehlen aber. Sein spurloses Verschwinden ist doch merkwürdig, immerhin handelt es sich um einen Archäologieprofessor alter Schule.«

»Ganz alte Schule«, betonte Ocke, der schon bei den ersten Nachforschungen zum Grab auf die Nazivergangenheit des Ausgrabungsleiters gestoßen war.

»Richtig Ocke, du spielst auf die NS-Kunstraube an, in die er verwickelt war, natürlich in staatlichem Auftrag. Konnte seine Karriere in der jungen Bundesrepublik auch ungestört fortsetzen.«

»Kein Wunder«, rief Virginia, »bei all den Altnazis. Die haben bestimmt auch an der Uni gesessen, wie überall im Beamtenapparat.«

»Und weil er sich so sicher fühlen durfte, glaube ich nicht an so was wie Flucht oder einen plötzlichen Selbstverwirklichungsrappel mit spontaner Reise nach Capri, zu den Lofoten oder wohin auch immer. Die Grabungsergebnisse von 1951 hat er übrigens nicht abgeschlossen, einer seiner Assistenten hat die Schlussberichte geschrieben.«

»Der alte Greiner«, vermutete Tadsen.

»Richtig, Wilhelm Greiner. Ich habe dann etwas überlegt und mich an meine frühen Tage bei der Hamburger Kripo erinnert.«

»Wie, du hast nicht immer für unser schönes Bundesland gearbeitet?«, protestierte Petra.

»Nein, zunächst hat mich die Hamburger Polizei eingestellt und nach der Ausbildung konnte ich bei den Mordermittlern anfangen. Mein Leiter ist kurz darauf in Pension gegangen. An den hab ich gedacht.«

»Wann war das denn?«, wollte Dennis wissen.

»1982. Heute ist der Mann einundneunzig. So ein Glück muss man haben, als Pensionär so alt zu werden. Damit hat der Finanzminister sicher nicht gerechnet. Zuerst konnte mir mein alter Chef nicht helfen, war im Kopf etwas überfordert. Er hat um Nachdenkzeit gebeten und mich dann zurückgerufen. 1951 sei ein spannendes Jahr gewesen, da sei einiges passiert. Der Schah von Persien hat Soraya geheiratet. Und gegen Hildegard Knefs Film *Die Sünderin* hat die Kirche wegen einem bisschen Haut von der Kanzel zum Boykott aufgerufen. In dem Jahr also hätte die Kripo nach einem verschwundenen Professor gefahndet. Der war mitten aus seiner Arbeit heraus vermisst gemeldet worden, ohne weitere Anhaltspunkte. Der klassische Zigarettenholer-Fall, hat er gesagt. Es soll noch eine Postkarte gegeben haben, adressiert an die Kollegen der Uni. Motiv war das Kurhaus in Wittdün, muss damals ausgesehen haben wie eine Kaserne aus den Dreißigern mit Wintergarten. Der alte Kripomann hat gemeint, er verstehe nicht, dass da jemand freiwillig reingegangen sei. Zücht hatte geschrieben, er verlasse Amrum und verbringe einige Tage auf Föhr, danach wolle er zurück an die Alma Mater. Gerade wegen dieses Begriffs hatte mein alter Kommissariatsleiter die Karte noch so gut im Kopf. Auf Föhr jedenfalls scheint der Professor nie angekommen zu sein, ebenso wenig in seiner Wohnung wie auch nicht in der Uni. Interessant fand mein Chef noch, dass die Kollegen der Sitte ebenfalls zu diesem Mann ermittelt hatten. Mit seinem Verschwinden haben sie die Nachforschungen dann eingestellt.«

»Sitte? War das ein Exhibitionist oder ist der nur in den Puff gegangen?«, überlegte Virginia laut. »Damals war ja fast alles verboten, außer Missionarsstellung. Und die war auch nur dann erlaubt, wenn die Kirche den Brautleuten ihren Segen gegeben hatte. Grausame Zeit.«

Jack wiegte den Kopf. »Es ging um den Paragrafen 175 StGB. 1951 hat der noch in seiner Nazifassung sexuelle Handlungen zwischen Personen männlichen Geschlechts unter Strafe gestellt. Das wurde erst viel später abgeschwächt.«

»Zücht war schwul? Ach, sieh an.« Der Umstand schien Virginia zu begeistern. »Passt ja alles zusammen. Schwuler Nazikunsträuber wird von der Bundesrepublik nach Nazigesetzen zur Strecke gebracht. Ganz schön irre.«

»Deswegen hat's ja auch irgendwann geknallt im Land, von wegen unter den Talaren, der Muff von tausend Jahren«, überlegte Tadsen.

»Zur Strecke haben sie ihn nicht gebracht«, kam Jack wieder auf seine Schilderung zurück. »Der greise Kripoleiter hat sich erinnert, dass seine Kollegen einen Fingerzeig aus dem Ministerium erhalten hatten, den renommierten Professor nicht weiter zu durchleuchten.« Er zuckte mit den Schultern. »Vielleicht hat da ein Altnazi oder ein schwuler Leidensgenosse mit Einfluss gesessen. Das bleibt wohl verborgen. Danach ist Zücht ohnehin verschütt gegangen.«

Tadsen erhob sich langsam. »Lass das man kein hellsichtiges Wortbild sein. Jack, wenn du schon bei der Mordermittlung in Hamburg warst, wie kommst du dann zu so einem Provinzposten wie in Niebüll?«

London zuckte zusammen. Zuerst starrte er auf den alten Inselpolizisten, dann räusperte er sich. »Ich war gut, aber jung und ungestüm. Waren andere Zeiten damals – sagen wir, ich habe mich irgendwann mit der Polizeileitung überworfen und das Bundesland gewechselt. Das muss reichen.«

Elke schob ihr Rad hinunter von der Wittdüner Promenade in den Ort hinein, der Weg war ihr zu abschüssig. Manfred rollte hinter ihr her. Sein Gesicht zeigte schon von den wenigen Stunden in der Sonne eine ungesunde Röte, während Elkes Haut ölig glänzte. Sie hatte ihn nicht dazu bringen können, sich rechtzeitig mit Sonnenschutz einzureiben. Wenn das so weitergeht, dachte sie, bekommt er schneller eine Verbrennung als ihm lieb sein dürfte. Männer! Sie hörte ihn schon im Geiste weinerlich klagen, wie weh ihm alles tat, und lächelte nachsichtig.

Vor der weißen Front des Restaurants Strandvogt hielten sie an. Rosen blühten und Schiefertafeln mit Speiseangeboten lockten auf die Terrasse. Kinder spielten Fangen. Elke warf einen kurzen Blick auf die ausgehängte Speisekarte und stellte entschlossen ihr Rad in den Ständer.

»Na los, etwas Leben und Familienanschluss tun uns sicher gut. Ein Laden ohne Brimborium und Reservierung, keine Gourmetsprache auf der Karte. Du weißt, was du bekommst.«

»Mir wäre heute nach Fleisch oder Gemüse, jedenfalls nicht nach Fisch«, machte Manfred klar.

»Schade, wo die so viel davon anbieten.«

Beide vertieften sich in die Menüs. Elke sah dabei immer wieder neugierig auf die übrigen Gäste. Am Nachbartisch saß ein etwas übergewichtiges Elternpaar in nachthemdweiten T-Shirts, hawaiibunten Shorts und Plastik-Clogs. Tochter und Sohn, etwa gleich groß und auch der Ähnlichkeit nach Zwillinge, waren nicht minder gut im Futter, trugen schwarz, ihre Clogs waren pink. Beide Kinder sogen an ihrer Cola und beschäftigten sich mit ihren Smartphones.

»Papa, das ist ja irre. Schau mal«, hielt der Junge dem Vater sein Display vors Gesicht, »ein blutiges Menschenohr, hat jemand auf einem Amrumer Bohlenweg gefunden und ein Foto davon bei Facebook reingestellt.«

»Blödsinn.« Der Vater schob die Hand beiseite und sah kopfschüttelnd seine Frau an. »Andrea, was hast du nur für Kinder. Die glauben jeden Quatsch, Hauptsache, er kommt übers Internet. Wo bleibt der logische Verstand?«

»Ne Papa, das ist echt«, mischte sich die Tochter ein und hielt ihr Telefon hoch. »Die Zeitung hat das auch geteilt. Wird also was dran sein. Klasse, dann ist ja endlich mal was los hier. Dachte schon, der ganze Urlaub geht so weiter. Strand und Wind, Wolken und Vögel.«

Die Mutter lachte auf. »Dass ihr mal zur Ruhe kommt, tut euch nur gut. Was schreibt denn die Zeitung?«

»Menschliches Körperteil in den Dünen gefunden«, las ihre Tochter vor. »Heute Morgen fanden Inselgäste auf dem Bohlenweg am Dünensee Wriakhörn ein abgetrenntes Ohr. Es war mit einer Rindermarke gekennzeichnet. Die Polizei sicherte Spuren und suchte den Ort im Umfeld ergebnislos ab. Deutet der grausige Fund auf ein Verbrechen hin? Steht die Tat im Zusammenhang mit dem rätselhaften Verschwinden einer Amrumerin? Die Frau, gerade erst durch unklare Umstände zur Miterbin eines Rinderhofes geworden, wird seit gestern vermisst. Hier tappt die Polizei ebenfalls im Dunkeln. Ermittler der Kripo Niebüll sind mit den Fällen betraut. Eigentlich waren sie zu einem Jungsteinzeitgrab gerufen worden, in dem man geheimnisvolle Knochen gefunden hatte. Wir fragen: Wie sicher ist die Insel der Freiheit noch?«

»Tja, das klingt dramatisch«, kommentierte der Vater und trank sein Bier aus. »Nicht wahr, Andrea, da müssen wir unsere Brut schützen. Ab sofort also kein nächtliches Zusammentreffen mit anderen gelangweilten Urlauberkindern, ist das klar? Vielleicht ist ja wirklich ein Irrer unterwegs. Bei allem Stress, den ihr uns macht, so sollt ihr trotzdem nicht enden.«

»Super Papa, du bist wirklich fürsorglich. Man sollte das Jugendamt informieren«, maulten die Kinder und ihre Daumen glitten emsig über ihre Displays.

»Haben Sie gewählt?«, holte eine junge Frau in weißer Bluse und schwarzer Hose Elke aus ihren Gedanken. Natürlich hatte sie längst nicht mehr auf die Karte gesehen, sondern zugehört. Da schien Nanning Tadsen wirklich einiges zu tun zu haben.

»Ich bekomme Hein seen Leevste. Matjes mit Rührei klingt handfest und ehrlich. Dazu ein alkoholfreies Weizenbier, das soll ja isotonisch wirken. Und du?« Sie blickte neugierig auf Manfred, der unentschlossen die Kartenseiten hin und her blätterte.

»Ja, ich schwanke noch. Ist nicht leicht bei der Auswahl. Lammsteak mit Bohnen oder ...«, er wiegte bedächtig den Kopf. »Ach komm, sei mutig«, rief er und hielt der Bedienung die Karte vor die Nase. »Kann ich das da bekommen?« Er tippte auf die Seite, die Serviererin gluckste auf und nickte. »Ja, dann nehme ich das und ein Flens.« Damit schlug er die Kartenmappe zu.

»Jetzt hast du mich aber neugierig gemacht. Los sag schon.« Sie griff zur Karte und begann zu lesen.

»Möhren, Bratwurst, Bratkartoffeln. Wie bei Muttern«, antwortete Manfred und wollte ihr die Mappe aus den Händen nehmen. Elke stutzte, blätterte zurück und lachte auf.

»Strandräuber Robert hast du genommen, aus der Kinderkarte. Das ist aber süß«, und sie tätschelte ihm demonstrativ die Wange. »Gell, alles aufessen.«

Nach einem stillen Moment sah sie sich zu der mit Telekommunikationsgeräten wohl ausgestatteten Familie um und stieß Manfred an. »Siehst du, jetzt berichtet schon die Zeitung«, wechselte sie raunend das Thema. »Am Ende ist einiges dran an Nannings Fällen. Und du wolltest das ignorieren.«

»Ja, den Wunsch hatte ich«, antwortete Manfred bestimmt.

»Anscheinend bin ich von meiner charakterlichen Grundverfassung her doch eher Polizistin als Dünengängerin. Urlaub geht eben nicht immer vor. Ich habe auch einen Eid geleistet.«

Manfred seufzte resigniert. »Und was willst du damit sagen? Wirfst du dich jetzt in den Einsatz? Immerhin sitzt du noch auf der Terrasse und hast Sand zwischen den Zehen. So weit kann es also nicht her sein mit deinem Ermittlungsdrang.«

Zwei Tische weiter wurde es unruhig. Eine Mittvierzigerin in eng anliegendem Sarong und hochtoupierter Strähnchenfrisur zahlte und wühlte in ihrer Strandtasche. Die ergebnislose Suche endete, indem sie jeden einzelnen Gegenstand unter den Augen der Rundumsitzenden auf der Tischdecke platzierte. Sie tat das mit einer selbstverständlichen Ruhe, als sei ein derartiger Auftritt in der Öffentlichkeit ihr tägliches Brot. Endlich fand sie, was sie suchte – ihr Telefon. Mit der einen Hand die Tastatur bedienend, sammelte sie ihre Habseligkeiten wieder ein, hängte die Tasche über die Schulter und stakste auf hochhackigen Bastschuhen zum Ausgang.

»Hallo Ocke, die Marlies hier«, rief sie zwischen den Tischen ins Telefon. »Wann hast du denn Zeit für mich?« Elke hörte elektrisiert zu. Wie viele Ockes mochte es auf Amrum geben, fragte sie sich. Das wird doch nicht ...? »Na, du bist gut«, dröhnte die auftoupierte Touristin und informierte so auch die anderen Gäste, »ich dachte du zeigst mir was Schönes. Soll ich vorbeikommen? Außerdem brauche ich Schutz. Auf deiner Insel wird es mir zu mörderisch. Also?« Sie passierte mit dem Telefon am Ohr den Ausgang des Biergartens und verschwand nach links.

»Schade, jetzt werden wir nie erfahren, ob sie wirklich mit Nannings Kollegen telefoniert hat«, bedauerte Elke. Sie konnte sich gut an den Amrumer Polizisten erinnern, mit dem sie im vorletzten Herbst einige gefährliche Situationen bewältigt hatte.

»Einmal der Strandräuber Robert für das Kind im Mann und die Getränke, die Matjesfilets kommen sofort.« Mit einem betont gleichgültigen Gesichtsausdruck platzierte die Bedienung das Bestellte.

Buchweizentorte

Tadsen fuhr die Inselstraße von Nebel ins südliche Wittdün. Er passierte sonnengelbe Felder, blühende Heide und kühlen Wald. Ihn plagten Kopfschmerzen. Bei all den Problemen, die sich gerade auftaten, überkam ihn Furcht, den Überblick zu verlieren. Wie gut, dass es Fachdienststellen gab, denen mögliche Irrtümer angelastet werden konnten. Die bisher gesicherten Spuren waren schon mal auf dem Weg zur weiteren Untersuchung. Davon erwarteten sich die Polizisten viel. Erst, wenn sie sicher wüssten, wer im Jungsteinzeitgrab gelegen hatte und wem das Ohr abgetrennt worden war, könnten sie zielgenau ermitteln. Natürlich gab es auch noch den alltäglichen Dienst. So waren Virginia und Dennis unterwegs zu einem Rangierunfall auf dem Dünenparkplatz. Endlich mal wieder normale Arbeit, ohne Leichenteile, hatte die junge Kollegin sich gefreut.

Einsatzleiter Jack London sollte nach Rücksprache mit der Polizeileitung diesen Abend die Presse informieren. Danach, das wussten alle, bräche eine Flut von meist untauglichen Hinweisen über sie herein. Trotzdem musste jeder einzelne abgearbeitet werden. Sicher würde man mehr Leute brauchen.

In Höhe des Leuchtturms ereilte Tadsen der Funkspruch Ockes. »Ruf mich mal an.« Er hielt am Straßenrand und nahm sein Telefon. »Moin Moin, was gibt's denn?«

»Ja, ich wollte fragen, ob du nicht die Station besetzen kannst. Ich würd gern mal etwas auf Streife gehen. Im Moment ist es ja ruhig. Jack bereitet die Pressesache vor, unsere Bäderdienstler nehmen einen Parkunfall auf, und Petra ist in Außenermittlung unterwegs. Da hab ich gedacht, ich könnte ...«

»Sag mal, sind wir bei *Wünsch dir was*? Ich produziere gerade Sicherheit. Sonst bist du doch auch nicht so streifendienstbeflissen, besonders bei Schietwetter.« Tadsen sah auf die Uhr. Verdammt, fast hätte er seine Verabredung vergessen. »Ich muss dann weiter.« Er wendete und beschleunigte.

In Nebel, auf dem von Inselgästen gut gefüllten Uasterstigh, kam er in Schrittgeschwindigkeit vor dem weißen, geschwungenen Gartentor zum Stehen. Neugierige Touristenblicke registrierten jede seiner Bewegungen. Er hasste so ein Schaulaufen. Betont unaufgeregt sah er die Backsteinfassade unter dem Reetdach entlang und betrat den Garten des Friesen-Cafés. Er nickte der Bedienung beruhigend zu und sah sich um. Vom Rand der Anlage winkte eine Hand. Elke hatte einen schattigen Platz gefunden und erwartete ihn, ein Stück Torte und einen Milchkaffee vor sich. Erleichtert atmete er auf und setzte sich zu ihr. Wie gut, dass er die lockere Verabredung nicht vergessen hatte.

»Mensch Nanning, dass du noch Zeit findest, mit mir Kaffee zu trinken. Nach allem, was man so hört, muss deine Station an beiden Enden brennen.« Sie hatte das mit einem lachenden Gesicht gesagt, aber ihre Augen sahen besorgt auf ihren Kollegen.

»Tja, wat mut dat mut. Wir warten auf die Laborergebnisse, alle Mann sind an Deck. Wenn der Sturm kommt, fahren wir voll unter Segeln. Bis dahin heißt es Kräfte schonen.« Er wies auf ihren Kuchen. »Was hast du da Leckeres?«

»Buchweizentorte. Ich dachte, du kennst dich aus.«

»Was darf ich Ihnen bringen?«, unterbrach die Bedienung.

»Eine Müslitorte und einen Kaffee.« Beide sahen der jungen Frau in ihrem karierten Rock hinterher, die sich eilig entfernte.

»Das ist aber keine echte Tracht, oder?«, kommentierte Elke die Kombination aus Weste und Bluse. »Alles in Blau-Weiß gehalten, ich würde sagen: universeller Landhausstil.«

Tadsen lachte auf. »Dunkelblauer bis schwarzer Rock, weiße Schürze, Kopftuch oder Haube, das wäre original. Aber schnell bewegen kann man sich damit nicht. Der Rock wird im Rücken sechzig Mal gefaltet, das Schultertuch mehr als sechzig Mal festgesteckt. Kirchgang und Volkstanz mag damit ja angehen, aber den ganzen Tag Tabletts tragen – ich weiß nicht. Dazu ist die Tracht ungeeignet.«

Seine Bestellung kam, und heißhungrig schob er sich ein großes Kuchenstück in den Mund. Elke lehnte sich zurück und sah ihn an.

»Wenn du Hilfe brauchst beim Ermitteln, musst du das sagen. Wir sind ja schon etwas eingespielt.«

Er wiegte den Kopf bedächtig hin und her, trank einen Schluck. »Was sagt denn deine bessere Hälfte? Ich dachte, Manfred ist da nicht so für, dass du hier dienstlich wirst.«

Elke machte eine wegwerfende Handbewegung. »Nach dem Essen ist er zurück ins Hotel gefahren. Er wollte sich etwas hinlegen. Ich glaube, so langsam schwindet sein Widerstand, und er sieht ein, dass ich mich für deine Fälle interessieren darf.« Sie beugte sich zu dem Inselpolizisten vor, sah sich um und sprach leise weiter. »Sag mal, die Identität der Vermissten ist doch geklärt, oder? Fahndet ihr nicht nach der Frau?«

Tadsen spitzte die Lippen und überlegte. »Zuerst war einfach nur eine erwachsene Amrumerin verschwunden. Das kommt vor.

Und auf einem Rinderhof darf auch etwas Blut auf dem Boden liegen. Erst mit dem gefundenen Ohr hat die Sache eine bedrohliche Wendung genommen.« Er sah auf die Uhr. »Das ist man gerade fünf Stunden her. Untätigkeit jedenfalls kann man uns nicht vorwerfen.«

»Aber die Presse ...«

»Ja, die darf das. Speist sich aus dubiosen Quellen und ist in ihrem Urteil unfehlbar wie der Papst. Geh mir weg.«

Eine Frauenstimme band Elkes Aufmerksamkeit, erst vor Kurzem hatte sie die gehört. Sie drehte sich danach um. »Na hör mal, wo bleibst du denn? Ich dachte, wir waren verabredet. So viel wird ja wohl auch nicht los sein, dass du nicht mal eine Nachmittagsstreife einlegen kannst, oder?«

Tadsen beobachtete Elkes Neugier und blickte sie fragend an.

»Die Marlies da vorne«, stellte sie klar, »hat noch heute Mittag versucht, einen Ocke dazu zu bringen, für ihre Sicherheit zu sorgen.« Vielsagend sah sie den Kollegen in Uniform an, der mit offenem Mund zuhörte.

»Vom Niederrhein, aus Xanten«, ergänzte er. »Die hat schon auf der Station angerufen.« Er schlug auf den Tisch und das Klirren des Porzellans lenkte die Blicke der Gäste auf ihn.

»Vielleicht telefoniert sie ja auch mit einem ganz anderen«, beschwichtigte Elke.

Doch Tadsen war in Fahrt. »Von wegen. Deswegen hat Ocke mich eben darum gebeten, ihm die Nachmittagsstreife zu überlassen. Dieser Hallodri. Nicht zu fassen.«

Elke schmunzelte. »Na, ein großer Unterschied ist das ja nicht. Statt seiner sitzt du jetzt im Café.« Sie blickte wie zur Kontrolle zu Marlies hinüber, die energisch und sichtlich unzufrieden ihren Kuchen aß. »Was die Qualität der Damenbegleitung angeht, da hast du aber sicher die bessere Wahl getroffen.«

Beider Blick blieb am Garteneingang hängen, durch den gerade eine Frau in Cargohosen und T-Shirt hereinschlenderte. Die Hände in den Taschen, den Bubikopf so schräg, dass die Haare ein Auge verdeckten. Schultern und Oberkörper waren leicht vorgebeugt.

»Petra«, entfuhr es beiden gleichzeitig, und sie mussten lachen. Elke kannte die Kollegin der Kripo Niebüll noch von ihrem vergangenen, am Ende dramatischen Inselaufenthalt. Sie winkte ihr zu und Petra schlurfte zögernd näher. Erst, als sie die Uniform Tadsens und die Gesichter im Schatten besser erkannte, formten ihre Lippen ein kurzes Lächeln.

»Mensch, das ist ja nett«, freute Elke sich. »Wie ist es dir denn so ergangen?«

»Ganz gut soweit«, murmelte Petra, gab ihr die Hand, zog sich einen Gartensessel heran und ließ sich fallen. Tadsen beobachtete sie neugierig. Verstanden das die Niebüller Kollegen unter Außenermittlungen?

»Keine Sorge, Nanning, ich mache nur 'ne Pause, bevor ich zur Station fahre. Habe den gemischten Chor jetzt komplett abgegrast.« Er zuckte zurück. Konnte die Frau Gedanken lesen?

»Ihr seid ja ganz schön gefordert«, versuchte Elke ein Gespräch in Gang zu setzen. Soweit sie sich erinnerte, war das bei Petra nie leicht gewesen. »Eine Hauptsaison wie diese hat Amrum bestimmt noch nie gesehen.«

»Haben Sie gewählt?« Die Bedienung im Landhausstil stand am Tisch und lächelte.

Petras Blick glitt vom Rocksaum über die Weste hoch in ihr Gesicht. »Eine Apfelschorle und ein Stück Obsttorte. Keine Sahne«, bestellte sie ohne eine Gesichtsregung und wartete, bis die Servicekraft sich entfernte. »So was würde ich ja nie tragen. Unvorstellbar, so zu arbeiten«, kommentierte sie. »Aber wenn man das mit sich machen lässt ...«

»Ist auch eine Art Uniform«, gab Tadsen zu bedenken.

»Eben, ohne mich.« Sie bog die Schultern nach hinten und rekelte sich im Sessel.

»Was hast du denn rausgefunden?«, wollte Elke wissen. »Im Moment bin ich so ahnungslos wie jeder andere Badegast.«

Petra sah Tadsen fragend an, der nickte ihr einverständlich zu.

»Ja also, die Vermisste Rahel Brahms ist Mitglied bei den Austernfischern, einem gemischten Chor. Ich sollte etwas über ihre Beziehungen, Liebschaften, Reisepläne, Bedrohungen herausfinden, was auch immer. Fehlanzeige. Habe ich ja schon heute Mittag berichtet.«

»Die Taxifahrerin«, lenkte Tadsen sie auf den Punkt.

»Genau. Wohnt in Wittdün, hatte aber Dienst. Zu den Fährzeiten haben die natürlich hier allerhand zu tun. Ich hab sie also an der Vierzehn-Uhr-Fähre abgepasst.«

Petras Bestellung wurde gebracht. Sie nahm den Teller in die Hand und schaufelte ein Stück der farbenfrohen Obsttorte in sich hinein. Zufrieden kauend schlug sie mit der Gabel an den Tellerrand.

»Zur Vermissten selbst konnte sie wenig sagen. Ihre Antworten haben für mich aber auffällig abweisend geklungen. So was macht mich dann neugierig.« Sie trank einen Schluck. »Doris Tondern, so heißt die Taxifahrerin, ist sechzig Jahre alt und hatte nur Schlechtes über die Brahms' zu berichten. Sie ist richtig laut geworden. Arrogante Familie, egoistisch und überheblich seien die. Käme alles vom alten Eitel Brahms. Die Meinung der Tondern war deutlich negativer als die der anderen Chormitglieder, ja regelrecht aggressiv. Ich hab ihr provokant gesagt, wenn sie so sauer auf den Mann sei, müsse ich mich fragen, ob sie ein Motiv haben könnte. Schließlich sei die Todesursache noch nicht geklärt. Da hat sie nur schallend gelacht und gemeint, dann sei ihr Motiv ihr achtundzwanzig Jahre alter Sohn. Den hätte sie von dem Alten, natürlich unehelich. Eine heiße Affäre sei das gewesen, in den Achtzigern. Ich wollte dann wissen, ob er Unterhalt gezahlt habe. Da hat sie den Kopf geschüttelt. Eitel Brahms habe den Jungen nie anerkannt, lieber nebenbei etwas abgedrückt. Meist sei er mit Bargeld an den Taxistand gekommen. Hauptsache, seine Buchhaltung sei sauber geblieben. Aber wenn ihr Sohn als Motiv herhalten müsse, meinte sie, dann solle ich ihr mal erklären, warum sie dann so lange hätte warten sollen. Ich habe dann gefragt, welches Verhältnis sie zu Rahel Brahms habe, schließlich sei das ja die Halbschwester ihres Sohnes. Doris Tondern hat nur mit den Schultern gezuckt und gemurmelt, dass es keine Berührungspunkte gäbe, außer beim Singen. Und da stelle sie sich nie neben sie.«

Tadsen hatte aufmerksam zugehört und rief im Geiste die ihm bekannten Taxifahrer auf. Ihm fiel nur eine Fahrerin ein. »Ich kann mir die Frau nicht als Verbrecherin vorstellen«, sinnierte er. »Wenn das die ist, die ich meine, also die hat auch noch einen kleinen Enkel zu betreuen. Was ist denn mit der Erbschaft? Hast du das thematisiert? Ihr Sohn dürfte Anspruch auf den Pflichtteil haben, wenn die Vaterschaft zu beweisen ist.«

Petra nickte. »Ich hab sie danach gefragt und sie hat abgewunken. Ihrem Sohn Kristian habe sie erst spät reinen Wein eingeschenkt, dem sei klar, dass er von den Brahms' nichts zu erwarten hätte. Der Junge habe auch so schon genug Probleme. Und wenn es um ein Alibi gehe, schob sie ungefragt nach, sie sei gestern bis elf Uhr nachts die Spätschicht gefahren und danach zu Hause gewesen. Das könnten Taxifunk und ihr Sohn bezeugen. Ja, soweit die Befragung, dann hatte sie eine neue Fuhre und musste weg.«

»Was mag so ein Hof wert sein, mit all dem Land und den Tieren?«, dachte Elke laut.

»Schwer zu sagen«, überlegte Tadsen. »Rahel hat noch einen Bruder. Ich nehme mal an, dass bei Auszahlung des Pflichtteils der Hof verkauft werden muss. Die Weiden sind kein Bauland. Bleibt der Hof. Macht man daraus Ferienwohnungen oder selbst genutztes Eigentum? Alles eine Frage von Angebot und Nachfrage. Eine Million vielleicht?«

Elke pfiff anerkennend. Geteilt durch drei, da blieb was im Netz hängen. »Gesetzt den Fall, der Bruder der Vermissten weiß nichts von seinem Halbbruder, dann wird er davon ausgehen, die Hälfte zu erben. Und wenn die liebe Schwester verschwunden ist oder nicht mehr lebt, bliebe ihm alles«, rechnete sie vor.

Tadsen drehte in einer Geste der Abwägung abwechselnd die Handinnenseite nach oben und unten. »Aber warum sollte das gerade jetzt für ihn interessant sein? Gibt es da Geldprobleme, eine geänderte Lebensplanung? Vielleicht will er mit seiner Familie auswandern? Alles ist möglich, nichts bekannt. Jedenfalls, ohne Leiche jemanden für tot zu erklären, ist ein langer Prozess. Da wäre es für die Erben schon besser, wenn man die Schwester tot finden würde.«

Petra schob den leeren Tortenteller von sich und trank den letzten Schluck. »Also, Nanning, auf. Da gibt es noch einiges zu klären. Wir sollten Jack informieren.«

»Warst du eigentlich allein unterwegs?«, wollte Tadsen von seiner Kollegin wissen.

»Ja, ich hab den Bus genommen. Kannst mich gerne mit zurücknehmen. Aber dem Roluf Brahms werde ich weiter auf den Zahn fühlen.«

Elke runzelte die Stirn. Den Namen Tondern, dachte sie, habe ich schon gehört.

Öömrang Land

Tadsen, auf dem Weg zum Streifenwagen, bemerkte mit einem Seitenblick zwei Cafébesucherinnen, die ihn mit ihren Smartphones ablichteten. Sie machten sich leise, aber doch laut genug, dass er es mitbekam, über ein Kaffeestündchen im Dienst lustig und tippten auf den Displays herum. Er vermutete, dass er in wenigen Minuten der Willkür des Internets ausgesetzt war. Dafür hatte er jetzt aber keine Zeit, sein Handy summte in seinem Uniformhemd. Mit einem strengen Blick auf die Frauen zog er es hervor.

»Moin Moin, die Polizei Amrum. Immer im Dienst und am Apparat«, meldete er sich.

»Ja Nanning, ich bin das, Ocke. Wollte dir nur sagen, dass die Demo begonnen hat.«

»Was denn für eine Demo? Ich weiß von ... Moment, halt. Na sicher. Öömrang Land in Öömrang Hand. Der Verein vom verstorbenen Brahms. Das hat jetzt noch gefehlt. Wo stehen die Leute? Was steht in der Anmeldung?«, fragte er, während er Petra mit der Fernbedienung den Streifenwagen öffnete.

»Nebel-Westerheide, in Höhe vom Wasserwerk. Muss eine kleine Gruppe sein. Soll ich dir das junge Team schicken, wenn die mit der Unfallaufnahme fertig sind?«

»Kannst du machen. Aber bestimmt komm ich erst mal ohne Unterstützung klar.«

Er setzte sich zu Petra in das Auto. In dem Moment, da er den Motor anließ, klopfte es gegen die Fahrertür. Ungeduldig ließ er die Seitenscheibe herunter und lehnte sich hinaus. »Elke, gibt's noch was? Ich hab einen neuen Einsatz.«

»Alle Achtung, bei der Schlagzahl könntest du auch in der Großstadt arbeiten. Das legt sich hoffentlich bald wieder. Ich mach's kurz. Es geht um deinen Knochenfund. Wir waren heute Vormittag auf diesem großen Grabhügel bei Steenodde.«

»Dem Esenhugh.«

»Richtig. Und da kam so ein seltsamer Mann aus dem Wäldchen. Uralt, hat geraucht, was das Zeug hielt und uns beobachtet. Manfred hat gemeint, der sei der reinste Zombie. Komisch an dem war der Blick, so als ob er uns von dort vertreiben wollte. Wir sind dann auch weg. Diesen Kauz haben wir gestern schon gesehen, als du uns in der Heide entgegenkamst. Da ist er im Mantel mit einem Spaten ums Haus gestrichen. Hatte was von einem Totengräber, wenn du mich fragst. Ich fand den unheimlich. Sagt dieser Freak dir was?«

»Ja, das ist wohl der alte Greiner. Über neunzig ist der und war bei der Ausgrabung 1951 dabei. Der war bestimmt am Esenhugh, weil er sich nicht von seinen Gräbern trennen kann.« Tadsen sah zu Petra hinüber, die bisher eher mit dem Brahms-Hof befasst war. Ihr fehlten zum Jungsteinzeitgrab sicher noch Informationen, zum Beispiel dass dieses Fossil von einem Archäologen Professor Zücht nach der Grabung nie mehr gesehen und die Untersuchung selbst abgeschlossen hatte. Dann die Sache mit der Bronzenadel. Frauenschmuck beim Männerskelett, und dem Greis war zur Erklärung nur der Paragraf 175 eingefallen. Und die Ermittlungen der Hamburger Kollegen hatten ergeben, dass Zücht homosexuell war. »Greiner weiß sicher mehr, als er uns bisher gesagt hat. Der kommt ganz nach oben auf meine Liste noch platt zu tretender

Zehen.« Er sah Elke ins Gesicht und lächelte ihr zu. »Vielen Dank, wir werden uns mit dem alten Mann wohl weiter befassen.«

Damit grüßte er und ließ den Streifenwagen im Schritttempo durch die enge Straße voller Fußgänger und Radfahrer rollen. Erst am Ortsausgang Nebel war es ihm möglich, Gas zu geben. Schnell erreichten sie die Polizeistation am Sanghughwai, wo er Petra absetzte. »Sag Ocke, er soll dich mal über den Sachstand am Steinzeitgrab informieren.« Dann fuhr er weiter auf dem Tanenwai.

Zu seiner Linken lag der Wald, auf der anderen Seite lichtete sich der Bewuchs und das Nachmittagslicht verstärkte das violette Leuchten der Heide. Als er nach rechts in Richtung Strand abbog, sah er auf dem schmalen Weg schon von Weitem eine Menschenansammlung. Der Verein wird doch wohl nicht so viele Demonstranten mobilisiert haben, überlegte er überrascht und näherte sich langsam. In Höhe des Wasserwerkes, eines kubusartigen Zweckbaues auf einer Lichtung, schaltete er den Warnblinker ein. Blaulicht ist wohl nicht nötig, dachte er. Reklame will ich nicht machen und noch ist es ja hell. Er setzte seine Mütze auf, atmete einmal tief durch und stemmte seinen Körper aus dem Wagensitz.

Im Näherkommen spürte er bei den Anwesenden Neugier, Spott und Ablehnung. Ihm fiel seine Vereidigung zum Polizisten ein, viele Jahre war das her. »In Uniform werden Sie ständig die Blicke auf sich ziehen«, hatte ein Redner damals den jungen Beamten dargelegt, »und nie unbeobachtet sein.« So ist das, dachte Tadsen, das muss man aushalten.

Im Herannahen erkannte er Radfahrer im Familienverband, sonnenverbrannt und offensichtlich vom Strand kommend. Überhaupt, die meisten der Demonstrationsteilnehmer entpuppten sich als zuschauende Inselgäste. Er ging lächelnd und nach links wie rechts grüßend in die Gruppe hinein und teilte sie so wie einst Moses das Rote Meer. Am Ende stand er vor sieben Männern und Frauen, die Handzettel verteilten und Pappschilder hochhielten. Eines der Schilder zeigte ein Porträt Eitel Brahms', eingerahmt in schwarzen Trauerflor. Ja, dachte Tadsen, das hier hätte seine Veranstaltung sein sollen. Er blickte in flüchtig bekannte Gesichter, mit keinem verband er einen Einsatz. Ein älterer Herr in blauweiß kariertem Sommerhemd und heller Hose trat vor.

»Moin Moin, Herr Tadsen. Kommt die Obrigkeit unsere kleine Bürgerbewegung kontrollieren? Wir halten uns an die Auflagen.« Damit überreichte er dem Inselpolizisten die Demonstrationsanmeldung. Tadsen warf einen Blick drauf. Seine eigene Kopie, die das Amt Föhr-Amrum ihm zugefaxt hatte, lag sicher und trocken auf der Polizeistation.

»Moin. Vertreten Sie den Anmelder, der erst gestern so tragisch verstorben ist?«, wollte er von dem Herrn wissen. Der nickte. »Dann muss ich mir Ihre Personalien als Versammlungsleiter notieren, nur für den Fall, dass es im Nachgang noch Fragen gibt.«

»Warum hetzen Sie gegen uns Feriengäste?«, rief ein drahtiger Mann in Joggingkleidung den Demonstranten zu. »Was haben wir Ihnen denn getan? Ohne uns ist Amrum doch pleite.« Zustimmendes Gemurmel aus der Gruppe der Zuschauer folgte. Der Organisationsleiter sah mit einer ratlosen Miene auf seine Mitstreiter, die ebenfalls fragend dreinblickten.

»Wir demonstrieren gegen den Ausverkauf der Heimat«, rief er, »nicht gegen die Gäste. Die Explosion der Bodenpreise führt dazu, dass wir uns die eigene Insel nicht mehr leisten können. Das Land darf nicht an den Meistbietenden gehen, Amrumer sollten den Vorzug erhalten. Wir brauchen keine weiteren Gästeunterkünfte, die außerhalb der Saison im Dunkeln liegen, sondern Lebensraum für Menschen, die hier 365 Tage im Jahr leben wollen. Darum geht uns das.«

»Lebensraum. Ja, das hab ich schon mal gehört«, höhnte der drahtige Jogger und einige Anwesende lachten. »Ihr seid ja die reinste Blut-und-Boden-Front. Und dann auch noch ganz Amrum mit schlechten Gedichten vollpflastern.«

»Was denn für Gedichte?«, rief der Versammlungsleiter. »Wir haben alle Forderungen ins Internet gestellt, und wer sich informieren möchte, darf hier gerne einen Blick in unser Flugblatt werfen.« Eine Frau aus der Reihe der Demonstranten trat vor und verteilte die Vereinsbroschüre.

»Das ist ja schnödes weißes Papier«, ätzte der Jogger weiter, »sonst sind es doch immer die Friesenfarben, die Sie plakatieren.«

Tadsen hatte interessiert zugehört. Ein Wortgefecht anlässlich einer angemeldeten Demonstration, das entsprach seinem Demokratieverständnis. Schließlich ging es hier nicht um das Verteilen des Wachturms, fand er. Die angesprochenen Gedichte auf verschiedenfarbigem Papier, die waren ihm auch schon untergekommen. Meist klebten die an Laternenmasten oder auf Informationstafeln. Bisher war ihm der Verfasser unbekannt, aber es hatte sich auch noch niemand dahintergeklemmt, ihn ausfindig zu machen. Ohne weiter auf die Auseinandersetzung einzugehen, gab er die Anmeldebescheinigung zurück.

»Scheint ja alles im Rahmen zu sein«, kommentierte er den Veranstaltungsverlauf, »solange der Verkehr hier nicht behindert wird. Für die Dauer Ihrer Grundrechtswahrnehmung werde ich vor Ort bleiben. Gutes Gelingen.« Damit legte er grüßend die Hand an die Schirmmütze und stellte sich abseits.

Aus den Augenwinkeln bemerkte er das Nahen der Inselreporterin und überlegte, wie er dieser Frau entwischen konnte. Aber erst einmal zeigte Efi Briese Interesse für die Demonstration und fotografierte den Menschenauflauf. Er sah schon den Artikel vor sich und war sich sicher, dass die Journalistin die zuschauenden Passanten zu Versammlungsteilnehmern umdichten würde. Das dürfte den Verein freuen, dachte er. Was hat Bundeskanzler Adenauer früher immer gesagt? Mer muss och jönne könne. Tadsen konnte.

Die schrille Stimme der Reporterin holte ihn aus seinen Gedanken zurück. »Sagen Sie, warum haben Sie sich denn hier auf diesen Nebenweg abstellen lassen, statt öffentlichkeitswirksam auf der Hauptstraße zu demonstrieren?«, wollte sie von den Demonstrierenden wissen.

»Weil wir vor dem Grundstück stehen, das ein Hamburger Immobilienmakler zum Spekulationsobjekt gemacht hat. Deshalb. Unser Verein arbeitet seriös, Effekthascherei liegt uns nicht. Oder haben Sie auf brennende Autos und niedergerissene Zäune gehofft? Tut mir leid.« Damit überreichte ihr der Sprecher ein Flugblatt und suchte weiter das Gespräch mit den Zuschauern. Tadsen lachte leise auf. Das gefiel ihm. Doch statt die Gelegenheit zu nutzen, sich der Presse zu entziehen, hatte er gebannt zugehört. Leider gab es nun vor der Neugier Efi Brieses kein Entkommen mehr, sie steuerte geradewegs auf ihn zu. Schicksalsergeben atmete er tief durch und versenkte seine Hände in den Hosentaschen.

»Nun, Herr Tadsen, was meinen Sie? Der Vereinsvorsitzende gegen Amrumer Landverkauf stirbt mysteriös, am gleichen Tag verschwindet seine Tochter spurlos vom Hof. Ist der Bruder der Vermissten verdächtig? Und was sagen Sie zum abgetrennten Ohr? Grausig, nicht? Auch diese Spur führt zum Brahms-Hof. Finden Sie nicht, dass die Öffentlichkeit erfahren sollte, ob die Polizei sich noch um die Sicherheit der Inselbevölkerung schert? Es hat ja den Eindruck, als wollten Sie die Fälle unter der Tischdecke halten. Warum gibt es keine Fortschritte? Was machen denn Ihre Kollegen von der Kripo den lieben langen Tag? Und was hat es mit den plakatierten Gedichten auf sich, die die Gäste irritieren?« Wie um ihn zu bedrohen, hob sie ihre Kamera und zielte mit dem Objektiv auf sein Gesicht.

»Das ist ja eine ganze Stalinorgel voller Vorwürfe, Fragen und Vorverurteilungen. Wissen Sie, die Amrumer Polizei hat in Zusammenarbeit mit den Niebüller Kollegen bis heute Mittag Spuren gesichert, Zeugen befragt und mögliche Tatorte untersucht. Das Spurenmaterial ist nun zur Kieler Rechtsmedizin unterwegs. Am heutigen Abend wird der leitende Ermittler sich vor die Presse stellen. Dann werden Ihnen wohl auch noch Ihre Kollegen von den überregionalen Zeitungen und dem Fernsehen zur Seite springen, um der gesellschaftswichtigen Aufgabe vorurteilsfreier Information zu genügen. Dem Kniepsandboten jedenfalls können wir diese heikle Pflicht nicht allein aufbürden, das ist klar. Sollten Sie es bis dahin nicht aushalten, können Sie es gerne bei Kriminalhauptkommissar London versuchen, obwohl der auch zu tun hat. Mit etwas Glück bekommen Sie auf ihre Fragen eine Exklusivantwort. Bis dahin also.«

Damit ließ er die Reporterin stehen, schritt auf die Ansammlung zu und tippte eine Nummer in sein Telefon. »Ja, Dennis, sag mal, wie weit seid ihr mit dem Unfall da oben am Dünenparkplatz? Ich könnte euch hier beim Wasserwerk in Nebel gut gebrauchen.«

Badespaß

Elke hatte die Kaffeepause in Nebel genossen und war danach über Süddorf an den Strand geradelt. Auf dem Weg dorthin dachte sie an das Gespräch im Caféhausgarten. Ein plötzlich aufgetauchter Halbbruder der Vermissten, eine Taxifahrerin mit Hassgefühlen, ein Hof im Millionenwert und ein verbleibender Erbe. Ich werde, nahm sie sich vor, die Augen offen halten. Auf einer so kleinen Insel stolpert man ja öfter über spannende Personen und Sachverhalte, das war ja bei meinem letzten Amrumurlaub auch so. Und damals war es deutlich leerer gewesen.

In Höhe des Strandhäuschens legte sie ihr Rad gegen eine Düne. So viele Fahrräder auf einem Haufen hatte sie zuletzt an ihrer alten Schule gesehen. Zu dem Eindruck passte das Gewusel der Ausflügler, das Rufen der Eltern, das Kreischen der Kinder. Ein zunehmender Wind vertrieb die spätnachmittägliche Hitze. Sie folgte dem Bohlenweg auf den Strand, vorbei an halb bekleideten Sonnenflüchtlingen, und ließ ihren Rucksack in eine verwaiste Kuhle fallen.

Beherzt, ohne nach neugierigen Augen zu suchen, zog sie sich mit Hilfe eines großen Handtuchs um und lief ins Wasser. Als sie zu den tieferen Stellen kam, hielt sie schlagartig die Luft an. Aber das half gegen die Kälte genauso wenig wie das Hochziehen der Schultern. Sie nahm einen tiefen Atemzug, tauchte die Arme ein und ließ sich mit einem Schrei fallen. Schnaubend und abgekühlt kam sie aus den Wellen zum Vorschein und schwamm lachend auf den Horizont zu. Salzgeschmack füllte ihren Mund. Wie schnell ich mich an die Temperatur gewöhne, freute sie sich, um bald unter sich noch beißendere Strömungen zu fühlen. Nach einigen Zügen bemerkte sie, dass sie die einzige Schwimmerin mit dieser Landentfernung war, kehrte um und folgte der Insellinie parallel. Auf der Wasseroberfläche reflektierte das Sonnenlicht, sie spürte, wie die Strahlen in ihre Krähenfüße bissen. Nachher gut eincremen, ermahnte sie sich und schwamm zurück an Land.

Die warme Kuhle, in der sie es sich bequem machte, schützte vor dem sandigen Wind. Sie schloss die Augen und ließ die UV-Strahlen ihres Amtes walten, trotz der Krähenfüße. Ruhig ging ihr Atem, die Geräusche der belebten Umgebung verschwammen, als plötzlich ein Schwall feiner Körner ihr Gesicht traf. Aufgeschreckt und verärgert riss sie die Augen auf und blickte gegen die schwarze Silhouette einer Frau, die ein Handtuch ausschlug.

»Das ist ja ein Zufall!«, rief der Menschenumriss. »Dass ich dich hier treffe, hätte ich nicht gedacht. Wo ist denn Manfred?«

»Kirstin?« Elke richtete sich auf und legte die Hand über die Augen. Jetzt erst konnte sie die Frau ihres Kollegen erkennen. »Ich bin alleine unterwegs. Wo kommst du plötzlich her? Da hat Amrum den breitesten Strand Europas, und du rennst mir in meine Sandburg.«

»Ich war wohl nur ein paar Kuhlen weg von dir, hab dich gar nicht gesehen und gerade meine Sachen geordnet, bevor ich zum Strandhäuschen gehe. Kai wartet da. Kommst du mit?«

»Geh schon mal vor, ich dusche mir eben Sand und Salz aus dem Haar, bin dann gleich bei euch.«

Wieder drängte sich Elke die Erinnerung an eine Berghütte auf, als sie sich dem Strandhäuschen näherte. Entspannte, naturverbundene Menschen, die unter Schirmen der Zeit beim Verrinnen zusahen. Das hatte für sie überhaupt nichts Verwerfliches, das war eben Urlaub. Kai und Kirstin winkten ihr von der Terrasse aus zu, und sie setzte sich zu ihnen in den Schatten.

»Na, hast du dich mit der Insel etwas angefreundet?«, wollte Elke von ihrem Kollegen wissen. »Kann man so nicht den Alltag gut vergessen?«

Sein Auflachen klang wie ein Aufstoßen. »Wenn du nicht den Stressor mitgebracht hättest, könnte das stimmen. Aber du weißt ja, mit wem wir einquartiert sind. So viele Herings-, Lach- und Silbermöwen, Küstenschwalben und Austernfischer kann ich gar nicht beobachten, um mir diese Geißel der Kollegenschaft aus dem Kopf zu schlagen.« Er legte ein Taschenbuch auf den Tisch: *Vögel der Nordsee*. Es zeigte eine Möwe, die sich mit weit gespannten Flügeln im blauen Himmel treiben ließ. »Hat Kirstin heute Morgen gekauft. Die sind ja gut sortiert hier im Buchhandel, das muss ich sagen. Na ja, wenn ich bedenke, wie schnell das Wetter einen in die Hütte treiben kann, da wird guter Lesestoff zu einem hohen Gut.« Er tippte auf den Naturführer und wandte sich an seine Frau. »Aber einen Ornithologen machst du nicht aus mir, mein Schatz. Trotz deines Sendungsbewusstseins für Biologie. Hattest du nicht noch was anderes gekauft?«

»Nur einen Krimi. Spielt hier. Ich fand das Titelbild mit dem Leuchtturm so schön.«

»Warst du nicht gestern noch bei dem Agatha-Christie-Krimi? Worum geht's da eigentlich?«

»Beim *fahlen Pferd*? Da heißt das Tatmittel Thallium. Die Autorin ist ja ganz groß im Vergiften ihrer Protagonisten. Bin damit noch nicht durch, dachte nur, ein zweiter Kriminalroman in Reserve wäre gut.«

Als die drei auf dem gemeinsamen Heimweg in den Wald eintauchten, nahm Elke den starken Duft der Kiefern wahr und atmete tief ein. Fast so, als ob ich ein Hustenbonbon lutsche, dachte sie. So intensiv hatte sie den Amrumer Forst bisher nicht erlebt. Ob die Nachmittagssonne die Aromen besonders betonte?

Neben ihr trat Kirstin in die Pedalen, Kai trödelte hinterher. »Ich habe heute Morgen mit Regina gesprochen«, begann seine Frau die Unterhaltung auf dem Rad. »Ihr ist die ganze Situation mit unseren Männern unangenehm. Sie wünscht sich sehr, dass wir ihren Horst-Detlef von seiner angenehmen Seite kennenlernen.« Elke runzelte die Stirn, kniff die Augen zu einem Spalt zusammen und sah zu Kirstin hinüber, als sie Reginas hohe Stimme nachmachte und gekünstelt weitersprach: »Horst-Detlef ist ein so guter Koch und Gastgeber. Soll er nicht mal für uns alle was zaubern?«

»Indisch?«

»Genau, das hat sie auch vorgeschlagen. Scheinst Herrn Doktor Siebentöter ja gut zu kennen.«

»Nein, ich habe bisher nur mit Regina als Kollegin zu tun gehabt«, betonte Elke und umfuhr ein Fahrradgespann mit Anhänger, in dem zwei Kinder schliefen. »Ihm bin ich zum ersten Mal auf der Fähre begegnet«, rief sie scharf.

»Was meinst du denn zu dem Vorschlag?« Kirstin sah sich zu ihrem Mann um. »Ich bin mir unsicher.«

»Das könnte eine gute Idee sein. Wir haben ja alle mehr Facetten, als wir gemeinhin zeigen. Vielleicht hat Horst-Detlef ja so was wie eine liebenswerte Seite. Und noch schlechter als bisher kann sich dein Kai mit ihm nicht stellen. Der sollte etwas Kreide fressen, bis er bei der Kölner Polizei eine andere Stelle gefunden hat. Und wenn schon Kreide, dann wenigstens indische. Wie wär es mit morgen Abend? Bereite Kai doch schonend auf die Küche Andhra Pradeshs vor.«

»Wer ist das denn?«

»Wird dir dann bestimmt Gastgeber Professor Doktor Siebentöter selbst erklären«, meinte Elke lachend und trat kräftig in die Pedalen.

Vor der Polizeistation hatten sich drei Kamerateams und eine Handvoll Zeitungsjournalisten eingefunden. Die Presse war mit der Fähre am späten Nachmittag angelandet und hatte mit spontanen Befragungen ahnungsloser Badegäste und Amrumer, die sich wortkarg gaben, für Unruhe gesorgt. Genau das hatte Tadsen vermeiden wollen. Nun waren viele überhaupt erst darauf aufmerksam geworden, dass eine Inselbewohnerin verschwunden war und dass man ein abgeschnittenes Ohr gefunden hatte, denn nur wenige Gäste schauten im Urlaub regelmäßig ins Internet.

Tadsen erwartete mit den nächsten Fähren noch mehr Pressemenschen. Diese Schiffsverbindungen wirkten für die Insel wie heruntergelassene Fallbrücken, über die Menschenströme auf die ansonsten uneinnehmbare Wasserburg Amrum gelangten. Natürlich, mit Hubschrauberlandungen von RTL oder anderen Sendern musste auch gerechnet werden. Die besinnlichen Inseltage waren erst mal vorüber.

Wilde Schlagworte wie der Amrumer Ohrschlitzer machten jetzt die Runde. Die Polizeileitung hatte Jack London aufgefordert, den Damen und Herren der freien Presse unter Berücksichtigung ermittlungstaktischer Erwägungen Fakten an die Hand zu geben. Man wollte Spekulationen vorbeugen und die Feriengäste beruhigen.

Der Niebüller Kriminalpolizist verteilte einen Vermissten-Steckbrief mit zwei Fotos von Rahel Brahms, die er bei seiner letzten Durchsuchung auf dem Hof mitgenommen hatte. Die Aufnahmen zeigten zum einen Rahels Gesicht mit all den Piercings, zum anderen ein Strandfoto, auf dem die Schlangen und Blumen der tätowierten Unterarme gut erkennbar waren. Dazu informierte London die Pressevertreter darüber, wann die Frau verschwunden war und dass es noch keinen Hinweis auf ihren Verbleib gab, obwohl man bereits viele Befragungen durchgeführt hatte. Ob das abgetrennte Ohr zur Vermissten gehöre, könne er noch nicht beantworten, dazu erwarte man das Ergebnis der rechtmedizinischen Untersuchungen. Gleiches galt für die Überlegung, ob das Ohr einem toten oder einem noch lebenden Menschen abgeschnitten worden war. Jack betonte, man gehe davon aus, dass Rahel Brahms noch lebe, und setze alles dran, ihren Aufenthalt zu ermitteln. Dazu erbitte die Polizei auch die Mithilfe der Bevölkerung. Die Niebüller Kripo werde die Hinweise entgegennehmen, rund um die Uhr.

»Gibt es einen Zusammenhang zwischen dem gewaltsamen Tod des Amrumer Vereinsvorsitzenden von Öömrang Land und dem Verschwinden seiner Tochter?«, wollte das Regionalfernsehen wissen.

Jack strich sich über seine Bartstoppeln und dachte erkennbar nach. »Die Verbindung heißt Vater und Tochter, mehr vermögen wir im Augenblick nicht zu erkennen«, erklärte er schließlich.

»Ist ein Aufenthalt auf Amrum noch sicher?«, rief eine Journalistin.

»Natürlich«, antwortete Jack laut und mit durchgedrücktem Rücken, »wir sind hier an einem der sichersten Orte Deutschlands. Sehen Sie, selbst in den entlegenen Alpen kommen mehr Menschen zu Schaden oder werden Opfer einer Straftat. Statistisch gesehen liegt Amrum im tiefsten Frieden.«

Tadsen, der die improvisierte Pressekonferenz im Beisein seiner Kollegen aus dem Inneren der Station verfolgte, sah auf die Uhr. Hoffentlich ist das Spiel bald vorbei, dachte er. Jack London redet heute auch wirklich gedrechselt. Kein Wunder, bei den Zuhörern. Sein Magen knurrte. Zeit für ein vorzeitiges Abendbrot, stellte er für sich fest. Was man hat, hat man. Besser, wir warten mit dem Verlassen der Dienststelle, bis die Meute sich verflüchtigt hat, sonst werden wir auch noch vor die Kamera gestellt. Er drehte sich um.

»Mattes, wenn der Sturm sich draußen gelegt hat, fahr ich kurz nach Hause, ich geh hinten raus. Sag das bitte dem Jack. Eine Frage an die jungen Bäderdienstler: Wer hält von euch hier die Stellung?« Dennis hob die Hand. »Gut. Ich schlage vor, wir treffen uns um neunzehn Uhr noch mal und bereden, was zu tun ist. Lasst euch nicht auf Pressegespräche ein. Kein Kommentar, zu niemandem. Immer an die Einsatzleitung verweisen. Ocke, hast du das verstanden?« Der Gefragte nickte beflissen. »Auch keine spannenden Geschichten an Privatpersonen«, Tadsen fixierte ihn mit seinem Blick, »egal wie groß die Oberweite und wie willig das Fleisch ist. Verfehlungen bedeuten ein Disziplinarverfahren. Das Landesbeamtengesetz verpflichtet jeden von uns zur Verschwiegenheit. Ende der Durchsage.«

Als Elke ihr Rad abgestellt hatte und den Garten ihres Gästehauses betrat, fand sie die Strandkörbe in dieser schattigen Oase belegt. In goldenen Punkten spiegelten die Heckenblätter das Licht des Spätnachmittags wider, Sonnenstrahlen durchbrachen das Grün. Während Manfred konzentriert in einem Inselführer las, wirkten Horst-Detlef Siebentöter und seine Frau Regina eher gelangweilt. Beide blätterten in Zeitschriften und sahen immer wieder zum Haus hinüber, als erwarteten sie jemanden.

Sobald Regina Elke erblickte, kam sie ihr energisch mit einem Sektglas in der Hand entgegen, wobei sie die Hälfte des Inhalts verschüttete. Sie sah zu ihrem Mann und nippte an ihrem Glas. »Gut, dass du kommst. Hat Kirstin mit dir geredet? Was hältst du von dem Vorschlag, ein Essen für das ganze Haus zu kochen? Horst-Detlef wäre einverstanden.«

»Gibt es denn genug Zutaten für seine Spezialküche?«

»Haben wir heute geprüft, in den Geschäften ist alles vorhanden. Und etwas Improvisation gehört ja dazu.«

»Was trinkst du denn da Buntes?«

»Aperol Spritz. Sehr erfrischend. Soll ich dir auch einen machen?«

Elke winkte ab. Sie fühlte sich verschwitzt, wollte gleich duschen. »Später vielleicht. Und dein Mann trinkt Tee?«

»Granatapfeltee. Den gibt es hier im Supermarkt, und er trinkt den gerne, schon wegen der vielen Antioxidantien. Außerdem versetzt ihn das so schön in Urlaubsstimmung. Jetzt sucht er noch Anregungen fürs Kochen.«

Manfred trat zu den Frauen, legte seinen Arm um Elkes Hüfte und sah sie prüfend an. »Na, wie war der Tag? Hast du den Kontakt zu deinem Inselsicherheitsdienst intensiviert? Die Leute werden langsam nervös, sogar im Supermarkt reden sie über die Morde.« Elkes Kollegin sah erschrocken zu ihm hin. »Ja, Regina, das kann Oberkommissarin Hundgeburth dir in Ruhe erklären. Bis jetzt hab ich mich ja geweigert, mich von Elkes kriminalpolizeilicher Neugier anstecken zu lassen. Schließlich bin ich Zivilist und außerdem im Urlaub. Aber so langsam kann dem Horror wohl keiner mehr ausweichen. Stellt euch mal die Situation vor. Ihr steht vor dem Regal mit Tomatensoße und frischen Tortellini, und Wildfremde sprechen euch auf Knochenfunde und abgeschnittene Ohren an. Ich hoffe, Elke, dein Inselpolizist klärt das bald.«

Regina sah besorgt zu ihrem Mann hinüber. »Eine solche Konversation wäre nicht die Inspiration, die Horst-Detlef sucht.«

Tadsen betrat die Küche seines Hauses, sah seine Frau Amanda an der Arbeitsplatte hantieren und bemerkte im selben Augenblick einen großen Teller voller Schnittchen. Sein Blick wechselte vom Spiel ihrer sich bewegenden Schulterblätter zu Gewürzgurken, Leberwurst- und Kochschinkenbroten. Trotz eines Nackenkusses ließ sich Amanda nicht davon abhalten, weitere Brotscheiben zu belegen.

»Hallo Nixe. Schön, dass du was vorbereitet hast.«

Sie drehte sich zu ihm um und gab ihm einen Kuss. »Ich dachte mir schon, dass du schnell vorbeikommst. Teewasser läuft auch durch. Die Luft vibriert ja geradezu vor Nachrichten. Viele wollen jetzt Rahel Brahms gesehen haben. Heute noch, oder gestern. Die Touristen machen sich auch Gedanken. Auf dem Reiterhof, ich hab gerade ein Pferd gestriegelt, hat ein Mädchen vom alten Greiner erzählt und gemeint, der habe die Vermisste vergraben. Nicht, dass sie den bei seinem Namen nennen konnte, aber die Beschreibung hat gepasst. Sie hat ihn bei einem Ausritt am Waldrand mit Mantel und Spaten gesehen. Das war gestern Nachmittag, hier in Süddorf. Birthe, die im Likedeeler arbeitet, hat Rahel heute am Steenodder Kliff gesehen, wie sie Vögel beobachtet haben soll. Das hat sie ihrer Mutter berichtet. Aus dem Dorf hat jemand gesagt, die sei längst über alle Berge, so verschuldet, wie die sei. Das mit dem Blut auf ihrem Hof sei nur ein kluger Schachzug.«

Tadsen, der während des Berichts herzhaft in ein Leberwurstbrot biss, räusperte sich. »Dumm Tüüch! Und das Ohr? Spuren führen auf den Hof.«

Amanda zuckte die Schultern. »Ich sage ja nur, was die Leute sagen.«

»Die Leute! Das Schreckliche ist, dass zwischen all den Unsinnsmeldungen, die wir jetzt bekommen werden, sicher auch was Brauchbares dabei ist. Nur, das herauszufischen ist nicht leicht. Die Leute ...« Er überlegte kurz, zog das Mobiltelefon aus seiner Uniformhemdtasche und wählte.

»Moin Moin, Jack. Du, wir treffen uns ja gleich zur Lagebesprechung. Vorher, dachte ich, solltest du als Verantwortlicher vor Ort mit der Freiwilligen Feuerwehr reden. Wir werden für Durchsuchungsmaßnahmen im Gelände wie auch in den Gemeinden viele Augen brauchen. Licht haben wir ja noch bis circa zehn Uhr. Die Nummern der Wehrführer von Nebel, Norddorf und Wittdün kann dir Ocke geben. Und das Löschfahrzeug 10/6 sollen sie auch noch mal bereithalten. Vielleicht benötigen wir ja wieder ein starkes Leuchten in der Nacht.«

»Moin Nanning. Gute Idee, ich lass den Mattes rumtelefonieren. Wozu hat man Sherpas. Mir wird der Sauerstoff knapp. Bis gleich.«

Tadsen goss sich einen Tee ein, nahm den Teller mit den Broten und setzte sich auf die Eckbank. Mit einem Brummen stemmte er sich wieder hoch, ging zum Kühlschrank und griff eine Tube Remoulade, mit der er anschließend den Kochschinken betupfte.

Amanda sah ihm zu und lachte. »Du sollst nicht mit dem Essen spielen, das hat dir sicher schon deine Mutter gesagt. Werdet ihr Männer denn nie erwachsen?«

Tadsen biss in eine seiner Kreationen, kaute und sah auf die Tischplatte. »Sag mal, kennst du eine Doris Tondern?« Mehr wollte er erst mal nicht sagen. Amanda sollte frei reden.

Seine Frau überlegte kurz. »Mir ist eine Doris bekannt, die Taxi fährt.« Sich vergewissernd blickte sie ihren Mann an, der aufmunternd nickte. »Die kommt ab und zu mit ihrem Enkel zum Reiten. Süßer Junge, ganz aufgeweckt. Der Sohn versorgt Ferienwohnungen, hat keinen richtigen Schulabschluss. Für welchen deiner Fälle ist das wichtig?«

»Vielleicht für die Ermittlung Rahel Brahms, falls der Verschwundenen wirklich etwas passiert ist. Im Moment ist die Frage, wie diese Doris zum alten Eitel Brahms und seiner Tochter stand.«

»Nicht gut.«

Überrascht sah Tadsen seine Frau an. Woher wollte sie das wissen?

»Brahms hat doch erst kürzlich seinen Zweiundsechzigsten gefeiert, richtig? Du warst am Abend da eingesetzt, weil es hoch herging. Der Reitverein sollte nachmittags vor dem Hof etwas vorführen, Dressurreiten. Ich hab Finn, den Enkel deiner Taxifahrerin, eingeladen zuzusehen. Sie hat aber nur mit dem Kopf geschüttelt. Mit dem werde ich erst wieder zu tun haben, wenn der tot ist, hat sie gesagt und sich den Jungen geschnappt. Meinen irritierten Blick hat sie mit einem Schulterzucken quittiert: Keine schöne Geschichte, passt nicht hierher. Dann ist sie gegangen. Mehr kann ich zu deinen Ermittlungen nicht beitragen.«

Tadsen nickte beifällig. »Immerhin, das rundet ein Bild ab. Vielen Dank.« Er stemmte seinen Körper aus der Eckbank, schritt zu seiner Frau und gab ihr einen fettigen Kuss auf die Wange. »Dann will ich man weiter.«

Kinoabend

Elke trat aus der Dusche und trocknete sich ab. Aus dem Wohnraum klang gedämpft die Fanfare der TV-Nachrichten. »Manfred, hörst du mich?«, rief sie. Das Leiserwerden des Fernsehtons nahm sie als Antwort. »Du hast doch heute so viel über die Insel gelesen. Wo meinst du können wir essen gehen? Ich hab noch keine Lust, unsere Küchenzeile zu eröffnen.« Die Badezimmertür wurde von außen einen Spalt aufgezogen, Dampfschwaden verwirbelten.

»Hast du mal daran gedacht, dass ich kochen könnte?« Sein Ton klang vorwurfsvoll.

»Nein, hab ich nicht. Das letzte Mal, als du das vorhattest, saßen wir anschließend über matschig zerkochten Nudeln an bräunlicher Tomatensoße mit Bodensatz. Und meine Küche sah aus, als hättest du rituell geschlachtet. Überall rote Spritzer.«

»Das ist anderthalb Jahre her, ich werde ja wohl in der Zwischenzeit ...«

»Wenig dazugelernt haben, sehr richtig. Denn du bist ein beschäftigter Geschäftsmann mit der Mutter deiner Kinder an deiner Seite. Du brauchst nicht kochen. Also, hast du einen Vorschlag?« Sie ging in Slip und BH in den Wohnraum und rubbelte sich dabei die Haare trocken.

Manfred trat hinter sie, streichelte ihre Schultern und glitt mit den Händen zu ihren Brüsten. »Elfe, meine Situation lässt sich gerade nicht ändern.« Seine Stimme klang warm und sanft. »Ich kann mir vorstellen, wie du dich fühlen musst.«

Sie streifte seine Hände ab, drehte sich zu ihm hin und fuhr ihm zart über den Mund.

»Lass mal, das Thema will ich jetzt nicht. Bin ja selbst schuld.« Mit einer Kopfbewegung warf sie die Haare nach hinten, blickte nach Fassung ringend zur Decke und atmete tief durch. Dann zog sie sich an. »Wir könnten nach dem Essen einen Film sehen. In Norddorf gibt es das Lichtblick, Amrums schnuckeligstes Kino. Und das einzige. Was meinst du?«

Energisch blätterte er in einer Zeitschrift und schlug plötzlich gegen das Papier. »Hier ist das Programm. *Ziemlich beste Freunde* läuft in der Spätvorstellung, der Titel passt doch für uns.« Er grinste sie an.

»Soweit ich weiß, haben in dem Film der Rollstuhlfahrer und der Schwarze keinen Sex miteinander. Und ich möchte schon ein wenig mehr sein als deine beste Freundin. Aber einverstanden, der Streifen soll gut sein. Und vorher?«

»Ich war so frei schon mal im Deichgraf zu reservieren. Der liegt auch in Norddorf. Ist ja alles so schön beisammen.«

»Das ist auf Amrum überhaupt der Fall.« Sie überlegte einen Augenblick. »Hast du da in der Zeitung irgendwo die Nummer des Taxidienstes gesehen? Im Dunkeln fahr ich nicht gerne Rad. Schau doch mal bitte, ich bin grad beschäftigt.« Sie nahm ihren kleinen Rucksack und überprüfte den Inhalt.

»Willst du den etwa mitnehmen«, amüsierte Manfred sich. »Wir gehen doch nur Essen und ins Kino, hast du keine Handtasche?«

»Hab ich nicht mitgenommen, wir sind hier nicht in Düsseldorf oder Paris. Hat der Herr schon vergessen, dass wir einen Naturlaub machen wollten? Da darf es ruhig etwas praktischer zugehen.«

»Ist ja gut«, gab er klein bei, »aber auf Marschverpflegung kannst du verzichten.«

Tadsen stieß die Tür zur Polizeistation auf und blickte auf besetzte Schreibtische und telefonierende Kollegen. Er konnte sich nicht erinnern, in all seinen Jahren auf der Insel jemals so viel Trubel erlebt zu haben. Sicher, in der vorletzten Nachsaison war auch einiges los gewesen, nur hatten da im entscheidenden Moment Mitglieder des Teams gefehlt. Dieses Mal war die Mannschaft Gott sei Dank komplett.

»Moin Nanning«, rief ihm Ocke entgegen, »sag mal, kennst du das Amrum-Forum?« Tadsen, der nach seiner kleinen Pause auf substanzielle Neuigkeiten gehofft hatte, winkte enttäuscht ab.

»Mensch Kollege, ein Haufen Inselversessener, die im Internet Erlebnisse, Fotos und Informationen austauschen. Insulaner und Badegäste, wild gemischt. Die können wir mit ihrer Klönschnack-Seite nicht gebrauchen, wir müssen auf Amrum real fahnden, hörst du, nicht virtuell. Das World Wide Web sieht weder in Keller noch in Dünentäler.«

»Das mag wohl sein, aber die Foris hatten heute ihr Treffen in der Keksdose und ...«

»Ihr was?«

»Das Treffen der Forumsmitglieder. Machen die regelmäßig. Immerhin sind ja 1048 Mitglieder dort eingeschrieben. Europaweit.« Tadsen schnaubte verächtlich. Das fehlte noch. Besserwisser aus dem Ruhrgebiet oder den Alpen, die sich in die polizeilichen Maßnahmen auf seiner Insel einmischten. Stöhnend ließ er sich in einen Stuhl fallen und rieb sich das Gesicht.

»Was ist nun mit deinen Freunden vom Forum? Ich nehme mal an, du bist da auch eingeschrieben?« Seine Stimme dröhnte. »So eine Kontaktplattform kannst du dir ja schlecht entgehen lassen, oder? Hast du die Marlies so aus dem Netz gefischt?«

»Hey Nanning«, rief Jack London durch den Raum und hielt dabei einen Telefonhörer zu, »geht das auch leiser? Wir arbeiten hier.«

Ocke grinste, stand auf und ging auf Tadsen zu. »Die haben Fotos von der Verschwundenen und unseren Fahndungsaufruf veröffentlicht. Die Mitglieder kennen sich doch gut aus. Das sind prima Pfadfinder. Und nach dem Keksdosen-Treffen wollen einige der Feuerwehr beim Suchen helfen. Also, ich finde das gut.«

»Woher wissen die denn schon, dass wir die Feuerwehr anfordern wollen? Und wenn der Täter sich unter die Freiwilligen mischt?«

»Das, verehrter Kollege, ist bei jeder Öffentlichkeitsfahndung möglich.« Jack hatte sein Telefonat beendet und stand nun neben dem Inselpolizisten. »Die Kriminalgeschichte ist voll von Helfern, die sich als Täter entpuppen. Das Risiko müssen wir eingehen. Ich bin dafür, Freiwillige, Gäste wie Insulaner, in die Geländedurchsuchung einzubeziehen. Die Wehrführer werden übrigens gleich eintreffen, Lagebesprechung dann für alle. Nanning, wir brauchen Kartenkopien, DIN A3. Machst du das schon mal?«

Tadsen erhob sich schwerfällig, war aber froh, in dem Durcheinander etwas zu tun zu haben. Er hoffte darauf, dass sich die Informationsnebel bald verziehen und alle wieder klarer sehen würden.

Am surrenden Kopierer glitten seine Augen über die vielfachen Ausdrucke der Amrumkarte. Einen davon nahm er und betrachtete sorgfältig die Topografie der Insel. Sein Blick blieb an der Wittdüner Südspitze hängen. Die Keksdose. Ein sympathischer Laden neben dem wohl hässlichsten Gebäudeklotz auf ganz Amrum. Der Architekt hatte Glück gehabt. Hätte er früher gelebt, wäre es ihm schlecht ergangen. Stein- und Bronzezeitler, Wikinger und Friesen, sie alle hätten jemanden schon aus weit geringeren Gründen gevierteilt oder kielgeholt.

Als Elke auf die Ualjaat trat, fiel ihr Blick auf den blauen Fiesta des Hauswarts. Ob er wieder in seinem geheimnisvollen Gewächshaus war? Eine leichte Böe verwirbelte ihr Haar, die klare, samtweiche Luft streifte ihr Gesicht. Schleierwolken zeigten erste, blassrosa Ränder. Noch war es hell, der Abend versprach schön zu werden. Sie sah auf die Uhr.

»Ungeduldig?«, fragte Manfred und legte seine Arme um sie. »Bist du nicht hier, um einmal richtig auszuspannen? Leg die Uhr doch einfach beiseite.«

»Das sagst du? Ein Zahlenjunkie? Im Moment bin ich noch ganz bei mir, vielen Dank. Ich möchte nur nicht zu spät zum Essen kommen, sonst verschiebt sich alles und das Kino fällt aus.«

»Und wenn schon. Morgen läuft auch noch ein Film.«

Das Geräusch knirschenden Kieses ließ beide herumfahren, und sie blickten in das Gesicht Kristian Tonderns. Der blonde Hauswart scheint mit seinem blau-weißen Fischerhemd und der grünen Latzhose verwachsen zu sein, dachte Elke. Ich hab den noch nie anders gesehen.

»Moin Moin zusammen und guten Abend. Sie möchten ins Kino? Soll ich Sie mitnehmen? Ich muss da sowieso gleich hoch.« Er wischte seine erdverdreckten Hände mit einem Lappen sauber und verstaute den in der Latzhose.

»Vielen Dank für das Angebot, das ist sehr nett. So ein Service ist aber nicht selbstverständlich«, bedankte Elke sich. Tondern zuckte die Schultern und sah schräg zu Boden. »Sie haben noch andere Ferienhäuser zu betreuen, richtig?«

»Ja«, antwortete er und nickte.

»Das ist bestimmt mühsam, das ständige Hin und Her. Wo müssen Sie sich denn in Norddorf kümmern?«

Manfred streckte bei ihrer Frage seinen Rücken, zog die Augenbrauen hoch und sah Elke prüfend an. Diese Ausfragerei war ihm erkennbar unangenehm.

»Westlicher Ortsrand, Bräätlun, gegenüber dem Ual Öömrang Wiartshüs, wenn Ihnen das was sagt. Warum fragen Sie? Dort ist auch alles ausgebucht.«

Elke spitzte die Lippen und lächelte. »Ach, das ist so eine Berufskrankheit von mir. Hat nichts zu bedeuten.« Von der Seite musterte sie sein Profil, Gedanken und Bilder schossen ihr durch den Kopf. »Wie fährt sich eigentlich dieses Elektromobil?«, wollte sie unvermittelt wissen.

Tondern sah sie mit offenem Mund an. »Keine Ahnung, wie kommen Sie denn jetzt darauf?«

»Ach, ich könnte wetten, Sie heute Morgen gesehen zu haben, in Höhe des Leuchtturms und in Richtung Wittdün. Na ja, war sicher eine Verwechselung, so schnell, wie das Elektro-Ei vorbeifuhr. Oh, da kommt unser Taxi.« Sie winkte dem Auto zu.

Als der Wagen vor dem Haus hielt, sprang die Beifahrertür auf, und ein blonder Lockenkopf kam zum Vorschein.

»Finn!«, rief Tondern überrascht, und sein Sohn lief lachend auf ihn zu. »Was machst du denn hier. Musst du nicht bald im Bett sein?«

»Ich kann ihn heute nicht betreuen, hab eine Extraschicht übernommen. Ein Kollege ist krank.« Die Taxifahrerin stand bei laufendem Motor neben dem Fahrzeug und sah Elke neugierig an. Die Kölnerin musste schmunzeln. Frau Tondern trug ihr Haar vorne hochtoupiert, über die Schultern fiel es wellig wie die Ohren eines Spaniels. Ihre Yin-und-Yang-Ohrgehänge und die türkisfarbenen Mokassins rundeten die Mode der Achtziger ab. Die hatte bestimmt vor dreißig Jahren nichts anbrennen lassen, überlegte sie. Was hatte sie noch zu Petra gesagt? Damals wäre irgendwie immer Party gewesen. Jetzt war sie auch schon sechzig.

»Ja, da haben wir aber Glück. Einmal zum Deichgraf, bitte«, beendete Elke ihre Betrachtung, zog Manfred zum Wagen und setzte sich auf den Beifahrersitz.

»Du musst ihn wohl selbst ins Bett bringen«, rief die Fahrerin beim Einsteigen, und Kristian Tondern nickte stumm. Finn war inzwischen im Garten verschwunden.

»Ein wirklich süßer Junge«, begann Elke das Gespräch, während die Chauffeurin das Taxi wendete. »Und Sie sind seine Oma?« Manfred räusperte sich von der Sitzbank, was Elke ignorierte. »Ihr Sohn hat ein bisschen erzählt, als wir im Garten gewartet haben. Das mit dem Jungen muss ja ...«

»Sie hatten der Zentrale gesagt, dass Sie nur von mir gefahren werden wollten? Wie komme ich zu der Ehre?«, unterbrach Frau Tondern. »Das hat zufällig auch geklappt. Ohne den Ausfall meines Kollegen wär ich heute nicht im Dienst.«

»Ich als Frau fühle mich bei einem Taxifahrer nicht so wohl«, erklärte Elke und hoffte jetzt, dass Manfred sich zurückhielt. »Und als unser Hauswart von seiner taxifahrenden Mutter sprach, dachte ich, das käme ja wie gerufen. Bleibt das Geld in der Familie.«

»Aber Sie haben doch männliche Begleitung, und überhaupt, auf Amrum, was soll denn da passieren?«

»Dass mein Freund mitkommt, war nicht geplant«, log Elke und rutschte nervös mit den Schuhen über die Fußmatte. Ihr Blick fiel auf einen Schlumpf, der am Innenspiegel hing, und sie tippte mit dem Finger dagegen. Die blaue Gummifigur hielt ein gelbes Notenblatt in den Händen und schien aus vollem Hals zu singen. »Ein Sängerschlumpf, das ist mal ein außergewöhnlicher Spiegelschmuck.«

»Wir haben zu Hause einige davon, ich bin ja auch Mitglied im Chor, da hatte ich die Idee, den zum Arbeitsmaskottchen zu machen. Mein Enkel merkt gar nicht, wenn eins von den blauen Dingern fehlt, so viel Spielzeug, wie der hat«, erklärte die Fahrerin.

»Hat die Insel mehrere Chöre?«

»Nur den Amrumer Shantychor und uns, die Austernfischer. Wir singen nicht so gut wie die, deswegen der Name. Dafür ist unser Repertoire etwas breiter aufgestellt.«

»Wird nicht gerade eine Frau vermisst, die im Chor mitsingt?«

Frau Tondern blickte Elke mit ernstem Gesicht an, verharrte einen Augenblick auf ihrem Glücksbringer und stöhnte leise auf. »Ja, das ist eine von uns. Schreckliche Sache. Aber keiner weiß was Genaues. Vielleicht ist sie nur abgehauen.«

»Einfach so?«

»Na ja, zuzutrauen wär ihr das. Hatte immer Fernweh, war mit ihrer privaten Situation nicht glücklich.« Die Fahrerin zuckte die Schultern. »Aber ehrlich gesagt, so richtig kennt sich keiner bei der aus. Jetzt hoffen wir nur, dass die Geschichte gut ausgeht.«

Von hinten schob sich langsam eine Hand an Elkes Gesichtsfeld vorbei und hielt einen Papierflieger fest. »Schau mal, was ich in der Sitzritze gefunden habe«, erklang Manfreds Stimme in einem leutseligen Ton. »So ein Papier haben wir doch schon mal gesehen.«

Sie musterte das leuchtende Gelb des Fliegers, blickte überrascht nach hinten und legte ihre Hand auf sein Bein. »Den hat mein Enkel wohl vergessen«, erklärte Frau Tondern, »der ungestüme Wirbelwind.«

Elke faltete das Blatt vorsichtig auseinander und ließ es auf sich wirken. Dann atmete sie tief durch, sah die Chauffeurin von der Seite an und hielt das Papier hoch. »Sagen Sie, Frau Tondern, wie vertragen sich denn touristenfeindliche Pamphlete mit der Tatsache, dass Sie und Ihr Sohn vom Tourismus leben? Kennt Ihr Arbeitgeber eigentlich Ihre Einstellung?«

In einer Mischung aus Verunsicherung und Verärgerung blickte die Gefragte auf das Blatt, dann auf Elke und wieder auf die Straße. Manfred räusperte sich und sah betont unbeteiligt aus dem Fenster.

»Was ist das denn hier für ein Verhör? Die Gedichte sind nicht von mir.«

»Von Gedichten hab ich gar nichts gesagt, aber es stimmt, um die geht es wohl. Na ja, Sie scheinen jedenfalls bestens informiert, und Ihr Enkel spielt mit dem Grundmaterial.«

Abrupt bremste der Wagen an einer Norddorfer Kreuzung ab. »Wir sind am Ziel! Das macht neun Euro fünfzig. Und für den Rückweg bestellen Sie ein anderes Taxi.«

Urlaubskrimi

Im Nebenraum der Polizeistation standen uniformierte Polizisten, Kripobeamte und Feuerwehrmänner um eine Inselkarte herum, die einem Puzzlespiel glich. Mit Filzstift gezeichnete Linien teilten Amrum in große Stücke auf, deren Verlauf sich an Straßen und Vegetationsgrenzen orientierte.

»Wir können nicht gleichzeitig Kniepsand, Dörfer, Dünen- und Waldland durchsuchen«, erklärte Tadsen und tippte auf einen der Sektoren. »Ich schlage vor, den Bereich rund um den Brahms-Hof zuerst abzusuchen, also den Wald und die Heide drum herum. Östliche Begrenzung wäre die L215, westliche die Dünen.« Sein Finger glitt auf dem Papier nach Süden und verharrte am Dünensee Wriakhörn. »Hier wurde das Ohr gefunden, von dem wir annehmen müssen, dass es der Verschwundenen gehört. Ergebnisse der Rechtsmedizin stehen aber noch aus. Dieses Gebiet liegt zwischen der L215, dem Weg zum Zeltplatz vor dem Leuchtturm und, im Süden, dem Strand. Die Dörfer würde ich erst nach Absuche von Wald und Flur durchkämmen. Immerhin dürfte es einem möglichen Täter in geschlossenen Ortschaften schwerer fallen, ein Opfer zu verstecken, von daher zöge ich die Landschaft vor.«

Sein nach Einverständnis suchender Blick erntete zustimmendes Nicken. Er wandte sich an die Wehrführer der Freiwilligen Feuerwehr. »Wenn ich bedenke, wie wenig ihr seid, solltet ihr es in Zehnerketten versuchen. Hauptsache, der Abstand zwischen euren Leuten wird nicht zu groß. Vielleicht können wir zeitgleich einen weiteren Bereich absuchen?«

»So mog wie dat, Nanning.« Der Feuerwehrmann strich sich über den Oberlippenbart, sah in die Runde und straffte seinen Rücken. »Schließlich machen wir so was schon seit 1887.«

Jack klopfte Tadsen lässig auf die Schulter. »Okay, die Ortskräfte können also ausrücken. Mattes, sagst du ihnen noch ein paar Takte zum Umgang mit Spurenmaterial?« Er sah auf die Uhr. »Die Regionalleitstelle in Harrislee und das Lagezentrum in Kiel bemühen sich um Diensthunde. Ich habe auch um Leichenspürhunde gebeten, wir müssen mit allem rechnen. Wann die aber eintreffen, weiß ich nicht. Wasserseitig wird uns die Bundesmarine mit zwei Hubschraubern unterstützen. Ich schlage vor, dass wir vor der Absuche in den Dörfern dort schon mal die Handzettel verteilen, die ich auch der Presse gegeben habe.« Er hielt eines der Exemplare hoch. »Das könnten Ocke und Virginia machen.«

»Wieso ich?«, wollte die junge Polizistin wissen und klang dabei ungehalten.

»Weil dir die Leute eher zuhören. Ein Mensch ist verschwunden, wir bitten um Mithilfe. Ich erwarte, dass die Bevölkerung dir gegenüber mehr ...«, er drehte wortsuchend seine Hand im Gelenk, »Anteilnahme, ja, das ist das richtige Wort, zeigt.«

Ockes Blick ließ ahnen, dass er hinter Jacks Ausführungen eher die taktische Nutzbarkeit von Virginias Reizen vermutete, und grinste.

»Die Niebüller Kollegen halten sich bitte grundsätzlich für zeitnahe Maßnahmen zur Verfügung«, mahnte nun Einsatzleiter Jack London. »Ihr müsst für Vor-Ort-Ermittlungen, Vernehmungen und die Spurensicherung schnell einsetzbar sein. Mitsuchen ist okay, aber verzettelt euch nicht und bleibt erreichbar. Dann mal los.«

Das Restaurant war bis auf den letzten Tisch besetzt, die Gäste erzeugten ein starkes Hintergrundsummen. Elke nippte an ihrem Bier, beugte sich zu Manfred hinüber und säuselte: »Was hab ich doch für ein Glück, dass ich so eine umsichtige Begleitung habe.« Sie strich ihm über die Wange. »Wäre schade gewesen, hier keinen Platz mehr zu bekommen. Sollte man in der Hauptsaison wohl überall reservieren?«

»Zur Not hätten wir deine Taxifreundin um eine Empfehlung gebeten«, lachte Manfred und freute sich auf Elkes Reaktion.

»Die hätte uns ganz sicher beim Klärwerk verklappt. Ich muss dem Nanning meine Erkenntnisse noch mitteilen, erinnere mich nachher dran. Jetzt steht erst mal Fisch auf der Tagesordnung«, sagte sie und bündelte ihre Konzentration auf das Speiseangebot.

»Wissen Sie schon, was ich Ihnen bringen darf?«, unterbrach die Bedienung das Kartenstudium und blickte in zwei lächelnde Gesichter.

»Ja, ich nehme die Currysuppe mit Krabben und danach den grünen Hering, auch wenn die Mischung irgendwie abenteuerlich klingt«, entschied Elke.

»Für mich den Salat mit Lammfilets«, ergänzte Manfred, griff zum Glas und lehnte sich genüsslich zurück.

»Gute Wahl, das bringe ich Ihnen gerne.«

»Ich hoffe ja, dass bald wieder der Frieden auf Amrum einzieht und Touristinnen keine mobilen Verhöre mehr durchführen müssen«, kam Manfred noch mal auf die Taxifahrerin zu sprechen. »Wie kommt das nur, dass du immer, wenn du hier bist, in Kriminalfälle verwickelt wirst. Folgt dir der Mordbazillus übers Wasser? Vielleicht sollte man die Amrumer vorwarnen, wenn du das nächste Mal hierher kommst.«

Elkes Blick schweifte durch das Restaurant und beobachtete die Gäste. »Hier sind so viele freundliche Gesichter, die haben ein Recht auf ein unaufgeregtes, friedliches Leben. Da bring ich mich gerne ein. Aber das Thema hatten wir doch schon. Immerhin hab ich durch mein urlaubsfremdes Interesse mehr von der Insel mitbekommen als du. Sogar im Wasser war ich. Was war denn dein Eindruck von unserer Chauffeurin. Kannst du dir sie als Mörderin vorstellen? Wir haben zwar noch keine Leiche gefunden, aber ein Ohr. Die Frau hat einen unehelichen Sohn vom Vater der Verschwundenen, hat meine Kollegin Petra gesagt – die mit der Aknehaut. Hast du bei unserem ersten Amrumaufenthalt auch kennengelernt. Also, was denkst du?«

Manfred griff nach der Gabel und klopfte damit gedankenverloren auf das Tischtuch. In die entstehende Gesprächspause drang eine fremde Unterhaltung zwischen zwei Männern:

»Als Buchhändler haben Sie doch einen ständigen Kontakt zu den Gästen. Wie sehen die denn die Situation insgesamt? Können Sie das einschätzen?« – »Also ich möchte da von Ihnen nicht zitiert werden, überregionale Tageszeitung hin oder her. Man hat ja einen Ruf zu verlieren, nicht wahr. Die Badegäste sehen das alles noch gelassen. Die Knochenfunde in einem Steinzeitgrab fördern sogar das Interesse an den frühzeitlichen Spuren. Der Tod des Vereinsvorsitzenden von Öömrang Land hat, glaube ich, keine Unruhe erzeugt, das gilt als Unfall. Natürlich, das Ohr und das Verschwinden einer Amrumer Rinderbäuerin hat schon einige beunruhigt. Aber das werten die Gäste als inselinterne Angelegenheit, denn noch ist kein Tourist zu Schaden gekommen. Gott sei Dank. Der Fall hat doch was Skurriles. Ich habe sogar das Gefühl, der Verkauf von Thrillern und Krimis zieht etwas an. Das Schrägste bisher war eine Dame, die zu einem Amrum Krimi und einem Buch über Nordseevögel noch eins über Giftpflanzen gekauft hat. Mein letztes Exemplar. Dabei spielen bei uns giftige Gewächse keine Rolle. Ich habe noch einen Witz gemacht. Nicht, dass die Polizei sich um Sie kümmern muss, habe ich gemeint. Die Dame hat abgewunken. Das sei jetzt schon der Fall, hat sie geantwortet und ist gegangen. Die Leute werden immer überspannter, finden Sie nicht?«

Die Speisen wurden gebracht. Elke und Manfred stießen mit ihren Gläsern an, beugten sich über ihre Teller und schnupperten begeistert.

»Um deine Frage noch zu beantworten, bevor ich den Mund voll habe«, erklärte Manfred, »die Taxifrau wirkte auf mich so zum Mord fähig wie jeder hier. Ausschlaggebend sind doch immer die Umstände, oder? Je schlimmer, desto eher werden wir Menschen zum Tier. Und was genau bei der los ist, wissen wir nicht.« Er beugte sich zu Elke hinüber. »Und wie du ja gerade gehört hast«, raunte er, »scheinen die Inselurlauber Spaß am Mordkitzel zu haben.«

Elke wiegte den Kopf, dachte an die letzte Unterhaltung mit Kai und Kirstin beim Strandhäuschen und blies über die sonnengelbe Suppe auf ihrem Löffel, bevor sie es sich schmecken ließ.

Tadsen stand im Nebenraum der Wache und blickte konzentriert auf die Spurenfotos. Die Bilder zeigten die Blutflecken am Boden des Brahms-Stalls, die Schlumpffigur, das Ohr, den gefundenen Müll rund um den Rastplatz am Dünensee, die Spuren auf dem Sitz des Elektromobils. Was mit dem Grab in den Dünen zu tun hatte, war beiseite geräumt worden. Alle Konzentration galt dem Auffinden der Vermissten. In der Station war es ruhiger geworden, die Suchtrupps waren abgerückt. In seinem Rücken räusperte sich Dennis.

»Nanning, da sind ein paar Herrschaften, die bei der Suche mithelfen wollen. Sie sagen, Ocke habe sie schon angekündigt.«

Tadsen nickte und betrat den Wachraum. Der aufmerksame Blick von fünf Frauen und Männern legte sich auf ihn, grüßend hob er die Hand.

»Moin Moin. Das ist aber sehr anständig von Ihnen, sich in die Fahndung einzubringen. Wo das doch vermutlich Ihr Urlaub ist.« Er schob die Unterlippe vor und betrachtete die Damen und Herren jenseits der vierzig genauer. Die haben sich Gedanken gemacht, musste er angesichts des derben Schuhwerks, der langen Hosen und langärmeligen Jacken zugeben. »Wie ich sehe, rechnen Sie damit, im Gebüsch suchen zu müssen. Das könnte passieren. Ich schlage vor, Sie verstärken die Gruppe am Brahms-Hof, dort wurde die Vermisste zuletzt gesehen.« Er griff eine Kartenkopie, in der die Sektoren nicht eingezeichnet waren, und kreuzte die

Lage des Hofes an. Wie die Suche insgesamt geplant war, wollte er den Freiwilligen vom Amrum-Internetforum dann doch nicht verraten. Bürgersinn hin oder her. »Wir werden den Truppführer dort informieren, dass Sie auf dem Weg sind, und man wird Sie vor Ort einweisen. Wie kommen Sie dahin?«

»Mit den Rädern«, antwortete eine Dame mit Bubifrisur und lachte ihn an. »Ist ja nicht weit weg, wer braucht schon ein Auto. Also, Foris, dann wollen wir mal was für unsere Insel tun.« Sie griff die Karte, grüßte mit einem Kopfnicken und die Truppe Amrumbeseelter verließ die Station. Mit einem Gefühl amüsierter Anerkennung sah Tadsen ihnen nach. Sein Telefon summte, und er zog es aus der Hemdtasche. Das Display zeigte den Niebüller Einsatzleiter an. »Moin Jack, wo brennt's denn?«

»Moin Nanning. Ich häng hier mit der Seilschaft im Sektor Brahms-Hof. Kannst du versuchen, Petra zu erreichen? Die wollte noch mal Roluf Brahms auf den Zahn fühlen, bevor sie dem unehelichen Sohn der Taxifahrerin nachspürt. Ich hab eben noch versucht, sie über Telefon anzumorsen, aber irgendwie bekomme ich keine Verbindung. Kann gerade auch nicht weg. Nicht, dass sich die Geschichte wiederholt und es wieder Verletzte gibt. Du erinnerst dich? Vielleicht fährst du mal zu ihm und siehst nach?«

Tadsen überlegte. Rahels Bruder wohnte am Waldrand südlich der Klinik Satteldüne, das war nicht weit entfernt von der Polizeistation.

»Mach ich, Jack. Übrigens sind gerade fünf Freiwillige zu euch auf den Hof unterwegs. Vielleicht sollte die Feuerwehr sie in Empfang nehmen? Schon wegen der optischen Wirkung. Also, hol di munter.« Tadsen wollte den engagierten Bürgern gerne das Bild eines selbstgefälligen Kriminalbeamten ersparen, der ihnen in schief getretenen Cowboystiefeln und abgewetzter Lederjacke entgegentrat.

»Wie meinst du das mit der Wirkung?«

»Die fühlen sich bestimmt gebauchpinselt, wenn sich so ein dekorierter Wehrführer ihrer annimmt. Das motiviert. Ich muss dann.« Damit drückte er schnell das Gespräch weg.

Tonscherben

Das Anwesen lag umgeben von einer dichten Hecke am Waldrand. Die Heide auf der anderen Seite des Weges schien im schwindenden Abendlicht zu glühen. Tadsen stellte den Streifenwagen vor dem Grundstück ab und überquerte langsam den Rasen. Ihm fiel die Stille auf, die ihn umfing. Kein Vogelzwitschern, kein Windsäuseln. Das weiche Gras dämpfte seine Schritte. Roluf Brahms vermietete und verwaltete Ferienwohnungen, allerdings nicht im eigenen Haus.

Tadsen drückte die Türklingel, ein melodischer, satter Ton erklang. Etwas mehr, dachte er, und ich fühle mich wie in einem Kino der Fünfziger. Die Tür wurde aufgerissen, und Brahms starrte ihn an. Hinter seiner fleischigen Statur, im Dunkeln des Flures, sah Tadsen seine Kollegin. Sie beobachtete den Hausherrn, die Hände in den Hosentaschen.

»Ach, jetzt hat die Dame auch noch Verstärkung bekommen!«, schrie Brahms, drehte sich zur Kripobeamtin und überließ Tadsen sich selbst. Der trat ein und schloss die Haustür. Öffentliches Geschrei war ihm zuwider, er schämte sich dann für den Kontrollverlust seiner Mitmenschen. »Erst erdreisten Sie sich, mir im Beisein meiner Familie zu unterstellen, ich hätte ein Mordmotiv. Dann zaubern Sie einen Halbbruder aus dem Hut und verkleinern damit das Erbe, wegen dem ich angeblich meine Schwester verschwinden lassen habe. Ich sage Ihnen mal was. So konfus wie Sie arbeiten, muss ich Rahel aufgeben. Durch diese Polizei kann niemand gerettet werden. Wäre Amrum doch noch Teil der dänischen Krone, dann sähe das sicher anders aus.«

Tadsen hatte Mühe, sich vor den schweren Körper und neben seine Kollegin zu stellen, denn der wütende Mann ging auf sie zu und Petra wich mit kleinen Schritten nach hinten aus. »Herr Brahms«, hallte Tadsens Bass im Flur, »nun mal mit Ruhe und Bedacht.« Der Angesprochene hielt inne. »Ich bin sicher, die Fachfrau der Kripo wollte nichts unterstellen, muss aber natürlich wichtige Fragen aufhellen. Und Erbschaft, oder vereinfacht gesagt

Geld, ist neben der Eifersucht immer ein starkes Motiv. Dem werden Sie als lebenserfahrener Mann zustimmen.«

Brahms drehte seine breite Front dem Inselpolizisten zu, der einen Kopf kleiner war. »Hören Sie, verschonen Sie mich mit geheucheltem Verständnis. Mein Vater ist vor zwei Tagen verstorben, meine Schwester wird vermisst, ich hab das Gefühl mir bricht der Boden unter den Füßen weg. Und dann kommt so eine«, er machte eine wegwerfende Handbewegung Richtung Petra, »und unterstellt Motive. Wo bleibt denn Ihre Menschenkenntnis?«

»Auf dem Hof wurde das Testament aus dem Dokumentenordner genommen, nachdem das Zimmer durchwühlt worden war«, erklärte die Niebüller Kripobeamtin mit beleidigter Stimme. »Wie würden Sie das interpretieren?«

»Ich muss hier gar nichts erklären. Was wollen Sie denn von mir? Nehmen Sie mich doch fest. Dann sehen Sie ja, was von Ihren haltlosen Vorwürfen übrig bleibt. Testament? Vielleicht möchten Sie auch meine Unterlagen filzen?« Er hastete an ihnen vorbei den Kellerabgang hinunter, stieß eine Tür auf und schaltete das Deckenlicht an. Die beiden Polizisten sahen sich überrascht an, folgten hastig und blieben im Türrahmen des Raumes stehen. Brahms stürmte in seiner Erregung auf ein Regal voller Ordner zu und zog einen heraus. »Hier, meine Finanzunterlagen. Machen Sie sich ein Bild!«

Tadsen hinderte seine Kollegin, dem wütenden Mann, der mit hochrotem Kopf im Raum auf und ab ging, zu nahe zu kommen. Er tastete nach dem Pfefferspray an seinem Gürtel und fasste ins Leere. Verdammt, dachte er, das hab ich wieder mal auf der Station gelassen. Wer rechnet auch damit, das auf Amrum einsetzen zu müssen? So zog er es vor, das Abklingen dieses Anfalls aus der Distanz zu erleben, und sah sich dabei um. Nüchterne, moderne Büromöbel, wie es schien Regale voll langweiliger Geschäftsordner, kein Fenster. Ein hellgrauer Teppichboden, der die Schrittgeräusche dämpfte, eine fahl leuchtende Deckenlampe. Die Atmosphäre des Kellerbüros schlug ihm aufs Gemüt. Lediglich ein Regalbrett voller Tonscherben und glatter Steine fiel aus dem Rahmen und machte ihn neugierig. »Sammeln Sie Artefakte der Frühzeit?«, fragte er Roluf Brahms leise. »Ein interessantes Hobby.«

Der Hausherr blickte dem Inselpolizisten verwirrt ins Gesicht, schien zu überlegen und winkte dann ab. »Quatsch, dafür hab ich keine Zeit. Alles Erbstücke von Großvater Magni. Kaputte Henkelbecher, Nadeln, ein Steinaxtblatt. Interessiert Sie so etwas? Auf Amrum ist aber nichts mehr zu holen, hier wurde im großen Stil umgegraben und durchgesiebt. Was hat das jetzt mit Ihren Vorwürfen gegen mich zu tun?« Seine Stimme, die gerade etwas ruhiger geworden war, schwoll erneut an.

»Gar nichts, Herr Brahms, es interessiert mich wirklich. Immerhin haben wir auf der Insel einige Grabhügel, das Thema springt einen förmlich an.«

»Lächerlich. Sie wollen doch nur die Tonlage wechseln, um mich einzulullen. Billige Psychospielchen sind das. Aber ich durchschaue Sie.« Er warf Petra, die neben Tadsen stand, den Ordner vor die Füße. »Hier, für Ihr Aktenstudium. Vielleicht finden Sie ja noch ein Motiv.«

Die Kripobeamtin schob die Unterlagen mit einem Fuß beiseite und spannte ihren Oberkörper an.

»Und bevor Sie jetzt wie im Fernsehkrimi mit dieser Frage nach einem Alibi kommen, sage ich es Ihnen gleich. Gestern Vormittag war ich bei den Ferienwohnungen unterwegs, ab Mittag dann hier im Büro, meine Frau war auch da. Gegen drei Uhr habe ich Blute Gel getroffen, um eine Ausstellung zu besprechen. Danach ...«

»Wen? So heißt doch kein Mensch. Was für eine Ausstellung?«, wollte Petra wissen. Tadsen gluckste kurz in sich hinein. Ganz Unrecht hatte die Kollegin nicht. »Ein Künstlername«, erklärte er. »Die Malerin arbeitet mit Fischblut und behauptet, es sei von Robben. Damit will sie dann auf die Umweltverschmutzung, den Klimawandel und was noch alles aufmerksam machen. Über die Qualität der Arbeit sagen die einen so, die anderen so.«

»Sehr richtig. In einem unserer Friesenhäuser steht ein Teepavillon, sie soll da ausstellen.«

»Mit Fischblut?« Petras Unbehagen war deutlich zu erkennen.

»Das muss Ihren Beamtenschädel nicht belasten. Sie sind ja offensichtlich schon mit Ihrer Hauptarbeit überfordert. Jedenfalls wollte ich anschließend zu Rahel, hab sie nicht angetroffen und auch gleich die Polizei angerufen. Danach war ich im Yachtclub. Wohl von fünf bis neun Uhr abends. Den Rest des Tages hab ich zu Hause verbracht.« Er schwenkte in einer gönnerhaften Geste seinen Arm durch den Raum. »Das ist alles nachprüfbar.«

Tadsen wandte sich an seine Kollegin. »Na, dann können wir ja wieder gehen.« Er deutete mit einem Kopfnicken in Richtung der Kellertür und stieg die Treppe hoch. »Ich würde gern noch kurz Ihre Frau befragen«, rief er und trat vom Flur in das Wohnzimmer, in dem er niemanden vorfand. Roluf Brahms nahm die Stufen in großen Sätzen, drückte sich an dem Polizisten vorbei und stellte sich vor Tadsen in den Raum.

»Meine Frau hat das Haus verlassen, die Vorwürfe Ihrer Kollegin eben waren ihr zu dumm. Die Kinder hat sie gleich mitgenommen. Die müssen solche Verleumdungen gar nicht erst mitbekommen.«

Tadsen blickte an ihm vorbei. Die behagliche Einrichtung aus hellem Holz, farbenfrohen Teppichen und einer Ledersitzgruppe nahm er nur ungefähr wahr. An der Rückwand des Sofas, in einem Goldrahmen, hing ein grünliches Kurzschwert. Genau so eine Waffe hatte ihm Wilhelm Greiner in seiner verräucherten Behausung auf einem Foto gezeigt. Die Bronze der zweischneidigen Klinge war oxidiert, der reich verzierte Griff endete in einem flachen Knauf. »Wer so was findet, meldet das nicht unbedingt den Behörden«, hatte der Alte erklärt. Und jetzt hing diese Bronzezeitwaffe über dem Sofa. Staunend schob er Roluf Brahms beiseite und ging auf die Kostbarkeit zu.

»Mensch Brahms«, murmelte er, »ein Bronzezeitschwert. Bei Ihnen an der Wand.« Wie aus einem Traum erwacht, sah er ihn scharf an. Seine Stimme klang anklagend. »Das müssen Sie erklären. Das hat zwar nichts mit Ihrer Schwester zu tun, aber die Behörden dürfte es doch interessieren. Also, woher ist diese Waffe?«

Der Gefragte stutzte und senkte nachdenklich den Blick. »Eine Nachbildung ist das, ja, eine Kopie. Das ist legal. Bekommen Sie überall im Internet.«

»Dumm Tüüch, Brahms, das glaub ich keine Sekunde. Bei dem, was Sie im Keller haben. Das besonders Schöne hängt man sich dann gerne ins Wohnzimmer, ist doch klar. Also? Ich kann das

Ding auch nach Paragraf 108 Strafprozessordnung als Zufallsfund werten und erst mal beschlagnahmen. Verdacht auf Grabräuberei. Da kommt einiges zusammen. Zerstörung von Denkmälern, Störung der Totenruhe, Diebstahl, Unterschlagung. Oder handeln Sie damit? Dann wäre es womöglich auch Hehlerei. Also? Äußern Sie sich, Mann!«

Brahms schluckte und war erkennbar beeindruckt. Er schüttelte den Kopf und hob beschwichtigend die Hände. »Immer langsam, Herr Tadsen, so ist das nicht. Das Schwert ist ein Erbstück. Mein Großvater hat es mir vermacht, mein Vater wollte es nicht mal anfassen. Geh weg damit, hat er gesagt, an dem Zeug klebt doch irgendwie Blut. Ja, kein Wunder, war ja zum Kämpfen da. Mein Opa muss die Waffe auf Amrum gefunden haben. Soweit ich weiß, hat er in Hügelgräbern gebuddelt.« Tadsen hatte das gerahmte Schwert, das auf einem mit Leinen bezogenen Brett befestigt war, von der Wand genommen und hielt es schräg gegen das Licht. Täuschte er sich? In der Mitte der mattgrünen Klingenschneide meinte er, eine stumpfe Verfärbung des Metalls zu sehen. Schweiß stand plötzlich auf seiner Stirn. Er traute sich nicht, seinen sich anbahnenden Gedanken Raum zu geben.

»Herr Brahms, Sie stammen wirklich aus einer bedeutenden Amrumer Familie. Ihre Vorfahren haben alle irgendwie Spuren hinterlassen. Können Sie etwas mehr über den Ursprung der Waffe sagen? Dieser Sachverhalt betrifft Sie jetzt nicht persönlich, möchte ich betonen.«

Der Gefragte schüttelte nachdenklich den Kopf und ließ sich aufs Sofa fallen. »Nein, nur was ich gesagt habe. Das Ding haben wir schon dermaßen lange, irgendwie hab ich mir nie Gedanken darüber gemacht. Es war eben ein schönes Andenken an meinen Großvater, der sich für die Geschichte der Insel interessiert hat.«

»Ich muss das wohl doch mitnehmen«, erklärte Tadsen, »die Spezialisten werden entscheiden, ob es echt ist und ob Sie es zurückbekommen. Meines Wissens gehören in Schleswig-Holstein Grabungsfunde erst mal dem Land, zumindest hat man sie zu melden.«

Sie fuhren die kurze Strecke von Roluf Brahms an den Süddorfer Waldrand. Petra hatte ihrem Chef telefonisch Bericht erstattet und sich gefreut, als er sich erleichtert gezeigt hatte, dass sie in Sicherheit war.

Tadsen parkte vor dem ihm inzwischen bekannten bewaldeten Grundstück, legte seine Uniformjacke über das gerahmte Kurzschwert und trat, gefolgt von seiner Kollegin, vorsichtig auf die unebenen Gehwegplatten. Auf der Fahrt hatte er an das entliehene Gruppenbild gedacht, das jetzt in der Polizeistation lag. Er hätte es in diesem Augenblick gut gebrauchen können.

Nach einigem Warten folgte auf ihr Klingeln ein trockenes Husten hinter der Haustür, dann öffnete ihnen Wilhelm Greiner gebeugt und mit einer Zigarette in der Hand. Durch seine trüben Augengläser blickte er die Polizisten misstrauisch an.

»Was gibt's denn noch? So viel Kontakt zur Obrigkeit hatte ich ja seit dem Krieg nicht mehr. Und das war im letzten Jahrtausend.« Er ließ sie ein und ging ins Wohnzimmer voraus.

»Tut mir sehr leid, Herr Greiner, Sie wieder stören zu müssen. Aber die Sache ist dringend. Gefahr im Verzug, wenn Sie verstehen.« Petra sah Tadsen überrascht an. »Außerdem wollten wir gleich in Ihren Keller.« Greiner hielt in seinem schlurfenden Gang abrupt inne und drehte sich langsam zu dem Inselpolizisten um. Dann bemerkte er die Uniformjacke, die er über dem Arm trug.

»In meinen Keller? Wozu?« Er deutete auf die Jacke, die etwas verdeckte. »Soll ich dort erschossen werden?«

»Aber woher denn«, beschwichtigte Tadsen, »wir sind doch nicht bei Stalin. Nein, es geht um Ihre Funde, die da in Regalen liegen, um Ihre Expertenmeinung. Und da die Sache brennt, sag ich Ihnen gleich, dass ich Ihr Haus ganz auf links ziehen werde, sollten Sie jetzt nicht mitspielen.«

Das Dröhnen seiner letzten Worte hatte sowohl seine Kollegin als auch den alten Mann zusammenzucken lassen. Beide schienen überrascht. »Also«, drängte Tadsen den Experten zur Kellertreppe, »nun gehen Sie bitte vor.« Greiner schaltete das Licht ein, und die Gruppe schritt in dem zeitlupenhaften Tempo, das der Hausherr vorgab, hinunter. Unten angekommen genügte Tadsen ein Blick.

Amanda und ihre Freundin Hinrike hatten Recht gehabt, dachte er. Regale voller Scherben und Steine, teilweise beschriftet, zogen sich die Wände entlang.

»Wie viele Räume haben Sie hier so museal eingerichtet?«, wollte er wissen.

Greiner schüttelte den Kopf. »Der Keller ist nicht so groß. Nebenan sind nur noch Waschküche und Heizungskeller.«

»Ich hab die letzten zwei Tage einige Male mit Ihnen gesprochen, warum haben Sie mir Ihre Funde verheimlicht?« Währenddessen ging Petra, die Hände in den Hosentaschen, die Reihe der Schaustücke gelangweilt ab. »Ich denke, Sie sollten endlich mal reinen Tisch machen und sagen, was Sie wirklich wissen. Ich kann inzwischen gar nicht mehr ausschließen, dass Sie nicht doch am Tod des Unbekannten im Grab beteiligt waren. Und falls Sie darauf spekulieren, dass Ihr biblisches Alter Sie vor einer Bestrafung schützt, sei gesagt: Der Staat verfügt mittlerweile auch über seniorengerechte Zellen.«

Damit nahm Tadsen die Jacke vom Arm und hielt Greiner das gerahmte Bronzezeitschwert hin. Eine plötzliche Mischung aus Husten und Schluckauf erschütterte den Greis. Seine Zigarette zwischen zwei Finger geklemmt legte er die Hände an den hingehaltenen Rahmen. Der Glanz in seinen Augen und die dünnen, zu einem Lächeln verzogenen Lippen ließen Tadsen so etwas wie Wiedererkennensfreude vermuten. Gleichzeitig verhielt Greiner sich wie ein Sammler, der einen unendlich schönen Gegenstand vor sich sah.

»Sie erkennen also dieses Schwert? Dann sollten wir uns ernsthafter über Ihre Verbindung zu Magni Brahms und Professor Zücht unterhalten.« Der Polizist rückte einen Stuhl, der einsam im Kellerraum stand, in die Raummitte und machte gegenüber Greiner eine einladende Geste. Der alte Mann setzte sich mit einem Seufzer. Immer noch hielt er das gerahmte Schwert fest, die glühende Zigarette zwischen den gelben Fingern. »Sieht genauso aus wie aus einem Ihrer Bildbände und hat sich im Besitz von Magni Brahms, Rolufs Großvater, befunden. Sie haben ihn gut gekannt. Wo hat er das Ding gefunden, oder besser räuberisch ausgegraben?«

Greiner schien mit sich zu hadern, er blickte zu Boden und zuckte mit den Lippen. »Magni hat nur auf Amrum gegraben. Er ging oft allein los. Offiziell sind in den vielen Gräbern immer nur Bernsteinperlen, Randbeile und Feuersteindolche gefunden worden. Natürlich auch Knochen und Tongefäße. Woher er das Schwert hatte, ist sein Geheimnis geblieben. Er hat es mich öfter sehen lassen, aber irgendwann war das dann vorbei.«

»Wie weit ist sein Streit mit Zücht gegangen?«

»Der Professor war herrisch und arrogant, ließ den Hobbyarchäologen immer wissen, dass er so was wie Unterschicht war. Archäologen hatten ja das Graecum. Im Beisein Magnis sind dann oft Sätze in Altgriechisch gefallen, nur um dem Mann seine Klassenzugehörigkeit zu zeigen. Magni dagegen hat sich als Amrumer Adel empfunden. Land hatte er, Geld auch. Zücht war schmalgliedrig, bewegte sich elegant, fast weibisch, sprach ein feines Hochdeutsch. Magni redete platt und war grobschlächtiger gebaut. Er hat den Professor gehasst.«

»Wann genau war es damit vorbei, dass er Ihnen das Schwert gezeigt hat?«

Greiner verzog den Mund und atmete rasselnd ein. »Tja, als ich die Grabungsverantwortung übernommen habe.«

»Als Zücht verschwunden war.«

»Ja.«

»Und Sie haben sich nichts dabei gedacht? An kein Verbrechen?«

»Doch, aber was hätte ich machen sollen? Mit seiner Nazivergangenheit und dem ganzen Gehabe war Professor Zücht mir wirklich nicht sympathisch. Ich dachte, entweder die Sache wird ruchbar oder eben nicht. Ich wollte mich da raushalten.«

»Klingt ja wie ein Gottesurteil.«

»Wenn Sie so wollen.«

»Eins verstehe ich nicht«, mischte Petra sich ein. »Nehmen wir mal an, Zücht ist erschlagen und in dem Grab verbuddelt worden, warum haben Sie ihn dann als nachfolgender Verantwortlicher nicht gefunden?«

Greiner lachte heiser auf. »Junge Frau, ganz einfach. Das Grab war leer. Da waren keine Knochen. Wenn es sich bei dem Fund um

Professor Zücht handeln sollte, muss der erst nach Abschluss der Arbeiten dort hineingelegt worden sein. Und«, er hielt das gerahmte Schwert mit einer Hand fest, entzündete eine neue Zigarette an der letzten Asche der alten und sog daran, »falls Sie denken, ich lüge, dann verweise ich auf meine Mitarbeiter. Da war nie jemand allein, wir haben immer in der Gruppe gearbeitet. Teamarbeit sagt man ja heute.«

»Dann muss der Leichnam also zwischen Erschlagen und Vergraben irgendwo versteckt worden sein. Kleidung haben wir bis auf die Mütze keine gefunden, die wurde demnach separat entsorgt«, überlegte Tadsen laut und machte eine Gedankenpause. »Kommen wir zum Gruppenfoto mit Holzstiel, MB im Sturm, so der Titel auf der Rückseite, was hat es damit auf sich? Von starkem Wind ist auf dem Bild nichts zu sehen.«

Petra, die das Foto auf der Polizeistation gesehen hatte, drehte sich von den Regalen weg. Mit halb geöffneten Augenlidern sah sie die beiden Männer an. »MB, Magni Brahms«, überlegte sie laut. »Der Stiel im Bildrand ist auch einfach zu enträtseln. Der Amrumer Adel stürzt wütend auf die Gruppe zu, einen Spatenstiel oder so was in der Hand. Das ist der Sturm.« Sie sah Greiner an, der ihr mit wachem Blick zuhörte.

»Gut kombiniert, Fräulein. Ja, Herr Wachtmeister, so war das.«

»Und was ist mit der roten Mütze?«, wollte Petra wissen.

»Die Onnerbänkes«, lachte Greiner heiser, und Tadsen verdrehte die Augen. Der alte Mann blickte in Petras ausdrucksloses Gesicht, zuckte die Schultern und räusperte sich. »So was trugen viele, gerade im Herbst. Das raue Wetter, verstehen Sie? Hüte wehen leichter weg, sind eher was für das Stadtvolk.«

»Jetzt müssen wir erst mal die Spurenauswertung abwarten«, überlegte Tadsen und nahm Greiner das gerahmte Schwert aus den Händen. »Magni Brahms ist ja schon tot und könnte nicht mehr bestraft werden, das wäre praktisch für Staatsanwaltschaft und Gericht. Keine Vernehmung, keine Anklage – können wir uns alles sparen. Sagen Sie, Herr Greiner, wenn ich Ihnen nicht glauben und die Tatwaffe hier unter Ihren Faustkeilen suchen würde, kämen wir da mit Luminol weiter?«

Der Alte zog die dünne Haut an der Stirn in Falten und sah den Inselpolizisten verständnislos an.

»Na, die Chemikalie Luminol benutzt die Polizei zur Blutspurenerkennung. Sie oxidiert durch das Eisen in unserem Blut und verfärbt sich zu einem schönen Blau, soweit ich informiert bin.« Petra nickte bestätigend.

Greiner schüttelte langsam den Kopf. »Meine Funde hier sind alle aus der Erde«, erklärte er mit matter Stimme, »Blutspuren daran wären Tausende von Jahren alt.«

Tadsen blickte überlegend von der Waffe auf seine Kollegin. »Schön. Übergeben wir das Schwert mal den Spurensicherern, vielleicht lässt sich daran Blut und darin die DNS feststellen, das klappt ja auch mit Resten von Neandertalern. Dann ließe sich einwandfrei sagen, ob die Spuren am Schwert von dem verschwundenen Grabungsleiter stammen. Dazu müssten die Kollegen dann noch Verwandte von dem verschwundenen Professor aufspüren und das Opfer wäre identifiziert. Aber das sind noch Spekulationen. Erst mal werden wir das Beweisstück den Spezialisten überlassen. Jack wird entscheiden, wann es auf die Fähre kommt.«

Tadsens Telefon surrte und lenkte ihn ab. »Moin Moin, die Polizei Amrum«, murmelte er, ohne auf das Display zu sehen. Er hasste diese Geräte.

»Moin Nanning, Jack hier. Du, wir haben da etwas. Eine deiner Sucherinnen vom Internet-Forum ist im Wald hinter dem Hof auf einen Baumstumpf gestoßen, in dem eine Axt steckte. Bei genauerem Hinsehen hat sie Blutschlieren, Knochensplitter und klumpige Hautfetzen am Holz entdeckt. War sicher ein Schreck für sie. Daneben scheint jemand ein Tier oder einen Menschen in einer Mulde unter Laub versteckt zu haben. Der Körper fehlt, aber es gibt Blutstropfen. Sieht nach einem Tatort aus.«

»Ja, so gehen wir immer weiter voran, Steinchen für Steinchen, bis das Mosaik erkennbar wird. Jack, wenn du beim Brahms-Hof bist, geh noch mal hoch an den Schreibtisch und bring die unfrankierten alten Postkarten mit, die du da gefunden hast. Ich erklär dir das später. Wenn es ist, wie ich vermute, werden das entscheidende Beweismittel. Leeve Heimatland, Blut am Baumstumpf, klingt ja nach Hackklotz. Das gibt keine schönen Bilder.«

Arbeitshandschuh

Ocke lehnte sich im Schreibtischstuhl zurück und rührte in seinem Tee. Virginia und er hatten das Flugblatt mit Rahel Brahms' Gesicht in den Inselgemeinden an die Stellwände der AmrumTouristik geheftet. Dort hingen Plakate, die auf Klavier- und Blaskonzerte, Kunstausstellungen oder Lesungen hinwiesen. Die Aktion uniformierter Polizeibeamter verfehlte ihre Wirkung nicht. Dennis, mit dem Telefondienst auf der Station betraut, konnte sehr bald weitere Hinweise entgegennehmen, wo und in wessen Begleitung die Vermisste gesehen worden war. Stoisch hatte er die Daten in einer Liste festgehalten und mit Nummern versehen. Die 6 stand für: vollkommen irre und jede Nachforschung überflüssig. Den Nachrichtenwert schätzte er bis zur 1 ein, die bedeutete: unbedingt nachgehen, der Hinweis hat Substanz. Wie zu erwarten drängten sich die meisten Nachrichten um die 4 oder 5.

»Was machst du denn noch?«, rief Ocke seiner Kollegin zu, die im Nebenraum der Polizeistation verschwunden war.

»Ich sehe mir noch mal die Fotos von den Tatorten an. Die Antworten auf unsere Fragen müssen da irgendwo liegen. Sagen sie das so nicht immer in den Krimis?«

Dennis lachte hinter seinem Computer auf. Ocke stellte überrascht seinen Tee beiseite. »Mensch, Virginia, das hier ist echt«, betonte er. »Kriminalromane können uns gar nicht helfen. Lass das bloß Nanning oder Jack nicht hören, dann darfst du wegen erwiesener Naivität nur noch die Brote schmieren.« Langsam betrat er den Raum voller Karten und Fotos. Mattes Kaunitz hatte alle Details und Funde fotografiert, bevor sie mit der Fähre zur weiteren Untersuchung ans Festland geschickt worden waren.

»Das stimmt nicht, Ocke«, widersprach Dennis, und der ältere Polizist drehte ihm missbilligend sein gerötetes Gesicht zu. »Hat nicht die Figur Sherlock Holmes durch ihre analytische Vorgehensweise die echte Arbeit des Scotland Yard beeinflusst? Ich meine, das hätten sie uns in Kriminologie so gesagt. Also, wenn der Krimi gut ist, können wir was lernen.«

Ocke schnaubte entrüstet und warf dem Berufsanfänger einen vernichtenden Blick zu. »Was ist nur los mit dem Bäderdienst? Warum schickt uns das Ministerium ausgerechnet Schöngeister? Du kennst dich nicht nur mit Sherlock Holmes, sondern auch mit Shakespeare aus, bodenständiges Kicken aber magst du nicht. Hängst dich lieber an so eine Modewelle und kitest. Ich fürchte, wenn die Entwicklung so weitergeht, sterben die Fußball-, Bier- und Frauenliebhaber bei uns bald aus. Das wäre ja dramatisch.«

»Das will ich doch nicht hoffen«, tönte es aus Richtung der Stationstür, und Tadsen betrat die Wache. »Wäre schade drum. Auch wenn ich mir etwas mehr Kultur von dir wünschen würde, Ocke Petersen. Und damit meine ich nicht die Kinogänge in Begleitung vereinsamter, weiblicher Badegäste. Mehr Hirn! Waren das nicht Goethes letzte Worte?«

Jetzt klang Virginias Lachen aus dem Nebenraum. Ocke und Dennis sahen sich irritiert an.

»Mehr Licht!«, rief sie, und Ocke schaltete eine weitere Leiste der Deckenbeleuchtung an. Seine Kollegin lachte erneut. »Goethe wollte mehr Licht, nicht ich«, prustete sie und drehte sich wieder zu den Fotos um.

»Ihr habt von dem Baumstumpf am Brahms-Hof gehört?«, fragte Tadsen ernst in die Runde, und alle anderen nickten. Plötzlich legte sich Betroffenheit einer Wolke gleich über den Raum. Ein tödliches Verbrechen wurde immer greifbarer. Tadsen trat neben Virginia, die bei den Tatortbildern stand.

»Blutstropfen im Stall, ein abgetrenntes Ohr mit einer Rindermarke, jetzt der blutbefleckte Hauklotz mit Axt und Geweberesten im Wald. Weder Hinweise auf eine Entführung noch Täterhinweise«, fasste er für sich das Bekannte zusammen.

»Und eine Schlumpfine ohne Hand«, ergänzte Virginia. Er nickte und griff das Foto der Spielzeugfigur, die keck in weißem Rock und Pumps Sekt servierte.

»Warum nur ist diese süße blaue Kleine verstümmelt? Zufall, oder will uns der Täter etwas sagen?« Er drehte sich zu Ocke um und sah ihn ratlos an. »Eigentlich bist du doch für Sekt ausschenkende Mäuse zuständig. Diese hier ist nur zufällig blau«, murmelte er.

Ocke, der hinter ihm gestanden und unkonzentriert vor sich hingestarrt hatte, zuckte zusammen. »Was hast du gerade gesagt?«

Verdutzt wiederholte Tadsen seinen Satz.

»Überlegt mal«, rief sein Kollege mit plötzlich belebter Stimme, »diese Ohrmarkensache ist doch gestört. Was soll das alles? War Rahel Brahms, wenn sie das Opfer ist, für den Täter ein Rind? Oder sollte sie mit ihren Rindern besonders verbunden werden?« Er zeigte auf das Foto mit dem Elektromobil. »Das wurde Inselstraße, Ecke Kiefernweg aufgefunden. Blutflecken auf dem Hintersitz. Geht man den Weg durch die Dünen direkt südwärts, kommt man zum Nehrungssee, dort hat das Ohr gelegen. Der Täter verstreut Körperteile über die Insel.« Den letzten Satz hatte er laut gerufen, wie um sich selbst davon zu überzeugen.

»Teile? Wie kommst du denn auf die Mehrzahl«, fragte Tadsen kritisch, »noch haben wir ...«

Ocke riss ihm das Foto mit der Schlumpffigur aus der Hand. »Vorwärts, Leinen los«, rief er und lief zum Streifenwagen. »Lass uns fahren. Ich führ dich zum nächsten Teil.«

Tadsen, von der Dramatik gefesselt, die sein Kollege auslöste, sah ihm verständnislos hinterher. »Klärt mit Jack, wer von euch heute länger bleibt«, rief er den Bäderdienstlern zu und stürzte hinaus.

Mit quietschenden Reifen hielt der Wagen der Polizei vor der Blauen Maus an der Inselstraße. Das schwindende Licht färbte die Büsche bläulich, hinter denen die Gäste auf der Terrasse saßen. Tadsen, in dem eine unklare Vermutung aufstieg, folgte wie betäubt seinem Kollegen. Die Uniformierten nahmen weder die Musik noch die johlenden Besucher wahr, die unter Lampions die außergewöhnliche Stimmung genossen und ihren Urlaub feierten. Sie schritten durch ein reetgedecktes Tor und blickten sich um. Die Terrasse zierten Reihen aufgehängter Bauarbeiterhelme, die von Bohr- und Windkraftinseln stammten. Fischtransportkisten stapelten sich entlang einer Wand, und Muscheln von den Stränden Europas hingen in Ketten dazwischen. Tadsen, der diesen Ort zur Genüge kannte, fühlte sich auf einmal fremd, eine Vorahnung presste seine Brust zusammen. Wie ein Voodooschrein, zuckte es in seinem Kopf, alles wirkte wie Opfergaben in einem Tempel. Dabei hatte der Wirt der Blauen Maus sein Lokal nur schmücken wollen.

Er sah, wie sein Kollege langsam auf eine riesige Traube aufgefädelter, dick gummierter Handschuhe zuging, die am Terrassenrand zur Straße hing. Erinnerung an die Fischindustrie, dachte Tadsen. Die Polizisten standen vor dem Gehänge, und Ocke begann vorsichtig, fast ängstlich, es abzutasten. Mit einem Mal zuckte er zusammen, als habe er sich verbrannt, sprang zurück und stolperte gegen seinen Kollegen. Sein Gesicht war weiß, Schweiß glänzte auf seiner Stirn. Stumm nickte er Tadsen zu, der zischend Luft einsog.

»Ich geh mal rein und besorg was zum Schneiden«, raunte Tadsen und schob zwei angetrunkene Gäste beiseite, die sich zu ihnen gesellen wollten. Dann verschwand er im Inneren des Lokals. Wenige Augenblicke später erschien er in Begleitung eines weißhaarigen Mannes, der Ocke durch seinen würdigen Seemannsbart zulächelte.

»Moin Moin. Das ist ja eine tolle Geschichte, die der Nanning mir da erzählt.« Vorsichtig sah er sich zu seinen Gästen um, die das Erscheinen des Wirtes mit Rufen und Bestellungen quittierten. »Dann will ich mal der Polizei helfen, bin ja Krimifan«, sagte er und reichte Tadsen eine Schere.

»Fang auf«, rief der seinem Kollegen zu und trennte den Klumpen aus Arbeitshandschuhen mit einem Schnitt ab.

»Oh Nanning, das ist ja schrecklich«, jammerte Ocke und wurde wieder weiß, als ihm der Handschuhberg in die Arme fiel und er damit zum Streifenwagen stolperte.

Tadsen gab die Schere zurück und legte die Hand grüßend an die Stirn. »So Jan, jetzt bist du in einem echten Krimi. Verfolg die Nachrichten, dann weißt du, wie es weitergeht.«

»Warum beschlagnahmen Sie denn die Einrichtung?«, wollte ein Gast mit schwerer Zunge wissen. »Sind bei Ihnen die Handschuhe knapp? Wir können ja zusammenlegen!«, rief er über die Terrasse und lachte gackernd. Der Wirt klopfte dem Mann beschwichtigend auf die Schultern und schob ihn sanft von Tadsen weg.

»Wir sind doch in der Finanzkrise«, kommentierte der Polizist, »das Land ist pleite. Die Blaue Maus hat der Polizei das Material für einen guten Preis verkauft. Jetzt können wir uns die Tatortarbeit mit drittklassigen Latexhandschuhe sparen.«

»Echt?« Misstrauisch sah der Gast den Wirt an. »Was hast du denn bekommen? Vor zwei Tagen war der Kautschukpreis noch im Keller. Das war sicher kein Superdeal.«

Windmühle

Elke trank ihren letzten Schluck und gähnte hinter vorgehaltener Hand. Der Tag war doch anstrengender gewesen als gedacht. Manfred, der die Rechnung schon beglichen hatte, sah sie auffordernd an. Schließlich hatten sie beide vorgehabt, ins Kino zu gehen. Elke blickte auf die Uhr.

»Ich glaube, das hat für mich heute keinen Sinn mehr«, murmelte sie und verzog bedauernd ihren Mund. »Entschuldige, aber ich bin jetzt zu unkonzentriert, um mich auf einen französischen Beziehungsfilm einzulassen.«

»Ach Elfe, komm schon. Das wird ja kein Truffaut-Werk in Schwarz-Weiß. Nur gute Unterhaltung mit etwas Tiefgang.«

Sie schüttelte den Kopf, wollte augenscheinlich in die Wohnung zurück.

»Dann aber los«, gab Manfred sich geschlagen, »der nächste Bus fährt gleich, die Haltestelle ist um die Ecke. Das gehörte auch zu meinen Ortsermittlungen, wenn ich den Ausdruck mal für mich verwenden darf. Außerdem glaube ich nicht, dass wir jetzt noch ohne Weiteres ein Taxi bekämen.«

Als der Busfahrer sie an der Haltestelle Nebel-Mühle herausließ, hatte die Nacht das letzte Licht geschluckt. Kühle, weiche Luft umhüllte sie, und beide atmeten tief ein.

»Noch ein paar Schritte, bevor wir in die Falle gehen?«, schlug Manfred vor. »Der Abend ist so friedlich.«

Sie schlenderten einige Meter die Inselstraße entlang und blickten auf die Windmühle gegenüber. Plötzlich blieb Elke stehen, brummte kurz, setzte den Rucksack ab und begann, in ihm zu wühlen. Manfred beobachtete sie verdutzt.

»Was hast du denn? Angst vor einem Überfall? Kommt jetzt der Elektroschocker zum Einsatz?«

Sie zog eine Taschenlampe hervor, knipste sie an, ging zwei Schritte nach links in einen kleinen Feldweg und leuchtete die Büsche am Rand ab.

»Eine tolle Idee, sich etwas die Beine zu vertreten«, sagte sie leise, und der Hohn in ihrer Stimme machte ihn misstrauisch. Er trat zu ihr. Im Schein der Lampe sahen sie einen weißen Gartenzaun mit einem hohen Tor. »Es ist noch eine Ruhe vorhanden« verkündete der geschwungene Torbalken unter einem Kreuz.

»Ach du Schreck, stimmt ja«, erinnerte Manfred sich, hier waren sie am ersten Tag auf dem Weg zum Strand vorbeigefahren. Der Lichtschein wanderte die Büsche entlang und hielt an einem Schild in Augenhöhe. Eindeutig, sie standen vor dem Friedhof der Namenlosen, den der umstehende Bewuchs zu einem geschlossenen Raum machte. Er blickte sich suchend nach Passanten um. Aber hier, am Ortsrand von Nebel, gab es keine anderen Spaziergänger oder Radfahrer, sie waren allein.

»Ich fühl mich gar nicht mehr müde«, stellte Elke fest. »Was hältst du von einer kleinen Exkursion über die Grabsteine angeschwemmter Wasserleichen?«

»Du, ich war nie ein Grufti. Dem Reiz vom Kerzenschein auf Friedhöfen und der Gesellschaft schwarzgekleideter, blasser Depressiver habe ich mich entziehen können. Kurz gesagt, ich muss da nicht rein. Nicht jetzt. Wir können gerne bei Tageslicht ...«

»Du Angsthase. Hast du nie Bands wie The Cure gehört, als du jung warst? Die kämen hier wirklich gut, das wäre fast ein Gesamtkunstwerk. Oder Rammstein. Vielleicht sollten wir mal mit der AmrumTouristik darüber sprechen.«

Elke trat an das Tor, leise quietschend schwang es auf. Der Lichtkegel zeigte einen Weg, den von Efeu teilweise zugewucherte Grabreihen säumten. Sie schritten zögernd die Ruhestätten ab. Die Kreuze an den Kopfenden gaben immer nur ein Datum preis, weder Namen noch andere Hinweise auf den Menschen, der dort lag. Am 12. November 1911 waren sogar zwei Tote angeschwemmt worden. Ein vorbeifahrendes Auto riss sie aus ihrer stillen Betrachtung.

»Zweiunddreißig Unbekannte sollen hier seit 1905 ruhen«, raunte Manfred, den die Stimmung dieses Ortes erfasst hatte.

Elke schwenkte die Taschenlampe quer über den kleinen Friedhof und erkannte einen zweiten, parallelen Weg. »Sieht gar nicht nach so vielen aus«, sagte sie und ging weiter. »Schau mal, hier blühen Rosen. Wie schön, das entschärft doch den Eindruck von Tod und Ewigkeit.« Am Ende des Weges glitt der Lichtkegel über eine Teakholzbank.

»Man könnte meinen, dass die Blumen so was wie Platzhalter für den nächsten Sarg sind, oder?« Manfred setzte sich und sah nach oben. Vom hellen Mond versilberte Wolkenfetzen rissen vor dem nachtblauen Himmel auseinander und gaben den Blick auf die Sterne frei. Elke nahm neben ihm Platz, kuschelte sich an ihn und legte den Kopf an seine Brust. Ein Rascheln unterbrach den Lauf ihrer Gedanken. Beide zuckten zusammen und blickten nach rechts ins Dunkle, bevor Elke die Taschenlampe aufblitzen ließ. Der Hinterleib eines Igels wurde sichtbar, das Tier flüchtete gerade unter einen Busch. Die Polizistin stierte auf die beleuchtete Stelle.

»Die Blumen als Platzhalter sagst du? Überall ist die Erde bepflanzt, aber hier ist sie frisch aufgeworfen.« Sie erhob sich, und

Manfred stöhnte auf. »Siehst du, hier?« Sein Blick folgte dem Schein ihrer Taschenlampe ans Ende der Gartenbank. Dort wuchsen keine Rosen, da blühte oder wucherte gar nichts. Wie zur Kontrolle leuchtete sie über die Gräber. Das letzte ordentlich angelegte Grab war am anderen Ende der Reihe, bis zu ihr standen Blumen.

»Für mich sieht das frisch umgegraben aus.«

»Ohne Kreuz«, fügte Manfred hinzu. In seiner Stimme lag Resignation. »Wenn das nicht ein Fall für Doktor Elke Frankenstein-Hundgeburth wird, Spezialistin für illegal vergrabene Leichen.«

Tadsen nahm den Anruf seiner Kölner Kollegin unwirsch entgegen und gab ihr gleich Jacks Nummer. Er stand mit Ocke im Wachraum voller Tatortfotos und starrte die Traube von Gummihandschuhen an, die sie bei der Blauen Maus sichergestellt hatten. Die Spurensicherung am Baumstumpf sollte längst abgeschlossen sein, die Spezialisten konnten sich also um Elkes Verdacht kümmern.

»Wenn sie tatsächlich die Leiche von Rahel Brahms gefunden hat, wären wir einen Riesenschritt weiter«, brummte er. »Dann wäre wenigstens klar, um was für eine Straftat es sich handelt, und wir müssen nicht mehr ins Ungefähre ermitteln. Außerdem ist die Spurenlage besser«, erklärte er Ocke, der ihn fragend angesehen hatte.

Ein schwacher Geruch nach Verwesung machte sich breit. Ocke, halb abgewandt, verriet durch seine Körperhaltung einen unterdrückten Fluchtwunsch. Tadsen holte tief Luft, straffte den Oberkörper, zog Latexhandschuhe über und stellte sich vor den Gummihaufen. »Nützt alles nichts, Zögern hat keinen Zweck. Wo genau hast du was ertastet?«

Sein Kollege überlegte, zögerte, zeigte auf den obersten, dann auf einen anderen. »Ich weiß nicht. Kannst du nicht auch mal fühlen? Ich mag nicht mehr.«

Tadsen hob ergeben die Hände zum Himmel und begann mit dem Abtasten. Schnell spürte er in einem der Handschuhe etwas Festes. Kontrollierend befühlte er die Finger. Hier tastete er ebenfalls etwas, was Knochen sein konnten.

»Mach mal Fotos, wir müssen alles dokumentieren.«

Sein Kollege hastete nach der Digitalkamera, froh, den Raum kurz verlassen zu können. Bald erhellte das erste Blitzlicht die Traube voller Gummifinger. »Knips hier mal hin«, forderte Tadsen und zeigte auf die Knoten der Befestigung. Wieder blitzte es. Dann löste Tadsen vorsichtig den gefüllten Handschuh und kippte ihn über einigen Blättern Schreibmaschinenpapier aus.

»Das wird jetzt noch mehr riechen«, kündigte er an und drehte für einen Augenblick sein Gesicht weg. Langsam kam das braunbläulich verfärbte Gelenk in Sicht. Geronnenes Blut auf Haut- und Fleischfetzen, durchtrennte, weißliche Knochen und Sehnen. Kein Zweifel, der Körperteil war mit roher Gewalt abgehauen und nicht sauber amputiert worden. Endlich lag sie ganz auf dem Papier – eine sehnig wirkende, trotzdem schmale Damenhand.

»Echt widerlich«, murmelte Ocke, hob zögernd die Kamera, sah durch den Sucher und fotografierte erneut.

»Komm schon, die Polizei Amrum ist kein Ponyhof. Das verbreitest du doch so gerne«, erklang eine weibliche Stimme in forschem Ton. Beide Polizisten rissen ihre Köpfe herum und brummten ungehalten. Virginia, die einen Kaffeebecher festhielt, lehnte am Türrahmen und sah ihnen zu. Ihre Kollegen ließen sich aber nicht ablenken. Immer wieder klackte der Auslöser.

Tadsen beobachtete Ocke und lächelte. Betrachten wir grausame Bilder durch ein Objektiv, dachte er, verlieren sie ihre Schrecken. Als ob ein Spiegel oder ein Kameraobjektiv unsere Augen vor dem echten Grauen schützt. »Wenn der Verdacht am Friedhof der Namenlosen geklärt ist, wird Mattes sich hierum kümmern müssen«, überlegte er laut. »Am besten, wir lagern den Gruselfund kühl.«

»Mach das«, meinte Virginia, »in diesen Kühlschrank werde ich sowieso nichts mehr legen.«

Elke hörte das Aufbrausen eines Motors, das Quietschen von Reifen. Sie saß mit verschränkten Armen vor dem weißen Tor und fror. Die Nacht war kühl geworden. Der Wagen bremste neben ihr und sie sah auf.

Nach ihrem Anruf wegen einer heimlich verscharrten Leiche hatte sich abgezeichnet, dass die Kripo auf sich warten lassen würde.

So hatte sie Manfred nach Hause geschickt. Zuerst hatte er noch anstandshalber eine Weile mit ihr in die Sterne gesehen, war dann aber müde geworden und hatte wieder begonnen, über ihren Ermittlungszwang, wie er das nannte, zu lamentieren. Gut, dass er weg war. Nur, allein neben dem vermeintlichen Grab auf die Kollegen zu warten, das war ihr trotz aller Abgebrühtheit zu unheimlich gewesen. Immerhin ermittelte sie zu Hause nur in Fällen der Alltagskriminalität, Leichen kamen da nicht vor. So empfing sie Jack und Mattes am Eingang zum Friedhof der Namenlosen.

Mattes, der Spurenspezialist, kam gleich mit einem Spaten auf Elke zu, sie erhob sich und ging voran. »Jetzt kommt es wohl Schlag auf Schlag«, meinte er. »Umso besser, dann sind wir schneller fertig. Aber erst mal wollen wir sehen, ob sich etwas finden lässt.«

Jack trug eine große Handleuchte, die die Szenerie am Grab in ein kaltes Licht tauchte. Sorgfältig entfernte Mattes die lockeren Bodenschichten und kratzte mit dem Werkzeug über das Erdreich.

»Hier ist was«, rief er, warf den Spaten beiseite und holte kleineres Gartengerät und mehrere unterschiedlich große Spachtel aus dem Fahrzeug. Jetzt hatte er Grund, sorgfältiger zu arbeiten, schließlich sollten Spuren vorsichtig gesichert und nicht zerhauen werden.

Während allmählich der Körper einer bekleideten, auf dem Rücken liegenden Frau sichtbar wurde, setzte Elke sich auf die Bank daneben. Die Leiche lag nicht tief, der Täter hatte vielleicht keine Zeit gehabt oder sich die Mühe langen Grabens sparen wollen. Ist das jetzt eine Exhumierung, für die man eigentlich einen Gerichtsbeschluss brauchte, kam es ihr in den Sinn, und sie musste lächeln. Ausgerechnet jetzt, in dieser aufregenden Situation kam ihr diese Überlegung. Dabei gab es ganz andere Probleme. Aber das Denken in bürokratischen und juristischen Sphären war ein großer, lähmender Teil polizeilicher Arbeit geworden.

»Da wäre sie also«, raunte Jack heiser und trat mit seiner Lampe näher an die Leiche. Elke, aus den Gedanken geholt, stand auf und sah auf Mattes Kaunitz, der sich mit dem Handrücken den Schweiß von der Stirn wischte und den toten Körper sorgfältig von Resten lockeren Bodens befreite. Im bläulichen Licht sahen die Polizisten die tätowierten Schlangen- und Blumenmotive an beiden Unterarmen. Die Haut der Toten war bleich. Elke stieß ein »Oh mein Gott« aus, als sie den blutverkrusteten Handstumpf sah. Ihr Blick glitt zum Gesicht der Leiche. Die Augen waren geschlossen, nur wenige Strähnen des schwarzen, kurzen Haares verschoben. Ihr rechtes Ohr fehlte, eine bräunliche Blutspur zog sich von der Schnittwunde den Hals hinunter. Auf der Suche nach tödlichen Wunden nahm Mattes vorsichtig ihren Kopf zwischen seine Hände und betrachtete ihn von allen Seiten.

»Der folgt ja den Handbewegungen so locker wie ein Ball. Das Genick scheint gebrochen zu sein«, bemerkte er und bettete ihn auf die Erde zurück. Er sah zu Jack auf. »Trotzdem wird der Notarzt den Tod bescheinigen müssen. Der wird sich freuen, um diese Uhrzeit. Aber wat mut, dat mut. Den Rest der Untersuchung machen wir lieber nicht hier im Dreck. Jack, was meinst du?«

»Sehe ich auch so. Ich bestelle mal den Lichtmasten der Feuerwehr. Wir werden dennoch jeden Stein umdrehen. Mit meiner Handleuchte kommen wir da nicht weit. Für die Namenlosen wird das eine unruhige Nacht.«

Mitteilungen

Elke legte den Kniepsandboten beiseite, blickte über den Frühstückstisch und biss in ihr Brötchen. Die Reporterin hatte die Amrumer Horrornacht genüsslich in allen Einzelheiten geschildert und reißerisch kommentiert: »Sollen die Bewohner in dieser Saison überhaupt noch vor die Tür gehen? Es ist doch nur eine Frage der Zeit, wann einem Inselgast ein Körperteil abgetrennt wird. Und gerade die Eltern können ihre Kinder unmöglich noch unbeaufsichtigt herumlaufen lassen, nachdem im Amrumer Wald jemandem die Hand abgeschlagen wurde.«

Elke war schnell mit diesem Artikel fertig gewesen. Nach einem Schluck Kaffee befasste sie sich weiter mit dem Lokalteil. Die Inseltouristik bereitete sich zur Freude eidgenössischer Badegäste auf den Schweizer Nationalfeiertag vor, der Geschwindigkeitsmesser in Wittdün war zerstört worden, und vor zwei Nächten hatte jemand sogar ein schwarz-rotes Twizy Elektromobil entwendet. Sie stutzte, las genauer und dachte nach.

Während Manfred anschließend den reißerischen Artikel überflog und den Kopf schüttelte, zupfte er an seinem T-Shirt. Die seidige Luft auf der Insel war einer drückenden Schwüle gewichen, die die Kleidung schon morgens am Körper kleben ließ. Er faltete die Zeitung zusammen. »Ein komisches Gefühl, von diesen Sachen zu lesen und dabei gewesen zu sein. Das Ohr, die Leiche, immer waren wir vor Ort.«

»Vielleicht nicht nur da«, murmelte Elke und sah ihn an. »Wann haben wir den Leuchtturm verlassen? Gestern Vormittag, oder? Erinnerst du dich an das Elektromobil, das da vorbeigerollt ist?«

»Was ist denn nur damit? Die Dinger sind teuer und ob sich die Anschaffung jemals lohnen würde? Du hast schon gestern Abend unseren Hauswart genervt, dass du ihn angeblich darin gesehen hast.«

»Ja, da wusste ich auch noch nicht, dass dieses Twizymobil gestohlen war, sonst hätte ich mir das verkniffen. In der Zeitung schreiben sie, es gibt nur dieses eine schwarz-rote Exemplar auf Amrum. Ich bin mir sehr sicher, dass der Tondern drin gesessen hat.«

Manfred legte seine Brötchenhälfte beiseite und starrte sie an. »Ich glaube das jetzt nicht. Wir sind gerade aufgestanden, wollen den Tag als hingebungsvolle Touristen auf Amrum verbringen, und du knackst schon wieder die nächste Polizeinuss.« In gespielter Empörung warf er die Arme hoch und den Kopf in den Nacken. »Dann ruf sie doch an, deine einzige, große Liebe, die Polizei. Flüster ihr zu, was du nicht für dich behalten kannst. Noch ein süßes Geheimnis!«

Elke lachte auf, schüttelte den Kopf, beugte sich vor und küsste ihn. »Schmierenkomödiant. Hier wird es schnell wieder ruhig.

Das ist auf den Nordfriesischen Inseln ein Naturgesetz.« Damit stand sie auf, griff zum Telefon und wählte eine Nummer.

»Moin Moin, die Polizei Amrum, Tadsen am Apparat«, meldete sich der Inselpolizist.

»Moin Nanning, die Elke hier. Wie lange habt ihr noch gearbeitet? Ich bin ja gegen elf Uhr ins Bett gekrochen.«

»Ein Uhr ist das wohl geworden, die Kollegen mussten noch den Bestatter holen, dann die ganze Spurenarbeit, das hat sich hingezogen. Dafür ist jetzt klar, wen wir nicht mehr suchen müssen. Traurig genug. Fehlt nur noch der Täter.«

»Deshalb rufe ich an.«

Sie erzählte ihre Beobachtungen zum Elektromobil, auch, dass ihr Hauswart in Norddorf gegenüber dem Ual Öömrang Wiartshüs zu tun hatte. Dort, wo der Twizy laut Zeitungsbericht entwendet worden war. Dann fügte sie das Erlebnis mit der Taxifahrerin hinzu. »Ich frag mich aber, ob diese Gedichte gegen den Landverkauf zu einem Motiv passen.« Während sie sprach, kam ihr ein weiterer Gedanke. »Sag mal, wie seid ihr eigentlich darauf gekommen, die abgetrennte Hand in der Blauen Maus zu suchen?«

Tadsen berichtete von der Schlumpffigur und Ockes plötzlicher Eingebung, als man laut darüber nachdachte, warum der blauen Schlumpfine eine Hand fehlte. »Dabei habe ich die Sektserviererin als Maus bezeichnet, wie Ocke halt so von Frauen spricht. Er hat sich wohl ganz und gar von einer plötzlichen Eingebung leiten lassen und sich auf das Lokal gestürzt. Mit einem wirklich überraschenden Ergebnis«, beendete er die Schilderung. »Übrigens, da wir gerade von den Tonderns sprechen, das Standesamt Föhr-Amrum bestätigt, dass Doris Tondern die Mutter von Kristian ist, sein Vater ist unbekannt. Weitere Kinder hat sie nicht.«

Beim Zuhören wurde Elkes Ohr ganz heiß. Die Dinge schienen sich tatsächlich zu überschlagen.

»Glaubst du an Zufälle?«, fragte sie hastig. »Frau Tondern hat nämlich auch so eine Schlumpffigur. Das Maskottchen hängt am Innenspiegel ihres Taxis. Sollten Mutter und Sohn am Tod von Rahel Brahms beteiligt sein?«

In der Polizeistation am Sanghughwai verteilte Tadsen an die nicht vollzählige Mannschaft eine Liste mit Adressen. Petra, Dennis und Mattes waren auf Außenermittlung. Nachdem er die teils noch morgenmuffeligen Kollegen über die letzten Ermittlungsergebnisse des vergangenen Tages informiert hatte, nickte er Jack mit einem ernsten Blick zu, dann griff er zu seinem Kaffeebecher. Im Augenblick, ging es ihm durch den Kopf, kommt der gute Tee eindeutig zu kurz.

Plötzlich erinnerte er sich an etwas. »Sag mal Jack, hast du die vergilbten Postkarten vom Brahms-Hof mitgebracht, die da im Schreibtisch lagen? Ich hatte dich gestern Abend darum gebeten.«

Jack nickte grinsend und zog aus seiner Lederjacke einen dünnen Stapel vergilbter schwarz-weißer Postkarten. »Eines von diesen Exemplaren könnte Zücht benutzt haben, als er seiner Universität geschrieben und sich nach Föhr verabschiedet hat. Von solchen hat mein alter Kripo-Chef berichtet«, erklärte er. »Schau mal, was wie eine Kaserne aussieht, soll das Wittdüner Kurhaus gewesen sein. Zum Schütteln.« Damit drückte er Tadsen die Karten in die Hand. »Sind unfrankiert, aber zum Teil beschriftet. Komisch. Und diese altdeutsche Krakelschrift kann ich auch nicht lesen.«

»Wenn man sich anstrengt, geht das schon.« Tadsen drehte die Karten um, stellte seinen Kaffee ab und las laut vor: »Liebe Kollegen, nach aufreibenden Grabungen verlasse ich nun Amrum, um mich auf …« Er sah in die Runde. »Da bricht der Text ab, da hat er sich auch verschrieben.« Er las die nächste Karte. »Liebe Kollegen, nach aufreibender … kennen wir schon …um mich auf Föhr zu erholen. Aber mich zieht es …«, er sah erneut auf und zuckte die Schultern, »wieder hat er abgebrochen.« Er nahm noch eine Karte. »Hier steht nur ein halber Satz. – Was haltet ihr davon? Für mich sind das Versuche, eine möglichst glaubhafte Karte zu schreiben, mit der vermeintlich Professor Zücht ankündigt, Amrum zu verlassen, um noch ein paar Tage Urlaub auf Föhr zu machen. Damit er im Wissenschaftsbetrieb nicht sofort vermisst wird. Wie hast du gesagt, Jack? Ein klassischer Zigarettenholer-Fall? Von wegen. Der alte Magni hat einige Fingerübungen gemacht, bevor er endlich eine fehlerfreie Akademiker-Postkarte zustande bringen konnte. Und wir haben hier die Beweise aus seinem Schreibtisch. Entweder hat Zücht da schon tot unter Steinen und Sand gelegen, oder Magni Brahms hat seine Tat gut vorbereitet und die Karten«, er wedelte damit, » vorher verfasst. Ich leg sie mal neben das Bronzeschwert. Der alte Brahms scheint sich ja ganz sicher gefühlt zu haben, sonst hätte er die hier bestimmt weggeworfen. Kannst dann mit dem aktuellen Fall vom Friedhof der Namenlosen weitermachen, Jack.«

Der Ermittlungsleiter räusperte sich. »Ja also, mit dem Auffinden der Vermissten sind einige Fragen beantwortet. Im Moment scheint der Gipfel zum Greifen nahe, die Sicht wird klarer.« Er ignorierte das leise Stöhnen und die rollenden Augen seiner Kollegen. »Mattes konnte am Hinterkopf der Toten, dort wo die Wirbelsäule in den Kopf übergeht, eine geschürfte, gerötete Wunde feststellen. Sie liegt am unteren Haaransatz und ist fünf Zentimeter lang. Er meint, an dieser Stelle könnte der Nacken gegen etwas geschlagen oder gestoßen sein, vielleicht hat ihn auch ein Gegenstand getroffen. Wir sollten im Moment von einem Genickbruch als Todesursache ausgehen. Der Bestatter hat die Leiche mit der ersten Fähre der Rechtsmedizin überantwortet. Zu den allgemeinen Familienumständen der Toten lässt sich Folgendes sagen: Sie hatte einen Bruder und einen Halbbruder. Ihr Vater, der an der Odde verunfallte Eitel Brahms, hatte mit Doris Tondern, Taxifahrerin, einen unehelichen Sohn. Für diese Frucht seiner Lenden, offiziell nie anerkannt, hat er lieber diskret bezahlt. Die Familien scheinen sonst keinen Kontakt gehabt zu haben, vom Singen der beiden Frauen, also des Opfers und der Mutter ihres Halbbruders, im selben Chor abgesehen.«

Das Telefon der Station klingelte. Tadsen nahm das Gespräch entgegen und hörte zu. »Nein, tut mir leid, im Moment können wir uns nicht um Ihre umgetretenen Mülleimer kümmern, wir haben mit anderen Einsätzen alle Hände voll zu tun. Ich bitte um Verständnis, wir kommen aber sicher noch zu Ihnen. Nur jetzt nicht.« Er atmete tief durch und notierte den Einsatzort, der irgendwann angefahren sein wollte.

»Dieser bisher unbekannte Halbbruder der Toten wurde mit dem entwendeten Twizy in der Nähe des Nehrungssees gesehen«, fuhr Jack fort. »Mit dem Fahrzeug ist vermutlich die blutende Rahel Brahms transportiert worden, tot oder lebend. Am Fundort des Ohres lag ein Schlumpf, Mutter Tondern hat so ein blaues Maskottchen in ihrem Taxi. Petra, Mattes und Dennis sind gerade bei ihr in Wittdün, sie hat ihre Freischicht. Kristian Tonderns Kleinfamilie wohnt übrigens mit ihr zusammen in einer Wohnung, und die ziehen die Kollegen jetzt auf links. Danach wird Doris Tondern verhört. Soweit die Kurzform des Sachstandes. Unsere Aufgabe ist es nun, paarweise Kristian Tondern zu suchen und festzunehmen. Die Verdachtsmomente reichen dafür aus. Denkt daran, wenn er unser Täter ist, könnte er sehr gefährlich werden.«

Elke war unschlüssig. Wie sollte sie, während die Fahndung nach einem Mordverdächtigen anlief, ihren Tag verbringen? Mit Manfred konnte sie diese Frage nicht diskutieren, der war kurz davor, für den Rest des Urlaubs auf Föhr auszuweichen. Hauptsache, weit weg von all den Krimigeschichten. So schlug sie eine Radtour an die Nordspitze der Insel vor, zur Seevogelwarte im Naturschutzgebiet. Durch das ausgiebige Frühstück hatten sie zwar die morgendliche Führung verpasst, trotzdem, der Mensch brauchte ein Ziel.

Manfred misstraute der Schwüle, mit der der Tag begonnen hatte, und schloss nicht aus, dass es Regen geben könnte, machte aber keinen anderen Vorschlag. »Weißt du, Elfe, besser wir sitzen auf dem Rad und fahren lange Strecken über Land, als dass du dich hinter eine Düne auf Täterfang legst. Wir können ja Regenjacken mitnehmen.«

Sie packte ihren Tagesrucksack und vergewisserte sich, dass die Taschenlampe funktionierte und sie ihr Klappmesser dabei hatte. Wenn du den Frieden willst, bereite den Krieg vor, ging es ihr durch den Kopf. Manfred hatte Recht, dachte sie grinsend, ich bin irgendwie immer im Dienst.

»Mach doch schon mal die Räder klar«, rief sie von der Wohnungstür aus, »ich geh schnell bei den Messingers vorbei und komm dann zu dir.«

Elke drängte sich, kaum hatte Kirstin auf ihr Klopfen reagiert und die Tür geöffnet, mit einem leisen »Entschuldigung, es ist dringend« hinein.

»Guten Morgen, ihr zwei«, grüßte sie kurz, »ich muss euch was Wichtiges mitteilen.« Und sie berichtete über die Verdachtsmomente gegen den Hauswart und die laufende Fahndung. »Die meisten Kollegen kenn ich von meinem letzten Inselaufenthalt. Solltet ihr den Gesuchten sehen, unternehmt bitte keinerlei Schritte, außer diskret anzurufen.« Sie zog ihr Telefon hervor und schrieb daraus die Nummern Tadsens, der Polizeistation Nebels und die des Ermittlungsleiters auf den Rand der Tageszeitung, die auf dem Tisch lag.

»Wie gefährlich ist denn dieser Tondern wirklich?«, wollte Kai wissen. »Immerhin sind wir unbewaffnet.«

»Bei seinem Opfer sind Hand und Ohr abgetrennt, vielleicht bei vollem Bewusstsein, die Frau hat einen Genickbruch. Die Statur des Mannes kennt ihr ja. Ich würde nicht mit dem kämpfen wollen. Übrigens informiere ich Regina und deinen Lieblingspersonalmanager Doktor Siebentöter nicht. Bei beiden nehme ich an, dass sie tollpatschig-nervös reagieren würden, sollten sie dem Gesuchten begegnen. Hinterher kommt es noch zu einer Geiselnahme.« An Kais Gesicht konnte sie ablesen, dass ihm diese Vorstellung gefiel. »Hoff besser nicht darauf. Solche Leute haben doch immer Glück. Und Regina hätte das nicht verdient, auch wenn sie den Falschen geheiratet hat.« Kai nickte nachdenklich. »Aber die Kollegen kriegen das schon hin. Manfred und ich fahren gleich hoch an die Odde. Was habt ihr so geplant?«

»Ich werde mit unseren Nachbarn für heute Abend einkaufen. Anschließend wollten Kai und ich an den Strand. Wenn das Wetter noch mitspielt.«

»Richtig, das indische Essen«, erinnerte Elke sich. »Das wird bestimmt ein denkwürdiges Beisammensein.«

Das Telefon der Polizeistation schellte, und Ocke Petersen nahm das Gespräch entgegen. Tadsen positionierte sich daneben und beobachtete ihn scharf. Er war nicht mehr gewillt, irgendwelche halbseidenen Privatgespräche zu dulden. Aber Ocke nickte nur ernst und stellte auf Mithören. »Kannst einfach weiterreden, ich hab's laut gestellt«, sprach er in die Ohrmuschel.

»Moin Moin, zusammen. Petra hier. Das Wichtigste vorweg: Kristian Tondern haben wir nicht angetroffen, nur seine Mutter und den kleinen Finn. Die Familie wohnt in einem Mehrparteienhaus, alle Räume samt Keller wurden durchsucht. In Doris Tonderns Schlafzimmer, in einem Schrank voller Fotos und Korrespondenz, haben wir zuunterst einige Briefe aus der Anfangszeit ihrer Beziehung zu Eitel Brahms gefunden. Sie hat gesagt, seinen letzten, in dem von der Anerkennung der Vaterschaft die Rede ist, habe sie ihrem Sohn gegeben, und zwar an dem Tag, als an der Odde das Unglück geschehen sei. Er habe sie als Junge immer bedrängt zu sagen, wer denn sein Vater sei, und sie habe die Antwort immer hinausgezögert. Aber jetzt, wo der tot sei, da habe sie keinen Grund mehr gesehen, es ihm zu verheimlichen. So sollte er sich wenigstens noch bei der Beerdigung verabschieden können. Deshalb habe er gerade zu dem Zeitpunkt von seinem Vater erfahren. In einer Kiste voller Steuererklärungen im Keller sind wir dann auf das Testament des alten Brahms samt dem genannten Brief gestoßen. Scheint jemand versteckt zu haben. Darin bittet Eitel Brahms Doris Tondern um Verständnis, dass er Kristian nicht offiziell als seinen Sohn erklären könne, sagt aber finanzielle Unterstützung zu. Auf dem Schreiben finden sich Abdrücke blutbeschmierter Finger. – Der Taxidienst soll euch mal einen Ausdruck über die Fahrten und Einsatzzeiten seiner Mitarbeiterin geben, dann können wir ihr Alibi abhaken.«

Jack, der konzentriert zugehört hatte, deutete stumm auf Ocke, der bestätigend nickte.

»In einem verschlossenen Erste-Hilfe-Schränkchen in der Wohnung haben wir eine Packung Risperopax, ein Neuroleptikum, gefunden. Müssen wir uns näher ansehen. Und außer einigen Schraubenziehern und Scheren gibt es überhaupt kein Werkzeug in der Wohnung, natürlich auch kein Tatwerkzeug. Der Mann hat doch als Hauswart ständig etwas zu reparieren«, überlegte Petra laut. »Ich denke, er muss noch so was wie einen Schuppen oder eine Garage haben. Frau Tondern will davon nichts wissen. Die bringen wir gleich zur Dienststelle, damit sie richtig vernommen werden kann. So, und nun gebe ich euch noch die Liste aller Hauswartstellen durch, die der Gesuchte betreut. Das sind zwölf Stück. Kein Wunder, von zwei kann ja niemand leben. Danach wird dann Ende der Übertragung von Petra Barthlet-Jimenez sein.«

Radtour

Elke und Manfred fuhren den Radweg entlang des Watts in Richtung Norden und genossen den kühlenden Fahrtwind. Seidig glänzende Rinder grasten auf den Weiden, das Reet am Wegrand leuchtete in hellen und dunklen Grüntönen. Über einen dünnen Streifen weißen Sands hinweg schweifte der Blick hinaus auf die Nordsee. In die Wellen mischte sich zum Taubenblau des Himmels ein Hauch trüber Lehmfärbung. Am Horizont, aus Richtung Sylt, sahen sie düstere Wolken und eine dunkle, an den Rändern ausfransende Säule.

»Da scheint es mächtig zu regnen«, rief Elke und deutete nach vorne.

»Umso besser, dann werden wir vielleicht verschont«, hoffte Manfred und trat kräftiger in die Pedalen. »Komm schon, Elfe, Zwischenstopp im Café Schult. Mit etwas Glück auf der Terrasse.«

Elke, die fasziniert den tiefen Flug zweier Silbermöwen beobachtete, sah aus ihren Gedanken gerissen hinter ihm her und lachte. Wie motivierend doch ein paar Wolken sein konnten. Wieder sah sie zu den Möwen hoch. Die Tiere mit ihrem roten Fleck am Schnabel und den kalten Augen sahen zu ihr hinunter, stießen einen Schrei aus und ließen sich von einer Böe davontragen. Eine Warnung, schoss es Elke durch den Kopf. Als ob die Vögel mehr wüssten über das, was noch kommen sollte.

»Ocke fährt mit mir, vielleicht ist bei der Suche nach Tonderns Reparaturschuppen die Ortskenntnis eines Eingeborenen gefragt«, erklärte Tadsen, nachdem er beim Kraftfahrt-Bundesamt das Fahrzeug erfragt hatte, das auf den Gesuchten zugelassen war. So würden alle Kollegen, sollte ihnen das Fahrzeug begegnen, es erkennen und könnten eingreifen. »Jack, wenn du mit Virginia die Ferienhäuser abfährst, denk dran, die Adressen vorher der Regionalleitstelle mitzuteilen. Sonst wissen wir im Notfall nicht, wo ihr seid. Unsere Kollegin kennt sich inzwischen auf der Insel prima aus, sie ist hier ja auch dienstlich wie privat schon seit Monaten unterwegs.«

Der Niebüller Kriminalbeamte legte seine wellige Haarsträhne hinters Ohr, trat mit der Hacke seines Cowboystiefels mehrmals auf den Boden und verzog den Mund.

»Vielen Dank für den Anfängerhinweis.«

»Nicht dafür. Du weißt ja, die Routine ist der Tod. Immer wachsam sein. Ocke, du fährst.«

Langsam rollte der Streifenwagen die Inselstraße in Richtung Wittdün entlang. Auch wenn Ocke und Tadsen eigentlich den Reparaturschuppen ausfindig machen wollten, verfolgten die Polizisten im Vorbeifahren aufmerksam die Szenerie. Amrum war eine kleine Insel, die Suche nach einem blauen Fiesta oder einem blonden Friesen sollte eigentlich bald abgeschlossen sein, hofften sie. Nicht auszudenken, wenn sie ihn übersähen.

»Weißt du, Nanning, ist doch mal wieder ganz schön, mit dir rauszufahren. Ich hab fast vergessen, wie angenehm das ist, Polizist auf Amrum zu sein.«

»Hast Recht, Ocke. Dann wollen wir alles tun, dass es schnell wieder ruhig wird und du dich deinen Hobbys widmen kannst. Die Marlies ist doch ganz bestimmt zu kurz gekommen.« Grinsend beobachtete er die grübelnde Miene seines Kollegen, als dieser auf den Hof der Autowerkstatt am Ortseingang Wittdün abbog. Dort angekommen, stieg Tadsen leise stöhnend aus dem Wagen.

»Moin Moin«, rief der Mechaniker, klappte die Motorhaube eines perlmuttfarbenen Mercedes' zu und wischte seine Hände an einem Lappen sauber. »Was kann ich denn für die Herren tun? Gesuchte Mörder habe ich jedenfalls nicht versteckt«, lachte er heiser, entzündete eine Zigarette und lehnte sich gegen die Edelkarosse.

»Das will ich gerne glauben«, antwortete Tadsen, »aber vielleicht kennen Sie Kristian Tondern? Den sucht die Staatsanwaltschaft nämlich. Da sind wichtige Fragen zu klären.«

»Wegen der Leiche vom Friedhof oder wegen der Knochenfunde?«

»Der Mann fährt einen blauen, älteren Fiesta, ist Hauswart mehrerer Ferienhäuser und hat ganz sicher schon mal bei Ihnen sein Auto reparieren lassen«, überging Tadsen die Frage. »Oder kennen Sie noch eine Werkstatt auf unserer Insel?«

Der Mechaniker stieß Rauch in die Luft und verschränkte die Arme. »Ich kann mich beim besten Willen nicht an jeden Kunden erinnern. Wissen Sie, was hier los ist?«

»Nur zu genau«, mischte Ocke sich ein. »Der Mann lebt das ganze Jahr auf Amrum. Außerhalb der Saison ist wenig los und da lernt man seine Leute gut kennen. Sie können sich als Betreiber der einzigen Kfz-Werkstatt nicht mit Badegästen herausreden.«

»Ich will man so sagen«, erklärte Tadsen, »bestimmt war der Gesuchte mit seinem Auto öfter hier. Alles kann man am eigenen Wagen auch nicht reparieren. Und so von Handwerker zu Handwerker, da kommt man doch ins Gespräch. Vielleicht hat er sich auch mal Werkzeug geliehen? So ein Hauswart muss oft improvisieren. Überlegen Sie: Sollten Sie keine Auskünfte geben und die Durchsuchung Ihrer Unterlagen Hinweise auf einen Kontakt bestätigen, könnten Sie den Straftatbestand der Begünstigung erfüllen. Was wissen Sie über ihn? Denken Sie daran, es geht um Mord.«

»Wer sagt denn, dass ich mich weigere. Ich habe nur gesagt ...«

»Wir suchen so was wie einen Reparaturschuppen, oder eine Garage, in der Kristian Tondern arbeitet«, unterbrach Tadsen.

Der Mechaniker zuckte die Schultern und schloss kurz die Augen. »An der Straße nach Norddorf, gegenüber der großen Vogelkoje. Da gibt's einen Parkplatz und irgendwelche alten Steine. Der

Schuppen steht hinter Büschen, ich hab den Wagen mal von dort abgeschleppt. Irgendwas mit dem Anlasser. Hören Sie, ich möchte mit Ihren Fällen nichts zu tun haben. Und den Kristian kenn ich nur als freundlichen Mann.«

»Ja, so sind die Bürger«, sagte Tadsen und schlug dem Mechaniker in einer Mischung aus Dank und Herablassung auf die Schulter. »Polizei, wasch mir den Pelz, aber mach mich nicht nass.« Er legte grüßend die Hand an die Stirn, winkte Ocke und drehte sich zum Streifenwagen um. »Und Stillschweigen bewahren. Wie gesagt, Begünstigung!«, rief er dem Mann noch zu und ließ sich in den Beifahrersitz fallen.

»Ocke, hat dieser Parkplatz einen Namen?«

»Ja, Klöwenhugh.«

»Dann nichts wie hin. Hoffentlich haben wir den Tatverdächtigen bald am Kanthaken.«

Sie fuhren los, als das Telefon in seiner Hemdtasche summte.

»Irgendwann schmeiß ich das Ding ins Meer«, rief er und sah auf das Display. Die Nummer sagte ihm nichts.

»Moin Moin, hier Tadsen von der Polizei Amrum.«

»Ich hoffe Sie legen nicht gleich auf, Herr Tadsen, denn der Kniepsandbote wundert sich über die Ergebnisse der Rechtsmedizin. Die DNS-Untersuchungen! Ich möchte Ungereimtheiten zu den Spuren klären.« Der Inselpolizist verdrehte die Augen und deutete mit einer Armbewegung an, das Telefon aus dem Fenster werfen zu wollen.

»Frau Briese. Wie gut, dass Sie schon Ergebnisse haben, die wir noch gar nicht kennen. Da hat sich wieder mal jemand mit Insiderwissen eine goldene Nase verdient. Und warum wenden Sie sich eigentlich nicht an den Ermittlungsleiter? Der sollte dieses Gespräch eigentlich mit Ihnen führen.«

»Der hat gesagt, er hat gerade den Kopf nicht frei.«

»Na, das trifft auf mich genauso ...«

»Die Spuren an der Nadel aus dem Steinzeitgrab und die am abgetrennten Ohr haben die gleiche DNS«, warf die Journalistin ein.

»Was ist?« Tadsen verstand nicht.

»Mir liegt das Ergebnis der forensischen Molekularbiologie vor. Dort wurde die ganze Nacht durchgearbeitet und die DNS-Proben wurden untersucht. Das Ministerium hat wegen des Tourismus' und des Schadens für die Region Druck gemacht.«

»Zur Sache bitte.«

»Wie ich schon sagte, an der Bronzenadel aus dem Grab haftet DNS, die mit dem Blut des abgetrennten Ohres identisch ist. Und das gehört ja der jüngst ausgegrabenen Rahel Brahms. Was hat die Frau beim Steinzeitgrab gemacht? Was hat es mit der Nadel auf sich? Und jetzt wird es noch verwirrender, Herr Oberkommissar. Da sind Haare untersucht worden. Stammen die aus der Grabstätte? Jedenfalls haben die Haarwurzeln genügend Material hergegeben, und das Ergebnis hat den Molekularbiologen nochmals verwirrt. Das STR-Profil zeigt auffällige Ähnlichkeiten zur DNS des Ohres. Der Spezialist ist der Meinung, hier könnte Verwandtschaft bestehen. Aber um das genauer zu prüfen, benötige er Proben mitochondrialer DNS mütterlicherseits und für den Y-chromosomalen-Test Material der männlichen Linie.«

Tadsen schwirrte der Kopf. Mit wem glaubte diese Reporterin eigentlich zu sprechen? Er war Polizist und kein Mediziner. »Moment mal«, unterbrach er sie. »Was heißt STR-Profil?« Irgendeine Frage musste sein, um den Anschein des Mitdenkens zu wahren.

»Short tandem repeats, englisch, Herr Tadsen. Das sind die«, Tadsen hörte das Rascheln von Papier, der Medizinexkurs kam also bei ihr vom Blatt, »Wiederholungen kurzer Basenpaar-Muster in einem DNS-Strang. Unglaublich variantenreich, und deshalb sind Ähnlichkeiten unter Milliarden von Menschen selten. Ich könnte das noch genauer ...«

»Kein Bedarf, danke. Sie deuten an, es könne Verwandtschaft zwischen diesem Haar und Rahel Brahms bestehen? Verblüffend. Und dann noch die DNS-Übereinstimmung bei Nadel und Ohr. Ich kann dazu jetzt nichts sagen, die Informationen sollten der Polizei erst mal offiziell vorliegen, anstatt zuerst an die Presse zu gehen. Aber es ist ein vielversprechender Ansatz, den werden wir im Team diskutieren. Dann bis zur nächsten Pressekonferenz, Frau Briese, vielen Dank.«

Ocke hatte mitgehört und war immer langsamer gefahren. Er blickte zu seinem Kollegen, der geistesabwesend das Telefon in der Hand hin und her drehte.

»Nanning, wenn der Greiner Recht hat mit seiner Geschichte vom wütenden Magni Brahms? Ich sag nur Großvater und Enkelin. Daher das ähnliche Erbgut. Das war sein Haar in der Mütze vom Steinzeitgrab. Aber warum hat er die beim Opfer gelassen? Die war auffällig rot. Ich kann mir das nur so erklären, dass er den Toten im Dunkeln verscharrt hat und er gar nicht gemerkt hat, wie ihm dabei seine Kopfbedeckung heruntergefallen ist.«

Tadsen nickte, das klang plausibel. Aber diese andere Übereinstimmung? War der abgetrennte Körperteil mit der Bronzenadel in Berührung gekommen? Grübelnd sah er aus dem Fenster.

»Wir sind gleich da«, holte Ocke ihn in die gefährliche Wirklichkeit zurück. Es galt, einen Mordverdächtigen festzunehmen. Links der Straße grenzte ein kleiner Wald an die Heide. Gegenüber, umgeben von Feldern, stand ein Hain aus Kiefern und Büschen. Dort lag die Grabanlage Klöwenhugh, und Tonderns Schuppen sollte sich hinter dem Bewuchs befinden.

»Fahr links in den Feldweg«, dirigierte Tadsen den Streifenwagen weg von der Straße, »wir müssen nicht gesehen werden. Am besten stellen wir unser Fahrzeug ab und nähern uns verdeckt dem Objekt an.« Ocke nickte und steuerte den holprigen Sandpfad entlang auf die Rückseite des Wäldchens. »Hier kannst du mich rauslassen«, forderte Tadsen ihn beim ersten Weg auf, »ich geh zurück zur Inselstraße. Bei all den Bäumen sieht mich keiner. Du stellst oberhalb des Waldes den Wagen ab und kommst von dort zum Klöwenhugh. Zangenbewegung. Alles klar?«

»Kein Problem, Nanning. Den schnappen wir uns.«

Tadsen nahm eines der beiden Funkgeräte aus der Halterung, stemmte sich aus dem Sitz hoch und nickte seinem Kollegen aufmunternd zu, als er die Tür leise zudrückte. Er sah seinem Kollegen nach, der zockelnd weiterfuhr, und trat in den Schatten der dicht stehenden Bäume. Ihre Kühle milderte die drückende Luft, die über der Insel lag. Langsam, das Knacken von Zweigen vermeidend, schlich er zur Inselstraße.

»Ocke, meld dich, wenn du an der Straße stehst«, sprach er leise in das Funkgerät.

»Geht klar, ich bin schon unterwegs.«

Vom Waldrand aus sah Tadsen auf die andere Straßenseite und blickte auf eine Reihe Bäume, die den Parkplatz dieser kaum noch erkennbaren Grabanlage säumten. Schwalben zogen tief über die trockenen Felder. Vereinzelt fuhr ein Fahrzeug vorbei, ansonsten war die Gegend menschenleer.

Nützt alles nichts, dachte der Inselpolizist, du musst näher ran. So siehst du zu wenig. Er überquerte die Straße, lief im Schutz der Baumreihe auf den Parkplatz zu und erschrak. Am Ende des Platzes, vor einem gartenlaubenähnlichen Holzschuppen, stand der gesuchte Fiesta. Obwohl Tadsen hier war, um jemanden festzunehmen, hatte er insgeheim doch gehofft, den Klöwenhugh verlassen vorzufinden. Denn an einsamer Stelle nur zu zweit einen Mörder dingfest zu machen, beunruhigte ihn dann doch. Er hielt sich eng bei den Bäumen und fingerte nach seinem Funkgerät.

»Ocke, der Wagen steht hier. Wo bist du?«

»Nur ein paar Schritte von der Straße weg. Gleich seh ich mehr.«

Ungeduldig verharrte Tadsen, stierte auf die Holzlaube, deren Front er nicht komplett einsehen konnte und merkte, wie langsam eine kribbelige Mischung aus Jagdfieber und Furcht in ihm aufstieg. Es war völlig unklar, wie Kristian Tondern sich bei einer Festnahme verhalten würde, körperlich war der Gesuchte beiden Polizisten überlegen. Nervös löste Tadsen mit der freien Hand die Sicherung seines Pistolenholsters. Die Vorbereitung beruhigte ihn kurzfristig, bis er plötzlich einen Schatten vom Schuppen weg über die Straße huschen sah. Die Tür hatte er nicht im Blickfeld gehabt. Er sprang nach vorne auf die Hütte zu und rief »Ocke, der kommt auf dich zu!« ins Funkgerät.

»Ja, ich seh ...«, war alles, was er noch hörte, dann herrschte Stille. Tadsen stürzte an Fahrzeug und Schuppen vorbei über die Straße zum Waldrand.

»Ocke, wo bist du?«, rief er atemlos ins Funkgerät und über das Gelände. Links aus dem Dickicht antwortete das laute Knacken von Ästen, als flöhe Damwild. Er zog seine Pistole und ging langsamer. Ich bin im Tageslicht gut ausgeleuchtet, dachte er schwer atmend, durch die schattigen Stämme hindurch sieht man mich bestens. Er stolperte einige Schritte, dann stieß er auf seinen Kollegen. Ocke lag mit blutender Kopfwunde vornüber, das Gesicht im Staub des Pfades. Tadsen steckte seine Pistole zurück ins Holster, stürzte zu ihm, rüttelte an der Schulter, rief seinen Namen. Da jede Reaktion ausblieb, drehte er den Körper auf den Rücken und suchte den Puls am Handgelenk. Er spürte nichts und erschrak. Verzweifelt betastete er Ockes Hals und atmete erleichtert auf, als es dort pochte. Fahrig fingerte er sein Telefon aus dem Hemd und tippte den Notruf ein. Er zog die sichere Verbindung zur Regionalleitstelle vor, das Funkgerät war da wenig hilfreich.

»Tadsen, Polizei Amrum. Ich hab einen am Kopf verletzten Polizisten, bewusstlos. An der L215 zwischen Nebel und Norddorf, gegenüber dem Parkplatz Klöwenhugh. Wir brauchen den Notarzt, ich mach mich bemerkbar.« Er beugte sich zu seinem Kollegen hinunter und lauschte. Das regelmäßige Atmen des Verwundeten ließ ihn ruhiger werden, er legte Funk- und Telefongerät auf den Boden und wuchtete ihn auf die Seite. Unsicher, welcher Arm und welches Bein bei der stabilen Seitenlage ausgestellt werden musste, zog er an Ocke herum und war froh, dass dieser nicht wieder mit dem Gesicht in den Staub kippte. Kniend sah er auf den Wald und über die Felder. Tondern war ihnen entkommen. Hoffentlich zeigt sich jetzt diese bibelfeste Koreanerin nicht, dachte er, das wär ein böses Omen. Bisher hab ich die nur bei Leichen und Teilen davon gesehen. Da will ich für Ocke mal das Beste hoffen.

Friesentorte

»Wie es aussieht, haben wir Glück«, freute Elke sich vor dem Norddorfer Café Schult und schloss ihr Rad am voll belegten Fahrradständer an. Auf der Terrasse hatte sie einen freien Tisch gesehen und beeilte sich, den zu erobern. »Komm schon, trödel nicht so herum«, rief sie Manfred zu, der versonnen die Fassade des Hotel Hüttmann auf der anderen Straßenseite betrachtete.

»Ganz schön mondän, das hat ja richtig Seebadatmosphäre«, urteilte er, setzte sich und griff die Karte.

»Wir machen nur eine kleine Pause, noch ist der Tag jung. Kuchen gibt's auf dem Rückweg«, bestimmte Elke, die nicht allzu lange verweilen wollte.

»Keinen Kuchen? Auch gut. Dann eben Friesentorte, Frau General, und Kaffee. Nicht, dass ich da oben an der Nordspitze unterzuckere.«

»Kannst dich ganz wie im Urlaub fühlen«, beruhigte sie, »hier kriegst du vom Schonkaffee bis zum spanischen Café con leche alles.«

»Urlaub, dass ich das Wort noch mal aus deinem Mund höre.« Er rekelte sich im Sitz und streckte die Beine von sich. Zwei Frauenstimmen wehten vom Eingang herüber und lenkten sie ab. Eine der Stimmen klang bekannt.

»Vor der Vogelkoje, wenn ich es dir doch sage. Ich hatte es für drei Minuten nicht beaufsichtigt, und dann war es weg. Ich habe dem Dieb noch hinterhergeschrien, umsonst. Die anderen Leute haben nur doof geglotzt. Mein Verleiher wird sich bedanken. Und die Polizei reißt sich auch kein Bein aus. Ich soll vorbeikommen und das anzeigen, zu mir rausfahren könnten sie nicht. Angeblich seien alle im Einsatz. So ein Blödsinn. Wir sind auf Amrum! Hier sind doch alle Tage Ferien. Der Typ hatte eine grüne Latzhose und so ein Fischerhemd an, war voll der Gärtner. Weißt du, kräftig gebaut, blond, von hinten ganz lecker. Was will der denn mit meinem Dreigangleihrad?«

»Na komm, Marlies, auf den Schreck brauchst du erst mal einen Kaffee mit Rum. Dahinten ist noch ein Plätzchen frei.«

Elke hatte immer aufmerksamer zugehört und am Ende ihr Telefon ertastet. »Es gibt ja keine Zufälle, sagen die Philosophen«, murmelte sie und wählte. »Moin Nanning, deine Kölner Agentin hier. Sag mal, ist euer Raubfisch durchs Netz geschlüpft?«

»Der Tondern? Kann man sagen. Er hat Ocke niedergeschlagen, aber der Friesenschädel verträgt was. Hat der Rettungsassistentin schon angeboten, mit ihr das Wrack der Pallas zu besuchen. Wie kommst du darauf?«

»Vor der Vogelkoje ist ein Damenrad entwendet worden, die Täterbeschreibung passt haargenau zu eurer Fahndung.«

»Wissen wir schon. Die Leitstelle hat eins und eins zusammengezählt. Die Stelle, an der Ocke verletzt wurde und die Koje liegen knapp einen Kilometer voneinander weg. Als Radfahrer ist Tondern leider unauffällig und wesentlich mobiler, das macht es schwieriger. Auch wenn mittlerweile die Spürhunde eingetroffen sind. Virginia und Mattes lass ich zu den Fährzeiten die Fahrzeuge am Anleger kontrollieren, ansonsten bestreifen sie die Insel. In Dunsum auf Föhr überwachen die Kollegen das Watt. Am frühen Abend haben wir Niedrigwasser. Nicht, dass er dann rüberläuft und uns auf diesem Weg entkommt. Und ab sofort fahnden Dennis und ich mit meinem Privatwagen. Zwei Streifenwagen, das ist zu auffällig, und ein dienstliches Zivilfahrzeug gibt es hier leider nicht.«

»Und die anderen?«

»Jack und Petra haben gerade die Taxifahrerin in der Mangel. Du siehst, alles läuft auf Hochtouren. Übrigens, der Kniepsandbote weiß inzwischen auch, nach wem wir suchen. Der bringt das in Echtzeit in seiner Onlineausgabe.«

»Mensch Nanning, scheinst ja alles im Griff zu haben. Dann fahr ich mal beruhigt an die Odde. Bin ja nicht alleine auf die Insel gereist. Meld dich, wenn ich gebraucht werde.«

»Mach ich. Pass auf dich auf und hol di munter.«

Tadsen hatte die beiden Diensthundeführer an der Fähre abgeholt und sie zum Brahms-Hof gelotst. Danach sollten sie mit ihren

Malinois die Gegend um den Klöwenhugh absuchen. Bei dieser Suche hoffte man vor allem Beweismittel zu finden, weniger den Flüchtigen, der konnte auf dem Rad überall sein.

Das erste Tier nahm gleich im Stall Witterung auf. Aufgeregt schnüffelte der sandgelbe Rüde mit seiner schwarzen Schnauze den Boden ab, sein Herrchen folgte mit einigem Abstand und trieb ihn an.

»Warum setzt ihr nicht direkt beide ein?«, wollte Dennis wissen, der dem Schauspiel zusah.

»Damit die Tiere sich ablösen können. Schnüffeln ist Höchstleistungssport«, erklärte Tadsen.

»Richtig, Kollege. Wir fangen meist mit Castor an, dann folgt sein Bruder Pollux. Die sind aus einem Wurf. So eine Hundenase ist vierundvierzigmal empfindlicher als die menschliche«, ergänzte der Spezialist. »Unsere Belgier hier ziehen in Ruhephasen vielleicht fünfzehnmal pro Minute die Luft ein. Aber bei der Schnüffelarbeit geht das rauf bis auf zweihundert. Total anstrengend. Nach zwanzig Minuten ist dann Pause.« Das waren Zahlen, die Dennis sichtlich beeindruckten.

»Wenn es Zuchthunde aus einem Wurf sind, müsste ihr Name dann nicht mit demselben Buchstaben beginnen?«, wollte er noch wissen.

»Nach der Zuchtordnung ja«, erklärte der Hundeführer. »Aber die stammen aus keiner Zucht, haben keine Ahnentafel. Dafür war ihre Mutter schon bei uns im Dienst. Wir nehmen jeden Hund, der was kann.« Dennis beugte sich hinunter und kraulte Pollux den Nacken.

Tadsen drückte dessen Herrchen einige große Papiertüten in die Hand. »Mit freundlichen Grüßen vom Erkennungsdienst. Wenn ihr was finden solltet, bitte gut eintüten und Bescheid geben. Er kommt dann zu euch. So Dennis, wir müssen fahnden. Hier braucht uns gerade niemand.« Er grüßte und ging zum Wagen.

Plötzliches, laustarkes Bellen ließ ihn und Dennis stoppen.

»Kollege Tadsen, hierher!«, rief der Hundeführer, der mit Castor im Stall verschwunden war. Die beiden Inselpolizisten liefen hinein und sahen im Halbdunkel, wie der Hund am hinteren

Ende des Raums an einer niedrigen Holztür kratzte, die in eine Bretterwand eingelassen war. Das Tier wurde beiseitegeführt, und Tadsen drückte vorsichtig die Klinke herunter. Ein kleiner, enger Raum wurde sichtbar.

»Wir brauchen mehr Licht«, stellte er fest, und Dennis löste seine kleine, leistungsstarke Taschenlampe vom Gürtel. Ein heller Schein leuchtete den Raum aus.

»Eine bessere Abstellkammer«, kommentierte der junge Polizist und trat mit eingezogenem Kopf ein. »Alles leer, hier liegt keiner.« Er steckte seinen Kopf aus der Tür und rief: »Lass Castor noch mal hier arbeiten. Vielleicht ist ja was vergraben worden!«

Der Rüde stürmte in die Kammer und stürzte sich im nächsten Augenblick winselnd in die hinterste Ecke, wo er sofort begann, den Lehmboden aufzukratzen. Sein Herrchen rief ihn zu sich, und Dennis machte sich auf die Suche nach einem Spaten.

Tadsen, der mit der Taschenlampe seines jungen Kollegen den Boden beleuchtete, hatte ein mulmiges Gefühl im Magen. Was würde aus dem Boden Grausiges zum Vorschein kommen? Weitere menschliche Überbleibsel? Oder doch nur irgendwelche Habseligkeiten einer unbekannten Person?

Schon nach den ersten, beherzten Stößen, mit denen Dennis den trockenen Lehmboden auseinandersprengte, zerbröselte die Erdschicht. Der junge Polizist kniete nieder und erweiterte das Loch mit den bloßen Händen. »Hier ist etwas«, rief er und zerrte an einem Knäuel aus grobem Sackleinen, das sich nach wenigen Minuten als eingerollter Kartoffelsack erwies, in dem sich etwas befand.

»Jetzt kannst du die Handschuhe anziehen«, kam Tadsen dem erkennbaren Wunsch Dennis' zuvor, den Fund sofort zu sichten. »Vorher wären die Latexdinger zerrissen, aber nun brauchst du sie.«

Dennis schlüpfte hinein, ihm war seine Ungeduld anzusehen. Dann erst und trotz aller Neugierde vorsichtig, krempelte er den Sack Zentimeter für Zentimeter um.

»Leg mal alles vorsichtig hier auf den Boden«, empfahl Tadsen gespannt. Der Kegel der Taschenlampe zitterte ein wenig. Als Dennis den Inhalt ans Licht zog, brummte sein Kollege, griff ebenfalls zu Latexhandschuhen und ging stöhnend in die Knie. Auf den ersten Blick lag da im Staub ein zusammengeknülltes Tweedjackett mit passender Hose, ein derbes Flanellhemd voll dunkler Flecken und ein Paar zwiegenähte Halbstiefel. Alles sah abgetragen und aus der Mode gekommen aus. In Gedanken nahm er einen der Schuhe und betrachtete ihn von allen Seiten, dabei neugierig von Dennis beobachtet.

»Na, was meinst du?«, wollte Tadsen von ihm wissen. »Wem könnten diese Sachen gehören?« Beim Hantieren mit dem Schuh rieselte feiner Sand heraus, und Tadsen zischte leise durch die Zähne.

»Socken, Unterhemd und -hose gibt es auch noch«, erklärte Dennis und legte die Kleidungsstücke neben die anderen.

Ächzend richtete Tadsen sich auf, sein Kollege folgte ihm mit geschmeidig-lautlosen Bewegungen. Gleichzeitig schlugen sie sich den Staub von den Knien. »Dennis, ruf mal den Roluf Brahms an, er soll sofort herkommen. Dringend. Sag ihm, wenn er sich sträubt, nehm ich ihn fest.«

Fünfzehn Minuten später stand die große, fleischige Statur des letzten Brahms' im Stall. Aus dem geäderten Gesicht blickte er wütend auf Tadsen.

»Moin Herr Brahms«, grüßte der Inselpolizist und blieb im Raum stehen. »Es hat schon seinen Grund, warum Sie hier sein müssen. Ohne Sie geht das nicht.« Er drehte sich zur Bretterwand um und wies auf die niedrige Tür. »Was verbirgt sich dahinter? Was wissen Sie darüber?«

Brahms' Blick folgte irritiert dem Arm Tadsens, dann sah er zu Boden.

»Die dunkle Kammer«, murmelte er leise und hob zögernd den Blick. »Ich war da nie drin. Rahel auch nicht. Wenigstens als Kinder nicht.« Der zuckte mit den Schultern. »Meist war sie zugesperrt, und Großvater Magni hatte uns verboten, da reinzugehen. Wir Kinder haben uns natürlich sonst was ausgedacht. Eine versteckte Fallgrube, gefangene Monster oder dass da ein Toter liegt. Großvater Magni hat ein-, zweimal gesagt, dass der Teufel da drin wohne und uns fressen würde. Irgendwas in seinem Blick hat uns klargemacht, dass es ihm wirklich ernst war mit dem Verbot. Mein Vater hat dann nur den Mund verzogen und gemeint, wir sollten da wegbleiben, der Raum sei baufällig, da seien Balken locker.« Roluf schüttelte sich, als ob er fror. »Und irgendwann hab ich den Hof ja auch verlassen und nicht mehr dran gedacht. Aber früher hatte ich so eine heilige Scheu vor der Kammer. Wirklich, ich war nie drin.«

Tadsen nickte, ging auf Roluf zu und legte ihm die Hand auf die Schulter. »Vielen Dank, das war trotzdem hilfreich. Sie können dann wieder gehen.«

»Um was geht es denn diesmal?«, wollte Roluf wissen. »Haben Sie noch eine Tatwaffe gefunden?«

»Nein. Nur Kleidung. Kennen Sie die?« Er ließ Roluf einen Blick in den engen Raum werfen. Der schüttelte nach wenigen Blicken den Kopf und entfernte sich schnell nach draußen, vor die Stalltür. »Dennis, ruf mal Jack an. Es kann gut sein, dass wir auf die Kleidung vom verschwundenen Professor Zücht gestoßen sind. Die Kammer hier wäre übrigens perfekt zum Zwischenlagern einer Leiche, die verschwinden soll. Das nenn ich mal ein riskantes Unterfangen. Aber wie es scheint, wurde das fast perfekt durchgeführt.«

Elke hielt an einer Kreuzung. Der Oodwai am Norddorfer Ortsrand führte geradeaus über die Marschfelder an die Nordspitze. Folgten sie dem anderen Weg nach links, kämen sie zum Meerwasserschwimmbad und zum Naturzentrum.

»Weißt du, ich überleg gerade, ob wir uns dort nicht besser über die Inselvögel informieren sollten. Dann wären wir oben an der Odde nicht so ahnungslos. Was denkst du? Nur kurz.«

Manfred zuckte die Schultern, der Abstecher schien ihn nicht zu stören. So rollten ihre Räder an der Nordseeklinik vorbei auf den Strand zu, der unmittelbar hinter dem Naturzentrum begann. Mütter und Kinder, Klinikgäste, füllten die Straße, und sie mussten abbremsen.

Ein Pärchen ging sehr vertraut vor ihnen her, Seite an Seite. »Das ist doch ... ich glaub das jetzt nicht«, rief sie Manfred gedämpft zu und deutete auf die beiden vor ihnen. War es die Art des Mannes, sich zu bewegen, oder sein kurzer Seitenblick, der sie aufmerksam werden ließ? Vorsichtig rollte sie näher. Sein Gang wirkte wackelig. Er trug eine Baseballmütze, deren hinterer Verschluss eine Stofflücke hatte. Rot leuchtete Kopfhaut durch das schwarz gefärbte, schüttere Haar hervor. An seiner Seite hielt sich eine deutlich jüngere, sehr aufrechte Blondine in engem T-Shirt und Jeans. Sie schien ihn etwas zu stützen.

»Ocke? Bist du das?«, rief sie und sprang vom Rad.

Der Mann zuckte zusammen und drehte sich um. Kein Zweifel, es war der Amrumer Polizist. Zuerst sah er sie verwirrt an, dann beschlich ihn die Erinnerung. »Elke aus Köln. Ja, das ist mal ein Ding.« Er deutete auf den Betrieb um sie herum. »Bei den vielen Leuten hier läufst du mir über den Weg. Wo geht es denn hin?« Neugierig blickte er auf sie und ihren Begleiter.

»Mein Freund Manfred, den müsstest du noch vom letzten Urlaub kennen. Ihr seid euch damals kurz begegnet.« Die Männer nickten sich zu.

»Ines, meine Retterin«, stellte er seine Begleiterin vor. »Sie ist Rettungsassistentin und vollbringt mit ihren Händen wahre Wunder.«

Wie gut, dachte Elke, dass der Nanning das jetzt nicht gehört hat, und lächelte der blonden Frau freundlich zu.

»Sag mal, wie geht es dir denn überhaupt. Dass du schon wieder laufen kannst nach dem Überfall.«

»Ach, das weißt du schon? Na ja, ich würd sagen, ich wanke. Der erste Schmerz ist vorbei, und ich dachte, mit ein paar Tabletten könnte ich ein bisschen raus, auf andere Gedanken kommen. Und der Ines wollte ich noch die Watvögel zeigen.«

»Wie kam das denn, dass Tondern dich überfallen hat?«, wollte Elke wissen. »Nanning hat nichts darüber gesagt.«

Ocke sah sich um und deutete auf einen Grashang, der den Weg säumte. »Können wir uns kurz setzen? Dann fühl ich mich besser. Das ist schnell gegangen. Ich hab an der Straße gestanden, auf den Werkzeugschuppen am Klöwenhugh gesehen und da kam er auch schon auf mich zugestürmt. Der muss mich früh erkannt haben, nach hinten raus hat der Schuppen ein Fenster. So rasch, wie der bei mir war, konnte ich gar nicht reagieren. Noch bevor ich meine Waffe ziehen konnte, hat er mit einer Holzlatte zugeschlagen. Ich hab nur das Weiße in seinen Augen gesehen, das wutverzerrte Gesicht. Dann fehlen mir einige Minuten.« Er tastete vorsichtig durch seine Kappe die Wunde ab. »Platzwunde, wurde genäht. Nichts Schlimmes. Gegen den Kopfschmerz hat Ines mir was gegeben.«

»Hat Tondern irgendwas gesagt beim Schlag?«

»Ja. Mach uns nicht unglücklich, hat er gerufen.«

»Sieh mal an, als er zugeschlagen hat, hat er sich noch um dich gesorgt. Sehr mitfühlend. Vermutlich eine gequälte Seele. Der Richter wird sich dafür ganz gewiss zu einer Geldstrafe erweichen lassen.«

Am späten Nachmittag faltete Tadsen seine Inselkarte zusammen, sah aus dem Wagen und seufzte. Wo nur mochte Kristian Tondern sein? Taxi- und Busfahrer waren informiert, ebenso die Fähre und die Zeitungen. Irgendjemand musste ihn doch gesehen haben. Er konnte sich ja nicht in Luft aufgelöst haben.

Die Diensthundeführer hatten unweit des Hackklotzes den Fund eines alten Gemüsemessers unter Farnen gemeldet. Klotz und Messer waren blutbefleckt. Jetzt schnüffelten die Tiere rund um den Tonderschen Schuppen.

Tadsens Telefon summte, und er nahm das Gespräch an, ohne auf das Display zu sehen. »Moin, Polizei Amrum hier, Tadsen am Apparat.«

»Moin, ich bin das, der Jack. Wir haben Frau Tondern gerade entlassen. Ihrem Sohn hat sie wohl sein ganzes Leben lang gepredigt, wie habgierig die Familie Brahms sei und was für einen miesen Charakter die alle hätten. Erst vor zwei Tagen, nach dem Unglück mit dem Kite-Segel, hat sie ihm erklärt, wer sein Vater ist. Da muss Kristian Tondern regelrecht explodiert sein. Er habe ihr den letzten Brief seines Vaters aus den Händen gerissen und sei aus dem Haus gestürmt. Mehr wisse sie nicht. Ihr Alibi ist übrigens bestätigt, sie ist tatsächlich Taxi gefahren. Wir sehen uns dann auch mal auf der Insel um.«

»Ist gut. Nehmt den Norden, südliche Begrenzung Höhe Vogelkoje-Klöwenhugh. Wir konzentrieren uns auf die Inselmitte, Grenze ist Strandhäuschen, Süddorf und Steenodde. Den Rest müssen Virginia und Mattes machen, die ruf ich jetzt an. Kann ja nur eine Frage der Zeit sein, bis der Verdächtige einem aufmerksamen Insulaner auffällt. Also, bis bald.«

Tierfreunde

Elke schloss die Augen und sog die Luft ein. Der Treppenflur des Gästehauses Silbergras war erfüllt von würzigen Düften nach Curry und Knoblauch. Dr. Siebentöter schien mit dem Angebot des Amrumer Lebensmittelhandels zumindest etwas Leckeres kochen zu können – ob es dann wirklich der indischen Küche entsprach, würde sie bald erfahren.

Sie betrat den Garten und sah skeptisch zum Himmel. Noch immer hatten sich die Wolken nicht entschieden, ob sie regnen oder nur die Insel verdunkeln wollten. Ihre Beine schmerzten. Die Tour hoch zur Odde war dann doch anstrengender geworden als geplant. Manfred hatte sich gleich nach ihrer Rückkehr etwas hingelegt.

Auf der Wiese, zwischen den zurechtgerückten Strandkörben, deckten Regina und Kirstin den Tisch. Auch ihr Blick ging immer wieder zu den Wolken und den dramatisch niedrig fliegenden Schwalben.

»Wie bei Hitchcocks Vögeln«, unkte Kirstin und rückte die Teller zurecht. »Ich hab für alle Fälle schon bei uns oben alles vorbereitet, falls wir doch noch rein müssen.«

»Ich finde, das hat was. Draußen essen, bis der Regen kommt«, meinte Elke. »Kann ich irgendwas machen?« Die Antwort bestand aus zwei schüttelnden Köpfen. »Kocht Horst-Detlef alleine?«, fragte sie weiter, »oder darf Kai ihm zuarbeiten?«

Regina lachte spitz auf. »Der lässt sich von niemandem helfen, da ist er eigen. Er ist der Meinung, in der Zeit, in der er etwas erklärt, kann er es auch selbst machen.«

»Ja schon, aber gemeinsames Kochen ist doch ein soziales Ereignis«, gab Elke zu bedenken.

»Nicht für meinen Mann. Für den steht das Ergebnis an erster Stelle. Und routinierte Handgriffe traut er nur sich selbst zu.«

»Das klingt vielversprechend«, murmelte Elke, hob grüßend die Hand und schlenderte weiter die Büsche entlang.

Am Gewächshaus spiegelten sich dunkel- wie hellgraue Wolken und gaben den unbekannten Pflanzen dahinter etwas Geheimnisvolles. Plötzlich vermeinte sie, eine schemenhafte Bewegung zu sehen. Sie schien aus dem hinteren Teil des Glashauses zu kommen, war aber im gleichen Augenblick schon wieder weg. Mit gespannten Sinnen ging sie zum Eingang und rüttelte an der Zinktür. Das Vorhängeschloss fehlte, trotzdem blieb sie zu. Misstrauisch umrundete sie das Treibhaus, soweit die an den Seiten wachsenden Pflanzen es zuließen und schlenderte hinüber zu den Fahrrädern. Der Ständer war gut gefüllt, alle Hausbewohner waren wohl anwesend. Mit einem Blick erfasste sie die Anzahl der Räder, stutzte und blickte zurück auf das Glashaus.

»Bald ist es soweit, soll ich sagen«, rief Kai und riss sie aus ihren Überlegungen. Über das Grundstück kam er auf sie zu und trug einen Weinkühler. Die grüne Flasche darin war beschlagen und perlte verlockend.

Sie zog ihren Kollegen zu sich und wies mit dem Kopf auf das Gewächshaus. »Sag dem Koch, er soll sich noch etwas Zeit lassen. Kann sein, dass wir gleich gestört werden. Und das besser dann vor dem Essen als mittendrin. Erfinde irgendwas von umgestürzten Strandkörben oder so und beschäftige danach die Damen in der Gartenecke.«

»Du meinst, unser Hauswart hat sich da versteckt? Sollten wir nicht selbst ...?«

»Nein, keine Alleingänge. Ich behalte alles im Blick und werde jetzt anrufen.« Damit zog sie ihr Telefon aus der Hosentasche.

Tadsen saß in seinem Wagen vor der Windmühle und döste langsam ein, während Dennis mit wachem Blick die Menschen auf Straße und Weg beobachtete. Mürrisch nahm er das Gespräch entgegen. Als Elkes Nachricht ganz zu ihm durchdrang, saß er augenblicklich, wie vom Stromschlag getroffen, aufrecht im Sitz. Mit zittrigen Fingern wählte er hastig Jacks Nummer und gab die Information weiter.

»Wir stehen kurz vor der Ualjaat, fahren schnell rüber und klären schon mal auf, ihr kommt sofort nach. Den Zugriff sollten wir den Hunden überlassen.« Obwohl Jack die Leitung des Einsatzes hatte, ließ Tadsens Ton keinen Zweifel daran aufkommen, wer in diesem Moment die Polizisten führte. Er startete seinen Wagen, würgte ihn ab, gab zu viel Gas und fuhr endgültig mit aufheulendem Motor los. Das Ziel lag nicht weit.

»Soll ich nicht lieber fahren?«, fragte Dennis besorgt und sah seinen älteren Kollegen von der Seite an. Der räusperte sich und schüttelte den Kopf.

»Kleine Unpässlichkeit, ist gleich vorbei. So von Null auf Hundert alle Sinne parat haben zu müssen, das ist wirklich anstrengend. Aber Gott sei Dank kommt das bei uns nicht oft vor.« Er bog in die Gasse ein, schaltete in den Leerlauf, ließ den Wagen ausrollen und hielt kurz vor dem gegenüberliegenden Garten des Hauses Silbergras.

»Die Seitenscheiben bleiben unten«, wies er seinen Kollegen an, der sich anschickte, seine zu schließen, und fügte schnell hinzu, als der protestieren wollte: »Hinter der Spiegelung können wir uns gut verbergen, ich weiß. Aber dafür hören wir nichts mehr von draußen, Dennis. Deshalb.«

»Mensch Wachtmeister«, schrie eine raue Stimme über die Gasse, »da ist die Polizei mal ein großes Vorbild.« Die Polizisten zuckten zusammen und versanken in ihren Sitzen. »Ja, braucht euch gar nicht zu verstecken. Privatbesorgungen machen, in falscher Richtung parken und alles noch in Uniform, das hat der Steuerzahler gerne. Und die Mörder laufen frei herum!« Tadsen blickte nach vorne. Folkert Försen. So gut es die Figur zuließ, sprang Tadsen aus dem Wagen und lief auf den Schreihals zu.

Försen, augenscheinlich unter Alkoholeinfluss und mit leichter Schlagseite, stierte ihn mit offenem Mund an. Ehe er noch mal zum Schreien ansetzen konnte, fand er sich auch schon in das Fahrzeug gezerrt auf der Rückbank wieder, vom beeindruckenden Bauch des Polizisten festgedrückt.

»Dennis, Fenster zu, sofort!«, zischte Tadsen. »Försen, du Peijas, wir sind gerade dabei, den Mörder zu fangen. Der ist vermutlich im Garten gegenüber, wir warten auf Verstärkung. Vielleicht hast du uns jetzt die Tour versaut. Kein Ton mehr von dir, oder ich kneble dich, verstanden?« Försen schüttelte sein wirres, blondes Haar und nickte dann mit angstgeweiteten Augen. Sein wettergegerbtes Gesicht zog sich zu einem Ausdruck stummen Weinens zusammen.

»Ich glaube, da kommen Castor und Pollux«, verkündete Dennis mit Blick in den Außenspiegel. Hinter ihnen hielt das Fahrzeug der Diensthundeführer an.

Tadsen zog sein Telefon hervor und suchte eine Nummer aus dem Wahlmenü. Mit dem Finger drohte er Försen, der immer noch unter ihm lag. Bloß keinen Mucks, sollte das wohl heißen. Langsam gab er den Mann frei. Der hob die Hände und nickte stumm, während Tadsen telefonierte.

»Elke, ich bin das, Nanning. Wie sieht es bei dir aus? Hat sich was getan? Wir haben jetzt die Hunde hier.«

Wie zur Bestätigung bellten die unzertrennlichen Malinoisbrüder im Fahrzeug hinter ihm um die Wette, als ein Passant an ihre Scheibe klopfte und lachend weiterging. Tadsen verdrehte die Augen. Von einem verdeckten Einsatz konnte hier nicht mehr die Rede sein. Durch die Hunde abgelenkt, bemerkte Tadsen zu spät den kleinen Jungen, der das Gartentörchen öffnete und auf das Haus Silbergras zulief.

»Nein, im Moment ist alles ruhig, ohne Veränderung.«

»Ich glaube, da ist gerade ein Kind auf das Grundstück gelaufen. Fang es bitte ab, wenn du es siehst.«

Das Kläffen und Bellen hörte nicht auf. Die Hundeführer stiegen fluchend aus, rissen die Heckklappe auf und zerrten Castor und Pollux auf die Fahrbahn, wo sie ihnen Maulkörbe umlegten. Passanten blieben stehen, hier schien sich ein Schauspiel anzubahnen.

»Die Hunde haben uns die Tour vermasselt«, überlegte Tadsen laut ins Telefon hinein, »jetzt sammeln sich die ersten Schaulustigen. Am Besten, wir warten nicht auf Jack und legen gleich los. Mal sehen, in wen sich die Tiere verbeißen.« Damit beendete er das Gespräch, stieg aus, zog Försen aus dem Wagen und schob ihn zu den Gaffern. Er winkte Dennis und den Hundeführern zu und deutete auf das Ferienhaus. Die Beamten wechselten die Straßenseite, Castor und Pollux wurden von den Maulkörben befreit. Die konzentrierte Aufmerksamkeit der Polizisten übertrug sich auf die Hunde. Mit gespitzten Ohren, auf einen Schlag stumm und wach umherblickend, spannten sie ihre Muskeln an. Sie waren zum Sprung bereit.

Elke erschrak, als sie Finns blonden Lockenkopf erkannte, der um die Hausecke schaute. Lachend lief er auf sie zu. Mal sehen, in wen sich die Tiere verbeißen, schoss ihr Nannings Satz durch den Kopf, und sie lief dem Kleinen entgegen.

»Wie ... was machst du denn hier?«, rief sie, blickte sich noch einmal zum Gewächshaus um, hob den Jungen dann hoch und trug ihn zum Gartenausgang an der Straße. Im selben Augenblick zeigte sich einer der Diensthunde im federnden Tritt, gefolgt von seinem Herrchen.

Finn sah das Tier, quietschte hell und wand sich in Elkes Armen. »Ich will zu dem Hund«, quengelte er.

Der belgische Rüde sah zu ihm hoch und bellte.

»Aus Castor!«, rief der Hundeführer und zog an der Leine. Er sah sich nach Tadsen um. »Wo müssen wir hin?« fragte er Elke.

»Links um die Hausecke, an den Mülltonnen vorbei«, mit dem Jungen auf dem Arm konnte sie die Richtung nicht anzeigen, »etwas weiter rechts steht das Gewächshaus. Ich vermute, er ist da drin.« Tadsen nickte bestätigend.

»Dann kommen wir von der anderen Seite«, machte der zweite Hundeführer klar und dirigierte Pollux in die Richtung.

Elkes Blick verfolgte die Zangenbewegung, in der die Hundeteams, gefolgt von Tadsen und Dennis, das Haus umgingen. Die Polizisten wirkten konzentriert und angespannt. Sie hatten ihre

Hand an den Pistolengriffen, die Waffen blieben aber in den Holstern.

»Ich will runter«, rief Finn und strampelte mit den Beinen. Elke setzte ihn ab und hielt ihn fest. Vor dem Gartentor kamen ihr die beiden Hausgenossinnen entgegen.

»Das wird aber ein spannendes Abendessen«, meinte Regina. »Im Vorprogramm eine Festnahme. Wenn uns das mal nicht auf den Magen schlägt. Kirstin hat mir gerade gesagt, wen die Kollegen suchen. Also ehrlich Elke, das hättest du uns sagen müssen. Stell dir vor, wir wären dem Mann noch in die Arme gelaufen, was da alles hätte passieren können.«

»Es ist noch nicht vorbei«, gab Kirstin mit ruhiger Stimme zu bedenken und strich dem Jungen neben ihr über den Kopf. »Sein Vater ist noch auf freiem Fuß.«

»Was ist mit meinem Papa?«

»Nichts, mein Kleiner.« Kirstin bückte sich zu ihm hinunter und streichelte sein Gesicht. »Wo kommst du nur her? Du kannst doch nicht so allein durch Nebel laufen. Hat denn niemand auf dich aufgepasst?«

Elke überließ ihr den Jungen und trat näher an den Gartenzaun. Von hier sah sie nur auf ihre Unterkunft, das Gartenhaus lag uneinsehbar dahinter. Hundebellen und -knurren wie auch Rufe lenkten die Aufmerksamkeit der Frauen auf das Grundstück. Tadsen zeigte sich am Gartentor.

»Das Gewächshaus war unverschlossen, wir haben eine blutbeschmierte Latzhose und ein Fischerhemd gefunden. Vermutlich hat er sich drinnen umgezogen. Neben der Tür lag eine starke Holzlatte. Vielleicht hat er damit den Eingang von innen blockiert.«

Pollux, an der Leine seines Herrchens, kam von rechts zu ihnen. Der Rüde zog unruhig, die Lefzen in seinem schwarzen Gesicht tropften. Elke sah besorgt zu Finn hinüber.

»Halt das Kind fest«, forderte sie mit deutlich verhaltener Stimme, denn sie wollte das Tier nicht unnötig aufregen. Kirstin nickte und umfasste Finns Schultern.

»Täter!«, schallte es von der linken Hausecke und das laute Bellen Castors legte sich über die gebrüllten Kommandos seines

Herrn. Sein Bruder stimmte mit ein. Tadsen und Elke stürzten los. Vor dem dichten Holzzaun, der die Mülltonnen umgab, zog Castor an der Leine, sprang hoch, bellte und knurrte, winselte, sabberte. Sein Hundeführer konnte ihn nicht beruhigen.

»Hier ist die Polizei«, rief er und hatte Mühe, den Krach zu übertönen. »Kommen Sie mit erhobenen Händen raus, oder ich setze den Diensthund ein. Kommen Sie raus!« Er richtete sich auf einen schnellen Einsatz ein, löste schon einmal die Leine und fasste sein Tier am Halsband.

Zuerst sahen sie einen bewegten Schatten, dann erschien, die Hände erhoben, Kristian Tondern.

»Hinknien!«, schrie der Hundeführer durch das rasende Gebell hindurch. Tondern folgte der Anweisung mit lauerndem Blick. »Jetzt ganz auf den Bauch legen!« Der Oberkörper des kräftigen Mannes beugte sich langsam vor, seine Augen suchten weiter nach einem Ausweg. Tadsen zog zögernd seine Pistole aus dem Holster, auch er wollte gewappnet sein. In dem Augenblick, da das Gesicht Tonderns zu Boden blickte, sprang wie aus dem Nichts Dennis in seinen Rücken und drückte ihm seine Knie auf Schulter und Hüfte. Der junge Bäderdienstler war nach der ersten Suche im Gewächshaus durch den Garten gestrichen und so auf Tonderns Rückseite geraten. Tadsen hastete an Castor vorbei seinem Kollegen zu Hilfe. Gemeinsam legten sie dem Mann Handfesseln an und setzten ihn auf, als das Klacken von Jacks Cowboystiefeln erklang.

»Großartig, da hat unsere Seilschaft ihren Gipfel erreicht. Bist ein guter Bergführer gewesen, Nanning. Mal sehen, welche Erkenntnisse wir dem Gefangenen noch entlocken werden.«

»Finn, magst du etwas mit uns essen oder willst du lieber auf dem Rasen spielen?« Kirstin hielt dem Jungen einen Löffel hin und er probierte vorsichtig. »Keine Sorge«, beruhigte sie die Hausbewohner, die in den Strandkörben um den Tisch saßen und sie beobachteten, »das ist nur Reis. Die scharfen Sachen von Horst-Detlef werde ich dem Kleinen nicht geben.«

»Wann kommt denn mein Papa?«

Elke seufzte und die Tischgesellschaft verfiel in ratloses, mitleidiges Schweigen. »Der muss noch arbeiten«, erklärte sie dem Kind, »und deine Oma auch. Wir sollen etwas auf dich aufpassen, haben sie gesagt.«

»Ja also, können wir dann?«, räusperte Horst-Detlef Siebentöter sich ungeduldig. »Es gibt Palak Muttar Do Piaza, ein Spinat-Erbsen-Curry mit viel Zwiebeln, Bockshornklee und großzügig bemessenem Chili. Als zweites Gericht haben wir Chicken Biryani, ein in Reis, Joghurt, Zimt und Koriander geschmortes Hühnchen«, erläuterte er und deutete auf die Schüsseln. »Natürlich alles noch mit weiteren Gewürzen abgerundet. Dazu Basmatireis und Weißbrot. Chapati-Fladenbrot hab ich auf Amrum dann doch nicht bekommen. Ich wünsche guten Appetit.«

Die Mieter des Hauses Silbergras stießen mit beschlagenen Gläsern an und probierten den Wein. Elke sah Manfred tief in die Augen und lächelte befreit. So langsam konnte sie die Polizistin hinter sich lassen und sich ganz dem Urlaub hingeben. Doch ihr Blick veränderte sich vom Zärtlichen ins Nachdenkliche zum Besorgten. Sie merkte, wie Manfred sie beobachtete, und las in seinem Gesicht, dass er weiter mit Aufregungen rechnete.

»Eine halbtrockene Wehlener Sonnenuhr von der Mosel, Spätlese«, schnalzte Kai Messinger und lehnte sich genießerisch zurück.

»Na ja, halbtrockener Wein ist wie Rosé was für Leute, die sich nicht entscheiden können«, monierte Horst-Detlef und stellte sein Glas ab. »Etwas zu viel Säure für meinen Geschmack.«

Bevor Kai darauf antworten konnte, legte seine Frau ihre Hand auf seinen Arm und prostete ihm zu. »Mir schmeckt er«, erklärte sie bestimmt.

»Dann lass uns mal sehen, ob Haus Silbergras heute Abend den besten Inder auf Amrum stellt«, lenkte Elke die Aufmerksamkeit auf das Essen und ließ sich die Teller reichen. »Übrigens, da wir hier so kluge Leute am Tisch haben, kennt jemand einen lateinischen Spruch, den ich neulich aufgeschnappt habe?«, unterbrach sie ihr Hantieren. »De mortuis ... und dann weiß ich auch schon nicht mehr weiter.«

»... nihil nisi bene«, vervollständigte Horst-Detlef mit hochgerecktem Kinn. »Über Verstorbene nur Wohlwollendes. Woher hast du denn den Spruch? Bestimmt nicht von einem der hiesigen Krabbenfischer und Hauswarte?«

»Nein«, murmelte Elke und bedauerte schon, die Frage gestellt zu haben, »von einem älteren Herrn. Das ist aber eine andere Geschichte. Wie ging das gleich? De mortuis nise behil?«

Kai lachte auf und griff zu einer Serviette. »Schatz, kannst du mir einen Stift geben? Ich schreib Elke den Spruch mal auf.« Kirstin wühlte in ihrer Handtasche und reichte ihm einen Kugelschreiber.

»Mit so einem Satz kannst du ganz schön glänzen«, erklärte Kai und grinste in sich hinein. »Vielleicht kommen ja noch andere Sprüche dazu. Ab und zu ein lateinisches Zitat fallen lassen, das hebt das Gesprächsniveau.«

»Ach, das eine reicht mir für den Anfang«, beschied Elke sich und sah ihm interessiert beim Schreiben zu. »Also Schönschrift ist das ja nicht«, lachte sie, »nicht dass ich zum Entziffern einen Schriftsachverständigen brauche.«

Kirstin stand auf, beugte sich zum Weißbrot vor und stieß dabei gegen den Weinkühler, der umfiel, von der Tischplatte rollte und beim Sturz den Inhalt verschüttete. Mit einem erschrockenen wie bedauernden »Oh!« verfolgte die Abendgesellschaft, wie der kühle Wein im Rasen versickerte. Für Sekunden blitzten vorwurfsvolle Blicke auf.

»Wie gut, dass die Flasche nur auf Gras gefallen ist, da gibt es wenigstens keine Scherben«, kommentierte Regina versöhnlich und lächelte Kirstin zaghaft an. Der Koch hingegen spitzte den Mund, seine Augen funkelten.

»Ich bring das Malheur gleich in Ordnung«, rief Kirstin und nahm die leere Flasche aus dem Weinkühler. »Wir haben noch eine oben, die andere werfe ich in den Müll. Finn, kommst du mit? Wir müssen was zu trinken holen.« Mit dem Jungen an der Hand verschwand sie über die Wiese hinter dem Haus.

»Welches von den beiden Gerichten ist denn besonders scharf?«, wollte Elke wissen und machte sich auf einen ausführlichen Vortrag gefasst. Nebenbei nahm sie die inzwischen beschriebene Serviette wortlos von Kai entgegen, dankte verschmitzt grinsend mit einem Kopfnicken und steckte sie gefaltet in die Hosentasche.

Horst-Detlef beugte sich vor und deutete auf die grüne Speise aus Erben und Spinat. »Die Gewürzzutaten sind Ingwer, Zwiebeln und Pfeffer, Koriander, Kreuzkümmel und Kardamom, Senfkörner und eben einige Chilischoten. Ich hab doch schon erwähnt, dass die Küche Andhra Pradeshs als scharf gilt. Das Gericht stammt eigentlich aus Hyderabad, hat sich aber über den ganzen Subkontinent verbreitet.«

Elkes Telefon vibrierte, sie hatte es für alle Fälle mit an den Tisch gebracht und lautlos gestellt. Entschuldigend zuckte sie die Schultern, und der Dozent beendete beleidigt seinen Vortrag. Sie sah aufs Display. Eine Amrumer Nummer.

»Elke Hundgeburth«, meldete sie sich.

»Moin Elke, ich bin das, Nanning. Nochmals vielen Dank für die Hilfe insgesamt. Kristian Tondern wird gleich vernommen. Da ist nur ...«

»Was ist denn mit seinem Jungen?«, unterbrach sie, »der ist noch bei uns wildfremden Leuten. Wer kümmert sich um den?«

»Deshalb ruf ich ja an. Seine Oma, die Taxifahrerin, ist wohl in einer Kurzschlusshandlung mit der letzten Fähre aufs Festland gebraust, um Finns Mutter, Kristian Tonderns Ehefrau, zu holen. Den Jungen hat sie einer Freundin in Nebel übergeben, da ist er abgehauen und dir dann in die Arme gelaufen. Wir haben ihr aber Bescheid gegeben, und sie holt den Kleinen gleich ab. Und sonst? Genießt du den Abend nach der Aufregung?«

»Natürlich. Wir sitzen hier alle so schön unter dem drückenden Himmel und sind auf die indische Küche gespannt. Vielleicht löscht ja noch ein Regenguss unser Chilifeuer.«

»Na, dann guten Appetit.«

In der Polizeistation am Sanghughwai saß Kristian Tondern in Handfesseln und starrte zu Boden. Der starke Körper wirkte kraftlos und in sich zusammengesunken. Die Aufnahme seiner Personalien und die kurze Befragung zu seinem bisherigen Lebenslauf waren beendet. Jack ging breitbeinig im Raum auf und ab, warf sein Haar mit einer hektischen Kopfbewegung zurück und kreiste seine Schultergelenke wie vor einem Boxkampf. Petra tippte das Protokoll, Tadsen saß in ihrem Rücken. Den Bäderdienstlern und Mattes blieb es überlassen, den Dienst zu beenden oder sich im Nebenraum aufzuhalten. Bei den Dreien hatte die Neugier gesiegt, und sie lauschten gespannt.

»Die Handfesseln bleiben erst mal dran«, entschied Jack in schneidendem Ton. »Es gibt für uns keinen Grund, Ihnen zu trauen. Herr Tondern, wir haben die Tatorte, die Tatwaffen und das Fahrzeug, mit dem Sie einen Körper transportiert haben. Man hat gesehen, wie Sie damit gefahren sind. Eine Frage von Stunden, dann ist medizinisch bewiesen, dass es die Leiche von Rahel Brahms war, die blutige Spuren hinterlassen hat. Dazu kommt die Aussage Ihrer Mutter über ihr Verhältnis zu Eitel Brahms. Es hat Ihren unvernünftigen Fluchtversuch gegeben, und ganz sicher stoßen wir an den Tatwaffen, im Stall, im Elektromobil und am toten Körper des Opfers auf Ihre DNS. Legen Sie ein Geständnis ab?«

Eine bleischwere Stille erfüllte den Raum. Dann, ganz langsam, nickte der Festgenommene.

»Also gut, zur Sache. Am Tag, als Eitel Brahms verunglückt ist, haben Sie erfahren, dass Sie sein Sohn sind. Wie haben Sie reagiert?«, warf Jack seine Frage in die Stille.

»Ich bin sofort zu Rahel gefahren. Diese arrogante Familie, diese selbsternannten Ober-Amrumer sollten aufhören, mich weiter zu übersehen. Meine Mutter hatte mir den letzten Brief vom alten Br ... von meinem Vater gegeben. Damit wollte ich meinen Anspruch klären.«

»Und, waren Sie erfolgreich?«

Tondern schnaufte verächtlich auf. »Nein, natürlich nicht. Es kam wie erwartet. Die Tochter war so verstockt wie der Alte. Alle eine Brut.«

»Wo haben Sie mit ihr gesprochen?«

»Es gab eine Riesenschreierei im Stall. Erst lachte sie mir hämisch ins Gesicht: Mein Vater mit deiner Mutter? Das glaubst du doch selbst nicht. Das wirst du nie beweisen können! Dann hat sie mich einen Erbschleicher und Versager genannt und mich durch das Tor in den Hof geschubst. Ich hab sie wütend zurückgestoßen, sie ist gestolpert, gegen eine Ablage oder so was gefallen und liegen geblieben. Ich bin zu ihr hin, hab geguckt, was sie hat – na, die war tot. Genickbruch, denke ich. Erst war ich erschrocken, dann habe ich mich umso mehr über mich geärgert. Jetzt hatte sie mich zum Mörder gemacht. Und gerade diese Frau. Immer hat sie weggewollt, war nie zufrieden hier, hat es überall besser gefunden. Sie, die nur über Amrum hergezogen hat, sollte irgendwie bestraft werden. Deshalb habe ich ihr das Ohr abgeschnitten. Dann haben mich plötzlich die gelben Rinderohrmarken angestrahlt. Da hatte ich die Idee.«

»Was denn für eine Idee?«, fragte Jack, und Tadsen verdrehte die Augen. Die irgendwie wirren Angaben des Mannes zu unterbrechen war nicht geschickt.

»Ich dachte, ich sollte sie mit der Insel, mit ihrem Hof verbinden und als das brandmarken, was sie nie sein wollte, eine Rinderbäuerin. Also hab ich dann die Marke an das Ohr getackert. Plötzlich aber hatte ich Angst um meine Zukunft, um Finn und dass ich alles verlieren könnte. Ich habe nur noch ans Weglaufen gedacht. Doch ich konnte sie nicht so liegen lassen, zu viele Spuren. So habe ich die Leiche ins Gebüsch geschleift und sie über den Tag versteckt.«

»Woher ist das Messer gekommen?«

»Hat auf dem Fenstersims gelegen.«

»Wieso hat Rahel Sie einen Versager genannt?«, mischte Tadsen sich ein. Ungehalten sah Jack ihn an.

»Hab keinen Schulabschluss, war immer zu unkonzentriert und bin öfter ausgerastet. Für sie war ich ein Psycho. Und diese Pillen haben mich immer schon so müde gemacht.«

Jack ging in den Nebenraum, kam sofort zurück und hielt Tondern eine Packung Tabletten hin. »Das Neuroleptikum Risperopax hatten Sie bei Ihrer Festnahme dabei, und in Ihrer Wohnung haben wir es auch gefunden. Der Notarzt hat gemeint, das Mittel sei ein Hammer. Was passiert, wenn Sie das nicht nehmen?«

Der Festgenommene sah ihn an, die Mundwinkel nach unten gezogen. »In mir erwacht dann eine nervöse Angst, ich kann mich gar nicht beruhigen, werde wütend, bekomme starkes Herzklopfen – eigentlich sollte ich dann die Menschen meiden.«

»Setzen Sie die Tabletten schon mal ab?«

»Nein, nicht so direkt. Ich nehme die immer, nur ab und zu vergesse ich sie mal. Das ist dann aber nicht so schlimm. An dem Tag hab ich sie sogar genommen, nur Rahel hat mich trotzdem total rasend gemacht.«

Kirstin kam, gefolgt von Finn, über den Rasen und stellte ein Glas Tee und eine Flasche Wasser auf den Tisch.

»So, ihr Lieben, der Finn und ich haben noch schnell für Horst-Detlef einen Tee gekocht. Der Wein hat ihm ja nicht zugesagt.« Der fruchtig duftende, orangefarbene Inhalt des Glases zog die Augen aller an. »Komm Finn, erzähl uns mal, was da drin ist.«

Der Junge blickte ernst und schob seine Unterlippe vor. »Apfel, Pfefferminze und Rosen«, zählte er stolz auf, »aber ich mag keine Pfefferminze.«

»Papaya- und Ananasstückchen sind da noch drin, Lemongras, Kamille und Vitamin C. Und, nicht zu vergessen: Mangoaroma«, ergänzte Kirstin.

Ein Raunen ging durch die Runde, Manfred lachte auf. »Das soll ein Tee sein? Klingt ja eher nach einem esoterischen Fruchtsalat. Sieht aber gut aus«, kommentierte er und klopfte gegen sein leeres Weinglas. »Und was ist hiermit?«

»Den Wein hab ich noch ins Eisfach gelegt. Kommt sofort. Diesen türkischen Früchtetee hab ich übrigens hier gekauft, schon erstaunlich, was die so alles haben. Wenn er dir schmeckt, Horst-Detlef, hol ich die ganze Kanne.« Damit verschwand Kirstin erneut.

»Wie nett von ihr«, kommentierte Regina und reichte ihrem Mann den Tee. »Ist sogar Kamille drin, ganz wie du das magst.«

Er roch am Inhalt und stellte das Glas vor sich hin. »Kann noch etwas abkühlen. Auf jeden Fall die bessere Erfrischung.«

»Elke, Manfred? Für euch wär das nichts, oder?« Regina lächelte wissend.

Horst-Detlefs Augen ruhten auf Kai, der zurückgelehnt im Strandkorb saß und auf die indischen Gerichte blickte. »Das ist was anderes als die Verpflegung der Hundertschaft, was?«, gab der Koch an.

Kai, aus den Gedanken geholt, zuckte zusammen. »Wir sind halt die Humanressource der Behörde, brauchen weder gutes Essen, noch Schlaf oder Freizeit. Aber wir sollten diese Themen ...«

»Wer zur Polizei geht, muss eben wissen, dass solche Umstände Teil seiner Arbeit sein können. Ich kenne keinen Berufsstand, der mehr quengelt. Ich meine, man kann ja auch kündigen.«

Kai holte tief Luft und sah Elke hilfesuchend an.

»Ganz so einfach ist das aber nicht«, sprang sie ihrem Kollegen zur Seite. »Immerhin sprechen wir über menschliche Existenzen, auch über die Familien.«

»Das ist bei den Autobauern nicht anders. Und trotzdem müssen die mit Stilllegungen rechnen«, entgegnete Dr. Siebentöter mit spitzen Lippen und nippte am Tee.

»Mensch, fangt doch schon mal an, bevor alles kalt wird«, rief Kirstin vom Rasen aus, »hier kommt der Wein.«

Die Gartengesellschaft füllte endlich die Teller auf, sog den Duft der Gewürze ein und begann, vorsichtig zu kosten.

»Meine Herren, das Grüne ist aber scharf«, stöhnte Manfred und biss in ein Stück Weißbrot.

»Genau richtig«, erklärte Horst-Detlef, »Brot ist da der bessere Feuerlöscher. Getränke verstärken die Schärfe nur.«

»Das Hühnchen schmeckt sehr lecker«, lobte Elke, »so vielschichtig. Man entdeckt seinen Gaumen ganz neu.«

Sie prostete dem Koch zu, der lächelnd mit seinem Tee erwiderte und trank. Als er eine weitere Gabel des Spinat-Erbsen-Currys aß, standen Schweißperlen auf seiner Stirn. Irritiert wischte er sie mit dem Handrücken weg. »Ich glaub, ich habe mich verwürzt«, murmelte er, schob etwas Weißbrot nach und nippte wieder am Glas. »So ein Halsbrennen hatte ich noch nie.« Er hustete, nahm einen kräftigen Schluck Tee, betupfte mit der Serviette sein Gesicht.

Regina sah zuerst belustigt, dann immer besorgter auf ihren Mann. »Das schmeckt doch alles köstlich«, beschwichtigte sie, »du hast dich mal wieder selbst übertroffen. Vielleicht verträgst du heute die Schwüle nicht und dein Kreislauf spielt verrückt.« Horst-Detlef fasste sich ans Herz, seine Gesichtshaut wurde zusehends fahler. »Mein Gott, du siehst aber gar nicht gut aus. Was ist denn mit dir?«

Die anderen Tischgäste legten ihr Besteck beiseite, stellten das Kauen ein und beobachteten ihren Koch in einer Mischung aus Belustigung und Besorgnis.

»Vielleicht sollte er sich hinlegen?«, überlegte Elke laut, »mit dem Kreislauf ist nicht zu spaßen.«

»Komm, ich begleite dich nach oben«, sagte Regina, stand auf und hob ihren Mann resolut vom Sitz.

»Es geht schon, geht schon«, wehrte der sich halbherzig und ließ sich auf zittrigen Beinen von seiner Frau ins Haus führen. Die beiden verbliebenen Paare sahen betreten hinterher. So war der Abend nicht geplant gewesen.

»Ich bringe ihm den Tee nach«, rief Kirstin, griff das Glas und eilte davon.

»Was hat denn der Mann?« Die erwachsenen Augenpaare blickten überrascht auf Finn, den wohl alle am Tisch vergessen hatten. Der blonde Junge knetete seinen Reis auf dem Teller zu Kugeln und spielte damit.

»Nichts, mein Schatz«, beruhigte Elke und strich ihm über den Kopf, »der ist nur etwas müde.«

Kai nahm einen Schluck Wein und ließ gedankenverloren ein Buch durch seine Hände gleiten, das hinter ihm im Strandkorb gelegen hatte. »Irgendwie denke ich gerade, dass er das verdient hat. So wie er eben wieder dahergequatscht hat, der reinste Frühkapitalist. Als er sich ans Herz gefasst hat, muss ihn überrascht haben, dass er eins hat.«

Elke wollte darauf antworten, blickte auf das Buch in seinen Händen und spürte, wie ihr heiß und kalt wurde, als sie den Titel las. Es war »Das fahle Pferd«. Kirstins Krimi. Die Geschichte eines Thallium-Giftmordes. Die vergangenen Tage liefen in Bruchstücken vor ihrem inneren Auge ab. Wie in Trance stützte sie sich an Manfreds Schulter ab, stand auf und überquerte den Rasen zum Haus.

»Und das gute Essen?«, rief er hinterher. »Du warst in Erster Hilfe noch nie gut.«

Die liebe Natur

Jack zog ein Schlüsselbund hervor und blickte auf Tadsen. Der nickte zustimmend. »Dennis, komm zu uns«, rief er und deutete auf den Festgenommenen. »Stell dich mal neben ihn, für alle Fälle.« Er wandte sich wieder Tondern zu und öffnete die Handschellen.

»Nachdem das Ohr abgetrennt war, wie ist es weitergegangen?«

»Ich habe den Körper ins Gebüsch getragen«, fuhr der mit dem Geständnis fort. »Dann bin ich zurück in den Stall, habe eine Axt von der Wand geholt, das Messer gegriffen und dann die Hand ...« Er deutete das Zuschlagen und Abtrennen an seinem eigenen Gelenk an. »Meine ganze Wut hab ich da reingelegt, den Hass auf diese Familie. Seitdem hab ich so ein Gefühl von Erleichterung und Erlösung. Die Leiche habe ich unter Laub gelegt, Ohr und Hand in meine Beintaschen gesteckt. Sind nur ein kleines bisschen blutig gewesen.« Er klopfte auf die aufgenähten Taschen. »Damit herumzurennen, das war aber schon ein mulmiges Gefühl. Ich hab ja auch Hausgäste begrüßt und versorgt.«

Tadsen räusperte sich. »Wobei haben Sie Ihren Daumen verletzt?«, wollte er wissen.

»Bei der Sache mit dem Ohr. Ich hab so was noch nie gemacht.«

»Warum mussten Sie die Hand der Toten abtrennen?«

»Ach, inzwischen kam mir die Idee, wenn alles gruselig genug aussähe, würde die Polizei einen Irren suchen.«

Jack, der mit gepressten Lippen und geballten Fäusten zuhörte und es offensichtlich kaum aushielt, dass Nanning Tadsen die letzten Fragen gestellt hatte, sprang auf. »Jemanden wie im Film *Sieben* oder *Der Knochenjäger*? Leichenteile als Puzzlestücke!«, rief er und riss das Verhör wieder an sich.

»Ja, so in etwa.«

»Was ist dann mit den Körperteilen passiert?«

»Nachts ist die Insel wie ausgestorben, da bin ich zum Nehrungssee und hab das Ohr dort deponiert.«

Tadsen zuckte zusammen, erinnerte sich plötzlich an Wriakhörn und verspürte das dringende Bedürfnis zu telefonieren. Hatte er nicht die Bronzezeitnadel neben das Ohr ins Holz gesteckt, um sein Notizbuch darüber zu legen? Dabei musste es zu einer Berührung und zur DNS-Verunreinigung gekommen sein.

»Nach der Tat, haben Sie da etwas aus dem Haupthaus mitgenommen?«

»Ja, das Testament aus dem Ordner im Büro. Ganz ehrlich, ich bin mit einem komischen Gefühl durch die Räume gegangen. Da hat ja mein Vater gewohnt, den ich gar nicht gekannt habe. Aber ich bin neugierig gewesen, hab rumgesucht und es gefunden. Auf meine Mutter hat übrigens in keinem Zimmer was hingedeutet, diese Affäre hat er bei sich zu Hause total ausgelöscht.«

»Und die Leiche?«, fragte Jack weiter und ging wieder auf und ab.

»Die ist in der Nacht zu den Namenlosen gekommen, neben die Bank.«

»Sie haben sie also dorthin transportiert, mit dem Elektromobil«, setzte der Niebüller nach.

»Das hatte ich besorgt, nachdem ich den Körper im Gebüsch versteckt hatte. Ich musste den ja irgendwie transportieren. Mein Auto wollte ich natürlich nicht nehmen, da hätte mich sicher einer bemerkt. Die paar Einwohner hier, da kennt man sich doch. Den Twizy fahren ja nur Touristen, und da sieht kein Amrumer richtig hin. Außerdem wollte ich nicht, dass Rahel mir auch noch den Wagen versaut.«

»Ja, aber warum dann so ein auffälliges Gefährt?«

»Zufall. Dieses Twizy-Ding stand gegenüber dem Ual Öömrang Wiartshüs. Mir war tagsüber aufgefallen, dass der Schlüssel steckte. Ich habe ihn abgezogen und bin in der Nacht zurückgekommen, um es mir auszuleihen. Nach dem Verscharren auf dem Friedhof bin ich am anderen Morgen ganz früh damit auch zur Blauen Maus gefahren und hab die Hand deponiert. Der Einfall mit den Handschuhen hat mir gefallen. Wenn der Laden nicht aufhat, ist da weit und breit kein Mensch. Danach hab ich das Elektromobil in Wittdün abgestellt.«

»An dem Tisch, auf dem das Ohr lag, befand sich noch eine Schlumpffigur. Was hatte es damit auf sich?«

Tondern lächelte versonnen. »Ich habe viele davon, inzwischen ist das Finns Spielzeug. Ich fand das eine schöne Idee, mit der fehlenden Hand der Schlumpfine eine Spur für die Blaue Maus zu legen. Wer ist eigentlich von Ihnen darauf gekommen? So einfach war das doch nicht zu erraten, oder?« Er sah die Polizisten an.

»Das war der, den Sie bei Ihrem Schuppen überfallen haben. Unser Kollege hat Sie übrigens erkannt, als Sie auf ihn zuliefen«, erklärte Tadsen und wünschte sich, Ocke wäre jetzt hier bei ihnen.

»Haben Sie wirklich geglaubt, Sie könnten sich der Festnahme entziehen?«, wollte Jack wissen. »Ich meine, dies ist Amrum, so was wie ein bewaldeter Flugzeugträger mit Strand, mehr nicht.«

Tondern wiegte den Kopf hin und her und tippte sich an die Stirn. »Da drin hat es gedröhnt und gepocht, ich wollte einfach nicht geschnappt werden. Richtig überlegt hab ich nicht. Wie das weiter gegangen wäre – kein Gedanke daran.«

»Eine Frage hab ich noch«, meldete Tadsen sich, und Jack zuckte nur die Schultern.

»Was hat es mit den Gedichten auf sich, die auf buntem Papier überall kleben?«

»Ach, ich wollte meinem Ärger mal Luft machen. Die einen verhökern die Insel und werden reich, die anderen können sehen, wie sie hier überleben. So was macht mich krank. Da hab ich halt vor mich hin gedichtet.«

Kai und Manfred hatten im Garten wortkarg ihre Teller geleert. Das plötzliche Ende des indischen Mahls legte sich wie Mehltau über die Gemüter. Während der Polizist sich mit Finn ablenkte, den er auf seinem Knie reiten ließ, trank sein Tischnachbar die letzten Tropfen Wein. Immer wieder sahen beide zum Haus hinüber.

Kirstin gesellte sich zu ihnen, legte die Hände in den Schoß und sah überlegend in die Wolken.

»Horst-Detlef geht es gar nicht gut«, stellte sie fest. »Er klagt über Gleichgewichtsprobleme und redet so verschwommen, fast könnte man meinen, er habe einen im Tee.«

Manfred lachte auf. »Schönes Wortspiel, dabei hat er an dem Wein doch nur genippt«, erinnerte er sich.

»Der war ihm ja nicht gut genug, wie alles, was von mir kommt«, zischte Kai durch die Zähne.

Über den Rasen lief Elke auf sie zu. »Regina hat den Krankenwagen gerufen«, keuchte sie, »ihr Mann hat jetzt Krämpfe und erbricht sich. Sie ist ganz ratlos und heult. Manfred, kannst du ihr nicht etwas beistehen?«

»Wieso ich denn? Aber wenn du meinst.«

»Und den Jungen müssen wir unterbringen. Sollte der nicht abgeholt werden? Finn, komm mal mit, wir spielen ein bisschen.« Mit dem Kind an der Hand ging Elke in Richtung des Gewächshauses. Außer Sichtweite zur Tischgesellschaft drehte sie sich um und hockte sich vor den Kleinen.

»Sag mal, die Tante hat doch eben mit dir die Flasche weggeworfen?«

Finn nickte.

»Wart ihr vorher noch woanders?«

Wieder ein Nicken, und er deutete auf das Treibhaus, dessen Tür jetzt einen Spalt aufstand.

»Zeig mir mal wo genau«, bat Elke und schob das Kind vor sich her. Scheu ging Finn in das Glashaus, als betrete er ein Heiligtum. Warme Luft umgab sie, erfüllt von einem modrigen, teils stechenden Geruch. Er hielt vor einer Pflanze, die mit ihren großen Doldenschirmen einer übergroßen Dillpflanze glich und in einem Trog mit trübem Wasser stand. Am saftigen Stängel wuchsen schlanke, gezackte Blätter. Elke beugte sich zu dem Gewächs, das ihr bis zur Brust ging, roch konzentriert und zuckte angewidert zurück.

»Die stinkt«, gab Finn ihr Recht. »Wir haben da was abgepflückt.«

»Was denn?«

Er zeigte eine Bruchstelle, an der Blätter und Stängel fehlten und sich ein Tropfen rötlicher Saft gebildet hatte.

»Warst du da dran oder die Tante?«

»Ich«, antwortete er stolz.

»Warum denn?«

»Ich kann ihr helfen, hat sie gesagt. Das ist guter Tee.«

Das Signalhorn des eintreffenden Rettungswagens lenkte ihre Aufmerksamkeit nach draußen. Finn lief zur Straße, auf der sich Schaulustige sammelten.

Kirstin und Kai wiesen Notarzt und Rettungsassistenten den Weg in die Wohnung 1. Elke, die mit Finn dazukam, überließ ihnen den aufgeregten Jungen und folgte den Helfern. Regina empfing sie schluchzend an der Wohnungstür. »Er ist schon bewusstlos gewesen«, rief sie, »jetzt verkrampft er sich immer wieder.«

Der Arzt wischte dem Patienten Speichelschaum vom Mund und blickte sich um. »Was hat er zu sich genommen?«

»Er hat für uns indisch gekocht. Scharf, aber wir haben das alle gut vertragen. Warum? Was ist mit ihm?«

»Es könnte eine Vergiftung sein. Für einen allergischen Schock ist die Reaktion viel zu heftig.«

Regina brach schluchzend zusammen. Manfred strich ihr tröstend über die Schultern. »Wo soll das Gift denn herkommen? Ich verstehe nicht. Was kann man denn dagegen tun?«, fragte er.

»Wir müssen die Krämpfe lösen, sonst kommt es zur Atemlähmung«, erklärte der Notarzt. »Hilfreich wäre zu wissen, welches Gift es ist.«

»Aber wir haben doch alle zusammen gegessen, es gab Wasser und Wein. Und Tee«, rief Manfred. »Den hat er aber als Einziger getrunken. Einen Mangotee mit Minze.«

Der Arzt schüttelte den Kopf, diese Stoffe können es nicht sein, sollte das wohl heißen. Horst-Detlef röchelte. Regina stürzte zu ihm, sanft konnte der Rettungsassistent sie aufhalten.

»Wir haben alle Zutaten auf Amrum gekauft, er hat hier gekocht!« Sie wies auf die Küchenzeile, die ihr Mann aber schon während des Kochens immer wieder gereinigt hatte. Nur die Töpfe mit wenigen Resten standen noch auf dem Herd.

»Wir nehmen ihn erst mal mit«, entschied der Arzt.

Nachdem Regina zu ihrem Mann in den Rettungswagen gestiegen war, verharrte die Hausgemeinschaft ratlos im Flur des Dachgeschosses.

»Kai, kannst du mir einen Kaffee machen, ich brauche einen Muntermacher«, bat Elke. »Ich hab vergessen, welchen einzukaufen. Tee würde mir nicht helfen.«

Der nickte und schloss das Appartement 2 auf. Kirstin drückte sich an ihrem Mann vorbei hinein und verschwand in ihrem Schlafzimmer. Kai rumorte an der Kaffeemaschine, schob die Teekanne mit dem orangefarbenen, duftenden Inhalt beiseite, öffnete Oberschränke und griff Tassen heraus.

»Hat die Tante Handschuhe getragen, als ihr den Tee gemacht habt?«, fragte Elke leise den Jungen, den sie an der Schulter hielt. Finn nickte und deutete auf zwei gelbe Haushaltshandschuhe, die auf der Spüle lagen, neben einem Kochmesser auf einem weißen Schneidebrett. Rötlicher Saft und kleingehackte Reste der gezackten, schlanken Blätter hatten eine schmierige Spur hinterlassen.

»Habt ihr noch gekocht?«, wunderte Elke sich mit ausdruckslosem Gesicht. Sie deutete auf das Schneidbrett.

»Nein, wieso? Regina und Kirstin wollten doch, dass Doktor Siebentöter uns bekocht, damit sich unsere verpestete dienstliche Beziehung hier entspannt. Das hat dann ja mal geklappt. Keine

Ahnung, was das da ist. Hat sicher was mit dem Tee zu tun, den Kirstin gemacht hat. Minzeblätter schnetzeln oder so.«

Nur weit genug weg vom Wasserhahn, das könnte noch ein wichtiges Indiz werden, dachte Elke, nicht dass es aus Versehen weggespült wird, und verlegte Brett und Messer beiläufig auf den Esstisch daneben. Suchend schweifte ihr Blick durch das Appartement.

»Milch und Zucker?«, bot Kai an, doch Elke und Manfred verneinten.

»Schwarz für mich«, murmelte sie und nahm ihre Tasse entgegen, »ich möchte schön bleiben, wie meine Oma immer gesagt hat.«

Die drei setzten sich still an den Tisch, jeder hing seinen Gedanken nach.

»Was ist denn mit Kirstin?«, fiel Elke auf, »warum kommt sie nicht zu uns?«

Kai stand auf, ging ins Schlafzimmer und holte seine Frau. Die ließ sich neben Elke auf einen Stuhl fallen, schloss für einige Sekunden die Augen und fuhr sich in einer Geste der Erschöpfung durchs Gesicht. Als sie das Schneidbrett samt Messer auf dem Tisch wahrnahm, beobachtete Elke ihren irritierten Blick, der ins Misstrauische wechselte.

»Ich räum das mal gerade weg, sieht sonst so wenig gastlich aus, findest du nicht?«, erklärte die Polizistin, nahm die Gegenstände, brachte sie zur Spüle und verstaute sie im Unterschrank.

»Was machst du denn mit den Sachen?«, fragte Kirstin ungehalten. »Aufräumen kann ich selbst. Und überhaupt, die Sachen sind ja nicht mal gespült.«

Elke räusperte sich und blieb am Spülschrank stehen. »Ach entschuldige, ich bin völlig durcheinander. So eine Geschichte im Urlaub, das nimmt einen doch sehr mit.« Sie blickte auf Finn, der es sich inzwischen auf dem Sofa bequem gemacht hatte und in einer Fernsehzeitung blätterte. Wo bleibt nur die Aufsicht für ihn, überlegte sie ungeduldig. Lange wird der Junge nicht mehr so handzahm bleiben.

»Ich finde, Kirstin, als Biologielehrerin könntest du dem Kleinen etwas nützlichere Lektüre anbieten. Wie wäre es mit dem Buch

Vögel der Nordsee, oder noch besser, das über die Giftpflanzen. Hast du gestern nicht das letzte Exemplar gekauft? Wo ist es denn hingekommen? Ich kann es hier nirgends sehen.« Kai sah irritiert auf Elke, ihr Ton gegenüber seiner Frau schien ihm nicht zu gefallen. »Kirstin, du hast ja das Gewächshaus im Garten genauso spannend gefunden wie ich«, fuhr Elke fort. »Leider war es immer verschlossen. Aber du hast ja einige Pflanzen von außen erkannt. Was sind das für Gewächse, die unser Hauswart und festgenommener Mörder deiner Meinung nach dort sammelt? Du bist doch vom Fach.«

Kirstin zog die Stirn in Falten, auch Manfred schien sich zu wundern.

»Hör mal Elke«, rief Kai, »was soll das? Was willst du von meiner Frau? Ich habe den Eindruck, du stellst da eine ganz komische Verbindung her. Du weißt schon, dass jemand nicht automatisch für eine Vergiftung verantwortlich ist, bloß weil er sich für Giftpflanzen interessiert? Das ist doch absurd.« Zur Verstärkung seines Vorwurfs schlug er sich mit der flachen Hand vor die Stirn.

»Da hast du natürlich Recht«, gab Elke zu. »Aber Kirstin hat durch das Kind da vorne Teile einer übel riechenden Pflanze aus dem heute Abend unverschlossenen Glashaus abbrechen lassen. Kai, wo ist das Buch? Ich zeig dir darin das Gewächs.«

Ihr Kollege zögerte, blickte auf Kirstin, dann zu Boden, vergrub die Hände in den Hosentaschen und lehnte sich zurück. Er zuckte die Schultern.

»Mit deiner Verweigerung kommst du nicht weit«, kommentierte Elke und deutete auf den Unterschrank der Spüle. »Der schlimme Saft dieser Pflanze klebt an Messer und Schneidebrett. Kirstin hat sie vor dem Servieren schön kleingehackt. Orangefarbiger, duftender Mangotee, das war eine gute Wahl. Der hat den Geruch des Pflanzensaftes und seine Farbe überdeckt. Und das scharfe Essen von Horst-Detlef hatte zuvor ja schon ein wenig den Gaumen verwirrt. Aber auch wenn es so nicht zu schmecken war, man wird das Gift nachweisen können. Wo ist eigentlich der Aufguss gelandet? Im Müll? Den werden die Kollegen noch sicherstellen.«

Heftig atmend und mit zusammengezogenen Augenbrauen sah Kai von Elke zu seiner Frau. Kirstin saß zusammengesunken auf dem Stuhl, das Gesicht kreidebleich. Sie kaute an ihrer Unterlippe und starrte vor sich hin.

»Schatz, warum sagst du nichts?«, rief Kai. »Die kann dir so was doch nicht vorwerfen. Wehr dich!«

Kirstin sah auf, schluckte und nickte kraftlos. »Ich habe keine Pflanze angefasst, nur einen Tee gekocht. Berufliches Interesse für Gewächse ist nicht strafbar. Und die Aussage eines Fünfjährigen ist vor Gericht nicht viel wert. Den kann man zu sehr manipulieren. Schon mal was von geschlossenen oder Suggestiv-Fragen gehört? Ich vermute mal, dass der Junge Blödsinn gemacht hat und irgendein Grünzeug in den Tee geworfen hat, als ich nicht hingesehen habe. Das kommt natürlich so einer Miss Marple für Arme wie dir nicht in den Sinn. Du verdächtigst lieber Unschuldige.«

Triumphierend sah Kai auf Elke. Manfred, der die Anspannung im Raum kaum aushielt, stand langsam auf und stellte sich zwischen die Parteien.

»Finn«, rief Elke dem Jungen auf dem Sofa zu, »wer hat denn die Kräuter und den getrockneten Tee in die Kanne getan?«

»Ich!«, krähte er und grinste. »Sogar mit 'nem Handschuh.«

»Mein lieber Kai, du wirst wohl nicht umhinkommen, dich mit einer Problematik des Strafgesetzbuches zu befassen: Dem Einsatz eines strafunmündigen Kindes als Tatwerkzeug.«

Elke fischte ihr Telefon aus der Hosentasche und wählte. »Hallo Nanning. Sind die Damen und Herren der Kripo noch ansprechbar? Ich hab hier im Haus Silbergras den dringenden Verdacht auf eine vorsätzliche Vergiftung anzuzeigen. Das Opfer wird wohl noch vom Notarzt behandelt, schwebt in Lebensgefahr. Noch ist das Gift nicht bekannt. Die Tatverdächtigen sind vor Ort. Die Spurensicherung brauchen wir übrigens auch.«

»Das kann doch jetzt nicht angehn«, stöhnte Tadsen ins Telefon. »Da haben wir gerade eine Tat geklärt, und schon schleppst du uns eine neue an. Nimmt das denn gar kein Ende auf dieser Insel? Wo ist nur die Liebe unter den Menschen hin? Aber es nützt ja nichts, ich sag Jack Bescheid, der wird sich bedanken. Wir kommen sofort.«

Sie drehte sich wieder zur Spüle, sah die Arbeitsplatte, daneben den Messerblock, griff eines der größeren Messer heraus und verstaute die restlichen Schneidwerkzeuge im Unterschrank. Für den Fall, dachte sie, dass hier gleich jemand durchdreht und mich angreift. Die Messingers blickten sich an, ihre Körper waren angespannt. Noch saßen sie.

»So, die Kollegen sind unterwegs. Dann wird sich alles aufklären. Manfred, schau mal schnell ins Schlafzimmer, ob du da ein Giftpflanzenbuch findest. Wir müssen dringend herausfinden, womit Horst-Detlef vergiftet wurde. Vermutlich zählt jede Minute.«

Der so zum Hilfskommissar Ernannte verdrehte die Augen, holte Luft, schluckte aber seinen beginnenden Protest hinunter und atmete aus. Mit ausholenden Schritten hastete er in den angrenzenden Raum.

Kai setzte zum Sprung an, überlegte es sich dann doch und fiel auf dem Sitz zusammen.

»Vielleicht spinne ich ja und vermute hier zu Unrecht eine Vergiftung. Aber nur mal hypothetisch gefragt: Was könnte ein übereifriger Staatsanwalt Kirstin als Motiv vorwerfen?«

»Ehefrau eines völlig demotivierten, verzweifelten Beamten, der keine Zukunft sieht und sich nur noch wie ein Zombie zum Dienst schleppt«, lachte Kirstin müde auf. »Und jetzt haben wir den Grund dafür persönlich kennengelernt. Ohne solch kalte Tyrannen, die allen nur das Leben verpesten, wäre die Welt gut dran, findest du nicht? Der Nachfolger kann nur eine Verbesserung bringen.«

Elke nickte verhalten. Sympathisch fand sie Siebentöter auch nicht, der war eher zum Weglaufen. Manfred stürzte auf sie zu, hielt ihr ein dünnes Buch mit vielen Pflanzenfotos hin. Wortlos schlug er es auf und tippte auf eine der Abbildungen. »Es lag unterm Kopfkissen, ich habe nichts verändert.«

Elke stutzte und sah genauer hin. Die Buchblätter waren links wie rechts mit Eselsohren gekennzeichnet. Am Rand des Textes, der die Giftigkeit des Gewächses betonte, stand ein handschriftlicher Kommentar: »Das müsste passen!«

Elke stutzte. »Ach, sieh an.« Sie fasste in ihre Hosentasche, zog die gefaltete Serviette hervor und hielt sie bedeutsam in die Runde. »Kai, Kai«, seufzte sie, »deine Schrift ist wirklich auffällig schlecht. Der Hinweis neben der Giftpflanze und die Notiz auf der Serviette sind von einer Hand geschrieben, dazu braucht man kein Sachverständiger zu sein.« Sie ließ ihre Hände sinken, in ihrem Blick lag Enttäuschung. »In guten wie in schlechten Tagen, heißt es nicht so? Jetzt werdet ihr euch zusammen verantworten müssen, und die Juristen dürfen über Anstiftung und Mittäterschaft nachdenken.«

Sie griff ihr Telefon und wählte erneut.

»Moin Nanning, die Elke noch mal. Du hast doch sicher die Nummer vom Notarzt. Ruf den sofort an und sag ihm, es geht bei seinem Notfall um«, sie kniff die Augen zusammen und las konzentriert, »das hochwirksame Cicutoxin, das Gift des Wasserschierlings.«

Die Streifenwagen, besetzt mit Tadsen, Jack, Petra und Virginia, rasten den kurzen Weg von der Polizeistation am Rande Nebels zum Haus Silbergras. Dennis und Mattes bewachten Kristian Tondern.

Ich muss etwas an meiner klassischen Bildung arbeiten, dachte der Inselpolizist, der Bedarf steigt. Platon oder Sokrates, wen hatte es getroffen?

»Noch vor zwei Tagen war ich Prinz Hamlet mit dem Schädel in der Hand«, grummelte er, »jetzt haben wir einen griechischen Fall. Jemandem wurde der Schierlingsbecher gereicht.«

Epilog

Dr. Horst-Detlef Siebentöter überlebte die Vergiftung. Er hatte Glück, denn die Sterblichkeitsrate bei Vergiftungen mit Cicuta virosa liegt bei fünfzig Prozent.

Nach seiner Genesung wechselte er die Dienststelle und arbeitet jetzt im Düsseldorfer Innenministerium. Dort ist er mit der polizeilichen Personalplanung befasst, ohne den Auswirkungen seiner Entscheidungen direkt ausgesetzt zu sein.

Die Messingers mussten sich in der Hauptsache wegen gemeinschaftlich versuchten Totschlags, zum Mord qualifiziert durch den Tatbestand der Heimtücke, gerichtlich verantworten.

Die Kripo Bremen machte einen noch lebenden Neffen Professor Züchts ausfindig. Der DNS-Abgleich mit dem 63-jährigen Sohn seiner Schwester ließ den Schluss zu, dass die Knochen aus dem Steinzeitgrab wie auch das Blut am Bronzezeitschwert von Adolf Zücht stammten. Gleiches gilt für die Kleidung aus der dunklen Kammer.

Helmut Becker, Hamburger Immobilienmakler und Kite-Sportanfänger, wurde von der Kripo Hamburg an seiner Privatanschrift angetroffen. Die Staatsanwaltschaft stellte nach Würdigung der Gesamtumstände das Ermittlungsverfahren gegen den Immobilienmakler ein. Ein Vorsatz zur Tötung oder Körperverletzung ließ sich nicht begründen. Die Tatsache, dass Eitel Brahms sich dem gefährlich ausbrechenden Drachensegel selbst unverantwortlich genähert hatte, relativierte auch den Vorwurf der Fahrlässigkeit seitens des Kiters.

Herr Becker verzichtete auf weitere Amrumer Immobiliengeschäfte und verstärkte sein Engagement auf Sylt. Der Markt sei dort umso vieles agiler, die Kunden zu kreativen Preissprüngen bereit. So ein Sport gefalle ihm doch sehr.

Danksagung

Wieder einmal danke ich Ralf Klein von der Polizei Amrum, der mir Fragen zur speziellen Situation der Inselpolizei beantwortete.

Die Personen im Buch danken Edeka Bendixen für die Einkaufsmöglichkeiten und dem Hotel Treffpunkt für die Unterkunft.

Das Strandhäuschen, die Restaurants Preesters's Hüs, Weiße Düne, Weltenbummler, Likedeeler, Deichgraf und Strandvogt versorgten die Protagonisten mit Speis und Trank.

Das Ual Öömrang Wiartshüs und die Blaue Maus ließen sich in die Tatermittlungen verwickeln.

Das Friesen-Café, Café Claussen und Café Schult erquickten durch Kuchenkreationen im Freien.

An den Tatorten stellte die freiwillige Feuerwehr ihre Ausrüstung zur Verfügung.

Die Mitglieder des Amrum-Forums (www.amrum.org) aus der Keksdose beteiligten sich an der Fahndung.

Vom selben Autor

Volker Streiter, Mörderische Nachsaison
Amrum Krimi
214 Seiten, Paperback, 9. Auflage 2015
ISBN 978-3-935263-95-5, 12,00 €

Nachsaison auf Amrum. Die Insel stellt sich auf ruhigere Zeiten ein. Aber Mord kennt keine Saison. Eine unbekannte Tote in einem Hotelzimmer löst die fieberhafte Suche nach dem Mörder aus, der sich bestens auf der Insel auszukennen scheint. Während Kripo und Inselpolizei ihm eine Falle stellen, hat er schon die nächsten Opfer in seine Gewalt gebracht.
In seinem dritten Kriminalroman vereinigt der Autor, selbst Polizeibeamter, seine Fachkenntnisse mit der Leidenschaft für Amrum. Das Ergebnis ist ein spannender Inselkrimi mit gut beobachtetem Lokalkolorit und sympathisch-lebensechten Figuren.

Vom selben Autor

Volker Streiter, Das Geheimnis des Strandvogts
AmrumKrimi
249 Seiten, Paperback, Originalausgabe August 2014
ISBN 978-3-95475-096-2, 12,95 €

September 1845. Zwei Pferde ziehen einen Leiterwagen mit wenigen Fahrgästen durch das nebelverhangene Watt von Föhr nach Amrum. Beinahe wären sie an der Leiche von Busso Dahl, dem Postläufer, vorbeigefahren. Er wurde von einer Harpune getroffen, mit einer Axt erschlagen und mit Holzpfählen im Watt angepflockt.
Auf dem Gespann befindet sich auch der Reiseschriftsteller Georg Kohl, der die Insel Amrum erforschen möchte. Doch der Anblick der Leiche im Watt lässt ihn nicht los. Und so versucht er mit Hilfe von Dina Martensen und dem Herumstreuner Nickels, den Mörder zu finden. Dabei stoßen sie auf eine alte Geschichte und ein dunkles Geheimnis und bringen sich selbst in Gefahr.

Reif für die Insel?

Inselkrimis im Prolibris Verlag

Martin Dodenhoeft
Finale auf Föhr
Inselkrimi
Paperback, 206 Seiten, ISBN 978-3-935263-56-6

Antje Friedrichs
Letzte Lesung Langeoog
Inselkrimi
Paperback, 184 Seiten, ISBN: 978-3-935263-00-9

Antje Friedrichs
Letztes Bad auf Norderney
Inselkrimi
Paperback, 204 Seiten, ISBN 978-3-935263-17-7

Klara G. Mini
Badezeiten
Langeoog Krimi
Paperback, 222 Seiten, ISBN 978-3-935263-64-1

Birgit C. Wolgarten
Und es wurde Nacht
Rügen Krimi
Paperback, 251 Seiten, ISBN 978-3-935263-24-5

Birgit C. Wolgarten und Marie Claire Frey
Der Zorn des schwarzen Engels
Rügen Krimi
Paperback, 211 Seiten, ISBN 978-3-95475-078-8

106